ハヤカワ文庫JA
〈JA1214〉

アルモニカ・ディアボリカ

皆川博子

早川書房

7706

目次

登場人物

ジョン・フィールディング……盲目の治安判事
アン＝シャーリー・モア……ジョン・フィールディングの姪で助手
デニス・アボット……元アンの助手。通称・鉄の罠。出奔中
ハットン……アンの助手。通称・ふやけプディング
ゴードン・ゴードン……アンの助手。ボウ・ストリート・ランナーズの一員
ダニエル・バートン……聖ジョージ病院常勤外科医。解剖学の先駆者
エドワード・ターナー……容姿端麗なダニエルの元一番弟子。出奔中
ナイジェル・ハート……天才素描画家。ダニエルの元弟子。出奔中
アルバート・ウッド……ダニエルの元弟子。『ヒュー・アンド・クライ』の編集長。通称・骨皮《スキニー》アル
ベンジャミン・ビーミス……同元弟子。同編集者。通称・肥満体《ファッティ》ベン
クラレンス・スプナー……同元弟子。同編集者。通称・饒舌《チャターボックス》クラレンス
ネイサン・カレン……詩人志望の若者。エドたちの友人
ゴブリン……墓あばき

チェリー……………………ダニエル・バートン邸の女中
イアン・ワイラー…………《ベドラム》の現所長
サム・ラッター……………ワイラーの二代前の所長。通称・腐れ野郎《ロッター》
メル……………………………画家。《ベドラム》の患者
小説家…………………………《ベドラム》の患者
ディーフェンベイカー……スピネット奏者。《ベドラム》の患者
アンドリュー(アンディ)・リドレイ……ガラス職人
エスター・マレット………アンディの親方マーティンの娘。《金羊毛》の下女
レイ・ブルース……………見世物小屋の半人半馬《ケンタウロス》のケイロン
フランシス・ダッシュウッド……逓信大臣。通称・でか鼻
ラルフ・ジャガーズ………ダッシュウッドの従弟。ウェスト・ウィカムの管理人
バリー=スミス・ドディントン……ダッシュウッドの親戚
ステラ…………………………ドディントンの後妻。通称・けつでか夫人
テレンス・オーマン………フランクリン博士の弟子
ケイト…………………………《斧と蠟《アックス・アンド・ワックス》》の娘。ドディントンの先妻の元侍女
ビリー…………………………《斧と蠟》の下男
ベッキー………………………ケイトの友人。ダッシュウッドの領主館《マナーハウス》の元下女

アルモニカ・ディアボリカ

誰にでも聴こえる音ではないという。

あるプリマドンナが、聴いてしまった。彼女は舞台の上で発狂した……と言われる。

その楽器は悪魔を呼び出すのだ、という噂もあった。

あまりに悖徳《はいとく》的な音色を奏でるために、神がお怒りになり、落雷によって、罰し給うた。

楽器を考案した者は、雷に打たれて死んだ、という話もある。

その楽器を見た者はいない。

楽器の名は、アルモ……。しーっ、口にしただけで死んだ者もいるというぞ。アルモニカ
という名らしいが。

とりとめのない噂であった。

悪魔を呼び出す楽器、アルモニカ・ディアボリカ。

楽器を考案したのは、あの、ベンジャミン・フランクリン博士だという話もあって、それ

は、噂が根もないことの証明になった。

新大陸生まれの植民地人フランクリン博士は、噂が広まる数年前からロンドンに滞在しているが、落雷で死ぬどころか、たいそう精力的に、外交活動をしたり大学で講演を行ったりしている。

訪英よりさらに数年前に、植民地にあって雷の正体を究める実験をしているから、妙な噂と結びつけられてしまったのだろう、と人々は納得した。

噂は、じきに消え、忘れられた。

I

1

久しぶりに仕事にありつけた。

相棒に助けられながら、踏み車の中に盲人は入った。

中心の支軸を両手でしっかり握る。右隣に相棒が並ぶ。

なんだか、あたりの雰囲気が違う……と感じはしたのだった。いやに静かだ。坑夫たちの働く気配がない。足音も、親方の怒鳴り声も、聞こえない。全員が坑内に入っているはずはないのだが。

だからといって、怠けてはいられない。

「いいか、始めるぞ」相棒に声をかけた。

「それ!」

一歩、踏む。

最初の一歩は、重い。全身の力を片足に込める。びくともしない。

「もう一度、それ！」

踏みつける。二人の力が一つになって、ぐい、と動く。

二歩目も、力がいる。

深い縦穴の上に板を渡し、そこに設置された巨大な滑車が、踏み車である。水車のような形だが、踏み板は内側に張り出している。中心から水平に長く突き出た棒に結びつけられた太綱が、穴の底に垂れ下がっている。車が回転するにつれて綱は横棒に巻き取られ、坑道で切り出した白亜の石塊が地上に引き上げられてくる仕組みだ。縦穴は、通風口の役目も持つ。

水車の動力は水だが、巨大な石塊を地上に引き上げる踏み車は、人間の足踏みによって動く。

人間……。陽が昇ってから沈むまで、車の枠の内側に立ち、中心の支軸を握り、前進することのない足踏みを続ける〈踏み車漕ぎ〉を、雇い主は〈人間〉と思っているかどうか。

三歩、四歩、とはずみがつき、車は一定のリズムを保って回り始める。それでも決して軽くはない。

一七七五年。蒸気も電気も、まだ動力とはなっていない。中空に聳《そび》える高い寺院の尖塔を築くにも、巨石を吊り上げる起重機は、頂上に組まれた人力踏み車である。中世から続いているやり方だ。

踏み車漕ぎは盲人が雇われることが多い。輪形の枠に打ち付けた踏み板は、隙間だらけだ。盲目の者なら、恐怖をおぼえたり目眩《めまい》に襲われたりすることはないだろう、というのが雇い主らの考えである。

深い穴は見えなくとも、恐怖は常にある。貧しい盲人とみれば、意味もなく石をぶつけたり杖《つえ》で叩いたりする輩《やから》が少なからずいる。道は穴だらけで泥濘《ぬかるみ》に落ち込む。人と見なされなくても、仕事があるのは盲人にはありがたかった。

建築は、現場の仕事が終わればお払い箱だ。次の仕事にありつくまで、物乞いや芥《ごみ》あさりで過ごさねばならない。それも縄張りがあるから、踏み車漕ぎにあぶれている間だけ臨時に、というのは、なかなか難しい。

この日の朝早く、相棒が迎えにきてくれたので、喜んだ。

ご領主様の洞窟で、また採石が始まる。踏み車漕ぎが必要だとさ。

明瞭にそう告げたのではない。相棒は吃音がひどく、聞き取るのは容易ではない。その上、知能にもハンディキャップがあるようで、会話はまどろっこしい。昔から親しい仲である盲人は、相棒の言わんとするところを、かなり聞き分けられた。

〈ご領主様の洞窟〉は、よい働き場所だった。盲人と相棒は、十七、八のころから数年、踏み車を漕いで暮らしていた。天気さえよければ途切れずに仕事につけた。賃金は雀《すずめ》の涙ほどであるにしても。

相棒が、毎朝迎えに寄ってくれるのだった。二人一組で、漕ぐ。相棒は、ハンディキャップはあるが、晴眼で、躰がでかく力が強い。仕事場との往復も、相棒が太い腕でがっしりと腰を支えてくれるので、ずいぶん楽だった。不自由なところを互いに補い合えた。採石場が突然閉鎖されたのは十五年前だ。それからは、あちらこちらで雇われたり、仕事がなかったり、不安定に過ごしてきた。

再開されたのは、ありがたい。長期間続くに違いない。

一足踏むごとに汗が滲《にじ》む。

陽光の強さは真夏のようだが、日が翳《かげ》ると肌寒いほどだ。イングランドの夏は短く、じきに暗い長い冬が襲いかかる。南の快さは、話に聞くだけだ。南。それは、存在しない天国みたいなものだ。

突然、盲人は前のめりになり、支軸に胸がぶつかった。車輪の回転が止まったのだ。

相棒の息をのむ気配が伝わった。

動力のほとんどを担っているのは、力の強い相棒だ。

「しっかり漕げよ」

「どうしたんだ」

相棒は笑い声をたてた。

「天使が……」という言葉が、どうにか聞き取れた。

相棒の笑い声は、すすり泣きのようになった。盲人はさらに聞き取った。

「天使が舞い上ってきた」

そう、相棒は言っていた。

「舞っている。空で。白い翼を大きく広げて」

2

刷り上がったばかりの紙の束を両手でかかえ、顎《あご》で押さえ、ベンはウェストミンスター地区治安判事ジョン・フィールディング邸への道を急ぐ。

夏の最後の日が終わると、突然、腹の底まで冷え冷えとする秋だ。乾いた馬糞を風が巻き上げる。けたたましく辻馬車が走り去った後に、ほんのりあたたかい馬糞が残る。煤《すす》で黒ずんだ壁のそこここに志願兵募集のちらしが貼られ、それでなくても雑然としたロンドンの景観を、いっそう小汚くしている。

この四月、新大陸植民地のレキシントンで、植民地人の民兵軍がイギリス正規軍と衝突し激しい戦闘が起こった。

イギリス本国の課する税金が過重だと植民地人は憤懣《ふんまん》を抱き、デモ行進が頻繁に行われ一触即発の状態が続いていたが、ついに発火したのだ。それをきっかけに植民地のあちらこちらで民兵軍が叛乱を起こし、先月——八月——、政府はアメリカ植民地人を〈叛徒〉とする宣言を発した。強力な戦争遂行に備え、ロンドンでも志願兵の募集が活発になってきた。

ちらしには目もくれず、ベンは入口への石段を上がった。わずか数段だが、小太りなので息切れする。

扉を蹴飛ばすまでもなく、戸口の外で待ちかまえていたクラレンスが「記念すべき第一号、できたな！」とはしゃぎながら、迎えた。

ボウ・ストリートに面した表の大玄関ではなく、細い小路に入って右手の、プライヴェイトな入口である。玄関番の従僕フィンチが親しみのこもった笑顔で、「靴の裏、よく拭いてくださいよ」と人差し指を立てた。「また、馬糞を踏んだでしょう」

「見ていたのか？」

「見なくても、わかります。ロンドンの街路を、あれを踏まずに歩くのは難しい」

ホールに入るや、「見せろよ」クラレンスは一枚抜き取ろうとする。

「まず、サー・ジョンにお見せしなくては」

ベンはそう言ったのだが、紙を押さえた下顎が自由に動かないから、あぐぐ、と意味不明な音になった。

靴音を立てて、もう一人、下りてきた。骨皮《スキニー》の綽名《あだな》を持つアルだ。見た目通りの、味も素っ気もない綽名である。ちなみに、ベンの綽名は肥満体《ファッティ》、クラレンスは饒舌《チャターボックス》で、これも、何の工夫もセンスもない。

「完成か」アルの声音に、いささかの感慨がこもった。

ノッカーを打ち叩く喧《やかま》しい音がし、従僕フィンチが応対に出た。

「『ヒュー・アンド・クライ』への広告を頼みたいのだが、こちらでいいのかな。それとも表の大玄関で案内を請うのか。あちらは、裁判関係者が出入りするのではと思い、こちらに回ったのだが」

髪粉をふりかけた鬘《かつら》に三角帽、裾長のシルクの胴衣に襟《えり》の高いコート、イタリアの流行を取り入れたらしい縦縞模様のブリーチズ（膝丈のズボン）、袖口には幅の広いカフスと、上流階級とおぼしい身なりの男であった。四十代も終わりに見える。銀のバックルで飾った靴の踵《かかと》が、男の背丈を三インチほど高くしているが、それでもアルより二、三インチ低い。

フィンチより先に、「こちらでいいんですよ。『ヒュー・アンド・クライ』編集室は、この邸内の一室です」饒舌《チヤターボックス》クラレンスが答えると、ずかずか入り込んできた。

「早速、広告掲載ですか」

クラレンスは揉み手せんばかりの笑顔になりかけた。しかし、ここで安っぽい態度をとっては、サー・ジョンの沽券《こけん》にかかわる。実務を担っているのは、饒舌《チヤターボックス》クラレンス・スプナー（二十七歳）、肥満体《ファッティ》ベンジャミン・ビーミス（二十六歳）、骨皮《スキニー》アルバート・ウッド（二十九歳）の三人だが、『ヒュー・アンド・クライ』の発行人は、ロンドン、ウェストミンスター地区治安判事ジョン・フィールディング卿である。

判事邸は、居宅であると同時に、審問所、簡易裁判所を兼ね、拘置室も備えている。さらに、犯罪摘発情報新聞の編集発行も兼ねることになった。月に二度、刊行の予定である。

「しかし、たったいま、第一号が刷り上がったばかりなのに、よくご存じですね」

「逓信《ていしん》大臣フランシス・ダッシュウッド卿からの依頼だ。サー・フランシスは、判事殿が新聞を発行されることをよく承知しておられる」

男はやや反り身になった。

「私は、勲爵士《くんしやくし》ラルフ・ジャガーズ。サー・フランシスの従弟《いとこ》である。サー・フランシスの領地ウェスト・ウィカムを管理しておる。以前、財務大臣をも務められたことのあるフランシス・ダッシュウッド卿の令名は存じておろうな」

三人は顔を見合わせた。ベンの丸っこい顔がちょっと引きつった。

「而《しこう》して、私は、ウェスト・ウィカムの〈犯罪訴追協会〉の委員である。私の身分・地位に関して、理解できたな」

男は、いっそう胸を反らせた。現国王ジョージ三世陛下にひけをとらない出目だ。もっとも、国王陛下は顎が丸く引っこみ、横顔は球形だが、この男は鰓《えら》が張っている。小鼻も横に張り出している。

「それが、『ヒュー・アンド・クライ』の実物か。見せてもらおう」

手を出すのを、

「失礼ですが」

アルが阻《はば》んだ。

「刷り上がったばかりで、まだ、判事閣下にお見せしてないのです。先に他の方に見せるわけにはいきませんので。少しお待ちください」

「サー・ジョンは、今日は法廷のない日か。ぜひ、お目にかかりたい。取り次いでくれ」

三人がすぐに応えないので、

「かしこまりました」

玄関番のフィンチが口をはさんだ。

「少々お待ちくださいませ。サー・ジョンに申し上げて参ります」

恭《うやうや》しく言い、いささかよたよたした足取りで階段を上っていった。

三人の若造が敬意を表さないことにラルフ・ジャガーズは大いに不満であり、それを示すために鼻を鳴らしたのだが、若造どもは無視した。

「とにかく、これをサー・ジョンにお届けしなくちゃな」

クラレンスが言い、三人で階段を上り始めた。ヴァイオリンの音がかすかに洩れ聴こえる。

「おい、待て」

ラルフ・ジャガーズが怒鳴るのを聞き流し、「ベン、半分持とう」アルは手を出した。

「あ、俺も持ってやろう」クラレンスがようやく親切気を出した。

よたよたと戻ってきたフィンチが、「サー・ジョンがお待ちです。こちらにどうぞ」とラルフ・ジャガーズに告げた。「恐縮でございますが、靴の裏をよくお拭きください。早く見たいと楽しみにしておられますよ」後の言葉は、アルたちに向けられた。

紙の束が崩れ落ちないように三人の足取りは慎重になり、フィンチに案内されたラルフ・ジャガーズの方が一足早くサー・ジョンの居室に入って行った。ヴァイオリンの音が止んだ。来客に、アンが演奏の手を止めたとみえる。サー・ジョンがくつろぐとき、アンの奏楽は欠かせない。

「あの野郎、〈でか鼻〉の従弟か」

扉が閉ざされ、声が届かなくなったとみて、クラレンスは堂々と罵った。

ベンがくすっと笑った。

もう、七、八年も前になるが、〈酒を飲もうとすれば口より先に鼻の頭が濡れる〉でか鼻逓信大臣フランシス・ダッシュウッド卿を、彼らは震えあがらせ、大臣職を一時休職する羽目に陥らせたことがあるのだ。もっとも、ダッシュウッド卿は、誰の仕業《しわざ》か知らない。亡霊が出たと思いこんでいる。

でか鼻の乗った馬車が、かつて、クラレンスの小さい弟を轢き殺した。一介の床屋にすぎないクラレンスの父親は、事を荒立てなかった。いとやんごとなき身分の殺人者に抗議したら、こちらが名誉毀損で訴えられ投獄される。クラレンスはベンたち仲間と共に工夫を凝らし復讐をしたものの、致命的な打撃を与えるには至らなかった。

あのときは、仲間は五人だった。あの二人が去ってから五年……と、浮かび上がる記憶を、三人とも、言いあわせたように押さえ込んだ。

判事の居間の前でフィンチが待っており、三人のために扉を開けた。

黒い細い布で眼を覆った盲目の判事は愛用の椅子にくつろいでいたが、あまり機嫌のいい顔ではなかった。

その前に立ったラルフ・ジャガーズが、勲爵士の肩書きやら、逓信大臣フランシス・ダッシュウッド卿の従弟であることやら述べたてて、自己紹介をやっている最中だ。

アンが笑顔で三人を迎え入れ、「サー・ジョン」とはずんだ声をかけた。「アルたちが、第一号を運んでまいりましたよ」

「おお、刷り上がったのか」

両手をのべる判事に、アンはアルから受け取った紙の束を渡した。ベンとクラレンスは、それぞれ手にしたのを小テーブルに置いた。アンのヴァイオリンと弓がのっている。

判事の眼のかわりとなって活動するときは、身動きが楽なように男装するアン＝シャーリー・モアだが、判事の休息日なので、女性にふさわしい服である。布地は上質だけれど、教会の鐘みたいにスカートをふくらませるフープを嫌って着けないので、スカートは腰に沿ってしょんぼりと垂れている。メイドみたいだ。細腰から乳房の下にかけてぎりぎり――肋骨が折れるほど――締めつけるコルセットも嫌いで、殿方には内緒だが、着けていない。細身だから、無理に締め上げる必要もない。むしろ、胸に何か詰め物をした方がいいくらいだが、男装したとき胸元が豊かだったら奇妙だから、活動的なアンには、まあ、ちょうどいい体型なのだろう。

「インクのにおいがするな」

二つ折り四ページの新聞を、判事はそっと撫でた。

まるで、指で文字を読んでいるみたいだ、とアルは思った。

判事の触覚は、欠けた視覚を補って、きわめて鋭敏だが、印刷された文字を読み取るのは不可能だ。

「こすると、手が汚れますよ」クラレンスが注意した。「まだ十分乾いていないんです」

「アン、説明してくれ」

「はい、申し上げます、サー・ジョン。一番上に、『ヒュー・アンド・クライ』と、大文字で記され」

「記事に使った文字の、五倍ぐらい大きい字ですよ」クラレンスが注釈を入れる。「その下に、発刊に寄せるサー・ジョンのお言葉が記されています。読みましょうか」

「いや、いい」と、判事は苦笑した。「口述だが、いやになるほど推敲した。全文おぼえている。誤植がないかどうか、アン、後でチェックしてくれ」

「紙面は、縦三つに区分してあります。読みやすい行の長さだと思います。真っ先に取り上げてあるのは、先週、死刑判決の下りたトマス・マコーリーの強盗事件の詳細です。それから」アンが続けるのに、

「クリフ・タッカーの強姦事件と掏摸《すり》の現行犯でとっつかまったロビン・パーの件です」またもクラレンスが口を出した。「それから、賭博場を急襲して四十五人を逮捕したあの件の読み物ふうな記事は、読者が大喜びしますよ。ルーレット台をぶちこわし、台の裏に取り付けてあったローラーやバネを見つけ出して、胴元のいんちきを暴いたんですから、痛快です」綽名の通り、クラレンスは喋《しゃべ》りだすと止まらない。「ネイサンは、いい記事を書きますね。現場にいたわけじゃないのに、臨場感たっぷりです。ああ、ネイサンにも、早いところ一部見せなくちゃ。彼は詩人より小説家を目指した方がいいと思いますよ。この調子で犯罪

小説を書いたら、人気爆発です」

話がそれていくので、「アル、ベン、どうだ？」と、判事は二人のいる方に顔を向けた。

触覚以上に、ジョン・フィールディングは聴覚が優れている。虚言と真実を声で聞き分けると、人々に恐れられている。もっとも、市井の噂はとかく誇大になりがちではあるが、犯人を怯えさせるために、判事はあえて訂正はしていない。

周囲にいる人間の位置などは、気配や物音で、かなり正確に察する。

生まれつき恵まれた能力ではない。十九歳で失明したそのときから、自らの意志で、視覚以外の感覚を磨き上げたのだ。

「未解決のアップル事件に関する情報を募る記事。指名手配中の者たちの名前と特徴、経歴。ご安心ください。前もって閣下からご指示のあったとおりに仕上がっています」アルが告げた。

ウェストミンスター地区治安判事ジョン・フィールディングは、警察組織の不備なイギリスに、一大情報網を作るという目論見《もくろみ》を持っている。犯罪情報紙『ヒュー・アンド・クライ』の発行は、そのためである。各地の市長や治安判事に送り、連携を密にする。郵便局やコーヒーハウス、パブなどに頒布し、市販もする予定だ。

「ダニエル先生にも見せたいな」ベンがつぶやいた。「喜ばれると思うな。僕たちの仕事の成果がわかって」

「俺たちの顔を見ると、先生、思い出して泣くからな」クラレンスが応じた。「でも、もうそろそろ大丈夫だろう。五年も経った」

「ついこの間みたいな気がするけれど」

「よい機会だ」と判事が「後で、一部、先生に届けるがよい。私も同行しよう。……いや、先生は超多忙だな。迷惑か」

「そんなことないです」ベンはふっくらした手を振り回した。「どんなに忙しくても、サー・ジョンのご訪問は喜ばれますよ」

「この時間だと、病院で手術中かもしれませんが」アルが慎重に言った。

「あるいは、解剖真っ最中」とクラレンスが続けようとすると、

「失礼」

無視され続けしびれを切らした勲爵士ラルフ・ジャガーズが割り込んだ。

「犯人に関する情報を求める広告も、掲載すると聞き及び」

判事に話しかけたのだが、

「そのとおりです」

アルが編集長の威厳を持ってうなずいた。

十八世紀後半になっても、イギリスの犯罪摘発組織は整備されていない。フランスやドイツのような警察機構が存在しないのである。フランス語のポリスに相当する英語さえ、なかった。十八世紀も終わろうという一七九八年に、ようやくロンドン港の治安を護る組織がマリン・ポリスと呼ばれるようになる。ロンドン首都警察《スコットランド・ヤード》が創設されるのは一八二九年。十九

世紀に入ってからだ。

教区で治安維持のために働く役人はコンスタブルと呼ばれ、教区内の戸主が、輪番で一年務める義務を負っている。犯人を追跡逮捕するというきわめて危険な仕事についているにもかかわらず、基本的には、無給だ。嫌がって、金で代理人を雇う者も多い。この雇われコンスタブルの大半がまた、腐敗堕落しきっている。捜査の手先として、民間人を雇う。シーフ・テイカーと呼ばれる彼ら下っ引きは、犯罪者そのものであったりする。情報提供者への懸賞金を出すのも、被害者だ。

犯人逮捕や裁判に要する費用はすべて訴えた者の負担になる。

いったん逮捕しても、被害者が金を払えず——あるいは金を出し渋ったため——釈放になる加害者も多い。一例をあげるなら、一七六六年七月には、三十一人が判決を受け、二十二人が〈訴追なきため〉釈放されている。毎年、毎月、似たり寄ったりだ。

費用を個人で払うのは大変だから、民間組織〈犯罪訴追協会〉が各地で設立され、数を増しつつある。

会費を徴収するかわりに、会員が被害を受けたときは、協会が費用を負担して容疑者を追跡、訴追する。広告やビラで情報を収集もする。一生被害を受けずに終わる会員は払い損で、いわば掛け捨ての保険のような仕組みである。検挙率はせいぜい二割かそこらだ。協会としては、一度懐に入れた金は、なるべく支出したくない。

「先にも申したとおり、私は、逓信大臣フランシス・ダッシュウッド卿の」

「従弟であり、サー・フランシスの領地ウェスト・ウィカムを管理しておられる、と伺いました」クラレンスが話の腰を折った。

「サー・フランシスのお父上は、もとはロンドンの商人で、奴隷貿易で大儲けされたのでしたね」アンが続けた。「その収益でお父上は、ウェスト・ウィカムの土地を買い込み、爵位を得られた」

つまり、成り上がりだ。

「閣僚の方々の経歴は、よく存じています。当代のサー・フランシスも、奴隷貿易で莫大な利を得られ、何やら怪しげなクラブを作って」

「それは、政敵、あのウィルクスの奴が」ジャガーズは急いでアンの言葉を遮った。「サー・フランシスを蹴落とすために、あること、ないことをパンフレットに書き立て、世に広めたのだ。まったくの誹謗中傷だ。ウィルクスは、猥褻《わいせつ》文書を発行し、かつ国王陛下を非難して告発され、議員資格を剝奪されたという、いかがわしい経歴を持つ男だぞ」

「市民の人気が高く、いまやロンドン市長ですけれどね」

「君が、噂に聞く、あられもなく、犯罪捜査にたずさわっているという女か」ジャガーズは表情で侮蔑をあらわした。

女が仕事を持つのは、貧しくて、稼がなくては食べていけない場合にかぎられる。そうして、貧しい女のもっともポピュラーな職業は、淫売である。

盲目の判事の眼となって捜査に加わるアン＝シャーリー・モアは、スキャンダラスな存在だと非難されることが多い。判事の義理の姪に当たる。両親を馬車の事故で失ったので判事が引き取り、後見人となった。判事は夫人に先立たれており、アンは独身だから、ますますスキャンダラスな目で見られがちだ。

上流社会の令嬢は、身分にふさわしい相手に嫁がねばならない。資産を失った貴族の娘なら、富裕な商人にむりやり嫁がされもする。親は金を手に入れ、富商は社会的地位が高まる。というのが、十八世紀の結婚観である。

最初に求婚されたのは、アンが十五歳の時だった。嫌ですと言っているのに、周囲のお膳立てで教会の祭壇の前に求婚者と並び立たされてしまった。「汝《なんじ》はこの男性を夫とするか」という聖職者の決まり文句に、「いいえ、しません。この方に、何度もそう申しました」アンは答えた。「では、汝は何ゆえに、ここに来たのか」「この人とは結婚しない、と神様に申し上げるためです」そう言って教会を飛び出したのであった。話はたちまち社交界に広がり、アンは上流夫人たちの顰蹙《ひんしゅく》を買った。

その後も、何度か求婚されたのだが、伯父を手伝って男並みに飛びまわることをおぼえてしまったアンは、家の中でしとやかに退屈し、社交界で恋のゴシップやスキャンダルの話題に興じる日々は耐えられない。何人かの執拗な求婚者には、パンフレット『完璧なる手紙の書き方』の例文をまるまる引き写し、送った。〈まことに申し訳なく存じてはおりますが、貴方様のお心づくしをお受けできないわたしの気持ちはどうにも克服しがたく云々。〉そうして、すでに二十七歳である。

で吐き捨てた。

ジャガーズは、役者が舞台で傍白《ぼうはく》を述べるときのように横を向き、あばずれ、と小さい声

ベンとクラレンスがくってかかろうとするのを、アルが目顔で止め、「情報を求める広告の件ですが」と話を戻した。「料金は一件につき五シリングです」

「高いな」

「相場です」

ダッシュウッド家の所領ウェスト・ウィカムは、ロンドンから北西に三十数マイルほど離れた地である。オックスフォードに近い。

領内に白亜の層があり、ダッシュウッド家は採掘事業も行っていた。

そう、ジャガーズは語った。

「閣下もご存じかと思いますが、フランシス・ダッシュウッド卿はきわめて慈しみ深き人格者であり」

クラレンスとベンが表情で大いなる不満をあらわした。

「掘り出した白亜は、ウェスト・ウィカムからオックスフォードまでの道路工事に用いました。採掘事業も道路工事も、領内の貧しい者に仕事を与えるためでありました。白亜はほぼ掘り尽くしたので、採石場は十数年前に閉鎖しました。踏み車も放置されておった。ところが、このたび、坑道内で屍体が発見されたのです」

「死んだのは、領民ですか」クラレンスが割り込んで訊ねた。

「いや、それがわからんから、広告を出すのだ」

「情報提供者への懸賞金はいくらにしますか」

「せいぜい、一ギニーだな」

あれ、馬より安いの？　ベンがつぶやいた。

馬泥棒は五ギニー、強盗は十ギニー以上が相場だ。殺人となればもっと高額だ。

「死者の身内などが訴え出ているわけではないのだ」ジャガーズはそっけなく言った。「ダッシュウッド家の領内で、不穏な事件が起き、なおざりにできぬゆえ、管理人の権限で調べているだけだ。フランシス・ダッシュウッド卿はウェスト・ウィカムの〈犯罪訴追協会〉会長でもあられるしな。私はロンドンには昨日の夜着いた」

まだ腰が痛む、とジャガーズは顔をしかめた。三十数マイルを馬車で揺られるのは辛い。

「今朝、サー・フランシスにお目にかかったところ、サー・ジョンが発行される犯罪情報紙に広告を出したらいいと言われた」

「ウェスト・ウィカムの治安判事は？」

「ダーク・フェイン卿だ。もちろん、サー・ダークにも報告済みだ」

「文案は？」アルはてきぱきと質問する。

「任せる。五シリングという高額の料金には、文案作成も含まれているのだろう。ぜひ入れて欲しい一語がある。〈ベツレヘムの子よ、よみがえれ！〉というのだ」

皆の目が、いっせいにジャガーズに集中した。

「理由を聞こう」

ようやく判事が直接声をかけたので、ジャガーズは満足の笑みを浮かべた。

「屍体を発見したのは、教区のコンスタブルであります。坑道内に倒れておりました」

「閉鎖した坑道の中に、なぜ、コンスタブルは入ったのですか」アンが訊く。

その質問を待っていた、というふうに、ジャガーズは声音をあらため、判事に向かって言った。

「私の指示によります。入念にご説明しましょう。我が領内に、妙な噂が広がったのです。天使が空に舞うのを目撃した者がいると。私の耳にも届きました。聞き流してもかまわない些事《さじ》でありますが、私は妙に気にかかり、我が地区の治安判事ダーク・フェイン卿および教区の牧師と相談し、目撃者を突き止めることにしました。牧師は憤慨しておりましたよ。神が奇跡をあらわし給うのに、聖職者である自分をさしおいて、余の者を相手にされるわけがないと。

コンスタブルに命じ、目撃したと言う者を探させた結果、二人の踏み車漕ぎと判明したのであります。いや、正確に申せば、実際に見たのは、一人ですな。もう一人は盲人でして。しかも、見たと主張する方は吃音で知能に問題がある者です。聞き取るのに苦労しました。採石場を再開するから踏み車を動かせと命令がきたというのです。

私は迷信家ではありません。啓蒙的な理性に恵まれております。理性は私に告げるのです。天使が可視の姿をとることはあり得ぬ。何かを見間違えたに違いない。なにしろ、無知蒙昧《むちもうまい》な輩ですからな。よくよく問いただしてみますと、踏み車を回すにつれ、天使は上ってきたという。私は即座に見抜きましたぞ。綱の先端に、蠟人形でも結びつけられていたのではないか。あるいは、人体か。しかし、誰が何の目的で？

理由はさておき、私は、はたと思い当たったのである。踏み車漕ぎが車から出たら、結びつけられたものの重みで、踏み車は逆転し、吊り下げられた物体は、洞窟内に逆戻りするはずだ」

ジャガーズは、ドゥルーリー・レイン座の舞台に立った役者のように、出目をいっそう見開き、手を振り回した。

「〈天使〉は、洞窟内に落下し、横たわっているに違いない！」

慧眼に対し拍手が送られるのを待ったが、むなしかった。

「コンスタブルは手先に使っているシーフ・テイカーらを率いて洞窟内を探索しました。私が考えたとおり、それは、地下に横たわっておりましたぞ。縦穴の真下です」

いったん言葉を切り、ものものしく「その胸に」とジャガーズは続けた。

「記されておったのです。〈ベツレヘムの子よ、よみがえれ！〉と」

どうだ、驚いたであろう、とジャガーズは皆を睥睨《へいげい》したが、素直に仰天したのはベンだけで他の者は表情を変えず、ジャガーズは喝采を受けられなかった。落胆を隠し、「そのことを、広告の文面に、ぜひ、入れてもらわねばならん」と語気を強めた。

「服の胸に？」アンが質問を続ける。

「いや、肌にじかに。チュニックの胸がはだけられておったのだ」

「ペンで？」

「太い文字だ」

「インクですか？　それとも絵の具で？」

「わからん。茶褐色であったな。私が思うに、このフレーズを記したのは、イタリア人の女性だ」

「ほう」「へえ」「どうして」と、ジャガーズを喜ばせる反応があった。

「署名も記されていたのだ」

間をあけたが、催促はされないので、もったいぶって続けた。

「〈アルモニカ・ディアボリカ〉と記されていたのだ」

アルモニカ……。判事が小さくつぶやいた。アルモニカ・ディアボリカ……。

「〈ディアボリカ〉は、悪魔の、という意味ですね」アンが言った。

「そうだ。悪魔のアルモニカ。自称か他称か知らぬが、悪魔のアルモニカと名乗る女だ」

「イタリア人の女性に、アルモニカという名前はありません」アンは、容赦なく言い捨て、続けた。「アルモニアという言葉はあります。英語のハーモニーにあたります」

「それを記した奴は、頭がおかしいのだ」

「屍体について、詳しく話してください、男性ですか。女性ですか。年齢は」

「腐って膨れた死人の年齢など、わかるか。老人でも子供でもない。十七、八から四十代の間だろう。男であることは明白だ」

「服装は？」

「チュニックとブリーチズ」

「上質のものですか。それとも貧しげ？」

「まあ、貧民ではなさそうだが、ことさら裕福にも見えなかった」

「死因は？」

「わかるか、そんなことが」

「検死は行っていないのですか」

「医者も、こういう屍体には慣れておらんのだ。殺人事件など、めったに起こらん」

「毒を使った形跡は」

「わからん」

「傷は？　刺し傷とか、切り傷とか」

「ない」

「絞殺の痕は」

「知らん」呆《あき》れ果てたようにジャガーズは吐き捨てた。「女の口から出る言葉か、絞殺だの、毒だの刺し傷だの。女の慎みということを知らんのか」

「発見されたのはいつですか」

「三日ほど前になる」

「踏み車漕ぎが天使を見たのは、その何日前ですか」

「二日前だ」

「採石場は閉鎖、踏み車は放置されていた。そう言われましたね」

アンは手元の紙に目を通しながら訊いた。判事が聞き取りをするさい、アンはやりとりを記録するのが常だ。

「そうだ」

「すると、踏み車漕ぎに再開を告げにきた人物は、虚偽を述べたのですね」

「そういうことになるな」

「その人物に心当たりは？」

「判事閣下、この婦人は、何の権限があって私に訊問するのですか」

「私が任せておる。アンの質問は、私が問いたいことだ」

「閣下、私は閣下にお答えします。女から居丈高な質問を受けるのは、私の地位に対する侮辱であります」一語一語にジャガーズは力を込めた。「屍体に関する処置はすべて、我が地区の治安判事、サー・ダークに一任しました。ダーク・フェイン卿は、サー・フランシスの義弟にあたられます」

「私がお訊ねしているのは、再開を告げた人物に心当たりがあるか否か、ということです。サー・ジョンに返答なさるのは結構ですが、質問に的確にお答えください」

「閣下、女が男性に——しかも身分のある者に——対して、このような無礼な態度をとることをお許しになるのですか」

「君は質問をはぐらかしたいのかな。この質問に答えるのは、具合が悪いのか」

「とんでもない。心当たりなど全くない、とお答えするのは簡単です。ただ、私は、女の越権行為に我慢がならないのでして」

「心当たりは、全くない。それが答だな。一言ですむものを、手間取らせるな。屍体を吊るした綱はどのように結ばれていたのか。腰にか。それとも絞首刑のように首にかかっていたのか」

「綱……ですか。さて、どのようであったか……。腰ですな。腰に巻き付けてありました」

「屍体は、まだ保存されておるのか」

「教会に置いてあります」

「防腐処置は」アルが思わず口をはさんだ。

「そんな金のかかる面倒なことはせん」

たしかに、簡単ではない。まず全身を洗って、口から水を注入し消化器内の残物を強制的に流し出し、血管を切開して血を排出し、防腐剤を注入し、縫い合わせ……、こんな手間をかけて保存してもらえるのは、よほど高貴なお方のご遺体か、使い回しをされる解剖実習用の屍体ぐらいなものだ。

「このまま身元がわからなければ、墓地のはずれの共同墓窖《ぼこう》に埋める」

「解剖だ！」

クラレンスとベンが勇み立った。

かつてはアルを含め三人とも、聖ジョージ病院外科医であり解剖学者であるダニエル・バートン先生の直弟子であった。つい、癖が残っていて、解剖となれば浮き浮きする。解剖実習、研究用の屍体を手に入れるのは、非常に困難なのだ。

警察組織の不備と同様、解剖学においても、イギリスは他国に後れをとっている。解剖医に合法的に遺体を供給する体制がととのっていない。解剖学者はやむをえず、墓あばきから死骸を買い取る。

クラレンスたちのかつての師、聖ジョージ病院外科医ダニエル・バートンも、墓あばきを盛んに利用してきた。ロンドンでもっとも解剖に熱心な医者であり、屍体を手に入れるためなら手段を選ばない。どれほど世間から誹謗されようと、解剖して人体の構造や機能を究めるのは医学の発展に必須だと、強固な——頑固なと言ってもいい——信念を持っている。

事情があって先生のもとを離れたが、アルもベンもクラレンスも、ジャガイモ面《づら》の解剖バカ・ダニエル先生を、変わらず敬慕している。

「ウェスト・ウィカムは、私の管轄下にはない」判事の口元に苦笑が浮かんだ。「私の権限が及ぶのは、そうして治安維持の責任があるのは、ロンドンのウェストミンスター地区だけだ」

「でも、興味を持たれたみたいですね」クラレンスがしたり顔で言った。

「広告の件だが」と判事は顔をジャガーズに向けた。「掲載は少し考えねばならん」

「なぜですか」ジャガーズは気色ばんだ。

なぜ？　と、クラレンスとベンも顔を見合わせた。

判事ジョン・フィールディングが熱心に議会に働きかけ、『ヒュー・アンド・クライ』の発行に年四百ポンドの助成金を国庫から引き出すことに成功したのだが、費用全額を賄《まかな》うには足りない。広告収入は貴重なはずだ。

「アル、君なら、受けるか、この依頼を」

判事に言われ、

「そうですね……。躊躇《ちゅうちょ》します」

「理由は？」ぽっとりと丸みを帯びた判事の唇が、柔らかく微笑んだ。

「胸に〈ベツレヘムの子よ、よみがえれ！〉と記されてあった。〈ベツレヘムの子〉が誰を指すかによります」一言一言、じっくり考えながらアルは続けた。「死者を指すのであれば、何か迷信にとらわれた、アルモニカ・ディアボリカと名乗る者が、死者を蘇生させようとした。〈悪魔のハーモニー〉。なんだか、怪しげな邪教集団を思わせますね。踏み車による宙吊りは、蘇生のための儀式、とも考えられます。奇妙な言葉が記された宙吊りの屍体。邪教の生け贄でしょうか。この場合は、広告を掲載しても、問題はありません。しかし、〈ベツレヘムの子〉への呼びかけ、ということも考えられます。『ヒュー・アンド・クライ』は発刊したばかりですが、一般の新聞でも、知れば記事にするでしょう。今、世の中は安定していません。七年間続いた対フランスの戦争は、ようやく我が国の勝利で終結しましたが、あの戦争のおかげで我が国の経済は破綻に瀕しています。それをやりくりするため、あれにもこれにも税金をかける」

「洟《はな》をかんでも税金がかかるっていうくらいだもんな」クラレンスが茶々を入れる。

「暴動も起きやすい状態です」アルは生真面目だ。「植民地は叛乱を起こしましたし、ジャコバイトの残党だって、ひそんでいるかもしれません。秘密結社、あるいは叛乱を企む者などへの蹶起《けっき》の指令。そういう不穏な発信を疑ってしまうのです」

「〈ベツレヘムの子〉。異端の結社の名称かな」つぶやいたのはベンだ。

「だったら、単数の〈子〉ではなく、複数で〈子たち〉にするんじゃないか」クラレンスが言った。

「というわけだ、ジャガーズ君」判事は微笑と共にうなずいた。「胸の文字がどういう意味を持つのか、発表しても危険はないものか、確かめた後でなくては、広告は掲載できぬ」

「確かめるために、情報を求める広告が必要なのでありますよ、閣下」一発、揚げ足をとってやったぞ、というふうに、ジャガーズは横に張った小鼻をうごめかした。

「それはそうだ」愉快そうな笑い声を判事はあげた。「これは、堂々巡りだな」

「閣下は、よき代弁人をお持ちですな。結構なことで」ジャガーズは口調に皮肉を込めた。

「そのとおりだ、ジャガーズ君。みな優秀でね、私の問わんとすることを正確に代弁してくれる」

饒舌《チャターボックス》クラレンスとしては、一言言いたい――いや、十言でも二十言でも喋りまくりたい——ところなのだが、適当な言葉を思いつけなかった。

ベンに先を越された。

「よみがえれ。〈復活屋〉と何か関係があるのかな」ベンは独りごちた。

〈復活屋〉は、墓あばきの異称である。復活屋の中には、十体あまりの屍体を小屋に保存し、値段を交渉して解剖医に売りさばく者もいる。

「よみがえれ。もしかしたら、ダニエル先生に頼んでいるのか」ベンが言った。

ダニエル・バートン先生は、文字通り死人をよみがえらせた実績がある。

去年、三つになる女の子が二階から落ちて心臓の鼓動が停止したのだが、ダニエルは、電気による刺激が心臓を再鼓動させるという仮説を蓄電壜を用いて実践し、みごとに蘇生させた。

摩擦が電気を発生させることは早くから知られていた。オランダの学者が蓄電壜を発明したのは、今を遡《さかのぼ》ること三十年、一七四五年である。ライデン大学で実験してみせ有名になったことから、ライデン壜と呼ばれている。一七五二年、新大陸の植民地人ベンジャミン・フランクリン博士が、雷の正体が電気であることを、凧《たこ》を使った実験で証明した。フランクリンはまた、鶏や七面鳥を電気ショックで殺すと、肉がやわらかくて美味になることを発見した。

電気を用いた奇術が流行している。フランスの宮廷では、電気興行師《エレクトリシャン》が、近衛兵百八十人に電気を流して一度に飛び上がらせ、国王や貴族たちを楽しませた。あまり実用的ではない。

ダニエル先生は、珍しいもの、新しいものには、何でも興味を持つ。シビレエイに触れると痺れるのは、弱い電気を発しているのではないかと仮説を立て、胸鰭《むなびれ》の付け根から放電しているのを確認した。さらに解剖して胸鰭の表皮を剝がしてみると、円盤を積み重ねて柱状にした器官が夥《おびただ》しく存在していた。それが蓄電の役を果たしていることを解明した。

フランクリン博士は一七五七年にロンドンを訪れた。国王陛下への贈り物の一つに、電気鰻《うなぎ》があったということで、ダニエル先生はそれを手に入れることを熱烈に希望したが、王室で飼われているのでは手が出ない。

もともとイギリス国王に忠誠心を持っており、イギリスを愛していたフランクリン博士は、その後ずっとロンドンに滞在を続けた。

電気に大いに関心を持ったダニエルは、フランクリン博士に面会し、蓄電壜の作り方を学び、実物を買い取りもした。実験精神旺盛な二人は意気投合した。溺死した蠅を日光に当てたら蘇生したというフランクリンの体験談に、ダニエルは熱心に聴き入った。ヴァージニアで船積みされたマデラ酒の壜が、ロンドンのフランクリンのもとに送られてきた。開けたら、三匹の蠅《はえ》が溺死していた。篩《ふるい》で漉《こ》し分け、日光にさらしたら、二匹がよみがえり、飛び去った。「肢《あし》をこう痙攣《けいれん》させながら、次第に」と、フランクリンは肉付きのよい指でよみがえる蠅の動きを模したのだった。一匹は日が暮れてもよみがえらないので、捨てた。「私は百年後の世界を見たくてたまらないのですよ」フランクリンの言葉に、ダニエルも共鳴した。「マデラ酒の中で眠り、百年後に目ざめ、何がどのように進歩しているか見ることができたら、素晴らしいですな」「貴君も私も、生まれるのが早すぎた。科学はまだ、生まれたばかりの幼稚さです」「我々が、育てましょう」

ダニエルは、博士からもっといろいろな知識を得たいと思ったが、双方とも多忙だ。博士は旅行に出ていることも多く、なかなか機を得なかった。今年になって、植民地とイギリス本国が戦闘状態に入るに及び、アメリカへの愛国心に目ざめたフランクリン博士は、十八年に及ぶイギリス滞在を打ち切り、帰国してしまった。

ダニエルの電気ショックによる蘇生実験が成功したのは、まだ、去年の一例だけであったが――つまり、何度も失敗しているのだが――、先生をいっそう有名にし、ダニエル・バートン先生のもとで実地研修したいという実習生たちが押しかけている。

忙しいのは先生にとっていいことだと、かつての三人の弟子は思っている。五年前の辛い記憶に打ちひしがれる暇がなくなるからだ。先生にすべてを忘れさせるのは、解剖と実験と研究だ。その解剖と実験と研究の存続のために、最愛の二人エドとナイジェルを失ったのだから、辛い記憶と直結しているのではあるが。

「いくらダニエル先生だって、無理だよな」ベンが言った。「死体を発見してから、何日も経ってるんだろ」

「五日経っていますね」メモを見直しながらアンが言った。「発見されたのが三日前。天使を見たのがその二日前」

「それをよみがえらせたら、先生、魔女術禁止法で処刑されてしまう」

ここ百年近く、イングランドでは魔女処刑は行われていない。科学と啓蒙の十八世紀である。一六〇四年にジェイムズ一世が定めた苛酷な魔女術禁止法令は、百三十二年を経て、一七三六年、現国王ジョージ三世陛下の祖父ジョージ二世の治世下において、ようやく廃止された。それから四十年と経っていない。ベンの言葉は冗談にしろ、熾烈な魔女狩りの残滓《ざんし》が、田舎などにはまだ揺曳《ようえい》している。

「あの女の子の場合は、落ちてすぐだったからな」

ベンがそうつぶやいたとき、クラレンスの頭に、言うべき言葉が閃いた。

「サー・ジョン、これはなかなか面白い事件ですよ。そうじゃありませんか。この事件を調べて、ネイサンに、連載読み物として書かせてはどうでしょう。『ヒュー・アンド・クライ』の呼び物になります。読者が増えますすよ」

3

十七歳でロンドンにきた時、ネイサン・カレンは、二十を過ぎた自分を想像することもできなかった。二十歳以上は理解不能の大人で、自分とは別の世界の人間みたいに感じられた。

それが今は二十二だ。独り立ちして当然の〈大人〉なのに、十七歳の時と何も変わっていない。

テンプル銀行の主任ヒューム氏という親切な後援者を得たにもかかわらず、何も生み出すことができない。

あの事件の直後より、時が経つほど、暗鬱な思いが強くなる。自分が殺されかけたことも、当初はなんだか実感が湧かなかった。今になって、——殺されるところだったのだ……と躰の芯から震えが起きる。

大切な二人の友人が、自分たちの未来を犠牲にして救ってくれたのだ。詩人として大成するのが、彼らに報いるただ一つの道だと、ネイサンはありきたりなことを自分に言ってみるのだけれど、そらぞらしくて、いっそう嫌になる。

——僕が大成しようとすまいと、死者として生きると言って去った彼らをよみがえらせることはできない……。

昼休みの時間は過ぎた。薄暗いテンプル銀行の勘定台に戻らねばならない。

銀行には主任のヒュームさんのほかに行員が二人いる。赤の他人なのに二人は双子のようによく似ている。地肌が透けて見える薄い白髪と、鼻眼鏡。猫背。どちらもややこしい姓なので、ネイサンはひそかに、ティック&タックと呼んでいる。長い歳月、薄暗い店の奥で金勘定をしていると、ああいうふうになってしまうのだろうか。僕は嫌だ。

そう思いながら、ストランド・ストリートをチャリング・クロスの方に向かってぶらぶら歩いている。

この五年、ネイサン・カレンは無名のままであった。

ほんの一時、十七歳の少年が古語を駆使してみごとな詩をものしたと、一部の人々の間では話題になったが、大多数の市民は詩など読まない。そうして、刊行されたのはその一篇だけだった。『悲歌』は、途絶したままだ。彼に霊感を与えてくれた少女が殺害されたというのに、どうして後の言葉を続けられよう。

自分の限界が見えてしまった。僕には、詩人の才能なんて、ないんだ。古語で詩を書けたからって、ただの物まねじゃないか。明日の言葉で書いたと自負する詩は、他人には意味の通じない戯言《ざれごと》らしい。

でも、才能はない、と自分で言い切ったら、それでおしまいだ。誰も、あきらめるななどと励ましてはくれない。

サマセット・ハウスが増改築工事中なので、それでなくても騒々しい街が、いっそうけたたましい。先触れが、他の馬車や担ぎ椅子《セダン・チェア》、通行人をどかせて道を空け、王宮御用の札を立てて石材を積んだ荷馬車が、我が物顔に通る。凹凸の激しい敷石と車輪の摩擦は、耳を聾《ろう》する音をたてる。路地から溢れる泥水が轍《わだち》に溜まっており、馬車が走り過ぎるたびに泥しぶきがあがる。ロンドンの騒音にも悪臭にも、ネイサンは慣れた。

街路に面した百五十ヤードにも及ぶテューダー様式のファサードは、ガラス窓は入っていないがほぼ完成し、その外側に組まれた足場をのぼって、屋根葺きが、木材の骨組みに鉛《なまり》の板を打ち付けている。足場で囲われた未完成の翼棟の上には踏み車が据えられ、中で足踏みしている漕ぎ手の姿が小さく仰ぎ見られる。百ポンドはあろうという巨大な石材が吊り上げられてゆく。石工の親方らしいのが怒鳴り声で指図する。中庭が作業場に当てられ、差し掛け小屋が並び、石工が鋭い鑿《のみ》の刃先を石に当て、重い木槌で打ち叩き、粉塵を撒き散らしている。

粉塵は金色に塗られた看板を白くし、通行人の髪をも白くする。

咳き込みながら工事現場の前を抜けると、賑やかな商店街になる。

毛皮屋、帽子屋、手袋屋、装身具屋、婦人下着屋、薬屋、雑貨屋、金物屋、骨董屋、乾物屋、それに金細工師の店だの、リンネル商人の店だの、間口の狭い店が壁で仕切られてひしめき、差し掛けの小さい店は台の上に売り物を並べる。

豪華な装幀はしていない、紙表紙や薄い革表紙の書物だのパンフレットだのを売る本屋も、差し掛けの陳列台を出している。ネイサンは、しじゅう立ち読みをする。店主に睨まれると、さりげなく立ち去り、また戻って続きを読む。後援者のヒューム氏は、ネイサンに仕事も与えてくれた。ヒューム氏が主任を務めるテンプル銀行の出納係である。週給一ポンド（二十シリング）。銀行の近くに下宿したので、その家賃――週五シリング――や日々の食事代などを支出しても、贅沢をしなければ十分に暮らしてはいけるけれど、紙表紙の小説本は、三百ページぐらいのもので二シリング六ペンスから三シリング、読みたい本を片端から買って読むのは、ネイサンの懐では贅沢なのである。

この日は、気が滅《めい》入って、立ち読みをする気にもなれなかった。

ヒュームさんも奥さんも親切にしてくれるけれど、そうして五つになるやんちゃ盛りのダニー坊やは可愛いけれど、ヒュームさんは僕の詩人としての才能に、もう、見切りをつけているんじゃないだろうか。

ヒュームさんが僕に目をかけてくれるのは、間接的に、エドに愛情を贈っているのだ。

ああ、エド……。そして、ナイジェル。

二人は、僕を助けるために、殺人を犯した。法の不備を利用して、死刑はまぬがれたけれど、自らを罰すると言って――死者として生きると言って――姿を消した。殺人の動機は他にもあったというけれど、やはり、僕のせいだ。

僕にはそんな値打ちはないのに。二人を犠牲にするほどの。

ネイサンは、まわりの者皆に責められているような気持ちになる。だれも、口にはしない。皆、親切だ。だけど、心の中では、どうなんだろう。

たいした人物じゃない僕のために、すばらしい才能を持つ二人が失われた。そう思っているんじゃないだろうか……と、ネイサンは暗鬱になる。

とりわけ、ダニエル・バートン先生は。二人がおかした殺人は、ダニエル先生の畢生《ひっせい》の仕事を支えるためでもあったから、先生の辛さは、僕以上だ。自責してやまない先生が仕事に熱中できるよう、三人の弟子――アルとベン、クラレンス――は、先生のもとを離れた。三人が目の前にいたら、先生はどうしたって、あの二人を思わずにはいられないからだ。ベンとクラレンスはそれぞれ、家業に戻った。ベンの父親は仕立屋、クラレンスの父親は床屋だ。アルは、サー・ジョンに見込まれて、助手に引き抜かれた。ずっと判事の助手を務めていた義理の姪アン＝シャーリー・モアに、ちょうど、結婚の話が持ち込まれていた。アンがいなくなるので、アルが助手になったのだが、アンは結局、結婚を蹴ってしまった。

判事は犯罪摘発情報新聞『ヒュー・アンド・クライ』を発行する計画をたて、ベンとクラレンスに招集がかかった。アルが編集長だ。

十日ほど前に三人がネイサンを訪ねてきて、いんちき賭場を摘発した件の記事を書くよう、データをそろえて依頼した。他の記事は事実の簡単な報告なので、三人とアンでこなせるが、「この件は読み物ふうにしたい。筆が立つ君に頼みたいんだ」三人にそう言われ、引き受けた。

さっと書き上げた原稿を渡しはしたが、それも、自己嫌悪の種になっていた。何でも小器用に、そこそこできてしまう。政府弾劾の風刺詩を書けといわれ、それなりのものを書いた自分を思い出す。

右に折れれば、突き当たりはコヴェント・ガーデン・マーケットだ。その傍《そば》に、ダニエル・バートン先生の住まいがある。

胸が苦しくなるので、曲がり角の方は見ずに通り過ぎ、〈健康の殿堂〉と呼ばれる壮麗なアデルフィ・ハウスの前を行く。四十本のガラスの柱に支えられた天蓋の下で途方もない快楽を与えてくれる〈天国のベッド〉が備えられていることで有名だ。すなわち売春宿なのだけれど、一晩五十ポンドだという。どんな大富豪が利用するんだか。ネイサンには関係ない場所だ。

何もできない。存在そのものが無用だ……と自責するのが、つまりは自分を甘やかすことなのだと、わかっているから、なおのこと沈みこむ。

「ほれ、どいた、どいた。気をつけろい、ぶつかっても知らねえぞ」

担ぎ椅子《セダン・チェア》の担ぎ手に怒鳴られ、我に返って身をよけた。

ストランド・ストリートは、通行人のために一段高い歩道が設けられ、四輪馬車が騒々しく走る車道と一応区別されているのだが、傍若無人なセダン・チェアは歩道を行き来するのを許されている。通行人も歩道におさまってはおらず、車道にはみ出してせかせか歩いている。

いつの間にか、チャリング・クロスまできていた。

高く聳えるのは、馬に跨《また》がったチャールズ一世の銅像だ。その裾に、客待ちのセダン・チェアや辻馬車が屯《たむろ》している。

通行人がごったがえし、魔術師だの軽業師だののいかがわしい薬売りだのバラッド歌いなどが見物を集める。

裸であろうと何のその、神がビールを賜《たまわ》るならば。古かろうと新しかろうと、ビールはビール、とバラッド歌いはヴァイオリンを弾きながら歌い、神よ、ビールを与えたまえ、と見物が和していた。

三叉路の南の一郭を、赤い煉瓦《れんが》積みに白で縁取りし、四層の門楼の天辺に石のライオン像を据えた、堂々たるノーサンバランド公爵の邸宅が占めている。個人の邸宅としてはロンドンでもっとも大きい。裏の庭園はテムズ川まで続いている。

宿屋が多い。《青猪《あおいのしし》》だの《黒い白鳥》だの《鵲《かささぎ》と王冠》だの《猫と提琴《ヴァイオリン》》だの《空飛ぶ豚》だの、上等な旅館から安宿まで、でかい看板を通りに突き出している。

その一つ《金羊毛》という看板の突き出た宿屋は、入口の脇に〈ケンタウロスが貴方の未来を告げる。〉と記した真新しいチラシを貼りだしていた。駅馬車が出入りできる中程度の宿だ。〈本日より、ロンドンにおいて初公開！〉半人半馬《ケンタウロス》の絵も描かれていたが、半犬半豚にしか見えなかった。そのチラシの下から、古いチラシの一部がはみ出していた。宙に舞う少女の躰から、炎のように火花が飛び散る絵が稚拙な筆致で描かれ、〈偉大なる電気興行師《エレクトリシャン》、ドクターOM……〉と文字が続くのだが、OMの先は破れていた。

ケンタウロス……。どうせ紛い物の見世物だと承知しながら、ネイサンは、何とはなしに惹かれて、屋根付きの入り口を入った。中庭を取り囲んだ棟の、一階は帳場や待合所、酒場、台所、厩《うまや》などで、二階と三階に客室がもうけられている。馬車の到着や出立の時は混雑するのだろうが、このときは閑散としていた。窓を開け放した台所から肉を焼くにおいが漂い出て、ネイサンは思わずのぞいた。ハムやタンやベーコンの片身が天井から吊り下がり、壁の窪《くぼ》みに取り付けられた小型の踏み車の中で、犬が踏み板を踏んでいた。踏み車の横棒と焼き串の端は細い鉄の棒で連結され、皮を剥がれた豚が、炎に肉汁を滴らせながら回転し、動力を犬にまかせた焼き肉係は、テーブルにもたれて、客といっしょにビールを飲んでいた。かわいそうな犬……。食われる豚はもっとかわいそうだが、ネイサンはそこまで思いやり深くはない。豚に対しては唾《つば》がわくだけだ。

宿屋の中庭は、しばしば見世物や芝居の上演に用いられる。ケンタウロスの見世物には、十数頭の馬が繋がれた厩の一郭を区切った場所があてられていた。

呼び込みが、見物料は只だが、占いを頼むなら六ペンス、と告げた。

陽光は奥まで届かず、壁付きの燭台と、腰丈ほどの低い柵に取り付けられた蠟燭《ろうそく》の灯りが、半円形の柵の中に立つケンタウロスにわずかな明るみを投げていた。

厩のにおいが流れ入って、ケンタウロスを本物めかしていた。

見物人は他におらず――いや、いたのだが、意識にとめなかった――ネイサンはただ一人、ケンタウロスと向かい合った。

ギリシャ神話のケンタウロスであれば、腰までの半身は逞しい裸体であるべきだろうが、見世物のそれは、チュニックの上に海軍士官のような上着――古くてぼろぼろの――を着け、腰のあたりでボタンを三つ留め、そのために馬体とのつなぎ目は隠れているのだった。

赤みを帯びた栗色の髪をうなじの後ろで一つに束ねて編み、幅の広い黒いリボンで結んでいる。若者の間で流行の髪型だ。

ケンタウロスは若くはなかった。艶のない肌は皺《しわ》ばみ、頬骨《ほほぼね》の下は深くこけていた。四十半ばか。

ネイサンに目を向け、うなずいた。

その仕草で、蠟人形ではない、生きた人間だとわかる。

もっとも、このごろは発条《ぜんまい》や歯車で動く精巧な機械人形も流行しているけれど、このケンタウロスが人形ではないのは明らかだ。

馬身は剝製らしい。首から胸にかけて切断し、両脚を失った男の腰と接合させてある。

そう理解したとき、ネイサンは悲哀に包まれた。

両脚のない貧しい男が、唯一、食べていける手段なのだ。

「やあ」

ケンタウロスは、朗らかに呼びかけた。ネイサンの哀れみなど、払い飛ばすような声だ。

そうして、左の前肢を少し持ち上げ、蹄《ひづめ》で土間を蹴る仕草をした。

君が想像しているような作り物ではないよ。私は本物のケンタウロスだ。そう示しているように見えた。

右手を、ネイサンにさしのべた。

「私は、賢者ケイロンだ」

ケイロン。粗野で好色なケンタウロス族の間で、唯一、賢い、賢すぎて哀しい存在。

アポロンから音楽と医学の知識を授けられ、アルテミスから狩猟を学び、薬草を栽培して病人を助けたけれど、ヘラクレスの放った毒矢に倒れた。神話のとおりなら、死者なのだが。

ネイサンは我知らず歩み寄り、柵越しにのべられた手を握った。

「君は、詩人だな」

どきっとした。

ケイロンのがっしりした手は、木彫りのように乾いていた。どうしてわかるんだ、と訝《いぶか》しみはしなかった。当然のことを言われたように、まず、思ってしまったのだ。

詩人として大成できるでしょうか。口に出かかったその問いを、ネイサンは呑みこんだ。占いなんて……。僕は迷信深い中世の人間じゃない。

中の様子にも目を配っていたらしい呼び込みが、近寄ってきて「占いを頼んだんだね、お客さん。はい、六ペンス」と手を出した。

何も頼んではいない。そう思ったのだが、ネイサンは隠しにじかに突っこんであった硬貨を出し、呼び込みの手に握らせた。反論する気力がなかったし、贅沢はできないとはいえ、一ファージングだって無駄にはできなかった貧窮のころよりは、はるかにましな暮らしである。そうして、何より、ケイロンが彼を詩人と呼んでくれたことに、心を打たれていた。

「私の隠しにも、二ペンス入れてくれないかな」

ケイロンは身をかがめ、ささやいた。

「あの男は、私に分け前をよこさないのだよ。私は腹が減っていてね」

ケイロンの声が耳に届いたとみえ、六ペンス貨をせしめた呼び込みは振り返り、「秣《まぐさ》でも食っていろ」と言い捨て、出て行った。

空腹なのに金がない。その悲しさ、惨《みじ》めさを、ネイサンは身にしみて知っていた。

八ペンスも無駄遣いするなんて、ふだんなら思いもよらないのだが、ネイサンは、せびられた二ペンスどころか、六ペンス貨をケイロンの乾いた手に握らせていた。六ペンス貨二枚……。一シリングの無駄遣いだ。何てことだ。

「君は詩人だ」

お恵みへの礼のように、ケイロンは重々しくそう言った。

そうして、視線を右に移し、「愛らしいお嬢さん」と呼びかけた。つられて目をやると、やつれた女がいた。愛らしい顔立ちではあるけれど、とても〈お嬢さん〉には見えない粗末な身なりだ。その上、右の頰から首筋にかけて、火傷の痕のような瘢痕がひろがっていた。

「あんたの恋人は、生きているよ」

ケイロンはそう言って、左の前肢を持ち上げ、蹄で土間を蹴った。

「本当ですか」

女は柵から身を乗り出した。

「どこにいるんですか」

そのとき、呼び込みが入ってきて、「エスター」と怒鳴りつけた。「油を売ってるんじゃない。さっさと仕事に戻りな」

「お願い、教えて。あの人どこにいるの」

「占いなら、一件につき六ペンス」呼び込みが言い、

「そうして、俺に二ペンス」ケイロンが目配せした。

「お金なんて、ないわ。一ペニーも持ってない。だれかがチップをくれたら、払うから。お

願いよ」

見も知らない女のために、さらに八ペンスを費やすなんて、ネイサンの経済状態からいったら、とんでもないことだ。

なけなしの六ペンス貨を、ネイサンは呼び込みに放り投げた。

「さあ、彼女に答を言って」

ケイロンは右手をのべた。二ペンスを催促しているのだ。

ネイサンは自分のこめかみを殴りつけてから、ケイロンの要求に応じた。

「おお、気高き少年よ」ケイロンは言った。「あたかも、中世の騎士のごとし。されど、騎士の実態を知っているか。彼らは強盗と変わりなかったのだよ」

少年などと呼ばれる時期はとっくに過ぎた。しかし、小柄なので、子供っぽく見られがちだ。年だけは増えても、背丈は五年前とあまり変わらない。

「お嬢さん、あんたの恋人は」ケイロンは瞼《まぶた》を閉ざした。蠟燭の火影が、眼窩のくぼみに溜まって揺らいだ。

「閉ざされた場所におるな」

「監獄ですか!」

すかさず、呼び込みが戻ってきた。

「一件につき、六ペンスだ。もう一つ質問するなら、六ペンス払え」

「ぼるなよ」ネイサンは大声を上げた。そうしてケイロンに「頼むよ。教えてやってよ、彼女に。彼女が居場所を知りたがっている人は、監獄にいるのか。あの凄まじいところに」

ケイロンは黙り込んだ。身動きをしないと、精密に作られたオートマトンみたいだ。

「払わなければ、彼は答えない」にべもなく、呼び込みは言った。

「ああ、お願い、お願い」

女は土間に跪《ひざまず》き、祈るように指を組み合わせた。

「どうするね、心優しき騎士よ。美女のために六ペンス硬貨をもう一枚？」

ケイロンがそう言ったとき、ネイサンをわたくしの騎士と呼んだ少女の姿が、いやおうなく脳裏に浮かんだ。

忘れたことはなかった。悪党どもによって、あまりにあっけなく世を去ったエレイン。ネイサンが一方的に恋に落ちただけだったけれど。

貴女《あなた》が殺されたことを知ったのは、ずっと後になってからだった。騎士と呼んでくれたのに、貴女を救うために何一つできなかった。その償いに、この女性を助けます。

ネイサンは隠しにあった最後の六ペンス貨を、呼び込みの顔に投げつけた。鼻柱に命中した。

のけぞった男は、一瞬目がくらんだようだが、すぐに立ち直って、

「この野郎」

鼻血まみれの顔で摑みかかってきた。

腕力ではかなわない。

素早く逃げたが、

「金は払ったぞ、彼女に居場所を教えてやれよ」

ケイロンに言葉を投げるのは忘れなかった。

台所の窓の前を走り過ぎるとき、いっそう濃密になった焼き肉のにおいが鼻孔に流れ込んだ。犬はあいかわらず、踏み車を漕いでいた。かわいそうな犬。

折よく、屋根の上まで客を乗せた乗合馬車が到着した。ごたごたに紛れてネイサンは外に走り出た。

男が追ってこないのを確かめ、ストランド・ストリートを東へ――テンプル銀行のあるテンプル・バーの方へ――歩き出した。

最初は小走りだったが、大丈夫らしいので歩をゆるめた。

薄暗い銀行に戻らねばならない。ティック&タック、陰気な二人の爺さん――五十前後なんだろうが、ネイサンから見れば、十分、爺《じじい》だ――の、咎《とが》めるような視線を浴びねばならない。

せちがらいロンドンで、仕事にありつけるだけでも感謝しなくてはと、わきまえてはいるのだけれど、金勘定に明け暮れて、時間がみるみる削られていく。金貨は五ギニー貨に二ギニー貨、一ギニー貨。きちんと見分けなくてはいけない。銀貨は一クラウン貨に半クラウン貨、一シリング貨、六ペンス、四ペンス、三ペンス、二ペンス、一ペニーと、八種類もある。銅貨が半ペニー貨とファージング貨。ファージング貨は四枚で一ペニー。両替となったら、頭がごちゃごちゃする。

十二ペンスが一シリングで、二シリング六ペンスが半クラウン。つまり一クラウンは五シリング。二十シリングが一ポンドで二十一シリングが一ギニー。こんなややこしい単位を誰が決めたんだか。

文章であれば、中世の古文書だって読み解くし、文体模写もできるけれど、お金の計算はつくづく苦手だ。少しの面白みもない。

一ペニーの計算違いも許されない。しかも、金貨銀貨は、勘定台にいくら山積みにされたって、彼の手をすり抜けて、頑丈な金庫にしまいこまれるだけだ。

好きなことをして金を稼ぐなんて、途方もない高望みだ。人生最大の贅沢なのだ。無実の罪で監獄にぶち込まれたあの日々を思ったら、何だって耐えられる。そう自分に言い聞かせはするのだが、一生、耐えっぱなし？　と、もう一人の自分が言う。もう、ミューズには見放された？　何の才能もない？　エレインを助けることもできなかったし、二人の大切な友人を犠牲にしてしまった。僕なんか、生きている価値はない？

一人で過ごす夜、詩を書こうと思うのだけれど、隣の部屋の住人が騒々しくて……というのは、才能の枯渇を認めたくない言い訳だ。

歩む足はますますのろくなる。

「やあ、ネイサン！」

こちらに向かって早足でくるのは、クラレンスだ。後から息をはずませて、太めのベンがついてくる。アルもベンと並んでいるが、こちらは息を切らせたりはしていなかった。痩身のアルを見ると、ネイサンは何だかほっとする。沈着で、信頼がおける。

「やあ」と、できるだけ明るい声をつくってネイサンは応じた。

それとほとんど同時に、「ああ、追いつけたわ」これも息を切らせながらの声が背後からしたので振り向いた。

「一言、お礼を言いたくて」

「エスター……さん?」

呼び込みが、たしか、そう呼んでいた。

陽の下だと、目尻に小さい皺があった。二十代も終わりか、三十に手が届いているか。それでも、目鼻立ちは愛らしい。

「エスター・マレットです。ありがとうございました」

両手の間にネイサンの手を包み込んで、頬に寄せた。指先は荒れていた。水仕事が多いのだろう。

どぎまぎするネイサンに、

「何かいいことをしたのか、ネイサン」

クラレンスが割り込んだ。

「別に……」

騎士きどりの行為なんて、吹聴するのは気恥ずかしいと思うほどには、ネイサンも大人になっていた。

「お恵みをいただいたおかげで、とにかく、あの人は生きているとわかりました。ケイロンがそう言ってくれました。あの……ベツレヘムにいるって」

「ベツレヘム？」

アルとクラレンス、ベン、三人が口々に声を上げた。

「どういうこと？」アルが訊ねたが、「どけ、どけ」と喚《わめ》く担ぎ椅子《セダン・チェア》担ぎに妨げられた。道の端に身を寄せる脇を、セダン・チェアはぶつかりながら通り過ぎた。

「コーヒーハウスで、落ち着いて話を聞けないかな」アルは誘った。

「いいえ、わたし、すぐに帰らないと」

「チャリング・クロスの《金羊毛》って宿屋で働いているんだ」ネイサンは言い、たいそう親しい女性を紹介しているような気分になった。もっとも、ネイサンから見れば三十にもなろうという女は小母さんであって、ときめきはしない。

「すみません、急ぎますので」

ありがとうございました、と繰り返しながら、エスター・マレットは走り去った。

「ネイサン、詳しく話してくれよ。彼女とベツレヘム、どういう関係があるんだ」

「知らないよ。僕も急いで銀行に帰らなくちゃ。昼の休みの時間をとっくに過ぎている」

「ああ、それなら、大丈夫。僕たち、今、テンプル銀行に行ってきたんだ」

ベンの言葉の後を、クラレンスがさらった。

「お前に用があって銀行に行ったら、鼻眼鏡の二人がさ、声を揃えて『昼休みに外出したま ま、まだ戻ってこない。おおかたストランドあたりの露店で、本の立ち読みをしているんでしょう』って」

鼻眼鏡のせりふは、上手に声色《こわいろ》を使った。

「ネイサンと少し話があるので、と許可を取っておいたから」アルが言った。

「コーヒーハウス……」クラレンスはあたりを見回し、「あれでいいな」《キャロルズ》と看板の出た店を指した。

コーヒーを口に運びながら、ネイサンは『ヒュー・アンド・クライ』に目を通した。

自分の文章が印刷され人目に触れるのだが、わくわくした高揚感は生じなかった。何でも小器用に、そこそこできてしまう、という自嘲の思いを新たにしただけだ。

事件をもとにした小説の連載を、と三人に切り出され、即答できなかった。

この時代のアカデミックな価値観では、もっとも高尚なのは、詩であり、戯曲がそれに次ぎ、小説は、俗なものとして低く見られている。

ネイサンも、そう思っている。詩人として確固とした名声を得る前に、小説家と世に認められてしまうのは、気が進まない。読むのは好きでたまらないくせに。立ち読み常習犯であるくせに。

「ああ、書くよ」笑顔で答えた。「ペンネームで」

「すごい、面白い事件なんだ」クラレンスが身を乗り出して言った。「ダッシュウッドの野郎の領地ウェスト・ウィカムの管理人、サー・ラルフ・ジャガーズという男がきて……サーといったって、一代かぎりの勲爵士だけどね、それを鼻にかけやがって。別れぎわに俺が、さようなら、ジャガーズさんと言ったら、さんではない、サー・ラルフと呼べ、と怒鳴りやがった」

そのウェスト・ウィカムの白亜の掘り跡で踏み車漕ぎが、とクラレンスがもっぱら喋り、横道にそれるたびにアルが軌道修正し、ベンは二人の一言一言に大きくうなずいて同意を示し、

「ベツレヘム？　胸に？」

ネイサンは思わず大声を立てた。

「さっきの女の人……」とベンが「誰かがベツレヘムにいるとか何とか言っていたけれど」

「それで、彼女からも話を聞きたかったんだが」アルが残念そうに言った。「仕事を馘首《くび》になったら気の毒だしな」

「《金羊毛》に行けば会えるよ。宿の主人に少し金を払えば、ある時間、解放してくれるだろう」

「あの人、しきりに礼を言っていたけれど、何をしてやったんだ」

ベンに訊かれ、ネイサンはあらましを語った。

「ケンタウロスのケイロンか。上手に作ってあったか？」

「上着で隠して、継ぎ目はわからないようにしていた」

「全部作り物で、馬の胴体の中にひそんだ小さい人間が喋っているってことは？」

「口が、言葉どおりに動いていた。表情も動いていたし」

「両脚の無い人間と馬。まさか、完全に接着したんじゃないだろうな」

「眠れないよ、そんな格好じゃ。はずせるんだろ」

「馬の首から胸の部分に人体を連結して、うまくバランスがとれるのかな」とアルが「かなり、ふらつきそうだけれど」

「しっかり立っていた。左の前肢だけ、動くんだ。あれはどうやるんだろう」

「占いなんて、どうせインチキだ。お前ったら、インチキ野郎に巻き上げられて」クラレンスは言ったが、「見に行こうぜ」と、腰を浮かせた。「『ヒュー・アンド・クライ』で、インチキを暴いてやろう」

「みんな、インチキと承知で楽しんでいるんだ」アルがたしなめた。「そして、脚のない男はインチキのおかげで食っていけるんだから、そっとしておけ。さあ、大事な話に戻ろう」

「ベツレヘム……。宗教関係かな」ふと思いついて、ネイサンは言った。「あるいは、東インド会社に関係があるか」

「どうして、東インド会社？」ベンが不思議がる。

「王立取引所の傍に、《エルサレム・コーヒーハウス》っていう店があって、東インド会社の関係者が独占的に利用している。エルサレムとベツレヘムは関係が深いだろ。地理的にも近いし」

「ネイサン、君は五年前にロンドンにきたっていうのに、ロンドンっ子の僕たちより、詳しくなったな」アルがにっこりして言った。

「銀行勤めだから、いろいろ情報が入るんだよ。インドに渡航する手続きも、そのコーヒーハウスで扱っている」

「ベツレヘムの子よ、よみがえれ。インドの現地人への叛乱指令……。そんなわけはないな」クラレンスは自問自答している。

「インドの現地人をベツレヘムの子とは呼ばないさ。叛乱なら、新大陸の植民地の方が危ない」アルは言い、「で、とにかく」と話を戻した。「ウェスト・ウィカムに行って、詳細を調べることにしたんだ。君も一緒にきて欲しい」

「でも、銀行の仕事が……」

「サー・ジョンから主任のヒュームさんに話をつけて、場合によっては、頭取のカートライトさんにも話して、君が『ヒュー・アンド・クライ』のために行動し執筆するのを許してもらう。銀行の業務を休めば、そのぶん給料は引かれるけれど、稿料が出るから、経済的な心配はない」

「モアさんも一緒に行動するの?」

「ウェスト・ウィカムには、彼女は行かない。彼女はサー・ジョンの眼だから」

「ネイサンは、アン嬢が苦手なんだ」クラレンスにからかわれ、

「まあ、ちょっとね」ネイサンは軽く言ったが、実は大いに苦手だ。

「明日は早起きだぞ。オックスフォード行きの乗合馬車が出発するのは、午前四時だ」アルがてきぱき指示した。

アルのてきぱきは頼もしいが、アン＝シャーリー・モアのてきぱきは、ネイサンには苦手なのだ。

「オックスフォードからウェスト・ウィカムまでは、貸馬車だ。到着は陽が落ちるころになるけれど、明日のうちに遺体の検分はすませておきたい」

「旅費とか、ずいぶんかかりそうだけれど、大丈夫なの？」

金で苦労してきたネイサンは、まず、それが気にかかる。

「ロンドンからオックスフォードへの馬車賃だけでも、一人頭十シリング――僕の週給の半分だ――、四人で往復だから、八十シリング、ってことは四ポンド。貸馬車代は幾らだろう、それに宿賃が……」

「さすが銀行家！　金勘定が早くて、かつ正確だ」クラレンスの冷やかしに、

「旅行する人の費用の見積もりを手伝うこともあるんだ」ネイサンはまともに応じた。「どこそこまで行くのに、どのくらい用意したらいいだろうと相談する人が時々いて」

「費用の出所は、これからジャガーズと交渉する」アルが言った。「ジャガーズは、ロンドンにきたついでに、いくつか用事をすませるので、二、三日滞在すると言っていた。半額をウェスト・ウィカムの〈犯罪訴追協会〉に負担させる。残りは、『ヒュー・アンド・クラ

イ』の編集費から出す」

「アル、上手に交渉しろよ」

珍しいことに、ベンが忠告した。

「最初から半額なんて言ったら駄目だぞ。まず、全額負担しろって、強く言うんだ。ウェスト・ウィカムの安寧のために調査するんだぞ、って強調して。それから、少しずつ譲歩するんだ」

へえ、とアルもクラレンスも驚愕の目をベンに向けた。

「お前がそんなに商売上手とは知らなかった」

「親父が客と仕立代の交渉をするのを、見おぼえた。まず、高値をふっかけるんだ。それから、恩着せがましく、少し引いてやる。おまけもつける。ボタンは二割引にいたしますよ、とか何とか」

でも……と、少し口ごもりながら、「俺は親父と違って気が優しいから」

「気が弱いから、自分では強引にやれない」と、クラレンスが、ベンの遠回しな言葉を、はっきりと言いなおしてやった。

「まあ、そうなんだけど。アルだって、商売人の親父を持っているんだから、交渉のやり方は知っているんだろうけど」

アルの父親は貿易商でけっこう金回りはいい。

「鷹揚に育っているみたいだからな」

「質屋通いだってしたことがある」アルは言い返した。「任せとけ」

「あいつ、しぶとそうだぞ」

「解剖、俺たちだけでやることになるな」クラレンスの声がはずんだ。

「大丈夫かな、俺たちだけで」不安そうなのはベンだ。

「ダニエル先生にがっつり仕込まれたバートンズだ」クラレンスは拳を握ってみせた。

「忘れていた！　明日はダニエル先生の誕生日だ」ベンが声を上げた。「贈り物、何にする？　ワイン？」

「ワインより、標本用の酒精だろう」

「ダニエル先生が一番喜ぶのは」クラレンスが指を鳴らした。「解剖用の屍体だ」

4

疲れ果てて、ダニエル・バートンは暖炉《だんろ》の前の椅子に腰を落とした。この上なく不機嫌な面《つら》つきであった。

勤務先である聖ジョージ病院の三人の同僚外科医と、病院の近くのタヴァーンで食事をしながら激論を交わし、何の成果もなく帰宅したところだ。ハイド・パークの東端に近い勤務先からコヴェント・ガーデンの自宅まで一マイルと少しの道は、徒歩でも別に辛くはないのだが、酔いと疲労が重なっている時はうんざりする。

ジャガイモに似た風貌はあいかわらずだが、収穫したまま長い間ほったらかされたように、いささか皮が萎《しな》びた。

居間は冷え冷えとしている。暖炉に火を入れるのはまだ二ヶ月も先のことだ。

病院の実習生たちのために、解剖学の無料講座を開こうというダニエルの提案は、三人の同僚によって、否決された。

「決まった仕事だけで手一杯だ。これ以上、増やさないでくれ」

「しかも、無料だと！　講師の給料はどこから出る。只働きしろというのか」

聖ジョージ病院は慈善病院で、寄付金や遺贈金、理事選出謝礼金、自発的な拠出金などで運営され、患者は無料で治療を受けられる。外科はダニエルたち四人の常勤外科医のほかに、下級外科医が数人いる。原則として、全員、無給だ。実習生の授業料や、患者からの謝礼金、個人的に持った患家からの支払いなどが収入源になる。ここで腕を上げれば、将来、高級な病院の勤務医への道が開けるし、開業して金払いのいい患者を診ることもできる。三人にしてみれば、無料講座なんてよけいなことに労力を費やすのは、論外なのであった。

「そんなことより、バートン君、君は身なりにもっと注意を払うべきだ。鬘《かつら》をつけないと、下層階級の者と見間違えられるぞ」

「血のついた服は、手術以外の時は着ないでくれたまえ」

「見苦しい無精髭は、剃ってほしい」

「そんな暇は、私にはない」

相手は冷笑し、「君は、髭を剃る時間を、鳩の睾丸の成長を観察するのにあてているのだったな」と皮肉を込めた。

「それのどこが悪い」

「鳩の睾丸と人間の病気は関係ないだろう」

「しかも、我々は外科医であるぞ。病気を治すのは、内科医の領域だ」

「そんな区別は、必要ない」

ダニエルの言葉に、相手は、おお、と大袈裟《おおげさ》にのけぞった。

「内科医がそんな説を聞いたら、君を追放するだろう」

内科医は尊敬されるが、かつては床屋が兼業していた外科医は、いまだに低くみられている。

「外科医の地位は、内科医と同等であるべきだ。高めるのは、外科医自身だ。そのためには、実習生に解剖の知識を与え――」

言いつのるダニエルを、相手が遮《さえぎ》った。

「君は伝統と古典的な学問を尊重せず、常に、問題ばかり起こす。迷惑するのは我々だ。自重しろ」

エドとナイジェルを失ってから五年の間に、ダニエル・バートンは数々の業績を上げてきた。標本のコレクションは膨大になりつつあった。骨がどのように成長するかを確認した。

そのために数多い豚を生体解剖した。傷ついたアキレス腱の再生経過を調べた。そのために数多い犬のアキレス腱を切り、脚を引きずる犬を量産した。帝王切開に成功した。数例失敗した後に。

誹謗と讃辞が、ダニエルに与えられた。研究の成果は、人間の病理を究め治癒するのに役立つ。とは言え、無慈悲な人でなしと呼ぶ者の方が、医学に貢献したと讃える者よりはるかに多い。

娯楽のために動物を虐待するのは、ロンドンっ子の日常だ。熊いじめ、闘鶏、鵞鳥《がちょう》狩りその他数々。鵞鳥狩りは、鵞鳥を木の枝に逆さ吊りにし、その下を馬で走り抜けながら、首を引っこ抜くのである。絞首刑見物、精神病院見物も、見世物並みに人気がある。タイバーンの刑場で絞首刑があるときは見物人が群れをなし、精神病院は入場料一ペニーで、動物園のように病人を見物させている。第一火曜日は無料なので、大勢訪れる。

しかし、医学発展のための動物生体解剖は、指弾の的となる。

「君のおかげで、外科医というものは、冷酷な動物虐待者だ、患者を実験台に手術をして殺すなどと悪評が立っている」

白鑞《しろめ》の酒杯をテーブルに投げつけると同時に、ダニエルは席を立った。

「たしかに、君たちは患者を死なせたことはない。怠け放題で、手術をしないのだから」酒および食事代の二シリング貨を放り出し、タヴァーンを出、辻馬車を拾ったのだった。

世間は非難しても、彼の果敢な実験と治療の実績、斬新な研究の成果に惹かれ、門下になる実習生が増えている。

女中のチェリーが、コーヒーを運んできた。命じてないのに、気がきくことだ。前にいたネリーが鍛冶屋と結婚したので、代わりに雇った娘だ。まだ十五歳で、力仕事は痛々しい年頃だが、よく躾《しつ》けられており、掃除も料理もアイロンがけも上手い。治安判事ジョン・フィールディングが設立した身寄りのない貧しい女の子のための施設で、良家の女中になるべく仕込まれている。

熱いコーヒーを飲みながら、何気なく隠しに手を入れたら、べとべとしたものに触れた。タヴァーンで食事中に思いつき、持ち帰ることにしたベーコンの皮だ。帰宅したら愛犬チャーリーにやろうと思ったのだ。激論中だったから、チャーリーが去年老衰で死んだのを、うっかり忘れていた。火のない暖炉に投げ捨てた。

玄関番のねじれ鼻トビーが、来客を告げた。

訪れたのは見世物師で、七つ八つの子供のように小さい女を連れていた。矮人症に特有の額の出張った顔は、中年の女だ。宮廷の貴婦人をそのまま縮小したような小さいドレスをまとっていた。生地は安物だ。

「〈楽園の妖精〉をご存じですか。フリート・ストリートで見世物に出ています。たいそう人気があります。これが、それです。先生は珍しいものを集めておられると聞きました。珍しいものの屍体を。これが死にましたら、先生に提供します」

契約するから、その前金を欲しいと、見世物師は言った。

女の目尻にじわじわと涙が浮かび、首を振った。そうして、声を上げて泣き出した。

「嫌なんです、解剖されるなんて。躰をばらばらにされたら、天国に行かれません」

ダニエルは吐息をつき、トビーを呼んで二人を帰らせた。ここで一ギニーでも渡したら、詐欺師や見世物師が、カモにしようと、我も我もと押しかけてくる。

ようやく追い払ったのと入れ違いに、かつての弟子三人が、訪れてきた。

ダニエルを立ち直らせるために離れていった三人だが、会えば懐かしく嬉しいのは、師も弟子たちも同様だ。

肩を抱き合った。

五年間、音信不通だったわけではない。何かと用にかこつけて、かつての弟子たちは個々にダニエルに顔を見せていたし、誕生日の贈り物も忘れなかった。

『ヒュー・アンド・クライ』の第一号を先生に披露し、ジャガーズの来訪などの事情を口々に話した。

「胸に文字が記されていたんですって」

「〈ベツレヘムの子よ、よみがえれ！〉っていうのが、ダッシュウッドに対し叛旗を翻《ひるがえ》せっていう合図だと面白いんだけどな」

「胸に文字を描く。奇妙な暗合だ」

ダニエルがつぶやいたので、三人は顔を見合わせた。

また、先生を落ち込ませてしまった……。

先生もやはり、あれを思い出したのだ。ネイサンを救い、殺人未遂の奴を殺人犯と思わせるため、エドとナイジェルが画策した、あれと重なる。

「〈ベツレヘムの子〉に、何か心当たりがおありですか」アルが訊いた。

「ない」

「〈アルモニカ・ディアボリカ〉には？」

「ない」と言いかけて、ダニエルはちょっと考え込んだ。

「聞いたことのあるような……。いや、思い出せん……。ああ、どこかのオペラ劇場で、奇妙な音楽が奏でられ、歌手が気が狂ったとか……。もう十何年も前のことだ。君たちはまだ子供だったから、耳にしたことはないのだろう。他愛ない噂だ。その楽器の名前が、アルモなんとかだった。だが、でたらめな話で、そんな事実は、まったくなかったようだ。じきに立ち消えた」

「先生、オペラを聴きに行かれたことがあるんですか」

「一度、誘われて行った。胸に深々と短剣を突き刺された女が、倒れもせず、朗々と歌い出した。馬鹿馬鹿しい。二度と行かん」

「そういうわけで、先生」

クラレンスが、なるべく弾んだ声を作って言った。

「僕たち、明日、ウェスト・ウィカムに行ってきます」

「この事件を追及してネイサンが小説風に書き、『ヒュー・アンド・クライ』で連載することは、サー・ジョンの許可もいただきました」とアルが「ウェスト・ウィカムの犯罪訴追協会に費用の半額を持たせることは、ジャガーズ氏がダッシュウッド卿に話し、許可を得るそうです」

「ジャガーズは、何かというと、でか鼻の名前を持ち出すんだよな」ベンが言った。「権威づけに」

「そう」とクラレンスがうなずいて、「サー・ジョンの言われるには、でか鼻は――あ、サー・ジョンはでか鼻とは言われませんでした――ダッシュウッドのくそ野郎は――あ、くそ野郎とは言われませんでした――昨日からロンドンを離れていて、帰ってくるのは今日の夜だから、ジャガーズが今朝報告したはずはないと」

「ジャガーズがでか鼻に会えるのは、今夜遅くか、明日だな」

「我々がウェスト・ウィカムからロンドンに帰ってくるのは、明明後日《しあさって》の夜の予定で」とクラレンスが続けた。「明日の誕生日には間に合いませんが、解剖用屍体をお贈りできます。柩でここに運びます」

「僕たちだけで解剖するより、先生に指導していただいた方が」と、これはベンだ。

「私も、明日、同行しよう」

決然と、ダニエル・バートンは宣した。

「病院は？」

「これまで私は、三人の外科医の分まで、仕事をしてきた。実習生の大半を、私が指導している。熱意のかけらもない奴らの分まで働いてきたのだ」

実習生が払う授業料の総額は百四十ポンド前後で、それを四人の常勤外科医が四等分する。仕事に不熱心な三人が平然と、働きまくっているダニエルと同額を取る。

「私がいなかったら、どういうことになるか、少しは彼らも思い知るがよい」

ダニエル・バートンは、短気である。がむしゃらに突進する。四十七にもなりながら、まことに大人げないのである。その欠点は自覚しているが、今さら矯正はできない。短気な者を慎重な性格に改変するためには、魂を引き抜いて塩漬けにしなくてはならない。

5

午前四時のロンドンは、深夜と変わらない。夜のどんちゃん騒ぎをやる娼婦宿や賭博場もそろそろ店じまいをする頃だから、灯火が消え、いっそう暗い。

フリート・ストリートの馬車宿に、ダニエルと弟子たちは集合した。

乗合馬車の座席は四人がゆったり座れるように作られているのだが、六人までは詰め込む。さらに、屋根の上も二等席として使われる。半額だ。後部の外側に荷物をのせる〈がらごろ籠〉がある。屋根の上より安い客席にもなる。

駅者は、これ見よがしに武器箱からラッパ銃を取り出し、点検してから散弾を装填し、また箱に収めた。さらに、数挺の大型ピストルを示威的に振りかざし、装填して箱にしまった。まっとうな客を安心させ、追い剝ぎと内通している者に警告するためである。

道中は油断ならない。宿場のタヴァーンだって、亭主や給仕が強盗団からお手当てをもらっているのもある。金まわりのよさそうな客が着いたら、一報するのだ。

がらごろ籠に荷物を積んでから、乗り込んだ。ダニエル先生がくつろげるよう、隣に小柄なネイサンが腰掛けて二人掛けにし、アルとクラレンス、ベンが向かい側に並んだ。ベンは綽名のとおり肥満体《ファッティ》だが、骨皮《スキニー》アルがまた綽名のとおり痩せているから、三人掛けでもまあ、何とかなる。

助手がラッパを吹き鳴らしカンテラを振り、出発を告げているとき、もう一人乗り込んできた。樽のような婦人で、ダニエルとネイサンの間に、雄大な臀《しり》を押し込んだ。潰されないために、ネイサンは無駄な努力をした。

早暁。ふだんなら熟睡している時間である。上機嫌な者は一人もいない。饒舌《チャターボックス》クラレンスでさえ、むっつりして頭を後ろに凭《もた》せかけている。

四頭立ての馬車は、走り始めた。

車輪は騒々しい音を立てる。

揺れる。

跳ね上がって、頭が天井にぶつかる。がくんと落ち込む。睡魔は強烈なのに振動のおかげで眠れない、きわめて不愉快な状態である。

樽婦人の髪は、最新の流行にそって針金を芯に入れ、塔みたいに高々と結い上げられているのだが、度重なる天井との激突によって、頭の上に平たい板をのせたようなスタイルになった。樽婦人は、この状態をもたらしたのは自分以外のすべての者であると思っているようで、大揺れするたびに、向かい合った三人を睨みつけ、肘を張ってネイサンを押しのけた。横揺れしたはずみにネイサンの躰がぶつかったら、痴漢にあったような悲鳴を上げたが、次の瞬間、よろけたふりをして抱きつこうとしたから、ネイサンの方が小さい悲鳴を上げる羽目になった。

「オックスフォードに夫の甥がおりましてね。その嫁が出産したので、お祝いに行くんですよ」樽は、三重の襞になった顎をふるわせ、誰にともなく大声で告げた。だから、自分はこの馬車に乗る一番正当な理由を持っていると言わんばかりだ。「男の子なんです。跡継ぎですよ」じきに車酔いで黙り込んだのは、他の者にとって幸運であった。

乗合馬車は、時速およそ四マイル。馬の尻を叩いても、せいぜい六マイル。馭者は、急がない。

乗り心地ははるかにましであろう自家用馬車が軽快に追い越して行く。悪路を行くのは変わりないが、上等なスプリングを使っているから揺れはいくらかましだ。時速十マイルは出せる。いっそう速いのは、単騎颯爽と行く馬上の旅人だが、鞍擦《くらず》れで臀《はか》《し》が腫《は》れることだろう。

三時間も走った頃、深い轍《わだち》に車輪がはまりこみ、馬車は横転しそうに傾いだ。ネイサンは完全に樽の下敷きになった。窒息寸前、全員馬車から降りることを、馭者に要請された。馭者の助手と一緒に車を立て直し、轍から引き上げるのは、客の務めである。馭者は「それ、行け！　ほうれ、行け！」と馬どもに鞭《むち》をくらわせる。

「先生は、そこで休んでいてください」

車を押し上げながら弟子たちは言ったが、ジャガイモは車輪に肩をあて、頭頂まで真っ赤になり、樽は道端に茫然と立ち、ハンカチで瞼をぬぐい不運を嘆いていた。

人の背丈ほどある絶望的に深い轍から奇跡的に抜け出し、「さらば、嘆きの谷よ」とクラレンスは轍に別れの言葉を投げ、昼飯を摂るために宿駅の馬車宿に入ったときは、二時をまわっていた。

馬車宿に雇われている馬丁たちが中庭で馬を替えている間に、宿内のタヴァーンで昼飯を摂る。

テーブルは他にも空いているのに、樽はネイサンの隣の椅子を占めた。三人の元弟子とダニエル先生は、樽を全く無視している。馬車の中と同じように樽の隣で、ネイサンはきわめて窮屈であった。椅子と椅子の空間はあるのだが、精神的に窮屈なのである。

腰も肩も背中も、骨が外れたみたいに痛い。そうベンがぼやいたら、ダニエル先生はベンの躰をなで回し、「どこも骨折はしておらん」ぶすっとした声で言った。

朝飯を摂っていないのだから空腹なはずなのに、ネイサンは車酔いが抜けず、食欲旺盛なクラレンスたちを羨んだ。

樽も車酔いから立ち直ったとみえ、固い冷肉と萎びた菜っ葉のサラダをもりもり食べていた。

中庭に、軽快な駅伝馬車が入ってきた。客を二人しか乗せないから、乗合馬車よりはるかに楽だが、料金が七倍から九倍ぐらいかかる。食事にしても、もっと上等な店を使うのが普通だが、降りた客は小走りに、ダニエル一行のいるタヴァーンに入ってきた。

「ああ、間に合った」

大声に、店内の客の目が集中したが、ラルフ・ジャガーズは悪びれず、給仕に、椅子をもう一つ、そのテーブルに、と、ダニエルたちを指さした。

「やあ、失礼、失礼」

そう言いながら、アルとベンの間に椅子を割り込ませようとし、

「おお、これはこれは、ドディントン令夫人」

と、樽に向かって挨拶した。

「このようなところでお目にかかるとは」

「夫の甥の嫁が出産したのですよ、サー・ラルフ」

令夫人と呼ばれるからには、貴族ないしは叙勲士の奥方なのだろう。

ようやく身分にふさわしい扱いをしてくれる相手と出会ったというふうに、樽は喜ばしげな顔になった。自家用馬車どころか二人乗りの駅伝馬車さえ雇わず、乗合馬車とは、夫がよほどけちなのか、貧乏貴族か。賭博狂で先祖代々の土地財産をすってしまう貴族は珍しくな

い。

だいたい、貴族の夫人なら、供を連れているべきだし、夫の甥の妻が出産したからといって軽々しく出向いたりはしない。

「それはおめでとうございます。お喜び申し上げます、ドディントン令夫人」

上の空でラルフ・ジャガーズは言い、アルに「連載小説とやらは、中止だ」と口早に告げた。

「ボウ・ストリートに行ったが、サー・ジョンは開廷中とのことでお目にかかれず、君たちがウェスト・ウィカムに向かったと判事邸の従僕から聞き、馬車を仕立てて、追ってきたのだ。今ごろ、ここで昼飯とは、ずいぶん時間を食ったのだな。まあ、乗合馬車の速度なら、オックスフォードに着く前に追いつけるとは思ったが」

一気にまくしたてた。

ダニエル先生は我関せずで食事に専念している。

「え、なぜです。昨日、相談したら快諾されたじゃないですか。費用もウェスト・ウィカムの〈犯罪訴追協会〉が半額負担すると。契約書がありますよ」

編集長アルは、強気だ。

「破棄だ」

「理由は？ 正当な理由がなければ、契約違反で裁判にかけますが」

「冗談じゃない」

『ヒュー・アンド・クライ』の発行者は、治安判事閣下です。理由もわからない突然の契約解除は、サー・ジョンも納得なさいませんね」

ラルフ・ジャガーズが逓信大臣フランシス・ダッシュウッド卿の名前を振りかざしたように、アルもロンドン・ウェストミンスター地区治安判事ジョン・フィールディング卿の名前を大いに利用することにした。ジャガーズが権威に弱いと見越してのことだ。

「そうです」と、クラレンスが口をはさんだ。「判事閣下は、いい加減なことはお嫌いです。契約破棄は、重大な事項です」

「契約といっても、ほんの、ほんの……」

「ほんの、何ですか」

ラッパが鳴り響いた。

「あら、馬車が出るわ」

樽令夫人は口のまわりをぬぐったナプキンをテーブルに置き、立ち上がった。

「お話の様子では、あなた方、ここからロンドンに戻るのね」

嬉しそうなのは、馬車の座席を独り占めできるからだ。

ダニエル一行も席を立ち、アルが勘定を払うために請求書を確認して、「人数を間違えている」亭主に言った。「五人なのに、七人になっている」

「テーブルに、七人いましたよ」

「勘定は別だ」

「とりあえず、まとめて払ってくださいよ。そうしてお二人からもらってください」

「ことわる。あのご婦人と、あの紳士には、別に請求してくれ。我々は五人だ。チップを入れて、これで十分だろう」

クラウン銀貨を一枚テーブルに投げ出し、先に馬車に乗り込んでいる皆の後を追った。

馬車宿の亭主は、女房を樽令夫人から取り立てる役に回し、自分はジャガーズに請求した。

ジャガーズは乗合馬車の前に立ちふさがり、「困るのだ。引き返してくれ。中止だ。中止！」と喚《わめ》き立てていた。

宿の女房と樽は攻防を交わし、「ああ、何ということでしょう！　近頃の若者ときたら、礼儀知らずだわ。女性に払わせるとは」樽は三重顎をふるわせて慨嘆し、助手は出立合図のラッパを吹き鳴らし、騒ぎに興奮した馬がいなないた。

ダニエル先生と並んで腰掛けたネイサンは、樽が乗り遅れることを切望したが、望みは叶わなかった。樽はようやくあきらめ、財布の口を開いたのである。乗り込んできた樽は、憤懣のこもった臀でネイサンを潰した。小柄であることの悲哀を、ネイサンは味わった。

窓枠にしがみついて、「中止しろ」ジャガーズは叫んだ。

アルが質《ただ》した。

「なぜ、中止するんですか」

「一々、理由を述べねば、中止もできんのか。だいたい、なぜ、君たちはウェスト・ウィカムまで出かけるのだ。全部話しただろう」

「一々、理由を述べねば、我々は旅もできないのですか」

「サー・ラルフ、どういうことですの」樽が割り込んだ。「この人たち、何か悪事を企んでいるんですか」

「いえ、その……。彼らは、サー・フランシスのご意向に背こうとしているんです」

馬車が動き出し、ジャガーズは地面にひっくり返った。かまわず、馭者は馬に鞭をくれた。

「あなた方」樽は目を険しくした。「サー・フランシスのご命令をきかないの」

「奥さん」ダニエルが無愛想な声を投げた。「少し静かにしてくださらんか」

おおお、と、樽は叫んだ。それから取り澄まし、「令夫人とお呼びなさい。私の夫は、サマセット州長官を務めたこともあるバリー＝スミス・ドディントン卿ですのよ」

「ドディントン夫人であろうがウィッティントン夫人であろうが、うるさいものはうるさい」

「夫は、ダッシュウッド卿と昵懇《じっこん》でしてよ」

「それが、どうした。ああ、もう、その口を、縫い閉じさせていただく。ベン、私の荷物から手術用の―」

「針と糸ですね」

「手術！」耳を貫く、樽の叫び。

「僕は仕立屋です」ベンは言った。「縫い物は一番上手いんです、奥さん」

「奥さんじゃありません。令夫人とお呼び……」言いかけたとき、馬車が大きく揺れ、舌を噛んだらしく、樽は沈黙した。

6

肉の焼けるにおいを、判事は感じた。

「台所で、豚を丸焼きにしています」アンが報告した。

判事は担ぎ椅子《セダン・チェア》、アンは馬上だ。セダン・チェアが進んでいるためだ。

旨そうなにおいはすぐに薄れた。

担ぎ手は乱暴なのが多いが、ジョン・フィールディングが使うのは、気心の知れた馴染みの男たちだ。チップをはずむし、ウェストミンスター地区治安判事のお声掛かりとなれば肩身が広いから、担ぎ手の物腰は丁寧である。

籠が地に下ろされ前面の扉が開けられ、アンの手が判事の手を握り、降りるのを助けた。担ぎ手たちも手を貸した。

以前なら、外出するときは、アンの助手デニス・アボットが同行することが多かった。屈強で寡黙な、律儀な男だった。五年前の件で判事の信頼を裏切り、アンのとりなしで馘首《かくしゅ》はしなかったのだが、自ら職を辞した。その後の消息は知れない。

――ダニエル先生は二人の愛弟子を失い、私は、デニス・アボットを失った……。

いや、判事にすれば、アボットの代わりは、配下のボウ・ストリート・ランナーズの中から選べばすむので、現に今も、ハットンという男が同行している。だが、アンは余人をもってアボットに替えることはできない……のだと、判事は察している。

「ハットン、わたしの馬をそこに繋いで」アンが命じ、続いて、担ぎ椅子《セダン・チェア》の担ぎ手にチップを渡している気配だ。

「宿の中の酒場で待っていなさい。帰りもサー・ジョンが乗られるのですから、飲み過ぎないように」

「見るだけなら、只だよ。さあ、お入り」

知らない声が呼びかけた。

「見世物の呼び込みのようです」アンが言った。

「こちらは、ウェストミンスター地区治安判事ジョン・フィールディング閣下です。粗相のないように」

息を呑む気配がした。

「判事閣下様がお見えくださるとは。何ともはや、まことに光栄でございます……が、何かお取り締まりでございましょうか。手前どもは、法に触れるようなことはいたしておりませんですよ、はい。しごく真っ当でございます。なにしろ、見物料は今申したように無料でありますし、場所の借り賃は《金羊毛》の亭主にきちんと払っております」

ジョン・フィールディングは、起きてしまった犯罪を追及するばかりでなく、犯罪の予防にも力を注いでいる。娯楽場はとかく犯罪の温床になるから、配下のボウ・ストリート・ランナーズに厳しく取り締まらせている。そのため盛り場には、判事に反感、敵意を持つ輩が多い。

男の声の底にも、反発と不安が滲《にじ》んでいるのを、判事は聴き取った。

「亭主が、こちらの足元を見て、場所代をぼるんでさ。閣下、亭主の方を取り締まってください」

「あなたの名前は？」

訊いたのは、アンだ。

「ブッチャーと申します、はい」

「おぼえておきます。見物料は無料でも、何か質問するたびに、六ペンス取るそうですね」

「それは当然で。占いが商売ですから。それがけしからんと言われましたら、手前どもは暮らしが成り立ちませんです、はい。ところであなた様は……」

アンの男装に、とまどっているのだろう。

「私の助手だ。私の、〈眼〉だ」

「ご婦人が……」

「サー・ジョンはこれから、見世物としてさらされている人物に、いろいろ質問されます。その一問ごとに、六ペンスふんだくるつもりですか」

どうも、アンは言葉が悪くなった、と判事は内心苦笑する。ごろつきを相手にすることも多い。聞きおぼえるのも、やむを得ないか。

「そりゃあ、払ってもらえたら、嬉しいですが」

いえ、いえ、とあわてて否定したのは、アンとハットンが、よほど怖い顔を見せたのだろう。

デニス・アボットは……と、判事は思い返す。アンの表現によれば、長身で逞しく、古代ローマ帝国の剣闘士のようだったという。がっしりした顎と、それにふさわしい歯並みを持ち、ダニエル先生の弟子たちは〈鉄の罠〉と陰で呼んでいた。

ハットンは、これもアンによれば、ふやけたプディングだという。声から判事が察するところでも、同様である。鉄の罠は無口だったが、歯を剝いただけで相手を怯えさせたから、アンは凄む必要はなかった。組む相手がふやけプディングでは、アンの人相は悪くなるばかりだろう。伯父としては、義理の姪に、愛らしい娘であり続けてほしい——とうに娘と呼ばれる年齢を過ぎてしまったが——と願っている。もう少し怖い面構《つらがま》えの者に替えるか。

「判事様からお金を頂戴するなど、とんでもないことで。どうぞ、お入りんなって」

「ハットン、お前は宿の亭主に会い、下女のエスター・マレットを、一時間後、ボウ・ストリートの判事邸に出頭させよと命じろ。判事の命令だと伝えてな」

「わかりました」

「その後、ここに戻ってこい」

「厩を仕切った一郭が、見世物の場になっています」

アンに支えられ、中に入った。

盲目であっても、瞼の裏に光の有無は感じる。薄暗く、ところどころに蠟燭を灯《とも》してあるようだ。光源の位置を、判事は感じ取れる。

「やあ、今日は盲人と美女のご入来か」

判事の背丈よりやや高い位置から、快活な声が降った。

快活めかしてはいるが……と判事は感じた。作った声だ。真の感情を殺している。

「私は賢者ケイロン」

アンが、ケンタウロスの様子を判事に説明した。

「両脚のない男性と剝製の馬をつなぎ合わせてあります。四十代半ばでしょうか。剝製の、首から胸にかけて断ち切った部分は、内部に穴が開けてあり、両脚の残った部分から腰まで、その穴にはめ込んであるようです。接続部分は上着で隠されています」

「休憩の時は、馬体から抜け出てくつろげるのだろうな」

いささか胸痛む思いで、判事は訊ねた。馬体と接続された男。悲惨だ。ロンドンに、悲惨の種は多すぎる。

「お客さん。はい、六ペンス」と言いかけて、見世物師ブッチャーは語尾を呑みこんだ。条件反射で、つい口にしてしまうのだろう。

「そうして、私の隠しにも、二ペンス入れてくれないかな」

これは、ケイロンの声だ。

「いいんだ、いいんだ」見世物師ブッチャーがさえぎった。「こちら様は、ウェストミンスター地区治安判事閣下様だ」

「ほう、名高い盲目判事《ブラインド・ピーク》様が、私に何を占って欲しいのかね。そちらのご婦人は、判事閣下の娘さんか。好きな男でもできたか。男との相性を占うのか」

「失礼なことを言うんじゃない。首が飛ぶぞ」ブッチャーのあわてて制止する声。

「脚なら、とっくに飛んでいるが」

「名前は」判事は訊ねた。

「ケイロンです、閣下」

「私が訊いておるのは、実名だ。親が名付け、教区の教会に登録されている、君の名前だ」

「脚を失ったとき、名前も失せました。今の俺はケイロンです。半人半馬《ケンタウロス》のね」

「脚は、どうして失った。生まれつきではあるまい」

「サー・ジョン、ケイロンは冷笑を浮かべました」アンがささやいた。

「判事閣下が、なにゆえ、卑しい見世物の男の名前や事情を知りたがるのだろう」

アンの言うとおり、ケイロンの声は冷笑を含んでいた。

そのとき、ハットンが戻ってきた。

「ご命令を亭主に伝えました」

「私の担ぎ椅子《セダン・チェア》を呼んでくれ。それから、もう一基、辻待ちのをここに」

判事たちの前で馬体から離れるのを、ケイロンは拒んだ。半人半馬の姿であれば、高みから見物人たちを見下ろすことができる。

「君のプライドが、躰をさらすのを厭うのなら、アンには、君がセダン・チェアに乗るまで、目を向けないでいるように言おう。どのみち、私には見えない。君が半人半馬《ケンタウロス》であろうと、両脚のない人間の姿であろうと。私が、この厩のにおいが漂う場所に立ったままではなく、ボウ・ストリートの判事邸でゆっくり話を聞きたいのだ」

帰宅し、私室の一つに判事はケイロンを案内させた。

ハットンと、もう一人居合わせたボウ・ストリート・ランナーズのメンバーが、二人がかりでケイロンを担ぎ上げ二階に運び、判事と向かい合った椅子に腰掛けさせた。

その一連の動きを、盲目の判事は、気配で感じていた。

そうして、さらに感じた。相手が、芝居がかったケンタウロスから、素の男に戻っていくのを。

いつもそうするように、判事は相手の片手に触れていた。触覚は、多くのことを判事に知らせる。

女中のハンナが運んできた紅茶を、アンがすすめた。

緊張にこわばっていた相手の左手が、次第にやわらいだ。右手はカップを口に運んでいるのだろう。

「判事閣下からこのように温かみのある扱いを受けるとは、思いもしませんでした。取調室で苛酷な訊問を受けるのかと……」

「君は何も、悪事を犯してはいない。私が訊ねたいことがあって、招いたのだ。君の手のひらは、たいそう硬いな。重労働に従事していたのか」

「閣下、私は栄えあるイギリス海軍の、海軍大尉《レフテナント》でした……と言いたいところですが」

相手が言い改めたのは、嘘をついてもわかるぞ、という意味を込めて、判事が手のひらを一瞬強く押したからだ。

「下級水兵《ランズマン》でした。帆綱や索具の扱いをおぼえるために、手のひらは血にまみれ、肉刺《まめ》ができては潰れ、やがて踵のように硬くなりました」

苦笑混じりの声であった。

「ひどい暮らしでした、と申しても、お怒りにはならないでしょうな。閣下とは管轄が違う」

「強制徴募隊《プレス・ギャング》に捕獲されたか」

「さすがに、世情をよくご存じですね。泥酔して道端で眠りこけ、目が覚めたら、川に浮かぶおんぼろフリゲート艦を利用した留置所の中でした」

志願兵の数はとても足りないから、十八歳から五十五歳までの〈身体強健で、自分の土地を持たない者〉を強制徴募隊は手当たり次第ひっくくり、手錠をかけ、留置所にぶち込む。そうして、数がまとまったら戦闘地に送り込む。公認である。宿無しは真っ先に目をつけられる。徴募隊長には、国庫から一日一ポンド支給されている。その中から、隊長は配下に手数料を払う。

判事はわずかに首を振った。ケイロンの言葉に、かすかながら、真実ならざるものを感じたのだ。

「おわかりですか。なるほど、ブラインド・ピークの勘は鋭いですな。実際は、もっとひどかったのです。しかし、それを言っても、信じてくれる者は少ないです。人の気を引くために、でたらめを言っていると思われる。嘘つき呼ばわりされて面倒だから、泥酔しているところを、と話すようになりました。それなら、みんな納得する」

「実際はどうだったのだ」

「私は収穫労働者だったのですが、村で知り合った娘と教会で結婚式をあげようとしているところに、徴募隊がのりこんできて、引っぱられました」

「それは、ひどい。ひどすぎる。保護証は？」

麦の刈り入れ時や葡萄の収穫時期、苺摘みの季節など、農家が多忙で大勢の人手を必要とするとき一時的に雇われる収穫労働者は、〈自分の土地を持たない者〉であるが、テムズの船頭などと同様〈保護証〉を下付され、強制徴募を免除されている。村の娘と結婚するということは、定住者になれることだ。村人は都会と異なり排他的な傾向が強い。娘の親や身内が娘の夫として受け入れ、結婚式をあげるところだったというのだから、よほど信頼されたのか。

「あいにく、保護証を身につけていませんでした。定住者の家族になるのだから、もう不要だと、なおざりにしていました。式はまだこれからというところだったので……。戦艦に乗せられ、新大陸まで連れて行かれました。閣下、先ほどは失礼しました。名乗ります。レイ・ブルースです。初めまして」

軽く手を握り返すことで、判事は応えた。

「脚は、戦闘で？」

「ケベック奪取の激戦で」

新大陸における植民地の獲得と征服、拡張で、イギリスはフランスと熾烈な闘争を重ねていた。ケベックにはフランス軍の砦があったが、イギリス軍は陸海両用作戦を用い猛攻をかけ、陥落させた。そうして、北米大陸東部に強固な植民地を築いたのだが、今は、その植民地が、イギリス本国に叛旗を翻し、戦闘中だ。強制徴募隊《プレス・ギャング》も活躍している。

「我々下っぱ水兵まで、陸軍といっしょに上陸させられ、戦いました。フランス野郎の砲弾に、両脚をぶっ飛ばされました」

何か、声が濁っている……と感じたのだが、アンの同情するような溜息が、レイ・ブルースの声に重なった。

「ケベックの戦闘は千七百……」判事が言いかけると、すかさず、レイ・ブルースが続けた。

「五十九年です」

忘れられない年なのだろうと思った。

「十六年前です」

「何歳だった？」

「負傷したときですか。十九歳でした」

十九歳。すると今は、三十五。アンの描写によると四十代半ばに見えるという。下級水兵《ランズマン》の暮らしも楽ではないだろうが、帰国後の十六年は、それにもまして苛酷であったのだろう。ジョン・フィールディングが視力を失ったのも、十九の時だった。完全に失明し、治癒不能と宣言されたとき、自殺を思った。

「名誉ある負傷だな。軍人恩給に傷痍手当がついただろう」

「水兵の下っぱは、そんな恩恵にはあずかれません。勤続年数が不足でしたし。新大陸への船に乗せられる前に、給与証明書《チケット》はもらいましたよ。ところがですよ、戦線からようやくロンドンに帰還して、海軍の給与事務所に出頭し、チケットを提出しましたが、すぐには現金化してくれません。待たされること何週間でしたか。その間、こっちは文無しです。高利貸しから借金しなくては食っていけません。宿代も払えません。チケットは借金の質《かた》に消えてしまいました」

「見世物に出るようになった経緯は？」

「食うためですよ。物乞いしていたとき、興行師に声をかけられましてね」

「あのブッチャーとかいう男か」

「いいえ、声をかけてきたのは、電気興行師《エレクトリシャン》です。名前ですか。オーマンという男でした。今は、足を洗って、ほかの仕事をしていますよ。そのオーマンが、私をブッチャーに引き渡したんで。仲介料を取ったようです」

レイ・ブルースの声音に、またも濁った嫌なものを判事は感じた。ケイロンの声だ。

「ずっと、今のところで興行を？」

「いえ、一つ所で長くはやれません。飽きられるので、あちこち流れてまわります。こんな話を聞くために、私を呼んだのですか」

「知りたいのは、君の、占いの能力の真偽だ」

「偽だったら、詐欺で告発なさるのですか」

「能力を持たないとしたら、どうして真実を言い当てられたのか、それを知りたいのだ」

「〈真実〉ですか」

「ネイサン・カレン……といっても、君は名前は知らんだろうが、彼を見るなり、君は、『詩人だね』と言い当てたそうだな」

「ああ、あの若いのですか。ちびのくせになかなか勇ましく、ブッチャーの鼻柱に銀貨を命中させましたよ。〈詩人〉と言ったのは、当てずっぽうです。あのくらいの年頃の繊細な若者は、たいがい詩人ですよ。自覚の有無にかかわらず。詩人と言われて、不愉快になる者はいません」

「なかなか洞察力があるな、君は」

判事はこのとき、エドワード・ターナーを思い浮かべていた。深い知識を持ち怜悧でありながら、言葉にも行動にも、シニカルな刺々《とげとげ》しさがあった。哀しみが砥石《といし》となって、棘の先端を研磨していた。

アン、と指で合図して、続く質問を任せた。軽い疲労をおぼえていた。疲労は聴覚を鈍らせる。

「その場に、女がいたそうですね。あなたは彼女に『恋人はベツレヘムにいる』と告げたそうですが。それも、当てずっぽうですか」

「あの詩人のことや、女のことなど、どうして判事閣下の耳に入ったのですか」

レイ・ブルースの方が、訊ね返した。

「あなたは質問する立場にありません。こちらの問いに答えてください」

「判事閣下、私は閣下にお招きいただいた、いわば客ですが、このご婦人は私に訊問をなさっています」

「彼女が訊ねていることは、私も知りたいことだ。私は訊ねたいことがあって、君を招いた。答えてくれ」

返事がないので、判事は続けた。

「エスター・マレットを、君は知っているのか」

「そういう名前なんですか、あの女は。エスター・マレットね。あのときが初対面ですよ。名前は今知りました」

「『あんたの恋人は生きている』君は、まず、そう彼女に言った。エスターに恋人がいる。その恋人は生死不明だ。その二つのことを知らなければ、言えない科白だ」

「白状します」そう言った声は、悲痛な純粋さを感じさせるレイ・ブルースではなく、こすっからいインチキ占い者ケイロンのものであった。

「《金羊毛》で、奉公人たちがいろいろ喋っていることから、聞き知ったんですよ。昔、恋人が消えたんだそうで。俺が占いをすると知って、女は俺の所にきた。仕事をさぼってね。男の消息を知りたいからに決まっています。だから、適当に、いいかげんなことを教えてやったんでさ」

口調もくずれてきていた。

「生きていると言ってやれば、女は喜びまさあね。喜ばせるのは、いい気分でね。しかし、生きているのに、なぜ、戻ってきてくれないのか。女は当然、そう思います」

「『閉ざされた場所にいる』と教えたのだったな」

「占いは、一つの質問ごとに六ペンスです。だから、答は、なるべく曖昧に、小出しにする。これが商売のこつです」

「でたらめを言ったのか」

ごまかし笑いを判事は聞いた。

「ベツレヘムにいる、というのは？」

「ふっと頭に浮かんだ言葉を口にしただけです」

嘘だ、と直感した。

磨き抜いた感覚が、判事にそう告げる。虚言と真実を声で聞き分ける。百パーセント確実なわけではない。エドワード・ターナーは平然と嘘をつき、振り回された……と、またも判事は思い出していた。ナイジェル・ハートも、弱々しいふりをして、したたかな部分を隠蔽《いんぺい》しとおしたのだった。

しかし、今この男が嘘をついたと感じたのは、間違ってはいない。

フランシス・ダッシュウッド卿が所有する白亜の廃坑で発見された屍体。その胸に記されていたフレーズ。〈ベツレヘムの子よ、よみがえれ！〉

この男がエスター・マレットに教えた〈生きている。ベツレヘムにいる〉という言葉。

偶然か。何か関わりがあるのか。

はるか遠いベツレヘムにいると、レイ・ブルースはどうして知っているのか。エスター・マレットの恋人というのは、回教徒か？

口を割らせたいが、ジョン・フィールディングは拷問には否定的である。拷問はしばしば、訊問者に都合のいい答を引き出す。

「よく、そういうことはあるんですよ、閣下」

卑しいケイロンの声で、レイ・ブルースは言った。

「閃くんです。芸術家なら、インスピレーションというでしょうね。頭に浮かんだ言葉を、投げてやるんですよ。意味ありげにね。意味は、受け取った相手が考えればいいんでさ。いろいろこじつけて。俺が不思議に思うのは、こんな些細なことに治安判事閣下が関心を持たれた理由です」

「アルモニカ・ディアボリカという言葉に心当たりは？」

「は？　何ですか、それは……ああ、なんだか、昔、妙な噂を聞いたっけな。ガラスで作られた楽器で、それを奏でると悪魔を呼び出せるとか何とか……」

判事自身も、そんな風評を耳にした記憶があった。十何年も昔のことだ。オペラ歌手がその音楽を聴いて舞台で発狂したという噂もあったが、劇場関係者は、そんな事実はないと打ち消している。実際、その舞台を観たという者はいないようだった。夜、ハイド・パークを通ると、奇妙な楽器による音楽が流れ、それを聴いた者は悪魔が見える、などという話もあった。だれもが、又聞き、あるいは又聞きの又聞きなのだ。楽器の名前はたしか、悪魔のアルモニカ……。どんな楽器だか、明確に述べられる者はいない。いっとき、人の口に上ったが、じきに消えた。幾多の幽霊話と変わらない、他愛ない戯《ざ》れ言《ごと》だと、判事も聞き流し、忘れ果てていたのだった。

「ガラスで作られているのか？」

「ああ、噂ですよ。見たことはないです」

「どんな形をしている」

「知りませんね」

「私に嘘は通用しないということを、知っておるな」

「はい、知っていますとも。サー・ジョンは嘘と真実を聞き分ける、たいした耳をもっておられると」

そのとき、従僕のフィンチが来客を告げた。

「出頭を命じられたと申しております。貧しげな女です」

エスター・マレットだろう。

判事は、少し迷った。

エスターとケイロンを、ここで再会させた方がいいか。いや、エスターが落ち着いて話せるよう、会わせないでおくか。

「来訪者は、小部屋で待たせておけ。ハットンとお前でブルース氏を下に。彼のためにいつもの担ぎ椅子《セダン・チェア》を呼んで、チャリング・クロスの《金羊毛》に。その後、来訪者をここへ」

「閣下……」

「何だね」

「閣下は私を、ブルース氏と呼んでくださいました」

触れていた手が、ブルースによって強く握られた。わずかに持ち上げられ、暖かい息がそっとかかった。くちびるを近づけ、しかし触れることはせず、敬意と感謝をあらわしていた。

「商売の時間を妨げたな。〈ベッレヘム〉について、霊感を得たという答以外に言うことがあったら、また、ゆっくり話を聞かせてくれ」

判事は半クラウン貨をレイ・ブルースの手に握らせた。

「感謝します、閣下」ケイロンの卑しさを消した声で、レイ・ブルースは言った。いったん言葉を切ったが、思い直したように続けた。「差し出がましくはありますが、一言、進言することをお許しください」

「閣下は貧しい子供たちが生活苦から犯罪に手を染めるのを防止するため、二つの協会を設立されました」

「そのとおりだ」

金がないから、子供たちは食うために、掏摸だの掻《か》っ払《ぱら》いだの悪事に手を出す。

七歳から十五歳までの、親のない貧しい女の子を収容し、社会的な敬意を受けている家庭の召使いになれるよう、読み書き、縫い物、編み物、料理などを無料で教える女子孤児院を作った。政府の援助はなく、主旨に賛同した者の寄付に頼る協会が運営しているのだが、資金不足であまりうまくいっていない。

身よりのない貧しい少年のためには、これも無料で基礎教育を施した上、水兵として海軍に送り込む協会を設立した。こちらは軍の需要が多いので、運営は良好だ。環境を改善することによって犯罪を減少させるという目論見の成功例だと、判事はひそかに誇っていた。

「貴族の子息なら、海軍の軍役につくのは、すばらしい名誉でしょう。すぐに士官になり、出世の道も開けています」

レイ・ブルースの声には、ケイロンの冷笑も少し混じっていた。

「しかし、下っぱの水兵は、ロンドンの貧民よりさらにひどい地獄暮らしを強いられるということを、ご承知ください。彼らに与えられる栄光はなく、貧困からの脱出も、ないのです」

「聞こう」

声が遠ざかったのは、担ぎ上げられ、運び出されたからだろう。

「伯父様」

アンの手が、判事の手をそっと撫でた。

続いて、エスター・マレットが入ってきたとき、判事はまだレイ・ブルースの痛撃を反芻《はんすう》していた。いや、私のやり方は誤ってはいない、と自分を勇気づけた。施設の問題ではない。海軍を改善すべきなのだ。

「サー・ジョン、エスター・マレットさんです」

いつものように、手を触れることを求めた。

エスター・マレットの指は、古木の枝のようにささくれ荒れていた。

誰でも、治安判事に呼び出されたら緊張する。だが、エスターの手は、判事にすがりつこうとしているような印象を与えた。

「不安がることはない。訊問ではない」

「はい、少しも不安ではありません。わたしはお咎めを受けるようなことは、何一つしていませんから」

信頼がこもっていた。

「私が知りたいのは、君の恋人とベツレヘムの関係だ。心当たりは」

「ありません。それを知りたいのは、私です。ケイロンは、でたらめを言ったんでしょうか。判事様は、ケイロンにいろいろ訊かれたのですよね。何か言っていなかったでしょうか。アンディとベツレヘムの関係について。アンディが、どうしてあんな遠いところに……」

「君の恋人の名は、アンディというのか。姓は」

「リドレイです。アンドリュー・リドレイです」

「リドレイ君は、ウェスト・ウィカムに関わりは？」

「ウェスト・ウィカム！」

エスターの手は、はねあがった。腰を浮かした気配さえうかがえた。

「どうして……どうして判事様はご存じなのですか。ウェスト・ウィカムを」

「マレットさん、アンドリュー・リドレイ君のことを、詳しく話してくれたまえ」

即答は返ってこなかった。

かたっ、という音は、エスターが椅子からずり落ちるように床に膝《ひざ》をついたためらしい。エスターの両手が、判事の脚を抱きしめた。幼い娘が父親にすがりつくように。

判事は手を伸ばし、エスターの髪にそっと触れた。

沈黙が続いた。

「アン、ハンナに言ってくれ。マレットさんに紅茶を。ビスケットを添えて」

台所には、いつでも湯がたぎっている。室内に紅茶の香りがただようまでに、さほど時間はかからなかった。

「マレットさん、サー・ジョンは、あなたの力になるおつもりなのですよ」アンが言い聞かせた。「お話しなさい」

「怖いんです」

「何が？」

「アンディはあそこで……」

「椅子にお掛け、エスター」

判事はうながし、エスターが立つのを手で助けた。腰掛ける間も、片手だけは軽くとっていた。

「アンディは消えたんです、あそこで……」

「消えた？　いつの話だ。最近か」

「十四年前です」

「ミス・マレット、何歳になる」

「二十九です」

「リドレイさんがいなくなったとき、あなたは十五」アンの声にいたわりがこもった。「それから、ずっと……。サー・ジョン、ブルース氏は、なぜ、ベツレヘムを持ち出したのでしょう。ふっと思いついたなどという言葉は、信じられません」

「ブルース氏というのは誰ですか」

「ケイロンの本名です」

「ああ、あの人、私が恋人を探しているって見抜いたんです。何か不思議な力を持っているみたい」

「そのことは、ケイロンは《金羊毛》の奉公人たちのお喋りから知ったんですって。不思議な力なんて、あの人は持っていないのよ」

「それじゃ、ベツレヘムにいるというのは、でたらめなんですか」

「彼は、そう言うんですけどね。サー・ジョン、ブルース氏には、もっと突っ込んで訊かなくてはなりませんね。それで？　マレットさん、あなたの愛する人について、そして彼がウェスト・ウィカムで消えたという、その事情を詳しく話してください」

　エスターは口ごもった。

「怖いんです……」と繰り返し、黙り込んだ。

「アン、今何時だ」

「午後四時三分過ぎです」

「ダニエル先生たちの馬車は、そろそろオックスフォードに到着する頃かな」

「順当にいけば、ですけれど。轍に落ち込んでひっくり返りもせず、車軸が折れる事故もなく、追い剝ぎにも遭わず、というのは、難しいですね」

　夜になる前に、ウェスト・ウィカムに着けるといいが。

　取材に行ってよいですか、と許可を求めにきたクラレンスやベンたちのはりきった声を思い出し、判事は微笑した。

　ダニエル先生まで同行するという。馬車の旅は辛い。短気な先生は癇癪《かんしゃく》を起こすことだろう。

「あの……」ためらいがちに、エスター・マレットは言った。「自信はないんですけれど、ケイロンを、私は前に見たことがあるような……」

「いつ、どこで」

「わかりません。気のせいかもしれません」

「彼は、季節労働者だった。農村をまわっていた。一七五九年には、新大陸の戦闘に従事している。そうして両脚を失った。両脚のない者と出会ったのなら、記憶に残っているだろう。覚えがないのは、一七五九年以前ということになるが。君は、農村に行ったことはあるかね」

「いいえ。一七五九年は、母が病死した年です。それまでに、ロンドンを離れたことはありません」

「季節労働者といっても」アンが口をはさんだ。「農村の仕事にあぶれている時、ロンドンで働いたことがあるかもしれませんね」

「すみません。あやふやなことを言いました」

「いや、どんな些細なことも、大切な手がかりになる」

判事はエスター・マレットの手を両手で挟み、力づけた。

その後も、二度、馬車は轍にはまりこんだ。二度目の時は、輻《や》が二、三本折れた。車輪が解体しないよう、馭者は、とっとと進みたがる馬を手綱で押さえ、人の歩く速度より遅く歩ませたので、オックスフォードの馬車宿に着いたときは夜の十時を過ぎていた。

予定では、貸馬車を乗り継いでこの日の内にウェスト・ウィカムまで行くのだが、ダニエル先生はとてもその元気はない。

馬車を入れた宿に、そのまま部屋をとって泊まることにした。

ドディントン令夫人のためには、自家用二輪馬車が、ランタンを灯し、待っていた。夫の甥とやらがつかわしたのか。乗り込む令夫人の雄大な臀が、ネイサンの目に残った。

《陽気な酒箒《ジョリー・ブッシュ》》と看板を出した馬車宿の亭主は陰気な藪《グルーミー・ブッシュ》だが、女房は看板どおり賑やかであった。「お夕食ですか。すぐに仕度できますよ。飲みながら待っててください」

エールを飲み交わしていると、旨そうなにおいが流れてきた。

銘々の前に並べられた深皿に、陽気な女将《ジョリー・ランドレディ》が鍋からよそってくれたのは、得体の知れないごった煮であった。

「臓物《もつ》だな」中身を匙《さじ》ですくい、クラレンスが言った。

「それに、ベーコンの切れ端」とベン。

「つぶれた豌豆《えんどう》」と、クラレンス。

「これは豚肉らしい」

「カリフラワーの残骸」

「煮くずれた馬鈴薯《ばれいしょ》」

「要するに、今日の残った材料を全部ぶちこんだシチューだ」

しかし、空腹が何よりの調味料となり、雑多なものが溶けこんだ肉汁の味は、悪くはなかった。

ロンドンにきたばかりの頃のネイサンの食事は、はるかにひどかった。

食事の後、陽気なおかみが手燭を掲げて二階の寝室に案内した。

「こちらですよ。どうぞ」

手燭の火を燭台の蠟燭に移して、出て行こうとする。

「荷物は、運び入れてないのか」

「おや、トムが怠けているんだ。すぐ運ばせますよ」

お休みなさい、と、満月みたいな顔全部で笑って、出て行った。

大きめの寝台が三基。二人で一つを使う宿屋は、珍しくない。

ダニエル先生に一つを捧げ、クラレンスとベン、アルとネイサンがそれぞれ一つずつ共用することにした。

「あのおかみ、ミセス・ドディントンと似ていると思わない？」

ベッドに腰掛け、誰にともなくネイサンが言うと、

「令夫人とお呼び」クラレンスが声色を使い、

「どっちも丸いからだろ」丸いベンが言った。

陰気な亭主が下男を催促し、二人がかりで荷物を運び入れた。チップを払うのは、会計を任されているアルだ。亭主は渡されたチップを数え、わざとらしく人数を数え、チップを数えなおし、アルが素知らぬ顔をしているので、肩をすくめ出て行った。

「壺が置いてないぜ」

ベッドの下を確かめたベンが言った。

「一つも？」

「一つも」

「あれを使えってことだろ」

クラレンスが示したのは、火の入っていない暖炉だ。

「だな」

シェイクスピアの『ヘンリー四世』にも、「溲瓶《しびん》を出しといてくれねえから、こっちは暖炉にすることになる」という人夫の科白がある。それ以前から、当然行われていたであろう。かのエリザベス女王の宮廷においても、女官たちはしばしば暖炉を利用していた。ほぼ一世紀前、サミュエル・ピープスも日記に書き残している。〈便器を手探りして探したが、見つからなかった。勝手のわからない宿屋だから、やむをえず、夜中《やちゅう》、暖炉に二度用を足した。〉数百年にわたる密《ひそ》かなる伝統である。

いろいろな音階の鼾《いびき》と寝息に包まれ、――みんなと一緒の旅って、いいな……、ネイサンは思った。

「畜生、蚤《のみ》に食われた」

というのが、翌朝ベンが放った第一声であった。

誰もが、背中や喉を掻きむしっていた。

「蚤は泥鰌《どじょう》から湧く」

クラレンスが言い、

「と、プリニウスが記している」アルが応じた。「だが、昨夜の発生元は暖炉だな」

蚤は小便から湧く、というのは、これも、『ヘンリー四世』の中の科白だ。

「ベン、背中を掻いてくれ。手が届かん」

ベンは、ダニエル先生の背中を右手で、自分の腋《わき》の下を左手で、掻いた。

蚤の湧く宿屋でも、窓から射す朝の光は、公平に澄明である。

「おお、見よ、茜色の衣をまとった朝が、あの東の丘の露を踏みしめながらやってくる」

朗唱するクラレンスに、

「と、ホレイショーは言う。『ハムレット』第一幕第一場」

ネイサンが応じた。

「さすが、詩人。よく知っている」

「君だって」

「俺のは、エドの受け売りだ」

そうクラレンスは言い、語尾がつまった。

「薄墨色の眼をした朝が、夜のしかめ面に微笑《ほほえ》みかけ、東の空は、光の縞が雲を綾に」

ネイサンは『ロミオとジュリエット』の科白を口ずさんだが、誰ものってこないので、終わりまで言えなかった。

「朝飯食おう」

ぎごちなくなった雰囲気を解きほぐすように、ベンがことさらのんびりした声で言った。

これだから、先生の前にみんなが揃うとまずいんだよな。言葉に出さないベンの気持ちは、元弟子たちに共通していた。

貸馬車の手配を陰気な亭主に命じ、朝食のテーブルに着いた。

蜂蜜とバターと黴《かび》を塗ったトーストに、紅茶だ。

「皆に言っておく」ダニエルが口を開いた。

「エドとナイジェルの名前を、禁句にしているわけではないぞ。遠慮せんでいい」

「もう、思い出しても、泣きませんか」ベンが単刀直入に念を押した。

「涙腺の作用は、意思とは関係ないのだ。いや、この点は、実証が必要だな。涙腺の活動の自律性に関しては、研究不足だ。感情と意思の微妙な関係は、外科、内科、どちらの研究対象でもない。しかし、この関係は肉体に影響を与えもする。これを追究するのは、外科とも内科とも異なる学問が必要になりそうだ」

そう言いながらダニエルは手布《ハンカチ》を出し、大きく洟をかんだ。

大学都市オックスフォードは、ロンドンのようにけたたましくはない。クライスト・チャーチ大聖堂の屋根が朝日を照り返し、修道院と見まがう幾つものカレッジの間の道をガウンをまとった学生が行き来する。

玉石を敷いた道がでこぼこなのはロンドンと同様だが、市を出外れると、意外なことに馬車の進みがやや滑らかになった。

ベンは窓から外をのぞき見た。

「ジャガーズの言ったとおりだ。ウェスト・ウィカムへの道だけ、白亜で舗装してある」

「領民のためになることをしたって、あいつの罪は帳消しにはならない」クラレンスが声音に怒りを込めた。

舗装してあるから、通行料を取られる。馬車一台につき、九ペンスだ。馬車の料金に上乗せされる。「道路補修の人夫の賃金になるんでさ」馭者は説明したのだった。貸馬車の料金が、ウェスト・ウィカムまで三マイルほどなので二シリング。それにチップと通行料か……と、『ヒュー・アンド・クライ』の編集長にして経理も担当するアルは夜のしかめ面になる。《陽気な酒箒《ジョリー・ブッシュ》》の陰気な亭主も、ぼりやがった……とアルは思い出す。残り物をぶちこんだシチューに蚤付きのベッドのくせに。勘定書の数字を見たクラレンスが、「今や恐ろしき勘定の時きたる」とシェイクスピアの科白をつぶやいたほどだった。〈恐ろしき勘定の時〉は、人生最後の総決算を意味する。

　昨日のうちにウェスト・ウィカムまで足をのばしても、そこの宿屋に払うのだから、予定外の出費というわけではないが、〈犯罪訴追協会〉に半分持たせることが、ジャガーズの口ぶりでは、駄目なようだ。全額負担は痛いぞ。だが、ジャガーズに中止を告げられても、誰も引き返そうとは言わなかった。意地も興味もある。まして、ダニエル先生から解剖のチャンスを取り上げるのは、獅子の口から獲物を奪うにひとしい。

『ヒュー・アンド・クライ』の予算は限られている。赤字を出したらサー・ジョンに申し訳ない。

　判事の財政がそれほど豊かではないことを、アンから聞いている。フィールディング家は、遡れば祖はハプスブルク家につらなる由緒ある貴族だが、ジョンとヘンリー兄弟の父が、いんちき賭博に引っかかり大借金を作ったり投機に失敗して持ち地所を売り払ったりして資産を減らした。兄ヘンリーから引き継いだ治安判事職は、大変な仕事であるにもかかわらず、無給の名誉職だ。多くの判事は、罪をでっち上げて保釈金を取ったり、袖の下によって犯罪を見逃したり、という手段で収入を得るのだが、ジョン・フィールディングは、〈正義を金で売らない〉という兄の信条を、役職と共に継いだ。合法的な手数料は、年に百ポンドから三百ポンド程度だと聞いている。大臣の年俸の十分の一以下だ。ヘンリー・フィールディングは、小説でかなり稼いでいたらしい。『トム・ジョウンズ』は、発売以来九ヶ月で五刷、一万部以上売れたそうだ。もっとも、その生活ぶりは放埒《ほうらつ》で、財をほとんど遺さなかった。

ネイサンの連載小説によって、よほど売れ行きを増さないと……とアルが目をやると、未来の小説家は、またも車酔いで、青い顔をして目を閉じていた。

連載が終わったらまとめて、廉価版で出版しよう。その収入の一部を、『ヒュー・アンド・クライ』にまわさせよう、と、堅実なアルにしては珍しく、妄想にふけっていると、

「ウェスト・ウィカムに入りましたがね、お客さん、馬車宿に着けますか」

馭者が声をかけた。

「そうだな。宿に荷物を置いて、それからこの地区の教会に行ってくれ」

「教会ですか。〈小さい聖女様〉を拝みに行きなさるのかね」

「小さい聖女様って？」

「あれ、知らないのかね。教会には不思議な柩があってね、その中に、小さい聖女様が眠っていなさる。何百年も昔から、ずっと眠っていなさるんだそうだ。その柩に、聖なる力があるんだとよ」

「アル、教会より先に、ここの治安判事……ダーク・フェイン卿だっけ。そっちに会って、話を通しておく方が先じゃないのか」

クラレンスが訊いた。

「邪魔が入る前に、まず、屍体を検分しなくては」アルは言った。「ジャガーズは、ダッシュウッドに、『ヒュー・アンド・クライ』に広告を出したらいいと示唆されたと言っていた。だが、サー・ジョンが言われただろう。ダッシュウッドは前日からロンドンを離れていたっ

て。ジャガーズは独断で、あるいはウェスト・ウィカム治安判事ダーク・フェイン卿の指示によって、広告を依頼にきた。サー・ジョンが犯罪摘発情報新聞を発刊されるという話は、あちらこちらに伝わっているんだろう。ジャガーズは、権威づけるために、ダッシュウッドの名前を振りかざした。ところが、昨日、我々を追いかけてきて、中止を告げた。つまり、昨日の朝、ダッシュウッドに報告し、ダッシュウッドから中止を命じられたんだ」

「ああ、そうか」クラレンスが大きくうなずいた。「ダッシュウッドには、あの件をほじくられたくない事情があるんだな」

「ジャガーズはたぶん、昨日のうちにこっちに着いている」

「俺たちの乗合馬車、もたついたもんな。ジャガーズの馬車は、速い」

「ダーク・フェイン卿にも、手を回しただろう。そこへ、わざわざ俺たちが行ったら、治安判事命令として、調査中止を言い渡されてしまう」

「でか鼻野郎が屍体を調べられると困るのなら、ぜひ、調べてやる。とことん、調べてやる」クラレンスが意気込んだ。

「ナイジェルがいたら、精密なデッサンを描くんだけどな」ベンはつぶやいた。禁句ではないとダニエルが言ったのだから、安心して口にしたが、ちらりと先生の表情をうかがってしまった。……大丈夫らしい。

「どこで、何をしているんだろうな、エドとナイジェル」ネイサンがひとり言《ご》ちると、

「彼らなら、貴族が従者《フットマン》に欲しがりそうだ」ベンが応じた。

容姿のすぐれた若者を、裕福な貴族は、自らに美々しさを添えるために雇う。金銀レースの縁取りと金の組紐の肩飾りがついた豪華なお仕着せに白い絹靴下、粉を振った鬘で飾り立て、家族の外出のお供をさせる。オペラ鑑賞や公園の散策に、貴婦人たちは、供に連れたフットマンの美貌を競い合う。来客の接待にも当たらせる。見栄えのする者でなくては採用されないが、あくまでも下級の召使いである。

「あのプライド高きエドが、ウィンド・キャッチャーなんて、やるかよ」クラレンスが言った。

屁摑《ウィンド・キャッチャー》みは、貴族のけつについて歩くフットマンの愛称である。

ナイジェルなら、口がかかれば、何の不満もおぼえず、やるんじゃないかな、と誰しもが思った。

牧草地がひろがり農家が散在する、道はゆるやかな登り坂になる。丘の麓《ふもと》の小さい宿に馭者は馬車を着けた。タヴァーンを兼ねている。

「宿屋はこれ一軒しかないよ」

馭者は言った。

看板の店名は《斧と蠟《アックス・アンド・ワックス》》だ。ワックスには俗語で癇癪という意味もあるし、次第に大きくなるという意味もあるから、深読みするといささか不穏な店名だが、禿頭に産毛みたいな白髪がまばらな亭主は、好人物そうに見えた。亭主の女房らしい白髪まじりの女と、三十前後に見える女、下男らしい男も出迎えた。

村の者も集うのであろうタヴァーンは、昼前だから空《す》いていた。

「俺の親父《おやじ》なんで」馭者が紹介すると、宿の亭主は嬉しそうに笑みくずれ、息子を肘で小突いた。

「で、つまり、ここが俺の家でもあるんで。ここじゃあまり稼げないから、オックスフォードで客待ちしていることが多いですがね。ウェスト・ウィカムへのお客さんは嬉しいよ。親父、ビリーに言って、お客さんの荷物を上の部屋に入れといてくれ。俺はまだ、お客さんを教会まで運ぶ仕事があるから。おふくろとケイトには、うまい昼飯を頼むぜ。お客さん、このケイトってのは、俺の姉貴だ。昔、お屋敷で奥方様にお仕えしていたこともあるから、上品なんだ。おっ母《かあ》、お客さんがたは、オックスフォードでは《陽気な酒箒《ジョリー・ブッシュ》》に泊まりなさったんだ。ひでえ目に遭いなさったことは、疑いなしだ」

「オックスフォードなら、立派な宿屋はいくらもあるのに、なんでまた選《よ》りに選って、あんな宿屋に」

乗合馬車の馭者と陰気な亭主が、つるんでいるのだろう。追い剝ぎとつるまれるよりはましだ。

「おかみさん、パンやチーズを籠に詰めてくれ。昼飯は外で食べることになるかもしれん」

ダニエルが言った。

解剖に時間がかかるからだなと、元弟子たちはうなずきあう。

「はいよ。今朝焼きたてのパンを詰めてあげますよ。夜も明けないうちに、亭主が焼いたんです。うちは、何でも自家製ですからね」

　おっ母と姉のケイトは、籐《とう》の籠にいろいろ詰め込んだ。「ハムも、うちで作ったんです。評判がいいんですよ。チーズは近くの農家からね。林檎を入れましょうね。エールとワインの壜も入れときますよ。夕食は、ここに帰って食べなさるんですね。鶏を焼きますよ。これから、絞めて羽をむしりますから。それなんか、どうですか」おっ母は、土間でパン屑をつついている鶏どもの一羽を指した。「脂がのってますよ」

　馭者もその親父もおっ母も陽気だが、馭者の姉のケイトは、上品というより、顔色が悪く沈んでいるというふうに、アルには感じられた。下男のビリーは細面《ほそおもて》のけっこういい男なのだが、応対が鈍く、少々愚鈍に見える。

　ケイトの表情が、少し動いた。視線が一つの方向に向けられた。

　アルは視線の先をたどった。

　ケイトと同じ年頃の女が、頼りない足取りでこちらにやってくるところだ。破れたスカートをだらしなく引きずり、素足だ。

「ベッキー、靴は?」

　ケイトが眉をひそめ、小声で咎めた。

「この間、あげたでしょう、古いのだけど。あれ、どうしたの」

　質問の意味がわからないように、ベッキーと呼ばれた女は、ゆらゆらとケイトに近寄り、物乞いするように手を出した。肩をすくめ、ケイトはパンの塊を渡した。

感謝するでもなく、ベッキーは、陽炎みたいに去った。ケイトはちょっとためらってからチーズを手に、後を追って行った。

しらけた雰囲気を和らげるように、「明日も泊まりなさるんですか」親父が陽気な声で訊いた。

「明日は、ロンドンに戻る」

「貸馬車をやっているのは、うちだけで、馭者も、この、俺の息子だけなんでさ。ニックっていうんです。少し、その、割り増しをしてくれれば、明日、他の客があっても断って、このニックがオックスフォードまで送りますよ。何なら、ロンドンまでだって」

じれったそうなダニエルの顔つきに目をとめ、「わかった。とりあえず、教会まで急いでくれ」アルは言った。

「さあ、出発だ」と、皆、乗り込む。

解剖器具をおさめぐるぐる巻きにした革帯は、アルが保管し、パンとチーズの旨そうなにおいがする籐籠はベンが膝にのせた。

クラレンスは馭者ニックの隣に並んだ。

手綱を操らなくても、二頭の馬は慣れた足で、丘の斜面をジグザグにのぼる。

「天使が舞い上がったっていう噂、聞いたかい」

気さくに、クラレンスは馭者ニックに話しかけた。

「ああ、酒場で誰かが喋っていたと、親父が言っていた」

「見た本人？」

「又聞きだ。だが、何人も見たらしいぜ」

「胸に何か書いてあったって？」

「ああ。胸に、ベツレヘムがどうとかって」

「この村、ベツレヘムと何か関係ある？」

「いや、ねえよ。天使様が、ベツレヘムに用事があるんだろう」

「〈アルモニカ・ディアボリカ〉ってのは、何だか知ってる？」

馭者は、ぶるぶると首を振った。「知らねえ、知らねえ。そんなのは、知るわけがねえ」

あれが、ダッシュウッド様の領主館《マナーハウス》だ、とニックは鞭の先で右手前方に建つ建物を指し示した。

「馬鹿でかいな」

ボウ・ストリートの判事邸も、ベンやクラレンスの目には宮殿みたいに映ったのだが、領主館はそれに数倍、いや、十数倍する。人口稠密《ちょうみつ》、貴顕から貧民まで押し合いへし合いしているロンドンとは違う。

「あの、後ろの森も、全部屋敷の敷地か」

「もちろんだ」

自慢げに、馭者はうなずいた。

「ご領主様は政府の仕事をしていなさるから、ほとんどロンドンだが、狩猟の季節には、よく戻ってきなさる」

「ラルフ・ジャガーズ氏が、代理で管理しているんだってね。あそこに住んでいるの」

「そうだ」

クラレンスは身軽に馬車の中に移り、アルとベンが腰掛けている座席に割り込み、馭者に聞いたことを伝えた。

「サマセット・ハウスよりでかい」ベンが賛嘆した。「だけど、おかしな建物だな。ギリシャの神殿みたいだ」

「そう。全体の印象は、ディオニュソスの神殿と似ている。だけど、上の柱廊はコリント式、下はドーリス式。ごちゃ混ぜだ」ネイサンが蘊蓄《うんちく》を披露した。「古典様式とパッラーディオ様式を一緒くたにぶち込んである」

「ギリシャに行ったことがあるのか」

「銅版画で見たんだよ」

「エドは博学だったけれど、ネイサン、お前もけっこう物知りだな」

解禁になったから、エドの名を、クラレンスはおおっぴらに口にした。

領主館《マナーハウス》は後ろに遠ざかり、ほどなく、黄金色の球体を天辺に戴いた奇妙な塔が丘の上に見えてきた。宿屋から歩いても二十分足らずと思われる距離であった。

馭者ニックが振り向いて、「あれがウェスト・ウィカムの教会だ」と教えた。「ダッシュウッド様が建てられた」

「すげえ不道徳な感じがしないか」ベンが言った。「あの金色の玉、何よ」

領主館《マナーハウス》の壮大さにくらべると、教会はささやかであった。長方形の石積の壁に切妻屋根の簡素な造りだ。しかし、鐘楼の天辺に据えられた黄金の球体は、間近に見ると巨大であり異様であった。

「シリアの古代都市、パルミラの神殿に似ている。神殿には、あんな鐘楼や球はついていないけれど」ネイサンが言ったので、ベンが呆れ、「お前って、ほんと、何でも知ってるんだな。まるで、エドだ」

「グランドツアーができるような金持ちじゃないから」ネイサンは言った。「子供の頃、本で、世界を旅していた。フランスもイタリアもギリシャも、インドやアラビアやペルシャも。牧師さんが本をたくさん持っていたから。銅版画入りだと、嬉しかったな」

エドも、子供の頃、本漬けだったのだろうなと、アルは思った。本は高価だ。貧しい者の手にはたやすく入らない。エドの父親は教会の下働きだったというから、楽な暮らしではなかったはずだ。蔵書の多い裕福な家の裏口を訪れては、水汲みや草むしりをさせてもらい、駄賃はもらわず、代わりに書斎の本を読ませてくれるよう頼んでいる子供の姿を、アルは脳裏に浮かべた。貧しくて読書好きという境遇が似通っていたから、エドは、ネイサンに特別な親近感を持ったのかもしれないな。

建物の右手の空き地には、墓標が散在していた。教会よりはるかに大きい六角形の建物があり、鉄柵で閉ざして出入りを禁じた入り口から、内部が見透せた。

内部は吹き抜けの中庭であった。ご領主様が建てられた霊廟だと、馭者は説明した。

クラレンスが解剖器具を、ベンが籐籠をかかえ、五人は馬車から降りた。

宿には歩いて帰るから待っていなくてよいと言って、アルは今日の分の賃金とチップを渡し、計算書に署名させた。馭者は×印を書いた。

「そんじゃ、小さい聖女様に会ってきなせえ」

教会の入り口でダニエルたちを待ちかまえていたのは、ラルフ・ジャガーズであった。

「そろそろ、到着する頃と思っていた」

「屍体はここに置いてあるのだな」ダニエルが性急に言った。

「貴公は誰だ。昨日の昼、見かけはしたが、まだ紹介されておらなかったな」

鬘もつけず、服はよれよれのダニエルに、ジャガーズは見下した態度をとった。

「ダニエル・バートン。聖ジョージ病院常勤外科医だ」

ジャガーズは、軽く笑った。

「慈善病院の外科医か」

軽視の笑いだ。

「ご存じないのですか。聖ジョージ病院の理事長は、国王陛下ですよ」

クラレンスがくってかかったが、ジャガーズは無視し、

「バートン……。聞きおぼえがある。生体解剖をして、人を死なせたとか。よく裁判沙汰にならなかったな。ああ、そうか。治安判事に賄賂《わいろ》を贈って、もみ消してもらったか」

独り言めかした。

ダニエル先生の怒りが沸騰しないかと、元弟子たちは気を揉んだが、あまりにくだらない中傷だからだろう、ダニエルは聞き流し、

「屍体を置いてある場所に案内してもらおう」

何をおいてもまず必要なことを、言った。

「屍体？」

「廃坑で発見されたという」

「あの件は、中止したと言っただろうが」

「中止したのは、広告ですよね」クラレンスが言った。「我々の調査は、広告とは関係ないです」

「腐敗が進む」ダニエルはジャガーズを怒鳴りつけた。「さっさと案内」しろ、と言いかけて、少しは礼儀を考えたのだろう、「していただきたい」と、幾らか丁寧な口調になった。

「何のために」

「死因の究明に決まっとる」

「何の権限があって。当地の治安判事は、ダーク・フェイン卿だ。そのサー・ダークが、何の事件性もないから、調査の必要はない、と決められたのだ。ロンドンの慈善病院の外科医が出る幕はない。ジョン・フィールディング卿の権威も、当地区には及んでいない。サー・ジョンは、ウェストミンスター地区の治安に専念しておられればよいのだ」

「確認したいことがあります」アルが冷静な口調で言った。ジャガーズさん、と言いかけて、よけいな摩擦は避けたほうがいいと判断し、「サー・ラルフ」と言いなおした。

「フランシス・ダッシュウッド卿は、なぜ、中止を命じられたのですか。何か、調べられては具合の悪い事情がおありですか」

「何を言う。無礼な」

「早く開かんと、腐敗が進み、死因も何もわからなくなる。どこだ」

ダニエルは足を踏み鳴らさんばかりだ。

「屍体は、身元不明の者を埋める共同墓窖におさめた」

「では、墓掘りを呼び、墓窖を開けていただきたい」

「不要だといっておるだろうが」

「ダッシュウッドに、よほど厳しくいわれたんだな」クラレンスはベンに話しかけた。「怪しいよな。屍体を見せたがらないっていうのは」

「何か後ろ暗いところがあるんだな」と、ベン。

「ない！　疚《やま》しいことは何もない」

「そうです」クラレンスはうなずいた。「あなたには、疚しいことは何もない。あなたは、天使を見たという踏み車漕ぎの言葉から、屍体の在処《ありか》を正確に類推された。実に洞察力に富んでおられます。治安判事ダーク・フェイン卿に報告された。正しいやり方です。地域の治安を維持するためには、不審な屍体の死因を究明せねばならない。まして、奇妙な文字が記されていたのですから。広告を出して情報を集めるというのは、まさに適切な行動です。これにまさる方法はありません。ですから、あなたにもサー・ダークにも疚しいところがないのは、自明の理です。脛《すね》に傷があれば、広告を出そうなどとは思いませんからね」

クラレンスの長広舌の間、じりじりするダニエル先生を、アルとベンが、身振りでなだめ、ネイサンは、それらの様子を観察していた。小説を書くとき、必要になる。

「ところが、フランシス・ダッシュウッド卿は、あなたからそれを聞くや、絶対に阻止せよと強硬に止められた。つまり、何か、明らかになったら困る傷を持つのは、ダッシュウッド卿です。ところで、サー・ラルフ、あなたは、ダッシュウッド卿の代理人ですよね。ダッシュウッド卿があなたに秘密を持つということは、あなたにとって、不都合ではありませんか。あなたも知るべきです、ダッシュウッド卿の痛いところを。それによって、あなたはダッシュウッド卿に隠然たる影響力を持つことができます。我々は屍体を調べますが、あなたの希望によっては、結果をあなたにだけ伝え、情報は秘匿することもできます」

あ、話が違う。ネイサンは思ったが、顔に出さないようにつとめた。小説を書くというのは、アルたちから押しつけられたことで、自らの強い願望ではない。ダニエル先生と三人の元弟子にとって何よりもまず重要なのは、解剖して死因を突き止めることなんだろうな。

クラレンスの強弁を、アルはいささか危ぶんだ。ジャガーズとダッシュウッドがどのような関係にあるか、まだ把握してないのだ。二人はきわめて親密であり、ダッシュウッドが中止の理由をジャガーズにだけは打ち明けているかもしれない。その場合、我々は、ジャガーズにとっても見逃しがたい厄介な存在になる。権力者は、邪魔者を排除するのに手段を選ばない。こちらにサー・ジョンという後ろ盾があっても、サー・ジョンの力は貴族院議員であり内閣の一員であるフランシス・ダッシュウッドの権力には及ばない。獅子のあぎとに手を突っ込んでしまったのではないか。

クラレンスの提案に、ジャガーズはしばし黙考した。

「どうしてもというなら、やむを得ん。きたまえ」

ジャガーズは一同を教会の中に招じ入れた。

外観は素朴だが、内装は贅を凝らしていた。荘厳とは言い難い。俗な気配が濃厚なのだ。黒と白の大理石の床に赤い斑岩の柱が聳え、説教壇と聖書台は木目美しい艶《つや》やかなマホガニーで、浮き彫りを施してある。緑のフェルトで覆ったベンチが会衆席として並び、壁には、誰の作か、『最後の晩餐』の油彩画がかかっていた。どことなく淫靡な印象を与える絵である。絵の下には、これもマホガニーの、両開きの戸を持った丈の低い棚が据えられていた。

礼拝堂に隣接する小部屋に入った。

床に置かれた粗末な柩の蓋を、ジャガーズははずした。

おさめられた骸《むくろ》をダニエルは見下ろし、

「偽者だな」

と言い捨てた。

「偽者だと。これを見よ」

ジャガーズは屍体の胸を指した。触れるのは嫌だから、〈ベツレヘムの子よ、よみがえれ！〉〈アルモニカ・ディアボリカ〉という文字と指との間に、十分距離を置いている。

「ジャガーズさん。貴君が洞窟に落ちている屍体を検分したとき、屍体の硬直状態は？」

「べつだん、硬くなってはいなかったが」一々、サー・ラルフと呼べ、と言葉咎めするのは面倒になったらしい。

「そうだろう。貴君が発見したのは、踏み車漕ぎが天使を目撃してから三日後だ。死後硬直はとうに解けていて当然だ。しかし、踏み車漕ぎが見たときは、完全に硬直した状態であったに違いない」

生まれ育ったスコットランドの訛りが残り、訥々《とつとつ》としてはいるが、こういう話題なら、ダニエルは、クラレンス顔負けの雄弁になる。

「『舞っている。空で。白い翼を大きく広げて』そう、目撃者は言ったのだな。白いチュニックを着ていたそうだな。つまり、死者は両手を水平に広げた形で硬直していたのだ。私がこれまでに死者を数多く扱ってきた経験からいうと、通常、全身硬直が最強になるのは、死後、二十時間から三十時間だ。ゆえに、死亡時刻は、目撃される二、三十時間前だ。ほぼ一日とみなそう。数えると、死亡時から今日まで、最大限に見積もって、八日ぐらいだ。目撃されるまで、どのような場所にあったかによっても、誤差は生じるが、十日以上ということはない。この骸は、腐爛の状態から見て、死後半月から一月は経っている。頭髪は脱落し、頭蓋骨の一部が露出、鼻梁の軟骨もくずれている。十日以内にこれほど腐敗することはあり得ない」

「半髑髏だ」クラレンスがつぶやく。

「そんなことを言われても、困る。私が洞窟で発見したのは、これなのだから」

「では、目撃された〈天使〉と、貴公が発見した屍体は、別物ということになる」

「腐敗と時間の関係は、正確なのか」

「屍体が置かれた場所や季節によって異なるが、十日以内の屍体と半月以上経った屍体とでは、歴然とした差があるのは間違いない」

「何年経っても腐敗しない屍体もあるぞ。見せよう。先生、君の説が絶対正しいとは言えないことを証明する」

そう言ってから、ジャガーズは少し躊躇した。

「ミイラですか」

クラレンスが口をはさんだ。

「いや……。見ればわかる。ただ、これは、むやみに他人には拝観させないのだが、まあ、いいだろう、管理人の私が許可するのだ」

小部屋の隅の螺旋階段を、ジャガーズは先に立って上り始めた。

螺旋階段は、鐘楼に通じていた。鐘楼は四方に細長い窓が開き、低い手摺りはついているが腰までの高さだから、あまり安全とはいえない。殺意があれば簡単に突き落とせる。壁沿いに、さらに梯子《はしご》が備えられていた。ジャガーズに従って上る。ダニエルとベンには苦行である。身軽なクラレンスが先に立ち、アルはしんがりについて、運動神経皆無の先生が足を踏み外さないよう、気を配る。

壁が円弧を描いた部屋にたどり着いた。

「あの、金色の球の中か？　ここ」

ベンが見まわして言う。

内部は、金色ではなかった。

差し渡しは十フィートあまりで、床板が張られ、小さいテーブルと椅子が数脚備えてある。

「サー・フランシスは、二十代半ばの頃、特命公使に随行してサンクト・ペテルブルクを訪問されたことがある。その折り、建築物の尖塔にある黄金の球体をごらんになった。内部にテーブルと座席があるのに、たいそう興味を持たれた。後年、この教会を建てるにあたり、ロシアのそれを模したのだ」

一隅に祭壇のような低い棚がしつらえられ、柩が安置されていた。棚には酒瓶やグラスが備えてある。酒宴に用いられる場所のようだ。幅十インチほどの縦に細い窓が一フィートごとに開けられ、ガラスが嵌め込まれて外光を導き入れていた。

「これが、小さい聖女様をおさめた不思議な柩ですか」

馭者の言葉を思い出し、アルは訊いた。

「そうだ。よく見えるように、そこに」

ジャガーズに指図され、ベンとクラレンスが柩をテーブルの上に置いた。

蓋をはずした。

「ノー!」と叫んだのは、ジャガーズであった。

他の者は、言葉を失った。

ようやく、ベンが雨垂れみたいな声を出した。

「ナイジェル……。そんな……」

8

アンディが徒弟としてうちに住み込むようになったのは、洞窟の演奏会の六年前。わたしは九つで、アンディは十三だった。徒弟は三人置いていたのだが、一番古参の弟子が独立したので、新規に雇い入れた。痩せっぽちで手足が不細工に細長かった。三番弟子から二番弟子に昇格したジョセフ・スミスに怒鳴られどおしだった。

父の吹きガラス工房で作るのは単純なゴブレットで、エングレービングによる装飾もカットグラスの技巧も凝らしていない。しかし、決して粗雑ではなかった。素地は吟味していたし、一つ一つ、歪みのないように、形も厚みも均等であるように、父も弟子たちも心をこめて作っていた。個人から直接注文を受けることはほとんどなく、ガラス器卸商のトインビー商会からまとめて注文を受けていた。

四年後、母を弔った時、墓窖の縁で、吹きつける木枯らしによろめいたわたしを抱きとめたアンディの、火膨れの痕が残る十七歳の腕は、逞しかった。

吹きガラスは、なまやさしい仕事ではない。石炭をがんがん焚き、一日中パン焼き窯《がま》の中にいるようなものだ。だから、夏はあまり仕事ができない。したがって、収入が乏しい。父も弟子たちも、体中の水分が汗になって絞り尽くされ、皮膚の下には贅肉も脂肪もないけれど、一フィートあまりの鉄パイプを扱ってガラス器を作るのは、繊細な作業であると共に重労働でもある。だから、筋肉はくっきりと盛り上がる。アンディの体つきも、そうなっていた。

母が召されたこの年――一七五九年――は、対仏戦争の最中《さなか》、イギリス海軍はル・アーヴルだのラゴス沖だのキブロン湾だので次々に戦果を重ね、新大陸でもフランス勢を破りケベックを奪取し、輝かしい〈奇跡の年〉と、人々は浮き立ったのだけれど、わたしは母の死に耐えるのに精一杯で、勝利を謳歌するどころではなかった。父も打ちのめされていた。わたしは泣かないことにした。この先ずっと、父と三人の徒弟の食事やら何やら世話をするのは、わたしなのだから。

母の死から一年あまり経っても父はまだ立ち直れず、トインビー商会からの注文は、一番弟子のグレン・オコナーが指図して、こなしていた。

初冬のある日、立派な馬車が仕事場の前で止まった。

わたしは肉だの卵だの玉葱だのを買いこんで、市場から帰ってきたところであった。

「吹きガラス師マレットさんの仕事場はここだね」

従僕らしい若い男の手を借りて馬車から降りた男は、看板に目を上げ、訊ねた。銀色の髪を大きく膨らませリボンで後ろにまとめた鬘をかぶり、胴衣の上に幅広いカフスのついた長いコートを羽織った身なりは、ジェントリーか裕福な商人といったところだ。

その顔に見覚えがあった。実物を見たのは初めてだけれど、メゾチントによる肖像画が出回っていた。斜めを向いた半身像で、右手に何やら実験器具らしいものを持ち、背景に稲妻が閃いている。

新大陸の植民地の人で、数年前ロンドンを訪れそのまま滞在している、有名な科学者だ。ケンブリッジ大学で電気とかいうものの実験を行ったそうだ。死人を電気で生き返らせたなどと噂されている。それが本当だとしたら、主イエスも電気によってよみがえり給うたのだろうか。

「ベンジャミン・フランクリン博士……ですね」

版画では三十代半ばに見えるが、実際は頰の肉が弛《たる》み、五十を過ぎているようだった。

名前を知っていて当然だというふうに、博士は鷹揚にうなずいた。

「エスター・マレットです。吹きガラス師マーティン・マレットの娘です」

寒いな、と身震いして、「お父さんに取り次いでくれるね、お嬢ちゃん」博士は愛嬌のある笑顔を見せた。

二基の溶解窯が燃えさかる仕事場に一歩踏み入ると、冷えた肌がちりちりと痛くなった。

仕事場はいつも、灼熱した無数の針が肌に刺さるように熱い。見た目に涼しげなガラス器は、息が詰まる焦熱の中で作られる。

アンディが長い吹き竿を溶解窯に差し入れ、先端に、溶けて白光を放つガラスを巻き取っていた。二番弟子のジョセフ・スミスが脇に立ってがみがみと小言を言い、一番弟子のグレン・オコナーは少し離れたベンチに座り、長く突き出した手摺りの上で左手の竿を転がしながら、膨らんだガラスを右手のピンサーでととのえている最中だった。冬のさなかに、三人とも汗ばんでいた。

烈風に腹の芯まで凍えたらしいフランクリン博士は、溶解窯の前に急ぎ、手をかざしたが、すぐに身を引いた。燃えさかる窯は、近寄るには熱すぎたのだろう。従僕らしい男も仕事場に一緒に入ってきていた。抱えている大きな紙挟みを床に置いて、火に当たろうとするのを

「オーマン、図面を粗末に扱うな」博士は咎めた。

「すみません」媚びるような声で、男はそそくさと紙挟みを抱えなおした。

わたしはこの男に、一目で反感を持ってしまった。目つきがいやらしい。何だか卑しい。

三人の徒弟も、ベンジャミン・フランクリン博士の顔は銅版画で見知っている。しかし、しゃっちょこばって挨拶したのは、ジョセフだけであった。グレンはベンチに腰掛けたまま、一秒たりと気を抜くことのできない作業を続け、アンディは長い吹き竿の口に息を吹き込み、炎の塊のようなガラスが丸く膨らんで、根もとに紅を含んだ花びらのような色になると、竿の中央を摑み、横倒しの8を描くように振りまわした。やわらかいガラスは形よく伸びる。

長槍を振るう騎士みたいだと、いつも、わたしは思うのだった。

仕事場に隣接する部屋で、父はジンを飲んでいた。

ベンジャミン・フランクリン博士が来られたとわたしが告げると、お前の冗談の相手をする気分じゃない、と父は呻《うめ》いた。

それから、椅子のバネがはじけて臀に刺さったみたいに飛び上がり、目を剝いて博士を見つめた。

わたしは博士に椅子を勧め、グラスにワインを満たした。ジンでは口に合わないだろうと思ったのだ。従僕みたいな男は、隣の椅子に腰掛けた。

「ロンドンで一番、伎倆《うで》のすぐれた吹きガラス師と聞いた」

決まり文句の挨拶抜きで、フランクリン博士は切りだした。

「そうです」父はうなずいた。「そのとおりです」

母が死んで以来、いつも丸くなっていた父の背骨が、定規を当てたように伸びた。

博士は誰からそんな評判を聞いたのだろうと、わたしは訝しんだ。父の工房で作っているのは、一点ごとに技巧を凝らす美術工芸品ではない。製品に名も刻まない。父の名前を知るのは、卸商のトインビーさんくらいなものだ。

そのトインビー氏の名前を、博士は口にした。「ガラス器を手広く扱っているトインビー商会に問い合わせた。腕のいい吹きガラス師を紹介してほしいと頼んだところ、トインビー氏は即座にマーティン・マレット、すなわち君の名をあげた」

父とトインビーさんのつきあいは長い。同年配だ。父がまだ徒弟として修業していた頃から、先代トインビー氏が腕のよさを見込み、目をかけてくれた。先代が病没し、息子のトマスが後を継いだ頃、父は独立して工房を持った。私が生まれるよりずっと前だ。二代目トインビー氏も父を贔屓《ひいき》にして、注文を回してくれた。

でも、ロンドンで一番というのは褒めすぎだと思う。母が死んでから無気力に過ごしている父を、トインビーさんは鼓舞してくれたのだ。そうわたしは思った。

「ところで」と博士は不意に話題を変えた。「君は、グラス・ハープの演奏を聴いたことはあるかね」

「グラス・ハープ？」父は聞き返した。「ハープは聴いたことがないですが」

「グラス・ハープというのはゴブレットに水を入れて」

長々と説明を始めた博士の言葉は、「お前、何をやってるんだ」ジョセフの尖った声に妨げられた。

「まじめに仕事をしろ」

ジョセフが怒鳴る相手はアンディしかいない。

仕事場の片隅の作業台に、アンディはゴブレットを並べていた。ジョセフの叱声を無視して、慎重な手つきで、十数個並べたゴブレットのそれぞれに水差しの水を注いだ。指先を水に浸しゴブレットの縁を軽くこすると、透明な音を発した。アンディは耳をすまし、慎重に水を注ぎ足したり減らしたりして、その都度音を確かめた。そうして、曲を奏で始めたのだ。

右に、左に、あるいは交叉し、アンディの指は愛撫するようにガラスの縁をこすり、たおやかな曲が流れた。右の指が旋律を、そうして左は、要所要所に寄り添うような和音を加えた。

「おや、ゴブレットがこんな音をねえ。へえ」

言いかける従僕に博士はくちびるの前に指を立てて制した。

「静かに聴け、オーマン」

博士は驚愕の表情で、それからうっとりして、耳を傾けた。

魔術師のようにアンディの指は、ゴブレットの上で複雑な弧を描き、あえかな音は幾重にも重なる光の糸のように流れた。薄暗い作業室に、音が光になって満ちるのを、わたしは視た。光はアンディの指先から放たれた。ガラスと水とアンディの指の接触。一瞬こすって、はなれる指とガラスの縁の間に、音は細い蜜の糸となってのびた。切れないうちにさらに糸が重なりよじれて和音をなし、雪の上を走る銀の歯車を連想させ、透明な果物の味を思わせた。低音でさえ、濁りのない音を出した。

わたしの知らない曲であった。愛らしい、そうして少し哀しい旋律だ。

アンディは指を止め、うつむいてそっと後退《あとじさ》ったが、光と化した音は、なおも淡く揺曳していた。

フランクリン博士の拍手の音が、光を乱し、消滅させた。

「誰に学んだ」

靴音を立てて歩み寄り、博士はアンディの肩を摑んだ。

「別に……誰にも」

「では、どうしてグラス・ハープを知っている」

「いつだったか、濡れた指でゴブレットの縁をこすったら、綺麗な音が出たので、いろいろ試してみたんです。水の量やゴブレットの大きさ、ガラスの厚みによって音が違うことに気がつきました」

口ごもりながら、アンディは語った。

「ゴブレットに水を入れて演奏すると博士が言われたから、こういうのかなと」

「まさに、これだ！」

ゴブレットの水が揺れた。喜びを表現するのに、博士は全身に力をこめ、足を踏み鳴らしたのだ。

「見事だ。もう一度、やってみてくれ」

「すぐには無理です」

「生意気な小僧だな」

舌打ちしたのは、博士ではなく、従僕らしい男であった。

「口を出すな」たしなめてから、博士は「これは、私の弟子、テレンス・オーマンだ」と、おざなりに引き合わせ、アンディに「なぜだ」と問いかけた。

「この部屋は暑いので、ゴブレットの水がどんどん蒸発します。音が違ってしまいます」

「ゴブレットに水を足して、音を調節してくれ。待とう」

そう言いながら、博士はオーマンに顎をしゃくった。オーマンはもったいぶった手つきで紙挟みを博士に捧げた。

博士は紙挟みを開き、数枚の紙の中から一枚を選んで取りだし、アンディの前に広げた。

「これを奏でてみてくれ」

「楽譜を見ても、俺には音はわかりません」

わたしは楽譜を覗き込んだ。ハミングで口ずさんだ。軽快な曲であった。

「譜が読めるのだな、お嬢ちゃん」

「エスターです。難しいのはわかりません」

教会でおぼえた。弁護士の見習いだという人が、オルガンを弾いていた。カトリックの僧侶のように頭頂部が丸く禿げているけれど、肌はなめらかだった。眼はいつも、驚いた鹿みたいに丸く見開かれていた。たいそう親切で、興味を持ったわたしに弾奏を手ほどきしてくれた。母がまだ健在で、わたしは気ままな時間を持てたので、丁寧に教えてもらえた。

一つの記号が一つの音になり、その連なりが胸が痛くなるような美しい旋律になることが、わたしには神様があらわす奇跡のように感じられ、音符を辿りながら涙ぐみ、見習い弁護士を慌てさせたのだった。何か君を傷つけるようなことをしたかね。どうして涙が出たのかわたしにもわからなくて、ただ、首を横に振っていた。あまりに美しいものに接したときの悦びは涙をもたらすのだと、表現する言葉を見つけたのは、ずっと後になってからだ。

その人の姓は何とかベイカーというのだった。何とかの部分がおぼえにくくて、わたしはベイカーさんと呼んでいた。

アンディの水に濡れた指とガラスの接触から生まれる音は、あのときのような静かな悦びをわたしにもたらした。オルガンとはまったく異質の儚《はかな》い音だったけれど。

アンディは、ゴブレットを増やし、互い違いに四列ほど並べ、水を注いだ。高い音と低い音が増えた。他のゴブレットにも、一垂らし、二垂らし、と水滴を注ぎ、濡らした指でこすって音を確かめ、「もう一度ハミングして」とうながした。

光のような音が、リズミカルなメロディをたどった。火膨れの痕が残るアンディの指は、すばしこい小鳥のようにゴブレットの上で踊った。

「そうだ。この音だ」

博士の恍惚とした顔は、わたしにはいささか滑稽に感じられた。博士の指はリズムに合わせて浮かれ動いていた。

アンディはさらに、最初のメロディをもとに、リズムを変え、細かい音を間に入れ、違う曲を即興で作り出した。

「作曲までできるのか、君は」

フランクリン博士の讃歎に、アンディは怪訝《けげん》そうな顔をした。「作曲なんて知りません」

「変奏曲を奏でただろう」

「変奏？」

「何か楽器を学んでいるのか」

「いいえ」

「音階《スケール》を学んだことは?」

「物差《スケール》は、そこにあります」

「私をからかっているのか。……つまり、君は、音は知っているが、その名前を知らない。そういうことか。だが、君はスケールを知っている。この音の次に、この音が位置することを知っている。しかも、正確な音を。君、ちょっと目をつぶってくれ」

博士は指先を濡らし、両手を使って、C、E、G、三つの音を一度に奏した。次に、C、F、A、そうしてH、D、G。

「目を開いてよろしい。同じ音をだせるか」

アンディはゴブレットを三つずつ同時に奏で、三種の和音をなぞった。

気のせいか、わたしには、アンディの音の方が澄んでいると思えた。

「君が音楽に無知だとは思えんのだが」

「アンディは教会のオルガンで音をおぼえたのだと思います」わたしは口を出した。

「だが、オルガンとこれとでは、奏法が違う」父が不審そうに訊いた。「どうやって会得したのだ」

「夜、皆が寝静まってから、練習しました。楽しいので、つい……」

「だから、お前の仕事は、半端なんだ」罵ったのは、ジョセフだ。「いつも寝ぼけていやがる」

「君は、音楽家になるべきだ。どうして吹きガラスの道を選んだのだ」

「どうして、って……」

アンディは返答に窮していた。貧しい家の子供は、親だのまわりの者だのがみつけてきた職につくほかはない。運良く職があれば、だが。アンディは孤児院出身だ。

「君は、音楽家の耳を持っている」

困惑してアンディは耳たぶをいじっていた。

「耳朶《じだ》ではない。聴覚だ」

「彼が持っているのは、吹きガラスの腕です」

父が割り込んだ。徒弟を取られては困ると思ったのだろう。

「腕がいいのか」

「私のもとにきてまだ四年にしかなりませんが、技術は古参をしのぎます」

ジョセフが憤然とするのを、わたしは見た。視線を移すと、一番弟子のグレンは表情を殺していた。

「才能は偏在するものなのだな。一つのことに秀でた者は、他のことにおいても優れておる場合が多い。優れた音感に恵まれた腕のいい吹きガラス職人。ああ、神はすばらしい人材を私に与えてくださった」

感謝の祈りを捧げるように、博士は視線をあげ、両手の指を組み合わせた。そうして、言った。

「一昨年、私はロンドンにきた。生まれて初めてグラス・ハープの演奏を聴いた。ダッシュウッド準男爵の」

僧院……と言いかけて、博士はちょっと言葉を詰まらせ、「邸宅」と言い直した。「邸宅に招かれたときだ」

そもそも、グラス・ハープは、とフランクリン博士は大学で講演するような口調になった。

「アイルランドのパッカリッジ氏なる人物によって考案された。大きさの違うゴブレットに水を入れ——今、この若者がやったようにだ——縁をこすって音を出す工夫をした。だが、不幸なことに、パッカリッジ氏は、考案中に、失火によって焼死したということだ。ついで、このロンドンにおいて、王立協会（イギリスにおける最高の科学学会）のメンバーであるデラヴァル氏が同じものを考案した。私は先に述べたようにサー・フランシス・ダッシュウッドの僧院——いや、ダッシュウッド邸において、その演奏を聴いた。音色に、私は心を奪われた。他のどんな楽器でもあらわせない繊細な音色であった。か弱いが美しい。君、名前は？」

「アンドリュー・リドレイです」

「他の二人は、仕事を続けてよろしい」

物言いが高飛車だ。成り上がりのくせに……、とわたしは少し気分を害した。

「リドレイ君、ゴブレットはまだあるな」

呼び捨てにしないだけましか。

「ありますが……」

「三オクターブ、作ってくれ」

「オクターブって、アメリカの金ですか」

「ああ」博士は慨嘆した。「お嬢ちゃん、あんたはわかるだろう。彼に説明してやってくれ」

「エスターです」と言ってから、アンディに教えた。

「何だかよくわからない」

「今、このゴブレットには、下のCと上のCがある」博士がせっかちに言った。「二つ同時に奏でると、ぴたりと重なるだろう。高さは違うのに、同じ音に聞こえるだろう。さらに高音にして、このCと重なる音を作れ。下も」

「フランクリン先生」たまりかねたように父が割り込んだ。「アンディには仕事がありますんで」

「仕事を妨げる代償は、十分に支払おう」

博士の一言が、父を黙らせた。

アンディが棚からゴブレットを取り出そうとするのを、「いや、先にこれをみせよう」と博士は制し、持参した紙の一枚を、作業台に広げた。「私は、新しいものを考案するのが好きなのだ。淫していると言ってもいいほどにな」

設計図が描かれていた。

「ゴブレットを用いたグラス・ハープには、欠点がある。アンドリュー・リドレイ君、君が先ほど言ったように、熱気のこもった部屋では、ゴブレットの水が蒸発する。長い曲であれば、演奏の途中に音程が狂う場合も生じる。ゴブレットの厚みや口径によって、水量が異なる。安定した音を得るのが困難な、きわめて気むずかしい楽器だ。さらなる欠点は、奏者がたえず指をゴブレットの水に浸して濡らしておらねばならぬこと、そのとき雫が垂れれば水量が変わってしまうことだ。音程を狂わせる原因になる。ゴブレットの縁から縁へと、たえず指を回し続けねばならないことは、奏者の肉体に負担をかける。天使の楽器のような玄妙な楽音はそのままに、音程を安定させ、奏者の負担を減らすことはできないものか。私は考え抜いた。他に重要な仕事を抱える多忙な身だ。このことに専念するわけにはいかん。思いつくまでに、一年近くかかってしまったよ。今思えば、簡単なことなのだ」

博士は図面を指でたてつづけに叩《たた》いた。

「このように作れば、欠点は取り除かれ、しかも、グラス・ハープに勝るとも劣らぬ音色を生むはずだ」

リドレイ君、と呼びかけたフランクリン博士の声音は、わたしの膚《はだ》を粟立《あわだ》たせた。まともな人の声じゃない。そう感じられたのだ。最初の印象は、愛想のいい気さくな小父さんだったけれど、考案した新楽器の話を持ち出したときから、目つきが悪くなった。アメリカにいたとき、雷を使って魔術を行ったという話を聞いている。ケンブリッジでも、魔術としか思えないことをやったと噂される人だ。

「ぜひ、こういう楽器を製作してほしい。つまり、一つ一つが正確な音を発する半球形のボウルだ。脚のないゴブレットだ」

ぜひ、頼む。そう言ってフランクリン博士が提示した金額は、莫大であった。

「資金はフランシス・ダッシュウッド卿から出る」

「はあ……」

「何を躊躇しておる。作るのは親方、君ではない。リドレイ君だ。リドレイ君、やってくれるな」

「この図面では、作れません」

アンディは困惑したように言った。

わたしも図面を覗きこんだ。大きいのから小さいのまで、ガラスのボウルを横に重ねて並べ、心棒で貫いてある。それをおさめる細長い箱の図もあった。箱に水を満たし、ボウルの下半分を浸す。把手《とって》で廻転させる。そうすれば、ボウルを常に濡れた状態にしておける。ボウルの方が廻転するから、奏者は手を大きく動かさなくてすむのだ、と博士は説明したが、ボウルの厚みや口径、深さの数字は記されていなかった。

「どの大きさ、どの厚みのガラスが、どういう音を発するか。だれも知らんのだ。それを、君が発見するのだ。試行錯誤を重ねてな」

「俺は徒弟なので。独断ではやれません。親方の許しがなくては」

「マレット、これは貴族院議員にして逓信大臣であられるフランシス・ダッシュウッド卿からの御下命と心得よ。君の弟子アンドリュー・リドレイに、私の楽器を製作させよ」

博士の語気に気圧《けお》されたように、はい、と父はうなずいた。

「もう一つ命じることがある。これは、秘密にしてもらいたい。私が披露する前に、他の者に案を盗まれてはならんのだ」

前金だ、と博士は革袋をアンディの手に載せた。見た目だけでも、重そうなことがわかった。

懐中時計を取り出し時刻を確かめ、「いかん。遅れる。私はこの後、重用が控えている。今日はこれで別れるが、いいな、君、頼んだぞ。君の耳と腕を信頼する。少なくとも三オクターブの音域はほしいぞ」

急いで出て行こうとするのを、わたしは呼び止めた。

「アンディのような優れた音感を持ったガラス職人がいなかったら、どうするおつもりだったのですか。この図面には、ボウルの大きさも厚みも記されていません。腕のいいガラス吹きとトインビーさんに紹介されたそうですが、父は特別音感に恵まれているわけではありません」

ひどく驚いたように、博士はわたしを見つめた。「そうだ。まさに、そうであった。お嬢ちゃん」

「エスターです」

「うむ。私はどういうつもりだったのだ」

意味のない言葉を連ねながら、返答を考えていたらしい。

「神が、必ず助けてくださると思っていた。そのとおり、すばらしい職人を得た」

質問に対する返答になっていないと思ったけれど、追及するのはやめた。

何か思いつくと、細かい点まで考えず、突進してしまう人なのではないか。

「リドレイ君、新しい船出だ。かのコロンブスが我が新大陸を発見したように、君は、正しい音を出すボウルを発見するのだ。偉大なる試行錯誤の後にだ。成功は常に、幾多の失敗を足元に山と築いた後に得られる。頑張ってくれ給え。期待する」

アンディの肩をばんばん叩き、まるでもう成功したみたいに高らかに笑い、博士は弟子テレンス・オーマンを伴い、馬車に乗って去った。

「なんだ、あいつ」ジョセフがぶつくさ言った。「嵐みたいに騒ぎ散らしやがって」

父は、アンディの手から革袋を取り上げた。

「父さん、飲み代に使っては駄目よ」わたしは釘を刺した。


革袋の金貨の大半を父は酒代にしたが、アンディに、他の仕事はせずガラスの楽器の製造に専念することを許した。素材と窯《かま》は工房のものを使うのだから、出費は莫大だと、父は言った。許すも何も、他の者では〈音〉がわからないのだ。父だってわからない。

手引き書など、ない。アンディが一つ一つ試作を重ね、正確な音階を奏でるボウルの大きさ、厚みを探り当てねばならないのだった。

日曜日に、わたしはアンディと一緒に教会に行った。教会のオルガンが、唯一、アンディが正確な音に出会える場所であった。

ベイカーさんにアンディを引き合わせ、譜の読み方とオルガンの指使いを教えてくださいと頼んだ。

グラス・ハープはゴブレットを何列にも並べるが、フランクリン博士が考案した楽器は、横一列だから、鍵盤の配列と同じだ。

「彼は、すばらしい音感に恵まれています。礼拝のとき、賛美歌のオルガン演奏で音をおぼえました。でも楽譜は読めないし、楽器を弾いたこともありません」

「仲好しなんだね」

そう口にしたときのベイカーさんの目は、たいそう優しかった。

アンディはじきに、簡単なものなら、譜を見ながら弾けるようになった。

幾つのボウルを作ったことだろう。正しい音は、どの大きさ、どの厚みに隠されているのだろう。

箱と、それを載せる脚台は、知り合いの指物師《さしものし》に頼んだ。箱は先細りの長方形で、長さは三フィートほど、左端の幅は十一インチ、徐々に狭くして、右端は五インチ。蓋《ふた》はドームのように弧を描き、蝶番《ちょうつがい》で繋がれる。箱の内側には錫を貼り、底に水抜きの穴を開け栓をつけた。蝶番だの水抜きだの、細かい工夫をしたのは、わたしだ。フランクリン博士の図面は、美のキスをねだった。兄さんが妹にするようなキスを、してくれた。

心棒は鉄製で、これも左端から右端にかけて細くする。左端の直径は一インチ、右端は四分の一インチ。

箱の両側面に心棒の端を嵌《は》めこむ真鍮《しんちゅう》の軸受《じく》けを取り付ける。左外側には、心棒に直結する把手を付けた。これは、取り外しができる。わたしの手に合わせた、握りやすい把手だった。

指物師も興味を持ち、箱にも脚台にも装飾彫りをほどこしたので、たいそう見栄えがした。

ボウルが一つ完成するたびに、心棒に通し、コルクで固定し、水を満たして音を試した。音が微妙に低いときは、慎重に縁をすって薄くする。

心棒を通すのは、たいそう難しい。穴が大きすぎると、心棒の廻転がボウルに伝わらないし、小さすぎるのに無理に通したら、ひび割れてしまう。

アンディは、二番弟子ジョセフの陰険な意地悪に耐えねばならず、一番弟子のグレンは、見て見ぬふりをしていた。「徒弟になって四年にしかならないが、技術は古参をしのぐ」アンディを讃えた父の言葉は、最古参のグレンをどれほど打ちのめしたことか。独立してもいいほどの腕と自他共に認めている。父が飲んだくれて仕事を放り出しているから、グレンは、仕事の一切を切り盛りしてきた。なまじ慰めたりしたら、グレンはいっそう立場がないだろうと、わたしは黙っていた。でも、黙々とボウルを作っては音を確かめるアンディに、わたしは何くれとなく世話を焼かずにはいられないから、グレンの憤懣、ジョセフの嫉妬心を、さらに肥大させてしまう。

微妙な音を確かめているときに限って、ジョセフは騒々しい音をたてた。二基ある溶解窯の一つは楽器作りの専用にしたのだが、アンディが外に出ている間に、火が消されていたりした。わたしが窘《たしな》めると、ジョセフはアンディとわたしの仲をいやらしくからかい、二人の徒弟に出て行かれたら、仕事が滞《とどこお》って食べて行かれなくなるから、わたしは怺《こら》えた。

日曜日に、アンディとわたしは、教会に行った。ボウルを固定した箱の中に詰め物をしてアンディが担ぎ、わたしは脚台を運んだ。重いけれど、足どりは軽かった。

礼拝の後で、箱に水を満たし、ベイカーさんにオルガンを弾いてもらい、アンディは音を確かめた。オルガンは、風の音がする。大きく広がって、包み込む。わたしは把手を廻す。ガラスと水とアンディの指が醸し出す一筋の絹糸のような音は、寸分の隙もなく風の音と一つになる。儚い音なのに、風の音と溶けあいながら、消えることはない。心地よいハーモニーに、わたしは涙ぐむのだった。

「珍しい、そして、素晴らしい楽器だね。君が考えたのか」

アンディはかぶりを振った。

「詳しいことは、言えないの」わたしはベイカーさんに弁解した。「考案した人に、完成して公《おおやけ》に発表するまで、秘密にしろって言われているの。盗まれるといけないからって。ほんとは、ベイカーさんにも内緒にしていなくてはならないんだけど、ベイカーさんでなくては、アンディにいろいろ教えられないから。ベイカーさん、お願い、このこと、秘密にしてね」

「ああ、エスター、君がそう言うなら、誓って、私は誰にも言わないよ」

ベイカーさんは、オルガンの傍にあった聖書に左手を置き、宣誓するように右手をあげた。

「秘密を守ろう」

この楽器は、調律はいらない。できあがった一つのボウルは、強弱はあっても、一つの音しか出さないのだ。そうして、アンディがこれなら、と認めたボウルは、ベイカーさんも、認めた。正確だ。一度、微妙に音がずれたことがある。わたしは聴き分けられなかったけれど、このときは瞼が濡れなかった。アンディはひどく落胆した。自分の聴覚だけが頼りなのだ。けれど、すぐにわかった。オルガンの方が、何かの加減で不調だったのだ。ベイカーさんがそう言った。わたしはオルガンの仕組みを知らないので、どの部分の調子が悪かったのかわからない。ベイカーさんの言葉どおりなら、オルガンよりもアンディの聴覚の方が正確だったのだ。

十五個ほど揃ったらずいぶん重くなった。最終的には、荷車でも借りないと運べないだろう。

ベイカーさんは愛らしい歌を教えてくれた。その譜と歌詞は、ベイカーさんがペンで五線紙に書いたものだ。

アンディがボウルで奏でると、ベイカーさんは歌った。あえかなガラスの音にふさわしい、愛らしい歌であった。

神うるわしき花を召し
名を賜りしそのときに
青き眸《ひとみ》の小さき花
おずおず戻りきたりしが
声もかぼそくひれ伏して
許したまえよ、我が名をば
哀しや忘れ侍《はべ》りぬと
神はほほえみ宣《のたま》いぬ
そなたが名こそ
Forget-me-not

アンディはもう一度奏で、私はあわせて歌った。神うるわしき花を召し……
Forget-me-notと歌い終わったら、ベイカーさんは拍手し、小さい勿忘草《わすれなぐさ》の数輪を取り出し——奇術師みたいに宙から——、「君の眸《ひとみ》の色と同じだね」と言って、わたしの髪に挿した。

「私が作詞作曲したのだよ。愛する人のために」

そう言ったとき、ベイカーさんは、ちょっとはにかんだ。

何度もアンディは繰り返して奏し、そうしてベイカーさんに、他の歌も知りたいと言った。用意しておこう。この次にきたとき、譜をあげるよ。

家に帰ってから、萎れる前に、青い小さい花を本のページの間に挟んだ。紙表紙の薄い本は、母がまだ元気だったクリスマスの朝、わたしの枕元に置いてあったものだ。木版の絵がついていた。

ベイカーさんがくれる譜は増えた。

フランスとの戦争が続き、税金は高くなる一方だった。

この年の秋、国王ジョージ二世陛下が亡くなられた。陛下の父君ジョージ一世陛下は、ドイツのハノーヴァ選帝侯だった。イギリスの王室と血がつながっており、アン女王が亡くなられた後、王位継承法とかいうのにのっとって、五十四歳でイギリス国王になられた。他にも血筋の方はいたけれど、カトリックなので、排されたのだそうだ。イギリスの国王は、プロテスタントでなくてはならない。ジョージ一世陛下は、戴冠式のためにロンドンにきた後は、さっさと故国に帰ってしまわれ、二年後に、再びロンドンにこられたけれど、最後まで英語は話せない英国王だった。ジョージ二世陛下も、イギリスよりドイツのハノーヴァ家の方を大切にしておられると、大人たちは言っていた。

陛下の孫にあたられるウィリアム・フレデリック・ジョージ皇太子殿下が、ジョージ三世として即位された。産み月より三ヶ月も早い早産だったので知能の発育が遅れている、などという噂がある。十になるまで、字が読めなかったとか、即位の寸前に、ようやく書けるようになったとか。母君が首相のビュート伯と密通しているという噂もある。真偽は、わたしたちにはわからない。

前の陛下の葬儀も、ジョージ三世陛下の即位式も、国を挙げての大行事だったけれど、わたしは、哀しくも嬉しくもなかった。大切なのは、楽器の完成だ。

わたしは、ガラスの音が嫌いになりそうだった。

くる日もくる日も、アンディはガラスを吹き、ボウルを作り、音を確かめ、わたしはアンディが体をこわさないように心を込めて料理するのだけれど、味などどうでもいいようで、わたしの顔さえ見てくれないように思えた。

図面では簡単そうでも、実際に作るとなったら大変なのだということを、フランクリン博士はわかっているのかしら。

ボウルの数が増えたので、透明な縁の内側に細く色を塗ることを、アンディに提案してみた。オルガンは半音が黒いからわかりやすいけれど、透明なガラスのボウルは、見分けにくい。奏でやすくなる、とアンディは賛成してくれた。Cは赤、Dは橙、Eは黄……。半音は白。扱うのが怖かった。厚塗りしたら、音が変わってしまいそうだ。高音のボウルは、蝶の羽根みたいに薄く儚い。大丈夫だよ、とアンディは言った。こつがわかってきた。壊れても、同じ物を作れる。世界でたった一つの楽器を作っているのね。作れる人はアンディの他にいないのね。合間合間に、わたしは楽譜を買ってきて、アンディに贈った。やさしいのから、難しいのへ。アンディの理解は早かった。

わたしも指を濡らしてボウルの縁をこすってみたけれど、まるで音は出ず、たまに音を発しても、耳障りなだけだった。

時折、ベイカーさんが重苦しい顔で考え込んでいる姿を見かけることがあった。アンディとわたしを見ると、優しい温かい笑顔に切り替わるのだった。とり繕った偽善的な笑顔ではなかった。ボウルの音を確かめたり、アンディに奏楽を教えたりする時間は、ベイカーさんにとっても、悩み事を忘れていられる楽しいひとときだったのだ。わたしのうぬぼれではないと思う。

教会にベイカーさんの姿を見ることがなくなったのは、いつごろからだったか。Forget-me-notは、ベイカーさんの別れの言葉のように思えた。

完全な一オクターブ分が完成していたから、オルガンがなくても、さらなる高音、さらなる低音を作るのに困りはしなかったけれど、親しい人がいなくなるのは、淋しかった。半音も交えて三オクターブ、三十七個のボウルが完成したのは、翌年、一七六一年の一月の初め。一年近い歳月が経っていた。最大のボウルは直径九インチ、最小のは三インチ。最も低いGと最も高いG。Gは青。青と青を両端として、間に、直径を四分の一インチずつ変えたボウルを配列する。ガラスの虹。

完成するまでにベンジャミン・フランクリン博士が顔を見せたのは、ほんの二、三回だった。

アンディを信頼したのか、ほかに熱中することができてしまったのか。

完成しました！　それを伝えるため、アンディとわたしは連れ立って、クレイヴン・ストリートの博士の住まいに行った。ストランド・ストリートに近い。

アンディは初めてだけれど、わたしは何度か、訪れている。ある未亡人の持ち家の部屋を幾つか、博士は息子さんと助手の三人で借りていた。奥さんはアメリカに残っている。

博士から給される金を父が飲み代に使ってしまうので、材料を買いととのえるために、わたしは時々博士邸を訪れ、無心しなくてはならなかったのだ。

ストランド・ストリートは、装飾品だの靴だの帽子だの、わたしの目を惹く店がたくさんあって、アンディの腕に手をかけて歩きながら、木枯らしも気持ちがいいくらい、心が弾んだ。

最近流行り出した上げ下げ窓が整然と並ぶ、四階建ての建物であった。ノッカーを叩いたら、女の人が出てきた。顔なじみになっている。家主である未亡人の娘さんだ。

「また、お金をせびりにきたの？」ポリーはいやな顔をした。「フランクリン先生も、息子さんも、お留守よ。たいそうお忙しいの。今日はジョンソン博士とお会いになっているわ」

そのとき階段を下りてきた若い男が、「やあ、やあ、エスター」と、なれなれしい声をかけた。

フランクリン博士の助手のテレンス・オーマンだ。

アンディには目もくれず、わたしの肩を抱き寄せようとした。わたしはよけた。

「楽器が完成しましたから、博士にお伝えください」

そっけなく言って、わたしはアンディをうながし、去った。

帰り道は、店を眺める余裕があった。質流れの品を安く扱っている店で、わたしはフィシュー（三角形の肩掛け）と男物の山羊革の手袋を選んだ。徒弟のアンディは余分なお金なんてないから、二つともわたしが選んだ。繊細なレースでふちどられた薄い絹のフィシューは、荒れた指で触れたら糸がつれてしまいそうだ。わたしには贅沢な品だった。肩にかけて、前で結んだ。逆だったらいいんだけどな、と思った。アンディが買ってくれて、わたしの肩にかけて結んでくれて……。完成記念よ、と手袋をアンディに渡すと、貴族様みたいだな、とくすぐったそうに言い、手にはめた。窮屈？　少しね。でも、革はのびるから、じきに馴染むよ。そう言って頰にキスしてくれた。大人が子供にするみたいなキスだったけれど、してくれないより、ましだと思うことにした。

仕事場に帰り着いたとたん、頭から血がひいた。

床の隅に置いてあった箱が倒れ、脚台とばらばらになり、蓋は開き、中のボウルは、破片になったり、縁が欠けたり、ひび割れたりして、床に散り、心棒に残っているのは無様《ぶざま》な欠片《かけら》だけだった。

声が出なかった。意味もなく視線をさまよわせ、目を閉じた。何かの錯覚だ。息を鎮め、瞼を開いた。……無駄だった。視野に映るのは、やはり、倒れた脚台、蓋の開いた箱。床に散らばったボウルの残骸。縁が三角に尖った破片は禍々《まがまが》しい凶器だ。最高音を奏でる薄い小さいボウルは、形もないほど粉々になっていた。

鼓動が激しくなり、胸の奥底から声が噴出したとき、それは号泣になっていた。そうして、わたしは、ジョセフに摑みかかっていた。殴ったかもしれない。引っ掻いたかもしれない。自分が何をしているのか、何を喚いているのか、わからなかった。ジョセフの他に、犯人はいない。それだけは、はっきりしていた。

あんたがやった。あんたが壊した。もう、作れない。アンディが……アンディが……毎日、毎日……言葉の間に、号泣が混じるので、誰にも聞き取れなかっただろう。毎日、食事もろくに摂らないで、自分のすべてを注ぎ込んで作ったのに、あんたが壊した。あんたが、アンディを壊した。そう、わたしは言おうとしていたのだと思う。明確な言葉にならなかった。

熱い塊が次から次へと喉を迫り上がり、吼えるような音になった。

引きはがされた。わたしを羽交い締めにしているのは、アンディだった。

「落ち着いて。エスター、頼むから、落ち着いて。楽器は、また、作る」

「作れない。ベイカーさんいないし、つ、作れない」

「作れる。大丈夫だから。音を、俺は知っているから」

初めて聞く、アンディの決然とした声であった。

「俺じゃねえぜ」ようやく、ジョセフは言った。「痛えなあ、もう。壊したのは、親方だ。グレンだって見ている。なあ、グレン」

「親方が酔っぱらって、箱を蹴飛ばしたんだ」

「あんたたちと顔をあわせるのが嫌なもんだから、親方、さっさと出て行っちまったよ。近くの酒場で、ジンをがぶ飲みしているだろうよ。なあ、グレン」

「だからって、こんなに粉々になるはず、ないわ」

「親方、蹴飛ばした上に、踏んづけたんだよな。なあ、グレン」

「ああ。そうだ」

「父さんに確かめるわ。あんたたちが嘘をついてるってわかったら、只じゃすまさないから」

「確かめても、無駄だね」

ジョセフはうそぶいた。

「ぐでんぐでんで、何もわからなくなっているんだから」

「エスター」グレンの声は妙に冷ややかだった。「親方は、自分はやっていないと言い張るに決まっている。どっちを信じる。俺たちの言い分と、泥酔した親方の言葉と」

返事ができないでいるわたしに、ジョセフが追い打ちをかけた。「只じゃすまさないと言ったな。どういうふうにするんだ」

答えられない。頭の中が熱くて、何も考えられない。

「腕のいい職人は、どこでも雇ってくれる」そう一言言って、グレンは口をつぐみ、やりかけの仕事に戻った。

アンディはかがみこみ、山羊革の手袋をはめたままの手で、ガラスの破片を拾っていた。手伝おうとするわたしに、手袋を脱ぎ、よこした。自分はあり合わせの布きれを手に巻いた。

号泣は鎮まったけれど、嗚咽《おえつ》はとめられなかった。死んでしまった音たちを、大きすぎる手袋をはめた手で、わたしは拾い集めた。新しい手袋は細かい傷がつき、床の汚れがしみこんだ。

翌日、朝早く、フランクリン博士が馬車でやってきた。いつものことだがオーマンが一緒で、わたしは不愉快だった。

「完成したそうだな。見せてくれ。いや、聴かせてくれ」

「すみません。後、四ヶ月待ってください」

アンディは口下手だ。事情を言わずそれだけ不器用に告げたから、博士はみるみる不機嫌になった。

「昨日、完成したとわざわざ告げにきたではないか。私は多忙を極めておる。その貴重な時間を割いて、成果を見に、いや、聴きに、きたのだぞ。四ヶ月待てとは、どういうことだ。私を愚弄しているのか」

昨夜、わたしは父を問いつめた。グレンたちが言うとおり、父は否定した。嘘をついていると感じた。箱に躓《つまず》いたに違いない。そのとき、幾つかのボウルは割れたり、縁が欠けたりしたのだろう。それが後ろめたくて、父は、知らないと言い張った。いつも、邪魔にならないよう仕事場の隅に置いてある箱だ。ジョセフとグレンが、父が通りそうな場所に移したのだ。そして、父が出て行った後、ボウルを全部めちゃめちゃにしたのも、ジョセフとグレンだ。あるいは、やったのはジョセフで、グレンは見ていただけかもしれない。止めなかったのだから、罪は同じだ。

「できたと思ったのですが、聴き直したら、歪《ひず》んでいました。それで、全部割り、やりなおすことにしました」

憤激を怺えきれないように、博士は床を踏み鳴らした。

「昨夜、吉報を得た私は、喜びにふるえた。それを、悲嘆の底に、君は追い落とした。おお、何という傲慢さだ。芸術家気取りか。歓喜と落胆のはざまで、苦しみのたうつ私の気持ちなど、芸術家は、おかまいなしか。ああ、国王陛下に何と申し上げよう。楽しみにしておられるのだ」

国王陛下！　唇の色を白くして、ジョセフがグレンに目をやった。どうしようと、おろおろしている。グレンもこわばっていた。

「陛下には、後、四ヶ月お待ちくださいませと、奏上してください」

アンディに代わって、わたしは言った。アンディの表情には、少しの不安も見られなかったから、わたしは、信じた。アンディは音を知っている。音に、愛されている。一つ一つの音とボウルの大きさ、厚みの関わりを、アンディは会得したのだ。

博士は、自分の耳たぶをいやというほど引っぱり、握り拳をかち合わせ、大きく鼻息を漏らした。それらの仕草は、苛立ちや怒りを鎮めるためのものだったようだ。変な人だ。

「私の財布の口は、さらに四ヶ月、開きっぱなしになるのだな」

――フランシス・ダッシュウッド卿の財布のはずだけれど……。

「やむを得まい。音楽は、すべての物音の中で、もっとも高くつく。うむ、真理だ」

オーマンは小気味よさそうに、にやにや笑いを浮かべてアンディに目をやり、わたしに目くばせした。

〈国王陛下〉の一言が効いたとみえ、ジョセフは邪魔をしなくなったけれど、わたしは用心して、箱を二階のわたしの寝部屋に置いた。徒弟たちの寝場所は屋根裏だ。最初からここに置けばよかった。邪魔な音はしないし、二人だけで音を聴けるし。

五月の半ば、ガラスのボウルはすべて完成した。最後のボウル、最高音の、いとおしいほど小さいそれの底の穴に心棒を通し固定した。箱は幸い、破損していなかった。

箱に、水を満たした。

把手を右手で握り、左手を添えて廻した。ボウルはなめらかに廻転した。

アンディは十指を濡らし、仔猫のふわふわな毛に触れるように、縁にそっと触れた。

神うるわしき花を召し、とガラスの楽器は奏でた。愛らしく軽やかに。

Forget-me-not.

そうして、わたしが初めて聴く曲が続いた。濡れたガラスが発するのは、星の瞬き、風に揺れる罌粟《けし》の花片、鋭い木枯らしの一閃、妖精の羽音、小人の靴の音、などを表現するのに、ぴったりな音色なのだ。荘重な曲には合わないけれど、幼い子供が、神ちゃま、今日もパンをお与えください、と祈る気持ちをあらわすのに、これ以上の楽器はない。

やがてメロディは、胸に迫ってくる黄昏《たそがれ》のように哀しみを帯びた。リズムのせいか、軽快でもある。色から色へ。躍る虹。夕暮れの虹。即興で、アンディは奏でているのだった。

黄昏は、やがて、青ざめた夜に包まれ、わたしの左手はあふれてくる涙をぬぐうために、ときどき、把手を握る右手から離れた。うっすらと紅い月が、皮を剝かれる林檎のように白くなって、細くねじれた皮はわたしの唇から忍び入り、そうして、forget-me-not のメロディになって、最後の和音が宙にただよい、わたしの手は、アンディの肩にまわっていた。わたしはアンディの胸に顔を埋めた。

アンディのくちびるが髪に触れるのを感じた。

「forget-me-not」わたしはささやいた。

「never」

アンディは言い、アンディの舌はわたしの唇を割った。

No other can I love, save thee alone……

他の歌の一節が、わたしの口の中に流れていた。

アンディは部屋に残り、扉に内側から心張《しんば》り棒をかって、簡単に開けられないようにし、わたし一人でクレイヴン・ストリートに行った。ぎりぎりの最後になって、ジョセフたちがまた嫌がらせをしないかと、不安だったのだ。空になった作業台と床に散ったガラスの破片は、脳裏に鮮明だった。

応対に出たのは、やはりポリーだった。腰に両手をあてがい、物乞いを見る目でわたしを見た。

「完成したんです。博士に伝えてください」

「この前も、そう言ったわね」

「今度は、大丈夫です。本当です」

折よく、博士がわたしの声を聞きつけ、出てきた。

「間違いないのだな」

「きてください。演奏します」

中庭に置いてある博士の馬車に、わたしも同乗を許された。このときは、助手のオーマンは使いに出ていて留守だった。わたしの楽しさは倍加した。

ああ、五月。一年で一番快い季節。煤だらけのロンドンも、爽やかだ。

路傍に立つ花売りの籠の野菫《のすみれ》が光を含んでいる。魚売りや小海老売り娘《シュリンプ・ガール》が頭上にのせた平たい大笊《おおざる》の上で、魚も小海老も踊っているみたい。

浮き浮きして、わたしは小声で歌った。神うるわしき花を召し、名を賜りしそのときに……

…。

愛らしい歌だね。明らかにお愛想とわかる口調であった。

「ベイカーさんに教えてもらったんです」

「誰だね、ベイカーさんというのは」

「見習い弁護士さんです」

台所でバケツに水を汲み込み、博士を案内しながら、二階に運んだ。扉をノックした。

「開けて。博士と一緒よ」

楽器もアンディも、無事だった。

博士は感動をあらわすのに床を踏み鳴らしそうになり、自分の手で膝を押さえた。

「私は、これを、アルモニカと名付けよう。イタリア語の和声《アルモニア》からとってな。音楽の公用語は、イタリア語だ」

だが、と、博士は警告するように人差し指を立てた。

「私が公に発表するまで、この名前も秘密だぞ。とかく、発明は盗まれやすい」

そうして楽譜を取り出したが、

「君は譜は読めないのだったな。お嬢ちゃん、彼のために音を」

「アンディは、読めます」

誇らかに、わたしは顎を上げて言った。

「譜を見て奏でられます」

アンディは譜面を傍らの楽譜台にひろげ、少しの間みつめていた。

指を濡らした。

わたしは、把手を握った。

9

「サー・ジョンとモアさんにもご確認いただくべきだと思い、その場で開かず、柩のまま貸馬車でロンドンまで運び帰り、ダニエル先生の解剖室に置いてあるのです」

アルの声は、無理に絞り出しているのが明らかであった。

「とても……とてもその場で開くに忍びないということもありまして」

いつもは奔流のごときクラレンスの言葉も、途切れがちになる。

「乗合馬車では柩を運べないので、貸馬車を使いました。夜を徹して走って、今朝、ロンドンに着きました」

「大変でしたね。皆、疲れた顔をしているわ」

アンがねぎらった。

「寝不足です」

「幸い、ウェストウィカムの貸馬車屋が好意的で」と、アルが「それでも、三十マイルあまりですから、馬車代がずいぶんかかってしまいました。申し訳ないですが」

「追い剝ぎは大丈夫だったの？」

「出ました。ピストルを持った奴が」ベンが言った。

「深夜の馬車は奴らの定期収入とわかっていますから」と、クラレンスが「我々は用意周到です。みんな、財布を二つずつ持っていました。ほんの少し入った方を、全員おとなしく渡したので、追い剝ぎ野郎もおとなしく去りました」胸を張って言った。

「威張れること？　それ」

「怪我がなくてよかった。で、ナイジェル・ハート君であるのは、間違いないのだね」

ジョン・フィールディングは話を戻した。

「間違いないです」

喉に毛が生えたような声で、ベンが言った。

「顔面は、まだ綺麗でした。しかし、角膜は完全に混濁し、瞳孔が見分けられないほどでした」アルの声もぎごちなかった。「踏み車漕ぎが目撃した時の、前日に死亡したと思われます。目撃時の、二十時間から最大限で三十時間前です。それより短いと、硬直は全身に及びませんし、長いと、硬直が解けてしまいます」

腹部……と言いかけて、しゃっくりを抑えるように一瞬アルは声を詰まらせた。

「外表所見の詳細な報告は、後で書類を作り、モアさんに音読してもらいます」

「胸に、あのフレーズは？」

「ありました」

「アルモニカという言葉の意味はわかった」

「わかったんですか！」

「あのベンジャミン・フランクリン博士が考案した楽器だ。博士がそう命名されたのだそうだ。イタリア語の和声《アルモニア》からとってな」

「博士は植民地に帰られたはずですが。会われたのですか？」

「いや、あのエスター・マレットという女性から、いろいろ聴き取った。アルモニカはわかったが、なぜ、〈悪魔の《ディアボリカ》〉という言葉が付されたのか不明だ。いや、考えられる理由はあるのだが……。また、〈ベツレヘムの子よ、よみがえれ！〉の意味もわからん。マレット嬢の話は、アンがメモしている。君たちにも話そう。皆が揃っているところがいい。アン、担ぎ椅子《セダン・チェア》を用意してくれ。ダニエル先生の所に行く。物言わぬナイジェル・ハート君にも対面せねばならん」

「先生は、お目にかかれないかもしれません。帰り着くや、寝込んでしまわれました」

しかし、判事の来訪に、ダニエルは、寝室から私的解剖室に下りてきた。足音は頼りなく不規則で、よろめいているのだろうと判事は察した。

ダニエル・バートン邸は、中庭を挟んで二つに分かれている。西側は、ダニエルの兄、故ロバートの邸宅であった。遺産でバートン基金を設立し、ダニエルの研究と解剖教室運営にあてる、という書状にロバートは署名していたのだが、借金漬けだったロバートには、邸宅のほかに遺産といえるものはなかった。標本類の所有権がダニエルにあると公認されたのが、何より、ダニエルには喜ばしいことであった。そのための犠牲は大きすぎたが。標本を陳列してある博物展示室は、邸宅を相続したロバートの妻から、そのまま無料で借り受けている。ロバートの妻はマーロウの実家に戻っていることが多く、広い邸内は人気《ひとけ》が乏しい。私的解剖室は、判事が初めてダニエル・バートンやその弟子たちと知り合った場所である。

いささかの感慨をおぼえた。

握手を交わしたダニエルの手は、冷えていた。

「解剖台の上に、柩のまま安置されています」

アンが、冷静であろうとつとめる声で、判事に説明した。

「裸体に裾の長い白いチュニックを被せてあります。顔は出してあります。……ナイジェル……ハートです。……いま、クラレンスとアルがチュニックを取り除きました」

しばらく無言であった。そうして、アンは続けた。

「伯父様、わたし、奇跡を信じます。だって……躰は……なのに……」

その後の言葉を、ダニエルが引き取った。

「胸部に樹脂状腐敗網が見られ、腹部は高度膨隆状で、諸処に腐敗汁をともなう水疱が形成されておる。通常、このような状態にあっては、顔面も黒変、膨張するものですが、顔はほとんど、生前の状態を保っておるのです。角膜の混濁をのぞいては」

「神が愛《め》で給うたのでしょう」アンの声が、判事の耳を濡らした。「腐爛させるのは、あまりに惜しいと」

「この柩に聖なる力があるって貸馬車の馭者が言っていたけれど、本当かもしれないな」そう言った声は、ベンだ。

「聖なる力？　何のこと？」

アンが訊ねた。

「ジャガーズからも聞きました」クラレンスが説明した。「何十年も昔、あの白亜の鉱山が稼働していた頃、掘り出されたんだそうです。女の子の骸で、まったく腐敗しておらず、その後も、ずっと腐敗しないので、小さい聖女と呼ばれているんだそうです。ダッシュウッドの先代が、聖水をかけた柩におさめ、教会に安置しました。その後も腐敗が進まないので、柩に聖なる力があると、村の者は言っています。その聖女が、ナイジェルとすり替わっていたので、ジャガーズも仰天していました。目ん玉飛び出すって顔でした。ジャガーズはあくまでも、最初に我々に見せた、死後の時間が経ちすぎている屍体、あれが、坑道内で発見した〈天使〉だと言い張るのです。短時間の間に腐敗が進むこともあるだろう、その逆に、時間が経っても腐敗しないこともあるのだからと、実証例として〈小さい聖女〉を見せようとしました。ところが、柩の中にあったのが、見知らぬ遺体だったので動顛《どうてん》した。ジャガーズはそう言っています。うろたえて腰をぬかさんばかりでしたが、本物の聖女様はどこだと、探し回っていました」

「みつかったの？」アンが訊いた。

「探索は、ジャガーズにまかせました。我々はナイジェルを柩ごと運び出すことに専念しました」

「胸のフレーズは、両方とも同じ筆跡か」

「見た限りでは、似ていました。ブロック体ですから、誰が書いても似通いますが」

「血を用いて記したと思われます」アルが言い添えた。「ダニエル先生の見解です。我々も、そう思います。指につけたか、あるいは指先を傷つけて書いたか」

「やはり、開こう」決然と、ダニエルが言った。「土中や水中にある屍体が蠟化することは、間々、ある。理由は解明されていないが、時に生じる現象だ。完全に蠟化しておれば、それ以上腐敗は進まぬ。小さい何とかは、その好例だろう。だが、腐敗が始まっておったら、防腐処置も役に立たん。神がどのように思し召そうと、ナイジェルも、例外ではない。死因を究明せねばならん」

「サー・ジョン、モアさんとご一緒に、二階の先生の書斎でお待ちになりますか。いったん、帰宅されますか」

アルに訊かれ、二階で待つと、判事は言った。「今日は、私は法廷のない日だ。発見されたときから裸体だったのか」

「いいえ、白いチュニックを被せてありました。モアさんがごらんになったのと同じ状態です」

「着衣は、当方で保管する。後でアンに渡してくれ」

「マレットさんの話は、あの……ナイジェルの……」

解剖がすんでから、という言葉を、アルは言いよどんだ。

「わかっている。終わってから、皆に話そう」


書斎の椅子にくつろぐと、ほどなく、軽い足音とコーヒーの香りが近づいた。

テーブルの上に置かれる音。

一瞬、手探りした。アンとは違う感触の手が、判事の手をカップに導いた。

「サー・ジョン、女中の……名は何といいましたっけ」

「チェリーでございます」

「まあ、サー・ジョン、この子は、きちんとしたお辞儀ができますよ」

「判事閣下様」愛らしい声が言った。「閣下様に直接お話ししてもよろしいでしょうか」

「もちろん、かまわない。私は、皆の話を聞くのが仕事だよ、チェリー」

「ありがとうございます。判事閣下様に、お礼を申し上げたいのです」

「何の礼かな？　私が何かしただろうか」

「はい。わたくしは、判事様が作られた女子孤児院で、いろいろ教わりました。編み物も料理も洗濯もアイロンかけも上手にできます。字も少し書けますし、足し算もできます。このおうちで、とてもよくしていただいています」

「それは、よかった」

服の裾がちょっと引っぱられた。

「サー・ジョン、チェリーはひざまずいて、あなたの服の裾にキスしています」

出て行く足音がした。

レイ・ブルースの言葉と思い合わせ、いくらか報われる思いがした。家事労働は楽ではないだろうが、テムズの芥をあさる泥雲雀《どろひばり》や、掏摸の手先で稼ぐより、どれほどかましだろう。

コーヒーで喉を潤しながら、

「屍体のすり替えか」

判事はつぶやいた。

「五年前の事件を思い出さないか、アン」

「胸に文字というのも……。あのときは、結局、何も書かれてはいなかったのですが」

「また、彼のやったことだろうか」

「エドワード・ターナー。そうですね。あのとき……五年前、彼らは、死者として生きると言って、去って行きました。二人は共に過ごしていたのでしょうね。でも、エドワード・ターナーだとしたら、なぜ……」

「まだ、ナイジェル・ハートの死が、他殺か、事故によるものか、自殺か、それもわからん。ダニエル先生とアルたちの検屍の結果を待つ他は、推論の進めようもないが」

「何かと、小細工を凝らすのを好んでいましたね、エドワード・ターナーは」

「私を混乱させるためにな」

「彼がナイジェル・ハートを殺すことは、あり得ませんね。あの二人は、妖精王《オーベロン》と妖精女王《タイターニア》でした。おそらく、この五年間、そうであり続けたのでしょう。タイターニアが、不審な死を遂げた。あのフレーズは、エドワード・ターナーから、かつての仲間への救助信号。そうは考えられないでしょうか。死因を、そうして犯人を究明してくれと。ロンドンから遠く離れています。屍体が普通に発見されたのでは、ロンドンにまで届くような話題にはならない。だから、あんな奇妙なやり方で」

「踏み車で吊り上げさせ、天使と見間違わせる。話題にはなるな。『ヒュー・アンド・クライ』がなくとも、噂はロンドンまで伝わるだろう。だが、それなら、なぜ、屍体をすり替えたのか」

「わかりません。エドワード・ターナーが、迷信深い村の者たちのように、あの柩に屍体を腐敗させない〈聖なる力〉があるなどと、愚かなことを思うはずはありませんし」

「彼がアルたちに救助を求めるなら、あのような手の込んだことをする必要はない。死者として生きると言い切った手前、姿は見せたくないとしても、もっと簡単に連絡はつく。たとえば、ナイジェル・ハートをダニエル先生の解剖室に置いておくとか。運搬の方法は……荷馬車と馬を盗んでなど、手はある。……アン、この部屋は、五年前に通された書斎だな。あのときと同じ、酒精のにおいがする」

「標本の数が増えました」

「あのときは、まだ、デニス・アボットが」

言いかけて、判事は言葉を切った。

あの堅物は、アンの気持ちにまるで気づかなかったのか。

あの少年は魔女です。口走ったデニス・アボットの声が、耳によみがえる。魔女ナイジェルに誑《たぶら》かされ、アボットは、犯罪の片棒を担いだ。

「アン！」

「どうなさったのですか、伯父様」

「アボットは、ナイジェルと一緒にこの五年間を過ごしていたとは思わないか」

残酷なことを言ってしまった……と思ったが、あり得ることを否定しては、考えが進まない。

「……おそらく」アンは答えた。「そうでしょうね」

鬱屈したエドワード・ターナーの心情を、判事は想像してみる。

策を弄《ろう》するくせに、ひどく頑《かたく》なで一途なところのある青年だった。

殺人犯として、自分を罰します。死者として生きます。

それは、生を愉《たの》しむことを、自分に許さない、そういう意味をこめていたのではないか。

だとすれば、エドワード・ターナーは、愛する者と共に暮らすのを、自分に禁じたのではなかろうか。ナイジェル・ハートは、一人で毅然と生きるタイプではなさそうだ。寄生木《やどりぎ》のような……。

他人の気持ちは、わからない。したり顔で、理解したようなことは言えない。だが……

「そうじゃないか、アン」

「え？」

「エドワード・ターナーが、ナイジェルと別れたとしたら……。そうして、ナイジェル・ハートはデニス・アボットと共に暮らしていたとしたら……筋道が幾らか見えてくるように思える」

なぜ、そう思うに至ったか、推察を、判事は語った。

「ぬくぬくと快い暮らしをしたら、自分の宣《せん》した言葉に背く」

「たしかに、エドワード・ターナーなら、そうしたかもしれませんね。彼には自虐的なところがありました。捜査の目を特定の方向に向けさせるためには、自分の躰を傷つけることも厭わなかった……。目的を定めたら、殺人も敢えてする。過激な性情ですね。今、何をして生きているのか……」

「あのフレーズは、デニス・アボットからエドワード・ターナーへの呼びかけであるとしたら。エドワード・ターナーが、居所をナイジェル・ハートにもアボットにも秘めていたとしたら。すべて仮定だが、一応、その仮定に立って考えてみよう」

「ナイジェル・ハートが、何らかの事情で死んだ。アボットは、それを、エドワード・ターナーだけには知らせたい。しかし、ターナーの居所を知らない。それで、あのような方法を……。踏み車漕ぎに、わざわざ、採石再開と嘘を教えて、踏み車を漕がせる。両手を広げた形に硬直させ、裾長の白いチュニックを着せた屍体を巻き上げさせる。なぜ、自分で漕がなかったのでしょう。……ああ、目撃者が必要なんですね。それも、不思議な現象と見間違えてくれるような。ただ、宙吊りになっていただけでは、たいした話題になりませんね」

「アボットは、ずいぶん、あの土地の事情に精通していることになるな。踏み車漕ぎの一人は盲目であり、もう一人は知能にハンディキャップがあった。それをアボットは承知しており、後者が天使と見間違えるであろうことを期待した」

「でも、サー・ジョン、アルたちが検案したところでは、ジャガーズが洞窟内で発見したという屍体は、踏み車漕ぎが目撃した〈天使〉ではあり得ない。それなのに、どちらも〈ベッレヘムの子よ……〉のフレーズが記されていた。〈アルモニカ・ディアボリカ〉の署名もあった。アボットが、アルモニカ・ディアボリカ――悪魔のハーモニー――と名乗っているのでしょうか。どういうことなのでしょう。この行為をなした者がアボットであると仮定してですが、アボットは、なぜ、〈天使〉に錯覚させたナイジェルの遺体を、他の古い屍体にすり替えたのでしょう。その上、さらに、柩の中の聖女とすり替えている。あの魔女と暮らして、アボットは頭がおかしくなってしまったのでしょうか」

男色者が集まったり女装を楽しんだりする遊び場は、ロンドンには、賭博場や見世物小屋と数を競うほどあるが、公には、同性愛は、教会の教えに背く許し難き罪と断じられている。訴えられ、明白になったら、晒《さら》しの刑を受ける。二枚の板の合わせ目に開けた三つの穴に首と両手を嵌められた屈辱的な姿で台上に晒され、野次馬が投げつける卵や礫《つぶて》を甘受せねばならない。

「でも、あの、実はわたしも、ナイジェルの死に顔を見て……」

言いかけて呑みこんだアンの言葉を、判事は、察した。デニスの気持ちが理解できる。そう言おうとしたのだろう。

以前、デニスがナイジェルを「魔女です」と表現したとき、「ただの内気な少年じゃありませんか。どこが魔女ですか」と言い捨てたアンであったが、したたかさが明らかになり、認識をあらためた眼に、腐敗しない少年の――いや、もはや少年という年ではないが――顔は、どのように映じたのか。自らの眼で見ることができないのが、歯がゆかった。

「想像にすぎないのだが」判事は言った。「アボットは高い教育は受けていなかった。無知は迷信をもたらす」

「つまり……アボットは、あの柩に聖なる力があるという村の人たちの話を、素朴に信じていた。踏み車漕ぎに、ナイジェルの硬直した遺体を目撃させ、噂が広まるようにし、その後、ナイジェルを、他の古い屍体とすりかえた。古い方は腐敗が進んでいたと言いますから、共同墓窖に埋められていた身元不明の一体でしょうか。その胸に、ベツレヘムの子よ、よみがえれ、と、エドワード・ターナーへの呼びかけを記し、ジャガーズに発見させた。そうして、ナイジェルの遺体は、聖なる力を持つ柩に隠した。柩の力によって、ナイジェルが腐敗を免れることを願い……」

「そうだ、私も、そうではないかと思うのだよ。だが、そうであれば、なぜ、ベツレヘムの子〉という言葉で、エドにはナイジェルとわかるのか。エドとナイジェル、アボット、三人の間でだけ通じる合図か」

ナイジェルは、ベツレヘムで生まれたのか……。

エスターの話で、〈アルモニカ〉とは、フランクリン博士が考案した楽器だと判明した。〈アルモニカ・ディアボリカ〉も、三人の間では特別な意味があるのか。

無言の時が過ぎた。考えを巡らしても、同じ疑問が浮かぶだけだ。答は得られない。

「アン」判事は声をひそめた。「そっと扉のところに行って、開けてみてくれ」

チェリーが部屋の外を歩き去る足音を聞かなかった……ような気がする。

「立ち聞きですか？」

だが、アンが扉のところまで行き着く前に、大きい足音が近づき、ノックが続いた。

「終了しました」アルの声だ。

「チェリーと行き会わなかったか」

「階段が違うので」

女中は裏階段だ。

「アン、どのくらい時間が経ったかな。およそ二時間半か」

「はい。今、十二時を二十分ほどまわっています」

「きちんとした食事室がなくて台所なんですが、昼食をご一緒にいかがでしょうか。チェリーの料理は、前にいたネリーよりは、かなりましです」

「それはありがたい。空腹をおぼえていたところだ」

「解剖室の隣です。もう、きれいに縫合して、布を被せてありますから」

「死因は判明したのか」

「先生がご説明します」

「アル、君はナイジェルをどのように思っていた？　アボットの言う〈魔女〉的な側面を感じたことがあるか」

判事の唐突な問いに、呻き声とも溜息ともつかぬ奇妙な声を、アルは出した。

「すみません。ちょっと、取り乱しました。ダニエル先生の前では、冷静にしていないとならなくて」アルは喉を詰まらせた。「クラレンスもベンも、一生懸命にぎやかにしていますけれど……」

やりきれない気分になっているのだろうなと、判事も察した。

「すみません。もう大丈夫です。これからの捜査方針を決めなくてはいけませんね。そのために、僕はここにいるんですから」

「で、質問を繰り返すが」

「ナイジェルの、魔女的側面を感じたか、ですね。僕は女性にしか興味はないし」

口ごもってから、アルは続けた。

「ナイジェルの言葉に矛盾を感じたことはありました。父親から素描を学んだとナイジェルは言っていたのですが、エドと二人で話しているのを、たまたま僕が聞いてしまったのです。

話の前後はよくわからないし、言葉を正確に再現することはできないのですが、ナイジェルは、父親を知らないらしい。つまり、私生児ですね。絵を教えたのは、父親ではないということになります。立ち聞きするつもりではないのに、状況としては立ち聞きでしたから、僕は何も知らないふりをし通しました。エドには何でも打ち明けていたようだけれど、他の者には知られたくなかったでしょうから」

そう言って、アルは沈黙した。

「アル、何でも喋りたまえ。何か言おうとして、止めたな、君は」

「僕の印象だけですから。悪口めくし……」

「誰の悪口?」訊いたのはアンだ。

「ナイジェルです。……ああ、やはり言えません。サー・ジョン、お許し下さい」

「ぜひ、知りたい。君が受けた印象を。ナイジェル・ハート君が、与える印象とは裏腹に、したたかであることは、あの事件で私にもよくわかった」

「ええ、つまり、そういうことです」

「あの事件の前から、君はそれを感じていたのか」

「いえ……そうではないんですが」

少し間をおいて、アルは続けた。

「五年前のあの件、二つの殺人……。エドが首謀者で、ナイジェルはそれに従ったように見えましたが、ナイジェルが、エドをそっちに引っぱったのではないかと……。魔女という言葉からの思いつきにすぎませんが、エドって、まっすぐなんです。気性は。邪魔だからといって、いきなり殺人を思いつくだろうか。思っても、すんなり決行するだろうか。ナイジェルが、それとなく示唆して」

「エドワード・ターナーさんは、ずいぶん小細工を重ねましたよ」

「ええ、それは否定しません」

「君も私に嘘をついたしな」

「すみません」

「それは、もう、不問に付そう。今度の件に関しては、君に全幅の信頼をおけるようにしてくれ」

「はい。サー・ジョン、決して、閣下を裏切りません」

その言葉を補強するように、アルは続けた。

「エドの居場所についてですが」

「心当たりがあるのか」

「確信は持てませんが、墓あばきのゴブリンが、もしかしたら、何か知っているかも」

「ゴブリンはあの事件で、ずいぶんターナーさんを助けていましたね」アンが口をはさんだ。

「ええ。子供の命の恩人ですから」

ゴブリンの幼い娘が、テムズで泥雲雀をやっていたとき、上げ潮の川水に足を取られ、溺れた。通りかかったエドとナイジェルが水に入って助け上げた。その後、肺炎にかかったのを、無料で治療してやった。ゴブリンはたいそう恩に着たのだった。

「ゴブリンは、今でもエドワード・ターナーと親しくしているのか」

「それは、知りません。ただ……このごろ、ゴブリンからの供給がわりあい豊富なようです」

「屍体の？」

「ええ。相棒のディックが酔っぱらって死んでから、ゴブリンは一人で稼いでいるはずなんですが。ゴブリンは屍体の出所は言いません。先生は無頓着ですし、我々も、墓あばきに問いただしたりはしません。……が、もしかしたら、エドが関わっているのでは……と」

「エドが」叫びかけて、「ターナーさんが」とアンは言いなおした。「ゴブリンと一緒に墓あばきをやっていると？」

「思いたくないですが、何しろ、死者として生きると言い切った奴だから……。エドは解剖の必要性、重要性をよく承知しています。屍体供給が先生の仕事の大きな助けになることも」

「ゴブリンを召喚し、糾明しよう」

「エドに口止めされていたら、ゴブリンは、口を割らないと思います。閣下は拷問はなさらない方《かた》だし」

「アル、君がゴブリンに会って、聞き出してくれないか。私では心を開かないだろうが、ターナー君と親しかった君なら、気を許すかもしれない」

「ゴブリンがどこに住んでいるのか、知らないのです」

「この前拘留したときに住まいは確かめたが、彼は定住はしていないようだ」

「つまり、宿無しです」アンが補足した。「でも、貧民窟にいるのは間違いないから、ボウ・ストリート・ランナーズに探させるわ」

「判明したら、君に知らせよう」

「ナイジェルとウェスト・ウィカムのことを、ゴブリンに話してもかまいませんか」

判事は考え込んだ。

「いや、このことは、あまり言い広められたくない。ゴブリンには言うな。どうも、上の方に関わりがあるらしいのだ」

「上の方？」

「君とは、すべての情報を共有しておこう。アン、ミス・エスター・マレットの話は、メモを取ってあるな。アルに話してやってくれ」

「彼女の恋人がベツレヘムにいるという話と、ナイジェルの胸の〈ベツレヘムの子〉は、やはり関係があるのですか」

「〈ベツレヘム〉は、わからないわ。でも、ウェスト・ウィカムが、共通しているの」

「詳しいことは、『ヒュー・アンド・クライ』編集部員全員の前で話した方がいい」思い直して、判事は言った。全員といっても、残るのはクラレンスとベンの二人だけだが。「まず、解剖の結果を先生に聞こう」

アンとアルに支えられ、階段を下りた。

解剖室には、あまり快くはないにおいがただよっていた。しかし、台所から流れてくるのは、肉の焼ける旨そうなにおいであった。

チェリーは料理をしていたのだ。歩き去る音を聞きそびれただけか。いや、アルとしばらく話し込んだから、その間に台所に戻って、肉を焼いたか。

「先生、まず、解剖の結果を聞かせていただきたい」

「開かなくともわかることがありました。アル、サー・ジョンにご説明しろ」

「後頭部に、頭蓋陥没が生じていました」

ごらんになりますか、と言ったのは、触れてみますか、という意味だ。

判事がうなずいたので、アルは、ベンとクラレンスに、ナイジェルの背側を上にするように言い、判事の手を取って導いた。

「ここです。他にも夥《おびただ》しい擦過傷があり、骨折も見られます。この頭蓋陥没は、たしかに致命傷になります」

「しかし、遺体は、高いところに吊るされ、洞窟内に落下したという。その際、生じた陥没かもしれんです」ダニエルが重い声で言った。

「撲殺されたのか、死後の墜落で生じた傷なのか、わからんのですか」

「わからんです」

がつんと音が響き、

「先生、解剖台を殴らないでください」

「手を痛めますよ、先生」

止めているのは、クラレンスとベンだ。

「擦過傷は、死後、墜落して岩床にぶち当たった際、生じたものです」師に代わって、アルが説明した。「骨折も、同様です。生前の損傷であれば出血や皮下出血が多く、傷口に痂皮や血痂が生じますが、死後の損傷には、それが見られません。これは、公に認められた学説ではないのですが、ダニエル先生は以前から、経験上、理論上、そう推察されていました。もっとも、死後であっても、さほど時間が経っていなければ、多少の出血、皮下出血はあり得るので、絶対とは言えません。この頭蓋陥没の傷は、きれいに拭われた形跡があります。そのため、これが致命傷となったのか、墜落によって生じたものか、不明なのです」

「扼殺、絞殺、刺殺の痕はありません」クラレンスが後を引き継いだ。「縊死《いし》でも窒息死でもない。胃の内容を調べ、砒《ひ》素検査もしました。少なくとも、砒素は用いられていません」

「倍率の大きい、精度の高い拡大鏡があれば、わずかな血痕でも発見できるだろうに」ダニエルの声に口惜しさが滲んだ。「……そんな便利な拡大鏡はない。精密な顕微鏡があれば、皮膚を切り取って観察するのだが、今の顕微鏡では、不鮮明な像しか得られん。この頭蓋陥没が、死因なのか、死後の傷なのか、わからん。せっかく、遺体がここに、目の前に、あるのに」

語尾は嗚咽になりかけた。洟をかむ音が続いた。

「食事にするの、どうですか」ベンが提案した。

台所の椅子は、硬い。

判事の前に並べられたナイフやフォークの位置を、アンがさりげなく動かした。皿との距離をいつもと同じにすれば、人手を借りる必要がない。

ナイジェル・ハートという固有の名を、判事も口にしづらく、名前を略して、確認した。

「死亡は、発見された日の前日と聞いたが」と、ダニエルの声はようやく鎮まった。

「そうです。そう思われます」ダニエルの声はようやく鎮まった。「閣下のご厚意で、ずいぶん解剖の機会が増えたことを感謝していますが」

五年前の件で親しくなって以来、判事は、変死体の剖検などを、できるだけダニエルにまわすようにしている。

「しかし、未だに、確信を持って言えることは少ないです。たとえば、死斑の色と死因の関係も、まだよくわかりません。経験から、こうではないかと、類推するだけです」

「死亡時刻が明確で時間の経過もわかっている屍体を、数多く調べることによって、系統立てた記録を作成でき、死後経過時間の推定も、より正確になるのですが」と、アルが言葉を継いだ。

「もっとも望ましいのは、死亡時刻のわかっている屍体を、長期間、観察し、記録を取ることだ」ダニエルはひとりごちた。

判事は話題を変え、「ナイジェル・ハートは、デニス・アボットと一緒に日々を送っていたのではないか。あの一連のことは、アボットがやったことではないか。そう、アンと私は考えたのだが」と、書斎で考えたことを語った。

「サー・ジョンのお考えに賛成します」クラレンスが言った。

「僕も、賛成」と、ベンが続けた。

「アルと、ダニエル先生もうなずかれました」

アンが判事にささやいた。

「遺体をあのようにしたのがアボットさんなら」とアルが「傷口が拭われていたのも納得できます。解剖の知識がないから、血痕の有無が死因を究明するのに重要だとは知らないで、きれいにしたのでしょう」

「医者だって、その知識がないのがほとんどだぜ」クラレンスが言った。「ダニエル先生が新しい説を発表しても、学歴のない外科医もどきが、と無視する奴らが多いもの」

ダニエル・バートンは、正規の大学には通ったことがない。亡兄ロバート・バートンの仕事を手伝いながらほとんど独学で知識を身につけた。古い書物にのみ頼る大学出より、はるかに実践的だ。

その後、しばらく重苦しい沈黙と、肉を切るナイフの音が続いた。

「ネイサンは、ちゃんと昼飯食えただろうか」クラレンスが喋り始め、

「すっかり、ばてていたもんな」ベンが応じた。

「詩人は解剖を見る必要はないだろうけれど、小説書くんなら、何でも見ておいた方がいいんじゃないかな」

「小説は、グロいのより、エロい方が売れる」これはベンだ。

ダニエル・バートンの怒声が降るのではないかと、判事は思った。解剖を、素人ならいざ知らず、元弟子がグロテスクと表現したら、先生としては腹が立つだろうと憂慮したのだが、疲労のせいだろう、ベンの失言を先生は聞き逃したようだ。何も言わなかった。

「サー・ジョンの兄上が書かれた『トム・ジョウンズ』も、けっこう、エロ入っていますよね」

クラレンスが話の流れを変えようとし、これもまた、失言した。

「クラレンス、口を慎んでください」

アンが声を尖らせた。

「私は読んでおらんのでな」

苦笑とともに、判事は言った。

「世評は何かと耳に入るが。『メリーランド海岸海図大全』や『ファニー・ヒル』ほど過激ではないと聞いた」

前者は、航海用語をもちいて女体の構造を図化したものだ。後者は、娼婦の回想という形を取っており、あまりに不穏当な部分を削除した版が出回っている。

「わたくしは、耳を塞いでいることにしますわ、サー・ジョン」

「そうだな。アン。君には、男の猥談《わいだん》に加わって欲しくない」

「でか鼻野郎」と言いかけ、クラレンスは、「あ、フランシス・ダッシュウッド卿のことです」と注釈をくわえた。「あいつを描いた木版画が、ポルノ本に添えられているって。俺、見たことがないけれど」

クラレンスの言葉をアンも判事も咎めなかったのは、弟がダッシュウッドの馬車に轢き殺されたことを聞いているからだ。

裁判にかけても、クラレンスの両親が言ったように、勝訴はほぼ不可能であったろう。金と権力のある者が、勝つ。検事も裁判官も陪審員も、賄賂で動く者が大半を占める。フィールディング兄弟のように賄賂を拒否する治安判事は珍しいのだ。一般人の間でも、偽証を商売にしている者すらいる。中央刑事裁判所《オールド・ベイリー》の前で、靴に小さい藁《わら》の目印をつけうろうろしている者がいたら、それは、金さえくれればいくらでも偽証しますよ、という腐った輩だ。だから、エドの父のような犠牲者も出る。

クラレンスの言うポルノ本については、判事も耳にしている。『修道院の秘密』という書物で、フランシス・ダッシュウッド卿の秘密の行為に触れている。

ダッシュウッドが、さる僧院を借り受け、遊び仲間と共に秘密クラブを創設したとされるのは、一七五一年。四半世紀近く昔の話である。

ダッシュウッドが大蔵大臣に任命された翌年——一七六三年——暴露本が二、三、刊行された。乱交だの悪魔礼拝の儀式だの、えげつない内容がどこまで真実なのか、確かめることはできない。

〈メドメナム僧院〉は、かつてはシトー会の修道院であった。十六世紀、王妃と離婚するためにローマ教皇に背き、カトリックであったイングランドの宗教を強引にプロテスタント系の英国国教に変えた――そうして、八人の王妃を取っ換え引っ換えし、そのうち二人は邪魔だから口実をもうけて処刑した肉寝台――ヘンリー八世は、カトリックの修道院や資産を没収、聖職者を追放した。メドメナム僧院も、その例に漏れなかった。

うち捨てられたまま二百年余を閲《けみ》し、荒廃しきっていたのを、ダッシュウッドが借り受け、好みどおりに増改築した。

そのあたりは事実らしいのだが、暴露本に記された内容は、ダッシュウッドもその仲間たちも、断固、否定している。我々は、国政にたずさわる身分の者である。悪魔礼拝などしたことはない。尼僧の姿をさせた女性たちと淫行にふけったことはない。集まって美食と美酒を愉しみはしたが、それだけのことである。クラブはとうに解散している。暴露本は、余を貶《おとし》めんとする政敵が、根もないことを書き立てたのである。その集まりを〈メドメナム修道《フライア》会《ーズ》〉と称したのは事実だが、〈地獄の劫火《ヘルファイア》クラブ〉などという禍々《まがまが》しい呼び名は、これも余を蹴落としたい政敵が、世に言いふらしたのである。そう、ダッシュウッドは弁明している。

「先生、ベッドでゆっくり休まれたほうが」

アルの声だ。

「ダニエル先生は、うとうとされています」

アンが判事にささやいた。

「さて、エスター・マレット嬢の話だが」

判事は指をあげてアンに話すよう合図した。

「エスターさんは、最初、話すのをためらっていました。怖がっていたの」

「怖がって……。何をですか」

「喋るなと言われている。打ち明けたら、殺されるかもしれないって。あなたがサー・ジョンと私に話すことは、外部の誰にも漏らしませんと誓って、安心させました」

「僕たちは〈外部〉ではありません」とクラレンス。

「そう。あなたたちは〈外部〉ではない。だから、最初から順序よく話すわね」

メモを見ながら、アンは、エスターが語ったことを微細に話し始めた。メモはアン以外の者には読めない。ガーニー式の速記で書かれ、さらにアンが自分で工夫した省略法を用いている。

ガラス吹きの親方の娘であること、アンディ――アンドリュー・リドレイのこと、フランクリン博士のこと、そうして……。

10

荷馬車に、わたしとアンディは乗った。普通の馬車では、アルモニカを載せるには狭すぎる。フランクリン博士と助手のテレンス・オーマンは自家用馬車だ。

屋根の上に括りつければいい、と博士のお抱えの馭者は提案をした。とんでもない。脚台をはずし、水を抜いた箱の隙間には、ぼろ布をぎっしり詰め、蓋をした上からさらに厚い毛布でくるみ、どんな衝撃もガラスのボウルに響かないようにしたけれど、目を離すことはできない。

板囲いをし粗布の幌をつけた荷台には、二基のベンチが向かい合って作りつけられている。ベンチの一つに箱を縄で括りつけ、箱を間に挟んで、アンディとわたしは腰掛けた。大きく揺れたら、二人で押さえる。揺れが小さい間は、アンディとわたしの手は、箱の上で結ばれていた。向かい側のベンチや床には、傷つけないよう布でくるんだ脚台と、フランクリン博士のも含む荷物などが置かれていた。

ロンドンで演奏するのだと思っていたら、フランシス・ダッシュウッド卿の所領地、ウェスト・ウィカムというところまで行くのだと言われた。そこに、ダッシュウッド卿の領主館《マナーハウス》がある。国王陛下も、お忍びでお出ましになる。他に、ダッシュウッド卿と親しい貴族のお仲間も集まる。

後に、わたしは、暴露本で知ることになる。フランシス・ダッシュウッド卿のお仲間というのは、ヘルファイア・クラブという恐ろしく淫らな集まりのメンバーであると。

轍に嵌まり込まないよう、荷馬車の馭者は馬を巧みにあやつる。それでも、揺れた。蓋を開けたら粉々……ということになったら、どうしよう。また、作るさ。アンディならそう言うだろうけれど、フランクリン博士は、国王陛下の前で面目《めんぼく》を失い、そのとばっちりはアンディに下るだろう……などと取り越し苦労しながらアンディに目をやると、うたたねしていた。起きていてくれないと、わたし一人ではアルモニカを守りきれないわ。でも、この繊細で壊れやすい楽器をようやく完成して、ほっとしているのだろうと思うと、起こす気にはなれなかった。

アンディの榛《はしばみ》色の眼が好きなのだけれど、瞼の下に隠れている。睫《まつげ》も同じ榛色で、やわらかい。細い鼻も薄い唇も、どこもかしこも好き。心の中だけだから、何でも言える。全部好き。前から好きだったけれど、ジョセフたちにボウルを壊された後、作れる、音を俺は知っているから、と、それまで聞いたことのなかった強い声で言った、あのとき以来、どうしたらいいかわからないくらい好きになってしまった。

わたしは、小さい小さい声で歌っていた。

How can I leave thee!
How can I from thee part!
Thou only hast my heart,
Dearest, believe!

アンディの口元に微笑が浮かんで、唇が動いた。Yes,I believe! という形に。

Thou hast this soul of mine,
So closely bound to thine,
No other can I love,
Save thee alone!

わたしは満ち足りて、でもおなかは空いてきて、ちょうどその時、馬車は馬車宿の前で止まった。

自家用馬車から降りたフランクリン博士やオーマンと一緒に、豪勢な昼食を摂った。青豆のスープに魚のシチュー、仔牛肉のロースト。デザート。貴族様の食事みたいだ、とアンディは言った。そのとき頬がゆるんで、だらしない顔になったので、わたしは――ほんの少しだけれど――興ざめした。十五歳の女の子は、容赦ないのだ……と今になって思う。今なら、アンディががつがつと食べたって、口を開けて眠りこけたって、逆にいとおしくなる。どこにいるの、アンディ。オーマンは、アンディの作法知らずな食べ方に軽蔑の眼を投げ、ことさら気取った仕草で、口元にナプキンをあてた。アンディったら、指先で唇の汚れを拭って、その指を服の裾にこすりつけるんだから。

そうして、また、馬車の旅が続いた。揺れを少なくするためゆっくり進んだ。

アンディは目を閉じ、でも眠りはせず、両手の指を膝の上で動かしていた。右手は大きく横に伸び、——ああ、高音を奏でているのだ……と、わたしは察した。アンディは音を知っているけれど、その音を発するボウルに的確に指をあてるには、ずいぶん練習が必要だった。フランクリン博士が演奏曲目としてアンディに渡した楽譜は、リズムが軽やかで愛らしかった。作曲者の名前も曲の名も、わたしは知らないのだけれど、アルモニカにふさわしいと思った。

オックスフォードに着いたときは陽が落ちていた。タヴァーンで夕食を摂った。昼の食事よりさらに豪華なメニューだったが、わたしは、丸一日荷馬車で揺られてくたびれ果て、せっかくの焙った鳩はちょっと手をつけただけだったし、三種類のタルトをそっくり残してしまった。勘定を払うのは博士だから、お財布の心配はいらないのだけれど、手布《ハンカチ》にタルトを包んだ。ロンドンに帰ってまたいつもの暮らしが始まったら、とても買えないような上等のタルトだったから。行儀が悪いと叱られるかと思ったけれど、フランクリン博士は、わたしのそんな仕草を笑顔で見ていた。出は貧しい家だったと聞いている。お父さんは蠟燭や石鹸《せっけん》を作る職人で、博士は印刷屋に徒弟奉公したというから、貧しい者の気持ちがわかるのだろう。

道がなめらかになった。白亜で舗装されているのだった。

揺れが少ないので安心したら、今度は、わたしが眠ってしまった。

揺り起こされたとき、

「火事!」

思わず、叫んだ。

視野を占めたのは、燃え上がり火の粉を散らす炎の連なりであった。闇を食いちぎり、噛み砕き、征服しようとしていた。

夥しい篝火《かがりび》に照らし出されているのは、熊毛の黒い大きい軍帽で一目で近衛兵とわかる兵士たちであった。金モールの肩章を飾った赤い上着。青い折り襟の下に白い胴衣をのぞかせ、白いズボン、黒い半長靴。白の肩掛け帯を胸の前でクロスさせ、マスケット銃を担っていた。炎の色をうつして、肩掛けもズボンも、赤みを帯びていた。

これで〈お忍び〉だって。公の行事なら、どうなるんだろう。

黒々と聳《そび》える建物の窓という窓が明るく耀いていた。

紋章が扉に描かれた何台もの馬車が停まり、馬が繋がれ、馬丁たちは馬糞の始末にいそがしい。

アンディは箱をくるんだ毛布をとりのぞき、蓋を開け、詰め物を取り出した。わたしも手伝った。鼓動が早くなった。ほんの一個でも傷ついていたら、まして、縁が欠けでもしていたら……。

緊張したアンディの表情が、やわらいだ。

わたしはアンディに抱きついた。アンディの手がわたしを胸に抱き込んだ。

馬車を降りた博士と助手のオーマンが、わたしたちの方にきた。

のぞき込む博士に、わたしは大声で告げた。

「無事です。髪の毛ひとすじほどの傷もありません。近衛兵が大勢いるけれど、国王陛下はもうご到着になっているのですか」

「後で引き合わせよう」

「国王様に！」

アンディもわたしも仰天した。

「身なりをととのえておくように」

ぼろを詰め直し蓋を閉め、その上から毛織りの粗布を被せた。蓋にも箱にも入念な浮き彫りがほどこされている。奏楽に関係なくても、箱にも傷をつけたくない。

下僕らしいのが数人寄ってきて、箱を担ぎ出した。

「静かにね。そうっと運んでね」わたしは声をかけた。

「君たちの寝室にあてられた部屋に、運ぶ」

指図がましくオーマンが言った。

「彼らの後について行け」

「荷物は……」

「他の下僕が運ぶ」

着替えの服などが入っているのだ。

「大丈夫です」

人がごったがえしているので、ぶつかったり、突き飛ばされたりした。アルモニカを担ぐ男たちを見失ってしまった。

ようやく見つけ、後をついていった。階段を上りかけたら、担いでいる男が振り向いて、「お前たち、どこに行くつもりだ」と怒鳴った。

「わたしたちの部屋よ」

「こっちじゃない。お前たちのくる場所じゃない」

「だって、あんたたちの後について行けって言われたわ」

そう言ってから、わたしは気がついた。箱にかけてある布は、粗末な毛織りではなかった。金糸や銀糸で豪華な縫い取りがしてある。布は立派だけれど、ビリングズゲイトの魚市場みたいな臭いがした。

「この上は、高貴な方々が使われる部屋ばかりだ。失せろ」

わたしはアンディの手を握りしめた。

わたしたち、どこに行ったらいいの。アルモニカの箱は、どこ。

うろうろしていると、

「どこに行っていたんだ。探したぞ」

声をかけたのがテレンス・オーマンで、いつもは気にくわない奴なのだが、ほっとした。

「こっちだ」

狭くて急な裏階段に導かれた。

「この部屋だ」

来客用にしては飾り気がなさ過ぎた。召使い用の空き部屋かもしれない。粗布を被せたアルモニカの箱は、隅に置いてあった。アンディと一緒に、すぐに中を検《あらた》めた。無事だった。

大きい寝台が一つ。わたしたちは夫婦と見なされているのか。それとも、わたしが同行することを、部屋を割り振った係――たぶん、執事だろう――は、知らなかったのか。今思えば、夫婦と見なされるには、わたしは幼すぎたのだが。オーマンはベッドとわたしたちをわざとらしく見くらべ、嫌みな表情を浮かべ、出て行った。

ベッドの下には壺が備えてあったので安心した。一人で部屋の外に出たら、また道に迷ってしまう。でも、用を足すところをアンディに見られるのは困るな。そのとき、思い出した。男たちが立派な箱を運んだ後、階段に、水の染みが少し残っていた。だれか、我慢しきれなくなったんだわ。途中で任務放棄はできないものね。

よそ行きの服――日曜日、教会に行くときの一張羅――に着替え、アルモニカの完成記念に買ったフィシューを肩にかけて結んでいると、ウィンド・キャッチャーの一人が、男性用の服を持ってきた。

国王陛下の前に出るのに失礼に当たらないようにという配慮から、アンドリュー・リドレイのために、豪華な服が貸与されたのだ。金の縁取りをした青いベルベットの上着に同じ色のブリーチズ、ブロケードの胴衣、絹のストッキング。それに、巻き毛の鬘！

アンディが着るのを手伝った。窮屈だな、と言いながら、アンディは腕を動かした。

鬘を被って、「貴族に見えるか」

「見えない、見えない」わたしは笑いころげた。

「貴族様は気の毒だな。こんな重くて窮屈なものを一日中」そう言って、アンディは鬘も服も脱いだ。

「サイズが合いません」

「贅沢を言うな。着ろ」ウィンド・キャッチャーは、嵩《かさ》にかかった。

「窮屈で、だめです。腕が自由に動かない」

「ダッシュウッド様が貸与してくださったのだぞ」

「着ると、アルモニカを奏でられません」

「アルモニカ？　何だ、それは」

「ダッシュウッド様のご命令で作った楽器です」わたしは言った。本当はフランクリン博士の命令だけれど、資金を出したのはダッシュウッド卿だ。少しはったりをきかせた。

「女は黙っていろ。お前は、誰だ。この男の妹か」

「演奏の手助けをする者です。わたしがいないと、アルモニカは動きません。ダッシュウッド様は、アンディ……アンドリュー・リドレイ氏に、楽器製作だけではなく、演奏も命じられたのです。リドレイ氏以外に、演奏できる者はいないのです。アルモニカは、世界で初めて作られた、ただ一つの楽器であり、アンディは、世界でただ一人の演奏者なのです。その演奏者が、もっともよい状態で演奏するために、着慣れた服を希望しているのです。そう、ダッシュウッド様に説明してください。必ず、納得なさいます」

流暢《りゅうちょう》にまくし立てる自分に、わたしは驚いていた。その間に、アンディは着慣れたよそ行きをまとった。

「もし、納得なさらないとしたら、それは、あなたの説明が悪いのです。わたしがじかにご説明してもいいです」

ウィンド・キャッチャーは肩をすくめ、手燭《てしょく》を持って「ついてこい」と顎をしゃくった。

気取り返って歩く後をついていった。「アルモニカは、誰か運んでくれるんですね」わたしの問いかけは、無視された。壁に肖像画がたくさん掲げられた広い長い部屋——百五十フィートはあったと思う——を通り抜け、その先の扉を開けると、数人のウィンド・キャッチャーが屯《たむろ》していた。アンディとわたしを彼らに引き渡し、最初のウィンド・キャッチャーは去った。去り際に他の者たちと目交ぜしたのは、わたしたちの身なりや階層を馬鹿にしたのだ。上流階級の令嬢なら、ペチコートの枠を使って、両脇に人が座れるくらいスカートを横に張り出す。

その部屋の奥に、さらに、浮き彫りをほどこした重々しい扉がある。ウィンド・キャッチャーの一人が扉をノックした。

内側から扉を開けたのも、ウィンド・キャッチャーであった。

足を踏み入れたとたん、くらくらした。

壁も天井も金粉塗りの渦巻き模様が氾濫していて、まるで、猿の群れが金色の塗料の中を転げまわったみたいだ。数十本の蠟燭を立てたシャンデリアが幾つも天井から下がり、壁から突き出た燭台の蠟燭もすべて火が灯され、眼が痛くなるほど部屋を照らし出していた。テーブルの上には銀器が並び、それらもシャンデリアの灯を照り返すから、いっそう眩しい。

テーブルを囲む人々は、乱痴気騒ぎの最中であった。

食卓を囲んだ人々は男も女も泥酔していた。女たちは着飾ってはいるが、とても上流階級とは思えない品の悪さだ。娼婦らしい。臀の雄大さのためにひときわ目立つ女がいた。貴族のおっさんの隣に腰掛けたこの女は、他の女たちを軽蔑しきった態度を露骨に見せていた。

反対側の隣にいるのは、柄の悪い小男だ。斜視で顎がしゃくれ醜貌なのだが、奇妙な愛嬌があり、何か冗談を言っては女たちを笑わせている。

入口のそばに立ちすくんでいると、フランクリン博士が近寄ってきたので、ほっとした。遅れて加わったからだろう、博士はさほど酔っていなかった。

奥の椅子に座した男性に、

「陛下」

と、うやうやしく博士は言った。

「この者が、私のアルモニカを演奏するアンドリュー・リドレイでございます」

ジョージ三世陛下はあのとき……ご即位の翌年だから、二十三だった。団栗眼《どんぐりまなこ》で、鼻も丸くて、躰もずんぐりしていた。国王陛下というのは、威厳があるものだと思っていたけれど、よく言えば穏やか、率直に言えば、自信のなさそうな、気弱そうな方であった。酔っぱらっておられた。まわりの貴族たちは、皆、陛下よりはるかに年上だ。そのせいか、わたしの気のせいか、彼らは国王陛下にいっこう敬意を払っていないように見えた。冗談にまぎらせて、小馬鹿にしたり皮肉ったりしていた。慇懃無礼《いんぎんぶれい》というやり方だ。なあ、フレディ、と陛下に馴れ馴れしく話しかける者もいる。そうして、わざとらしく、おお、失礼いたしました、陛下、などと大袈裟にあやまって、笑うのだ。国王陛下のお名前は、ジョージ・ウィリアム・フレデリックだ。

「フランクリン博士」と咎《とが》めるように言ったのは、大きい鼻が非常に目立つ、五十代ぐらいの人物だ。

「この、見るからに下賤な階級の者が、陛下の面前で、我々のアルモニカを演奏するのか。貴君は植民地から参ったゆえ、国王陛下への礼を知らんのも無理からぬことではあるが、非礼に過ぎる」

自分たちはちっとも王様に礼儀を尽くしてはいないくせに。

咎められたのに博士はまるで動じない。鈍いのか、図々しいのか。度胸があるとも言えるけれど、思いこむと、まわりが見えなくなる人なのだということは、初対面の時からわかっている。

フランクリン博士は一人で何もかも取り計らい、アンディのことは詳しく告げていなかったらしい。ダッシュウッド卿が服を貸与したとウィンド・キャッチャーは言っていたが、卿が何も知らない様子を見ると、フランクリン博士が執事にでも依頼したのかもしれない。

「リドレイ君、この方がアルモニカ製作の資金を援助してくださったフランシス・ダッシュウッド卿だ。ご挨拶しなさい」

博士に言われ、アンディは握手の手を出したが、ダッシュウッド卿は当然、無視した。貴族にとっては、下層階級の者は芥屑《ごみくず》だ。跪《ひざまず》くことを求められているのだろう。

鬘と化粧の貴族たちにくらべると、地毛で素顔のアンディは、わたしの眼にたいそう魅力を増して映った。眉を濃く描いたり、白粉で皺を塗り込めて頬に紅を塗ったり、付け黒子《ぼくろ》まで した貴族たちは、猿や豚が化粧したみたいだ。

ようやく、あまりいい雰囲気ではないと気づいたらしいフランクリン博士は、他の人たちに引き合わせることはせず、

「演奏は、明日だ。今日はご挨拶だけでさがりなさい」

と解放してくれた。

斜視の小男が席を立ち歩み寄り、

「君が、演奏するのか。楽しみにしている。庶民院議員ジョン・ウィルクスだ」

自分から名乗って、握手の手をさしのべた。アンディが顔をしかめるほど強く握って、振

りまわした。アンディの指を痛めないでください。わたしが叫ぶ前に、手を放した。

貴族なら多かれ少なかれ、動作はもったいぶっているのだが、平民のジョン・ウィルクス氏は、気さくであり、下卑ていた。後にヘルファイア・クラブについての暴露本を真っ先に出したのはこの男なのだが、当時、わたしは彼について、もちろん何も知らなかった。名前も初めて聞いた。

今では、ロンドン市長で人気がある。〈庶民の味方〉が、ウィルクス氏のモットーだ。でも、市長になったら、あまり〈庶民の味方〉ではなくなった、とも聞いている。暴露本を出した後、逮捕されそうになってフランスに逃げたとか、ロンドンに戻ってきて捕まり、監獄の中にいて議員選挙に立候補したとか、いろいろあるけれど、わたしは政治には興味がないから、よく知らない。〈ウィルクスと自由！〉と、人々は熱狂していた。ウィルクスは庶民に自由をもたらす、と言われるのだけれど、自由って何だか、わたしにはわからない。ウィルクスが市長になっても、わたしたちの暮らしは、何も変わってはいない。

またもウィンド・キャッチャーに先導してもらって、部屋に戻った。用がすんだのに、ウィンド・キャッチャーはしばらく佇《たたず》んでいた。やがて、軽蔑の眼を投げ、去った。訪客はウィンド・キャッチャーにチップを渡すしきたりだと知ったのは、後になってからだ。

寝台は一つだけれど、わたしたちは別に困らなかった。服を脱ぎ、燭台の灯を消し、一本だけは灯したまま心地よく抱き合った。やがて蠟燭が燃え尽き、暗黒の中でわたしはアンディに包まれ、眠った。

朝食は、下級召使い用の食事室――つまり台所――で、下女たち、下僕たちと一緒に摂った。

わたしと同じ年頃の下女が、しきりにアンディに視線を投げていた。よそ行きではあるけれど新しくはない、躰に馴染んでいる服を着たまま、部屋でずいぶん待たされた。

前夜、晩餐――と、何かほかのこと――を楽しまれた国王陛下や偉い人たちは、昼ごろまで寝ていたのだ。

午後二時近くなっても、まだお召しはなく、おなかが空いたけれど、昼食の知らせはなく、わたしは思い出して、荷物の中から手布の包みを取り出した。タルトが三つ。それに、ワインの壜。

「盗んだんじゃないのよ。このワイン、テーブルに出ていたのだから、お勘定はフランクリン博士が払っているわ」

二つをアンディに。わたしは一つ。形はくずれていたけれど、おいしかった。食べ終わって汚れた指を舐めていたら、扉が慌ただしくノックされた。するりと入ってきたのは、朝食の時アンディを熱っぽく見つめていた下女で、「早く食べて」と、パンだの冷肉だのチーズだのを入れた小さい籠を机に置いた。

「皆様が、お食事を終えて、もうじき出発なさるのよ。誰も、あんたたちが朝食の後何も食べていないのを、気にしてないわ。だから、わたしが、こっそり用意してあげたの。今、食べておかないと、夜まで食べそこなうわ」

「外出って、どこへ？」

「そんなこと、わたしは知らない。でも、お出かけになることと、あんたたちも一緒に行くことは確かよ。早く食べないと、呼び出しがかかるわよ」

タルト一つでは、お腹は満足していなかったから、下女の心配りはありがたかった。

「たぶん、あそこよ」

下女は言った。

「あそこって？」

「行けばわかるわ」

アンディもパンとチーズを両手に持って、口に運んでいた。服を汚さないで、と、わたしは気を揉んだ。汚した。脂の痕がてらりと筋を引いた。いつもの癖で、汚れた指を服になすりつけて拭いたのだ。わたしより四つも年上なのに、世話のやける人だ。

柩を担ぐように、数人の下僕がアルモニカの箱を担いで進む。脚台を担いだ下僕が続く。雰囲気はお葬式とは正反対で、貴族とおぼしい方々は、笑ったりふざけたりしながら、歩いていた。品の悪い冗談を言いあっている。ウィンド・キャッチャーたちが、胸を反らし臀を突き出し、気取った足取りでお供している。

みんな、酒臭い。千鳥足の者もいる。

国王陛下はどこにおられるのか、行列の後ろの方にいるわたしたちにはわからなかった。近衛兵の熊毛の帽子が黒く集まっているあたりだろう。

わたしとアンディのそばには、アンディにのぼせあがった下女が従っていた。出発間際になって、フランクリン博士がアンディとわたしを気遣っているのを知った執事が、急遽、ベッキーという この下女を、身の回りの世話をするようつけたのだ。人選にあたり、ベッキーが自ら願い出たらしい。世話をしてもらうことなど、何もない。

ひときわ騒がしいのは、臀の大きい女と娼婦たちが、言い争っているのだ。娼婦が何か無礼なことをしたと、女は主張しているようだ。身分をわきまえなさい。

ベッキーがわたしの耳に口をつけて教えた。「あれは、ドディントン様の奥方よ。隣にいるのが、ドディントン様。こういう集まりに奥方を連れてくるなんて、野暮ね」

そうして、いっそう声を低めた。

「あの女、すぐに、令夫人と呼びなさい、と威張るのよ。前はドディントン様のお妾《めかけ》だったくせに。前の奥様が亡くなられて、後釜に座ったの。そもそも、ドディントン様は貴族じゃないんだから。議員様だけど、庶民院よ。金持ちで土地持ちってだけ。もとをただせば、薬屋の息子ですってさ。親類の遺産を相続して、大地主になったのよ」

ベンジャミン・フランクリン博士の姿はよく見えた。アルモニカの箱と並んで、意気揚々と、白亜で舗装された道を歩いていた。

「あら！」

声を上げ、ベッキーはフランクリン博士の方に駆けだした。目的は博士ではなく、箱を担いだ男の一人だった。

傍に寄って、からかい気味な言葉をかけ、小走りに戻ってきた。

「彼、この演奏会が終わったら、結婚するのよ。わたしの仲好しの娘と」

小意地の悪さが感じられる口調だった。

「ねえ、一人の娘と二度結婚式をあげるって、〈数奇な運命〉っていうんじゃないかしら」

「再婚なの？」

「馬鹿ねえ」ベッキーは肩をすくめた。友達が結婚するのが面白くないのだろう。こういうことに気が回ってしまう自分を、ちょっと嫌だなと思った。

徒歩でも何の問題もないくらい、目的地は近かった。

領主館《マナーハウス》の背後の丘を少し登ったところに、石積みの門を持つ洞窟が黒い穴を見せていた。

近衛兵や従者《フットマン》たちのほとんどは入口の外で待機させられ、少数の従者と松明持ちたちが、陛下と貴族たち、遊び女《め》たちに従った。フランクリン博士は従者に担がれたアルモニカの箱に寄り添い、わたしはアンディとともに、博士の側を離れないようにした。ベッキーがついてくるのが、うっとうしかった。

ダッシュウッド卿の従者らしいのが松明を手に先導した。

狭い道だ。幅は五フィートぐらいだろうか。少しずつ下り坂になる。足元はぬるぬるしている。アンディの手を握りしめた。強く握り返してくれた。すぐ後ろにベッキーがひっついていて、足を滑らせ、悲鳴を上げてはアンディにしがみつく。

「気をつけろ、気をつけろ」声は、フランクリン博士だ。アルモニカの箱を担ぐ従者たちに呼びかけている。壁に谺《こだま》して、響いた。

前の方でも、何人もの女の嬌声が、入り混じって聞こえる。滑ったり抱きついたりしているのだろう。

領主館《マナーハウス》の大広間で演奏させればいいのに。洞窟の演奏会。ひどい趣味だと思う。そうアンディに言いたいのだけれど、小声で話しても谺する。ビリングズゲイトみたいな嫌な臭いを、かすかに感じる。ダッシュウッド卿の耳に届いてしまいそうだから、悪口は胸に秘めて、歩を進めた。

道は入り組み、枝分かれし、はぐれたら迷子になる。時々、空気のそよぎが感じられる。外気を取り入れる縦穴が、幾つか開いているようだ。それなのに、外光は届かない。わたしたちが行く道の真上ではないところに開いているのだろう。

半マイルぐらい歩いただろうか。

突然、行く手が明るんだ。

幾重にも襞のある薄い布が垂らされ、その向こうで燃えさかる火灯りが、ゆらめいていた。

布幕の向こうに大広間があった。父の仕事場の十倍はある。坑道の奥に、このような広間があるとは思いもよらなかった。窓はないけれど、どこかに空気抜きの穴があるようで、白く塗られた壁の燭台の炎も、シャンデリアの灯も、かすかに揺らいでいた。

フランクリン博士が指図して、アルモニカが左手奥に据えられた。

ゆるい弧を描いて、客用の椅子が並べられ、人々は騒々しく喋りながら、席に着いた。テレンス・オーマンともう一人の男が、アルモニカの容器に水を満たした。ベッキーに何かからかわれていた男だ。

わたしは、観覧席を見るどころではなかった。失敗しませんように。アンディもわたしも。目を閉じて祈った。ビリングズゲイトみたいな嫌な臭いを、また感じた。気のせいよね。目を開いた。さあ、いよいよ……。

アンディは指を少し動かしてから、水に浸した。

わたしは把手に手をかけた。

水に濡れたボウルは、燭台の灯りに煌めき、その縁をアンディの指が軽くこする。

透明な音に、観客の息を呑む気配を感じた。

国王陛下を始めとする方々が、どのように聴き入っておられるか、見渡す余裕はなかった。

わたしはアンディを見つめていた。

回す力は、常に同じでなくてはならない。速度もまた、少しの変化も許されない。おろそかにしたら、音が狂う。アンドリュー・リドレイとエスター・マレット、そうして楽器、三者は一つの躰なのだ。

色と音が一つに溶けあう。躍る虹。

そうして、わたしは、いつのまにか、監獄の独房にいた。

幼いときの記憶が、いつから始まったと明確に区切りがつかないように、いつどのようにして独房に入れられたのか、わからない。

熱く焼けた鉄鍋の中にいるみたいで、呻くと、それだけで痛みがいっそう強くなり、地獄にいるのかとさえ思った。

独房ではなく、慈善病院の一人用の部屋だと気がついたのも、何がきっかけだかわからない。いつのまにか、納得していた。看護人から教えられたのだろうか。

アンディが父の住み込み弟子になってから洞窟の演奏会までの歳月の記憶も、一時、まるで消えていた。断片的に浮かんだことを、幾度も心の中で繰り返し、定着させた。でも、その後のことは、霧の中だ。

わたしの全身は、繃帯《ほうたい》でくるまれていた。与えられた薬を服用すると、激痛は汐《しお》が引くように薄れた。

夜の病室は暗黒だった。瞼の裏で炎が燃え揺らめき、目を開くと、手を伸ばしても届かないあたりで、炎は躍っていた。現実の光景と混同することはなかった。幻影はあくまで幻影だ。はっきり区別がついていた。しかし、とろとろと眠りに引き込まれる途中でも幻影は鮮やかで、得体の知れない〈人影〉としか表現できないものが炎の奥から立ち現れ、それがすうっと近寄ってきてベッドの傍らに立ち、毛布を剝《は》がした。毛布ばかりではない。寝間着を脱がせ、そうして皮膚に貼りついた繃帯をべりりと剝がす。赤剝けの肌を、鞭で叩く。悲鳴を上げようとしても声が出ない。話すな。そう人影は、低いけれど恐ろしい声を、耳に吹き込む。喋るな。何もなかったのだ。いいな。

ようやく叫び声を上げる。看護人が入ってきた。「ああ、また繃帯を取ってしまった。なんという奴だ。これではいつまでも治らないぞ」

侵入者が、と訴えると「どこにいる」

「そこ」

「馬鹿話にはつきあえない」と突き放された。

手荒く繃帯を巻き、「二度と、取るんじゃないぞ」静かにしていろ、と、また薬をのまされた。

夢の中でも、繃帯を剝がされ、叩かれた。

昼も、病室の中は薄暗い。そうして、夜は暗黒。

悪夢？　幻覚？　あるいは恐ろしいことだが、事実……？

幾夜も繰り返された。看護人――監視人？――は、お前が、自分で繃帯をむしり取り、傷をひどくしている、と言うのだった。

いつからだか明瞭ではないのだが、わたしは、知っていた。洞窟に落雷があった。そのために火事になり、わたしは大火傷した。その瞬間の記憶はないのに、頭の中に、言葉は浮かんでいた。躰の中で爆発が起きたような、とんでもない衝撃の感覚が、これもいつからか記憶の中にある。躰の痛みは、それが治まると、現実感がなくなる。苦痛への激しい恐怖だけが刻まれている。

看護人に確かめた。

「わたしは落雷で怪我をしたのですね」

「知らん」

「今日は、六月の何日ですか」

「六月？」小鼻の脇に意地悪い皺を寄せ、今日は九月七日だ、と、看護人は言い捨てた。

その時までに、洞窟で演奏を始めるまでの記憶は、ほぼ取り戻していた。

「父に、わたしがここにいることを連絡してください。父が、十分にお礼をお支払いしますから」

所番地を書いて渡した。

次の日、看護人は、一ペニーにもならなかった、と罵って、わたしを殴った。さんざんいたぶってから、該当する所に住んでいるのは、鍛冶屋だったと、看護人は言った。

わたしの記憶は間違っているのだろうかと、不安になった。

わたしの名前は、エスター・マレット。父は吹きガラス師のマーティン・マレット。そうよね？　自分に確かめる。それなら、どうして、わたしの家のあるところに、鍛冶屋が住んでいるの。

母さんの柩に土がかけられたとき、抱きしめてくれたアンディは、ほんとうにいたの？

なぜ、今、わたしの所にきてくれないの。

火傷が一応治ったら、病院を追い出された。退院後、家がなかろうと職がなかろうと、慈善病院の関知するところではないのだろう。

退院の前夜、人影はもう一度あらわれ、わたしを鞭で打ちのめした。喋るな。喋ったら、殺す。

「このことを話すとき、エスターさんは、怯えていました」そう、アンは皆に言った。「喋るなと言われたのに、打ち明けてしまった。殺されるでしょうか、と言うから、あなたがサー・ジョンと私に話したことは、外部の誰にも漏らしませんと安心させました。あなたたちは〈外部〉ではないから」

「鎮痛剤は、阿片チンキですね」クラレンスが口をはさんだ。「あれは、しばしば幻覚をもたらす」

「幻覚ではなかったとしたら……」アルが言った。「事実であるなら、その人影は、エスターさんに痛みを与え、脅迫している」

「喋るな、って、その繃帯を引《ひ》っ剝《ぺ》がしたり、引っぱたいたりしたことをか？　変な奴だな。いたぶるのが趣味か」と、ベン。

「病人を片端から痛めつけているんだろうか」

「看護人には金を渡して、見ないふりをさせる。まぎれもない変態野郎だ」

「病人を見さかいなく痛めつけていたのか、エスターさんだけを痛めつけたのか、調べる必要がありますね、サー・ジョン」と、アンが、「エスターさんだけが対象なら、喋るな、というのは、洞窟の火事に関係したことではないでしょうか。その部分の記憶が、ショックのために失われている。先行き、思い出しても、他言するな。痛みと恐怖を与えておけば、思い出したとき、話したくても怖くて話せないでしょう」

「そうだ。洞窟で何があったのか、調べなくちゃな」と、ベン。

「ダッシュウッドの野郎が噛んでいる」クラレンスが断言した。「洞窟は、あいつの持ち物だ」

「慈善病院は、貧しい者に救済の手をという高邁な理念を持つ篤志家によって設立されるのだが」と、判事は吐息混じりに言った。「運営の末端を担う職員、看護人には、理念は関係ないのだな」

「看護人と貧しい病人の関係は、まるで看守と囚人ですね」アンがメモから目を上げて言った。

皿は空になり、すっかり眠り込んでしまったダニエル先生を弟子たちが担いで二階の寝室に運び上げ、アンの話は、ダニエルの書斎で行われていた。

「落雷と火事か。このあたり」と、クラレンスが右の頰から首筋のあたりを手の甲でなぞった。「火傷の痕がありましたよね」

「躰にも、火傷の痕が残っていると言っていたわ。辛いわね」

「慈善病院……。聖ジョージ病院ですか？」アルが訊いた。

「いいえ、聖トマス。あそこは、聖バーソロミューなどとちがって、生活費は無料だし葬式保証金を強制的に徴収することもないけれど、患者の扱いはひどいわ」

「敵は、馬鹿だ」アルが言った。そうして続けた。「……と、エドなら言うだろうな」

「どうして、馬鹿？」訊ねるベンに、

「喋るな、と脅迫したら、逆に、なにか非常に重要なことなのだということが明らかになる。放っておけば、気づかなかったかもしれない」アルは言った。

「どうして、〈エドなら〉？」

「俺は、むやみに他人を馬鹿呼ばわりはしない。エドは、頭が切れすぎて、他人が馬鹿に見えるたちだ」

「でも、お前もやっぱり、敵は馬鹿だと思ったんだろう」

「ああ」

「脅す必要はあったでしょう。そうしなければ、喋るかもしれません」アンが、アルの言葉に逆らった。

「敵って、誰なんだろうな」と口にしたベンに、

「だから、ダッシュウッドだよ」クラレンスはまた、きっぱり言った。

判事はアンに、話の先をうながした。

病院を出るや、その足で、わたしは自分の家に行った。看護人の言葉に嘘はなく、仕事場では鍛冶職人が鞴《ふいご》を使い、白熱した鉄塊を打ち叩いていた。

わたしの知らない名前を鍛冶屋は告げ、その人物からこの家を借りている、と言った。

足の力が萎え、崩れそうになった。

「わたしの家なんです。ここは、吹きガラスの仕事場で、父と弟子たちがガラスの器を作って……」

「出て行け」鍛冶屋は言い、槌《つち》を振り上げて、鉄塊を叩いた。火花が散った。わたしの躰は慄《ふる》えた。お腹の底から全身に痙攣がひろがり、叫び出しそうになるのを必死にこらえ、そうして訊いた。

「父は、マーティン・マレットといいます。あなたにこの家を貸したのは、マーティン・マレットじゃないんですか」声も慄えた。

「さっき、言っただろうが。プーア氏から借りているのだ。文句があるなら、プーア氏に言え」

「どこに住んでいるんですか、プーアさんは」

「ロンドンじゃないぞ。ハムステッドだ。家賃は代理人が集めにくる」

「ハムステッドのどこですか」

「知らねえよ。仕事の邪魔だ。失せろ」

とほうにくれたが、いつも父に仕事をまわしてくれていたガラス器卸商トインビー氏の事務所に行ってみることにした。

他の人が住んでいたら、どうしよう。誰かが借りていて、文句があるならリッチ氏に言えなどと怒鳴られたら……。

トインビーさんは、いた。

「気の毒にな、エスター。ああ、実に気の毒だ」

トインビー氏は、同情の言葉を繰り返したが、火傷の痕が残る顔をまともに見ようとはしなかった。

父マーティン・マレットが、泥酔して川に落ち溺死したことを、トインビー氏は告げた。

「君に知らせようにも、居場所がわからなかった。やむを得ず、私が費用を負担して、葬式を出し、埋葬したよ。君のお母さんの墓の隣だ。まあ、その費用もかなりなものだが、実は、ほかにも君のお父さんは私に大借金があってね。膨大な額だよ。あの仕事場兼住まいを担保にしていた。マレット氏が死んだからには、私は貸し金を精算せねばならんからね。そんなわけで、あそこは処分した」

「アンディは」

何も知らないと、トインビーさんは言った。

小ぶりの籠を一つ、トインビーさんはわたしによこした。「住まいに残っていた君の持ち物だ。勝手に処分することもできないので、保管していた。さあ、これで全部だ」

何枚かの着慣れた服や下着。履き古した靴。あのとき着ていた服は焼け焦げて使い物にならず、捨てられたらしい。あのフィシューも。病院でわたしが着ていたのは、慈善家が病院に寄付した、ぼろ布みたいな古着だった。退院の時も、それを着ていた。

――わたしの十五年の生は、この小さい籠に入ってしまうくらいのものなのね……。

母がクリスマスにくれた紙表紙の薄い本を、服の間に見出した。ページを繰ると、勿忘草の押し花が、薄青い涙の痕みたいに、はさまっていた。Forget-me-not! Never!

「エスター、あんたが望むなら、どこか働き口を探してあげるよ。下女奉公になるが」

トインビーさんの申し出を断り、クレイヴン・ストリートのフランクリン博士を訊ねた。病院の食事は、辛うじて餓死しない程度の量だったし、病み上がりなので、長い道を歩くのは辛かった。

「博士は、旅行中よ」家主の娘のポリーは、腰に両手をあてがい、そっけなく言った。「オランダに行かれたわ。当分、お留守よ。一年になるか、二年になるか。その間、部屋は、他の人に貸しているわ」

「息子さんも？」

「いっしょよ」

「あの人は？　助手の、オーマンさん」

「ああ、あれはクビになったわ。何か悪いことばかりしていたんですって。知らないわよ、何をしたんだか。わたし、他人《ひと》のことに鼻を突っ込んだりしないもの。アメリカに帰ったんじゃないの」

母の墓のある墓地に行った。母の墓標の隣に父の墓があった。
地面に横座りになり、だれもまわりにいないから、慟哭《どうこく》が喉を突き上げるのにまかせた。泣き尽くしてから、籠を抱えて立ち上がった。

Blue is a flow'ret
Called the Forget-me-not.
Wear it upon thy heart,
And think of me!

まず、何があったのか調べるためにウェスト・ウィカムに行きたいのだが、馬車代がなかった。物乞いと野宿で歩き通せるだろうか。途中で野垂れ死にしてしまいそうだ。もう一つわたしをひるませたのは、あの得体の知れない脅迫であった。ウェスト・ウィカムに行かなくては、と思うと、赤剝けの肌を鞭打たれた痛みがよみがえる。激痛だけではない、不気味な恐ろしさを伴っていた。ウェスト・ウィカム、と思うだけで全身を慄えが走り、胸を締めつけられるように感じた。

Flow'ret and hope may die,
Yet love with us shall stay,

That cannot pass away,
Dearest, believe.

もう一度トインビー氏を訪ねた。

「働き口を紹介してください」

ウェスト・ウィカムには、必ず、行くわ。まず、旅の費用を貯めてから。そのためには、働かなくてはならないわ。そう、自分に言い訳した。言い訳に過ぎなかった。本当は、ウェスト・ウィカムに行かなくては、と思っただけで、呼吸ができなくなる。吸った息を吐き出せない。横になったり起き上がったりして、少しずつ、少しずつ、吐き出す。ふだん、ことさら意識もせず自然に行っていることが、できなくなってしまうのだ。「行かないから。あそこには決して行かないから」と、自分をなだめ、長い時間かかってようやく呼吸が正常になる。あの状態が怖くて、行こうと思うことさえできない。

仕事はすぐにみつかったが、住み込みの下女の労働は、苛酷だった。そうして、主人だの若旦那だのが性の対象としようとするのを、始終払いのけていなくてはならなかった。ざらにあることだ。従わないために、追い出された。仕事の場は、どんどん落ちていった。淫売屋で働くのは拒み通し——火傷の痕は厚化粧で隠せると、淫売屋の亭主は言った——雑役婦《チャーウーマン》でしのいできた。

いつのまにか、十四年経っていた。

洞窟の演奏会までの十五年は、楽しいこと、哀しいこと、たくさんの思い出があるのに、病院を出てからの十四年は、ただ、生きているだけ。アンディはいない。何も、ない。

11

メモを閉じたアンの瞼が少し赤らんでいるのを、アルは見た。

How can I leave thee!

と、アンは小声で口ずさみ、「わたしもこの歌知っているの」と言った。「子供のころ、聞きおぼえたわ」

「エスターさんの話に出てくる人物の、何人かと、僕たちは会っています」途中で割り込みたくてうずうずしていたクラレンスが、アンの感傷的な追憶をぶちこわした。

「まず、でか鼻。そうして、けつでか夫人」

「クラレンス、言葉を慎んでください」アンが注意した。ちょっと鼻声だった。

「すみません。それから……」

「ベッキーって、あの女と同じ名前だよな」ベンが口をはさんだ。

「そう。ウェスト・ウィカムの貸馬車屋にいるとき」と、クラレンスはすぐに話を引き取っった。「アル」と判事は信頼篤《あつ》い助手に訊ねた。「ベッキーという女に、ウェスト・ウィカムで会ったのか」

「直接話を交わしてはいません。貸馬車屋の馭者の姉——ケイト——と親しいみたいでした」

解剖、アンによるエスターの話、と続いたので、ウェスト・ウィカムの旅の一部始終をまだ判事に報告してなかった。

いきさつを、クラレンスが横道にそれながら喋りまくり、ベンが相づちを打ち、アルが簡約した。

「オーマン……」判事は、エスターから聞いたフランクリン博士の助手の名を口にした。

「アン、ケイロンが話したことのメモを見てくれ。オーマンという名が出てこなかったか」

「はい、調べます。少しお待ちください」

他人には判読できない速記文字をたどり、

「見世物に出るようになったのは、オーマンという電気興行師《エレクトリシャン》に声をかけられたからだと語っています」

「そうだ、それだ。オーマンという男がレイ・ブルースを見世物師のブッチャーに引き渡し、仲介料を取ったということだったな」

「はい」

「アン、ケイロンとのやりとりを、アルたちに話してやってくれ」

インチキ占い師、ケンタウロスのケイロン。実名はレイ・ブルース。定住者ではない収穫労働者だったが、村の娘と結婚することになり、これから教会で式をあげるというときに、強制徴募隊《プレス・ギャング》に捕獲され、新大陸植民地に送られ、ケベックでフランス軍と戦い、両脚を失い……と、アンは簡潔に語った。

「そう、レイ・ブルースは言っていた。しかし、どうも、すべてが真実ではないように感じた」

「少なくとも、アルモニカがどういうものか、判明しましたね」クラレンスが言った。

「でもさ、どうして、その楽器、その後作られていないんだろう。ナイジェルの胸に書かれていた〈アルモニカ・ディアボリカ〉って、それのことなんだろうか」疑問を呈したのは、ベンだ。

「おそらく、そうだ」判事はうなずいた。「私も、かつて怪しげな噂は聞いている。オペラ劇場の歌手が気が狂ったとか……。ダニエル先生も妙な噂を聞いたと言われていたな。君たちはまだ幼かったから耳にしていなかったのだろうが」

「ケイロンも言っていましたね。奏でると悪魔を呼び出す楽器」

「意図的に、言いふらされたものではないだろうか」判事は言った。「フランクリン博士がガラス器を用いた楽器を考案し、エスター・マレット嬢の恋人アンドリュー・リドレイ君が苦心して作り上げた。フランクリン博士はそれを〈アルモニカ〉と名付けた。そのあたりは、事実だろう。だが、なぜか、その存在は消されている。落雷。それによる火事。洞窟の事件がそれだけであるのなら、秘密にする必要はない」

「国王陛下が列席されたというから」とアルが言いかけると、クラレンスが後をさらった。

「公になれば、王室のスキャンダルになりかねないことが起きたのかもしれない」

「関係者は一切を隠蔽した」判事はうなずいて、続けた。「それでも、同席したのは二人や三人ではないし、召使いたちもいる。その口から、洩れかねない。だから、秘したい者らは積極的に奇妙な噂を流したのではないか。信憑性に欠ける怪しげな噂を大量に流布させることで、漏洩された事実をもうやむやにしてしまった。そういうことではないだろうか」

「そうですね」クラレンスとベンがうなずいたが、アルは疑問を口にした。

「秘密を保ちたいのなら、なぜ」

ほとんど同時に、アンが言葉を被せた。

「なぜ、エスターさんを……」

アルは、その先をアンにゆずったが、アンは言いよどんだ。

殺さなかったのか。

口にしなくても、察しがついた。

「身寄りの少ない女の子を殺し、犯行の痕跡を消すのは、いたって容易《たやす》いです」アルがつづけた。

「苦労して犯人を捜し出して、ニューゲイトにぶち込んでも、訴追する者がなければ釈放されてしまうからな」クラレンスが続けた。

やりとりの中に、アンがアルと張り合おうとしているのを判事は感じ、かすかに苦笑した。以前は、判事の有能な助手は、アンただ一人であった。

アルは出しゃばりではないが、優秀さではアンと肩を並べ、時に優越する。

「私も、その疑問は持った」判事は言った。

「それで、僕は思ったのですが」とアルが、「洞窟には、かなりの人数がいたはずです。そのすべてを消すのは、困難なのではないでしょうか。いくら犯罪捜査が杜撰《ずさん》だといっても、何人かが殺害され、その共通点が洞窟の演奏会に関わっていたとなったら、目をつけられます」

「だから、エスターさんをあんなやり方で脅した。不確実なやり方ですね」けちをつけるアンに、

「確かに」アルは逆らわず、うなずいた。

「結局、エスターさんは喋っちゃったんだしな」と、クラレンス。

「でも、肝心の所は空白」と、ベン。

会話も空白となった。

「アンドリュー・リドレイさんが作った楽器は、爆発や火事の騒ぎで壊れてしまったのでしょうね。聴いてみたかった」アンが沈黙を埋めた。

「ナイジェルの胸に、どうして、〈アルモニカ・ディアボリカ〉と記されていたのだろう」

「ベツレヘムとアルモニカは、何か関係があるんだろうか」

「フランクリン博士に訊ねれば詳細がわかるのかもしれないが、博士はアメリカだ」

クラレンスとベンが言葉を交わす。

「博士も、隠蔽に協力していますね」アンが言った。「不祥事がなければ、アルモニカという楽器は、この十四年の間に、一般に公開されているでしょう」

アンの言葉の途中で、判事が仕草でアルに合図した。意味するところを悟り、アルは忍び足で扉の傍に寄り、把手に手をかけ、引き開けた。

「お茶をお持ちしました」

盆を持つチェリーの手は少し震えているようで、カップが触れあう音が、判事ほど鋭敏でないアルの耳にも聞き取れた。

小テーブルの上にカップを並べるチェリーに、

「お前は、よほど好奇心が強いのかね」

判事は穏やかに話しかけた。

アルは少女を見つめた。

うろたえたのは一瞬で、チェリーは、かたくなな表情に笑顔の仮面をつけた。

「チェリー、なぜ、この事件に興味を持ったのだね」

「お茶を運んできただけです。立ち聞きなんてしていません」

「だれも、おまえが立ち聞きをしたとは言っていないのだが」

判事の言葉は笑いを含み、他の者も噴き出した。

「チェリー、お前、自分で白状してしまったよ」クラレンスがからかい、

「サー・ジョンは、お前に悪意がなければ、決してお咎めになりません」アンが諭した。

「正直におっしゃい。どうして、立ち聞きしたの。さっき、食事の前にも立ち聞きをしていましたね」

アンが決めつければ決めつけるほど、チェリーのくちびるは固く引き締まり、こじあけるのは困難な様相を呈し始めた。

「チェリー、お前はさっき、私に感謝したね」判事は手をのべ、「お前の手をここに」と命じた。判事の声は慈父のように温かいのだが、威厳を伴っており、チェリーは反射的に自分の手を判事に委ねた。

「わたしは、何も悪いことはしていません。本当です、判事様」

「立ち聞きは悪いことだと、女子孤児院では教えなかったの」

アンに言われ、チェリーはまた、押し黙った。

判事はチェリーの手を解放した。「行ってよい」

そそくさと、チェリーは戸口に行ったが、そのとき扉が開いて、ダニエル先生と鉢合わせした。

「ああ、チェリー、ここにいたのか。呼ぼうと思ったところだ。濃いコーヒーを淹れてきてくれ。眠気覚ましだ」

返事もそこそこに、チェリーは小走りに去った。

「アル、彼女の動静を。それとなく」

「わかりました」

「先生、お目覚めかな」声をかける判事に、

「いや、失礼しました」ダニエルは椅子に腰を落とし、「あの傷ですが」と、前置きもなく、解剖の続きの話に戻った。

アルは、部屋の外に出た。裏階段の方に行くチェリーは、足音を立てて走っていた。そっと追おうとしたとき、表の階段をネイサンが上ってきた。

「みんな、ここ？」

「ああ、サー・ジョンも。元気を回復したか」

ミス・モアもいるよ、とアルはつけ加えた。

ネイサンはちょっと肩をそびやかして強がり、部屋に入っていったが、すれ違いざま、言葉を投げた。

「ベツレヘム、僕はわかったよ」

え？　聞き返したときは、扉が閉まるところだった。

テムズ川沿いに、チェリーは小走りに東に向かっている。

濃いコーヒーをとご主人様に言われたのは、頭から抜け落ちているようだ。

三角帽《トライコーン・ハット》を目深《まぶか》にかぶったアルは、少し離れて尾行する。ネイサンの捨てぜりふみたいな言葉が気になったが、さしあたり、アルの任務はチェリーの行動を見張ることだ。

テンプル・バーを抜けてシティに入る。一六六六年のロンドン大火を免れたおかげで、このあたりは古い木造建てがいまだに残り、狭い道にのしかかっている。セント・ポール大聖堂が、ひしめく建物の屋根越しに遠望できる。

およそ一マイル半を小走りに東へ。ロンドン橋の下流側に突き出た船着き場にチェリーは下りた。

下流は、外国からの貿易船がひしめき、川の面も見えないほどだ。橋とロンドン塔の中間に税関があり、それも船が混み合う原因となっている。

その間を、赤や緑に塗った、一人漕ぎ《スカル》や二人漕ぎ《オールズ》の小さい渡し舟が、曲芸のようにすり抜ける。小さいといっても六人は乗れる大きさだ。

石炭船が荷下ろしをするあたりの桟橋には、ぼろをまとった子供たちが群がり、こぼれる石炭屑を拾い集めていた。

石段を降り船着き場に立ったチェリーに、船頭たちが「オールズ、オールズ」「スカル、スカル」と、誘いの声をかける。チェリーが一人漕ぎの船頭に指を一本立てたり二本立てたりしてるのは、声は聞こえないが、船賃の交渉だろう。

お上りさんや外国人相手の遊覧用の船も待機しているが、たちの悪い船頭もいて、うかつに乗ると、海軍にぶち込むぞ、嫌なら金をよこせ、と脅され、持ち金を洗いざらい巻き上げられる。

チェリーが乗り込んだ一人漕ぎ舟《スカル》は、折からの引き潮に乗って、川下に向かって漕ぎ出した。

アルも一人漕ぎを雇った。

「どこまで」

「あの舟が岸に着くまでだ」

「追いかけているのか、あの娘《あま》っ子を」

「まあな」

「そういうことなら、倍だ」

船頭は、悠然と腕組みした。

「別のに乗る」

憤然とアルは言ったが、舟はすでに桟橋を離れていた。

「乗り換えたければ、そうしな」

くそっと罵り、「早く追え」アルはうながした。なおもぐずぐずと値をつり上げようとする船頭に、「治安判事閣下サー・ジョンの命令で、あの娘を追っているのだ。従わないと、保護証を取り上げるぞ」と脅しをかけた。渡し舟の船頭は、保護証を下付され、海軍の強制徴募を免れている。

「ここはシティだ。ウェストミンスターじゃねえや」

船頭は強がってうそぶいたが、強制徴募が恐ろしいからだろう、漕ぎ始めた。

「見失うな」

「難しいね。こう混雑していちゃあ」

「見失ったら、ニューゲイト送りだ」

温厚なアルにしては、精一杯凄んだ。

「サー・ジョンにはその権限があるぞ」

ぶるると唇をふるわせて不満をあらわし、船頭は漕ぐ腕に力を入れたが、

「俺《おら》ァ後ろを向いているんでね。方向は、旦那が指図してくんな」

もっともなことを言った。

魚市場ビリングズゲイトの悪臭がテムズの悪臭に混じる。十一世紀このかた魚を水揚げしてきた船着き場には、数百年にわたる魚の臭いがしみこんでいる。水夫や物売り、通行人もまた押し合いへし合いし、喧噪が耳を聾する。下流のグレイヴゼンドに向かう艀《はしけ》が、出帆十五分前の鐘をガンガン鳴らしている。

チェリーを乗せた舟は、巨船の陰に見え隠れしながら、下る。

こんなに川下の方までできたのは初めてなので、アルは場所の名前もわからなかったが、船

着き場に向かおうとする舟の船頭にチェリーが手を振りまわして抗議しているのは、見て取れた。船頭は、かまわず舟を着岸させた。

小銭を船頭の手に叩きつけ、チェリーは石段を上がって行った。

もっと先まで舟をやれとチェリーは主張し、舟賃が折り合わず、強制的に下ろされてしまったのだろうと、アルは察した。

「そこに着けろ。左岸だ」

「ここらじゃ客を拾えねえ。帰りの分も、くんな。引き潮なのに川上に帰るんだから、はずんでもらうぜ」

よこさなければ、川に叩き落とすぞと言わんばかりの形相に、アルはいささかひるんで、銭を渡した。泳げない。テムズの水は緑がかったコーヒー色だが、川下に行くに従って、黒い糖蜜みたいに粘っこくなる。両岸の製革所やタール工場の廃液が流れ込むせいだ。叩き落とされたら、溺死する前にタールに喉や鼻をふさがれ窒息死しそうだ。

繁華なロンドン市内をとうに出外れていた。

アルはトライコーン・ハットの縁をさらに少し下げ、さりげなく後をつけた。

七、八マイルも歩くと、人家はほとんど見えない湿地になる。生えているのは藺草《いらくさ》ばかりだ。細い水路が幾筋も藺麻の間に網の目を作っていた。その先は、踏み込めば踵が沈みそうな沼沢地だ。

空は濡れた毛布をひろげたようになり、湿っぽいガスがたちのぼり、吸い込むと胸に痛みをおぼえる。日暮れにはもう少し時間があるのに、黄昏めいていた。河とは反対側の、傾いた陽がガスを透して柔らかいその下に、刈り込みをした木立があり、木々の間に数戸の家が見えた。小さい村があるようだ。

石の堤が潮を堰《せ》き止めていた。海はまだ遠いが、荒涼とした鉛色の帯に白い泡立ちが細く走るのがのぞめた。

堤の向こうに棒杭が二本立つ。一つは水路標、もう一つには鱗《うろこ》のような赤錆《あかさび》に腐蝕された鎖がついていた。昔、海賊を吊るすのに用いられた絞首台の残骸だ。

河幅は海にまがうほど広く、船の輻輳《ふくそう》もない。岸から少し離れて、一艘の帆船が黒々と繋留《けいりゅう》されていた。帆は下ろし、三本のマストが枯れ木のようだ。

河岸の手前に砲台が築かれ、砲口は威嚇《いかく》するように船の方を向いていた。砲手を交えた役人らしいのが数人、小屋に屯していた。

アルは、悟った。あの船は、

〈監獄船〉だ!

話には聞いていたが、見るのは初めてだ。

罪人が収監されている。植民地人の叛乱を鎮圧したら、その後、開拓民として新大陸に送り込むのだ。

しかし、これで長い航海に耐えられるのかと危ぶまれる老朽船であった。

杭に板を打った桟橋に、小さい艀が数艘、繋留してあった。

息を切らして歩いてきたチェリーは、桟橋で一息ついた。海風が強く、チェリーの細い躰は吹き飛ばされそうによろめいていた。

チェリーはすぐに砲台に戻ってきた。アルは小屋の陰に身をひそめた。

小屋の前に佇んでいた砲兵らしい男に笑顔で話しかけている。顔見知りのようだ。男はうなずいて小屋に入り、出てきたときはマスケット銃を持っていた。銃口を空に向け、男は一発放った。空砲だ。少し間をおいて、二発立て続けに撃った。

その謝礼だろう、チェリーは男に臀を撫でさせ——あまり撫で甲斐のなさそうな貧弱な臀だ——それ以上の行為は許さず、桟橋に行き、艀に乗って漕ぎ出した。

一部始終を、アルは小屋の陰で見つめていた。艀はほかにもあったが、漕いだら尾行がばれる。

どうしようと迷っているあいだに、チェリーの艀は監獄船に近づいた。

舷側のタラップを下りてくる若い男を、アルは、見た。

男は手を振った。相手はチェリーなのだが、アルは自分に向かって振られたような気がした。

叫んだ。

「エド！」

声は風にさらわれ、届かなかったようだ。

五年ぶりに顔を見るエドワード・ターナーは、チェリーの艀に乗り移った。

もはや、尾行を気づかれようとかまいはしない。アルは舫《もや》ってある艀に飛び乗り、綱を解いた。二本の櫂《かい》を漕ぐ腕に力を込めた。

岸に戻ってくる艀に、たちまち近づいた。舟べりを並べ、アルは三角帽子を脱いだ。

チェリーが、息をのむ。

「しばらくだな」櫂を漕ぐ手を止め、エドは微笑をアルに向けた。

13

「ロンドンに、ベツレヘムがあります」

本来なら、部屋に駆け込むなり、「ユリーカ！」と大声を上げるところだった。扉の前でのアルとのちょっとしたやりとりが、ネイサンを冷静にした。さりげなく伝えた方が、スマートだ。ネイサンの見栄っ張り精神が、発動された。

皆が色めき立った。

両手を広げて押さえ、ネイサンは、なんだか偉くなったような気がした。

「ショディッチに下宿していたころ、道を間違えて、一度だけ、ムアフィールズの建物の前を通ったんです」

「ムアフィールズ！　ああ、そうか」

判事が両手を打ち鳴らした。

同時に、アンが思い当たったようにうなずき、

「あれか」クラレンスとベンが声を上げた。

そうして、ダニエル・バートンが、

「私があれに思い至らなかったとは」

自分の頭を小突いて、呻いた。

「ずいぶん立派な建物だった。壁に嵌められた銅板に」

《ベツレヘムの聖マリア病院》。そう、刻まれていた。

「君たちも、あの病院、知っていた？」

「もちろんだ」クラレンスが言った。「有名な病院だ。だけど、だれも長ったらしい正式な名前では呼ばない」

「そう、ロンドンっ子は皆、《ベドラム》って呼んでいる」と、ベンが、「ベツレヘムといわれても、ぴんとこない」

「まるで宮殿みたいな病院だった」

そうさ、と、クラレンスが「ネイサン、お前、ギリシャの神殿とかやたら詳しいけど、あの建物のモデルは気がつかなかった？　あれは、パリのテュイルリー宮殿をまねしたんだ。だからルイが頭にきて、テュイルリー宮殿のトイレットを、我らが国王陛下の宮殿をモデルに改造させたそうだ」

「フランス国王って度量が狭いんだな」

「ベドラムは精神病院だから、嫌だったんだろう」

「精神病院なのか、あれ」

「正門の前に、彫像が二つ並んでいただろ。あれは、〈躁《そう》〉と〈鬱《うつ》〉をあらわしているんだ」

「でも、ベドラムが、ナイジェルとどういう関係があるんだ」ベンがおっとりした声で言い、皆の顔を見まわした。

「たしかに、ベドラムの正式な名前にはベツレヘムが入りますが」と、アンが、「ナイジェルの胸の文字がベドラムを指すのかどうかは、まだわかりません」

沈黙。

「チェリーはまだ戻ってこないな。どこに行ったんだろう」

「アルがうまく突き止めるさ」

ベンとクラレンスが無意味な会話を交わした。

「ナイジェルとベドラム。わからん」ダニエルはテーブルに拳を叩きつけた。

14

「お前への通信だ。お前ならわかるんだろう、ナイジェルとベツレヘム」

両手に顔を埋めたまま、エドは無言だ。薄い皮膚を破り、指は頭骨に突き刺さりそうだ。感情のすべてを指に集め、耐えているように、アルには見えた。

長年使用されていないとみえる網小屋の前の、朽ちかけたベンチに並んで腰を落としていた。

落ち着いて話せるコーヒーハウスなど、このあたりには、ない。

五年前より、痩せた……と、アルは思った。もともと薄い肉づきがいっそう削げて、骨皮《スキニー》の綽名を持つアルと体つきが似てきた。

立ち聞きした話を逐一エドに報告して、喜んでもらいたかったのであろうチェリーは、不満そうな顔で、ベンチに腰掛けた足を所在《しょざい》なげにぶらぶらさせていた。

「監獄船で、医者でもやっているのか」

そうだ、と言って、エドは顔を上げたが、両の手のひらに何か残したものでもあるかのように、視線を落としていた。

「専属の外科医がいるなんて、ニューゲイト並みだな」

監獄は民営で制度が統一されていないから、フリート監獄みたいに、医者をおかない所もある。

「給料も、ニューゲイト並みか」

ニューゲイト監獄の外科医は年給五十ポンドだ。

アルの軽口にエドはのらず、「詳しく話せ」とうながした。

これまでにわかったすべてを、アルは語った。

喋っている間にガスが晴れ、夕陽が影を長くした。

エドは再び、膝に肘をつき背をかがめ両手で顔を覆い、聞き入っていたが、アルの話が途切れると、顔を上げ、問いかけた。

「どうして、ウェスト・ウィカムなんだ」

「ウェスト・ウィカムを、知っているか」

「いいや、今、初めて名前を聞いた。それがダッシュウッドの野郎の所領だということも」

「ナイジェルの死と、十四年前のウェスト・ウィカムの事件は、関係があると思うか」

「俺にわかるかよ、そんなことが」

エドは返した。鼻先で扉を閉じるような、険を含んだ声であった。

アルは話題を変えた。

「この娘、墓あばきのゴブリンの子供だな。小さいころ、お前が助けてやった」

チェリーは反射的に立ち上がり、違う、違う、と全身で否定した。

慄えている躰を、エドは抱きしめた。

どうしてわかった。エドは声に出さず表情だけで訊ねた。

安心させようと、アルはチェリーの手をとろうとしたが、振り払われた。

「女子孤児院は、名称のとおり、孤児しか受け入れない」アルはやわらかく話しかけた。

「チェリー、ゴブリンは……お前の親父さんは、お前がきちんとした仕事に就けるようにしたかったんだね。墓あばきの父親がいることを隠して、お前を女子孤児院に入れた。あそこは仕事を教えてくれるから。ダニエル先生の所で働けるようになって、よかったね、チェリー。怖がらなくていい。ダニエル先生は、……そうして僕だって、クラレンスやベンだって、決して咎めたりはしないよ。お前はたいそう働き者の、立派なメイドなんだから。むしろ、隠し事をしない方が、ダニエル先生の所では働きやすいよ」

緊張がとけたチェリーはすすり泣き始めた。

「ほんとに、働かせてもらえますか。墓あばきの子ってわかっても。だまして孤児院に入ったこと、サー・ジョンに怒られませんか。監獄にぶち込まれませんか」

「サー・ジョンは、わかってくださるよ。保証する。怒るどころか、お前のお父さんのしたことを、褒めてくださるよ」

子供に稼がせることしか考えていない親が多い。掏摸、掻っ払いを奨励し、女の子なら淫売屋に売り飛ばす親も珍しくない。

「貧しい子供の境遇を少しでもよくするのが、サー・ジョンの望みなんだから」

「孤児院、いやなことも沢山あったけど、ほんっとに沢山あったけど……、でも泥雲雀より、ずっとましでした」

一つ大きくしゃくりあげて、チェリーは泣きやんだ。

「監獄船で死人が出るたびに、ゴブリンに連絡しているんだな。そうして、ゴブリンがダニエル先生に貴重な屍体を」

そうだ、とエドはうなずいた。

「エド、ダニエル先生の所に帰ろう。先生、ひっくり返って喜ぶぜ」

エドはきっぱり首を振った。

「先生にも、クラレンスたちにも、俺の居場所は言うな。もちろん、サー・ジョンにも」

「また、俺に嘘をつかせるのか。俺はサー・ジョンに誓ったんだ。決して閣下を裏切りませんと」

「俺は死人だ。静かに眠らせろ」

「格好をつけるな。死者として生きる。もう、いいだろう。五年経った。よみがえってこい」

「ノー」

妥協のない声音であった。少し間をおいて、エドは、軋《きし》るような声で言った。

「ナイジェルと……一緒にいれば、死なせないですんだ。俺が死なせた」

「一切、音信不通だったのか」

「ああ。俺が、断《た》った」

俺が、断ったと繰り返したとき、エドの声は半ば歔欷《きよき》していた。

迸《ほとばし》ろうとする号泣を、意地が堰き止めていた。

「デニス・アボットと、ナイジェルは一緒に暮らしていたのか」

アルの問いに、「知らない。知らなかった」エドは首を振り、「頼む」と哀願した。「俺の居場所は、誰にも知らせないでくれ」

「ナイジェルの死の真相を知りたいだろう」

かすかに、うなずいた。

「それなら、サー・ジョンや他の皆と話しあうのが得策だ。俺たち全員で調べるから」

「少し待ってくれ。いったん死んだ者がよみがえるのは、簡単じゃない」

気持ちの切り替えが難しいのだろう。ナイジェルの死を突然知らされて、混乱してもいるのだろう。そう、アルは察した。

「落ち着いたら、先生の所にこいよ。サー・ジョンの所でもいい。さっき言ったように、俺たちは、サー・ジョンのもとで新聞を発行する仕事をしている」

「編集長だったな」声が、ほんの少し微笑を含んだ。

「『ヒュー・アンド・クライ』は、犯罪を見逃さない」

「俺は犯罪人だ」

「絡むなって」

ああ、それから、とアルは言葉を添えた。

「ナイジェルとベツレヘムについて、何か思い当たったら、言ってくれ」

「わかった」

エドはチェリーの髪に軽く口づけし、「大事なことを知らせにきてくれて、感謝しているよ」と言って、アルの方に軽く押しやった。「ダニエル先生の所にお帰り」

一人艀で漕ぎ戻るエドに、アルは帽子を振った。「よみがえってこいよ、必ず」

II

1

メルがいなかったら、と、僕は今でも、時たま思うことがある。仮定のことを考えても、何の役にも立たないのだけれど、ふと、思ってしまうのだ。

耐えられただろうか。

あそこで生きることに。

たぶん耐えられただろう。メルがいなくても、ディーフェンベイカーさんと小説家さんがいれば。

メルはいない。小説家さんもいない。

ディーフェンベイカーさんだけは、まだ、あそこにいる……だろう。

壁。屋根。扉。

鍵。

扉を乱打する音。

けたたましい笑い声。悲鳴。

メルとディーフェンベイカーさんと小説家さんは、壁の中においては、特権階級だった。

僕を教育してくれたのは、この三人だ。

メルの髪は淡い金色で、頭に沿って柔らかくまっすぐに流れていた。くぼんだ眼窩の奥に、空を映した小さい水たまりのような瞳があった。

物心ついたとき、メルはすでに僕の傍にいた。いつも、イーゼルを据え、画板に留めつけた紙に鉛筆で絵を描いていた。僕も鉛筆で絵を描いた。イーゼルはないから、床に寝転がって。メルは小さいナイフで、僕の鉛筆を削ってくれた。ナイフを使うのを許されているのは、メルだけだった。

ナイフは一々所長のロッターに申請し、借り出さねばならない。

ロッターは、正しくはラッターだ。腐れ野郎《ロッター》と呼ぶようになったのは、ディーフェンベイカーさんと小説家さんが命名したからだ。ディーフェンベイカーさんと小説家さん、メル、僕、四人の間でだけだ。他の者は、所長様と呼ぶ。〈所長〉という職名も、いいかげんだ。獄長と呼んだ方がふさわしい。

ベドラムは、正式には《ベツレヘムの聖マリア精神病院》というのだけれど、医者は一人もいなかった。しかも管理しているのは監獄管理と同じ役所だと、小説家さんが言っていた。看護人も、小説家さんに言わせれば、獄吏にひとしいそうだ。僕はそのころ、監獄も獄吏もどんなものなのか知らなかった。看護人は三人いた。

だれも理事長の顔を見た者はいない。実際の運営はロッターに一任されていた。

メルが鉛筆を何十本も削る間、獄吏は目を離さず、削り終えると、すかさずナイフを取り上げるのだった。小さいナイフのなまくらな刃で削るのはずいぶん大変だが、メルは不平は言わず、芯の先がすり減ると、紙ヤスリで研いでいた。

必要品を手に入れるのは、だれにでも可能なことではない。ベドラムは〈正常な生活ができない狂人〉を隔離する場所で、保障されているのは、最低の食事だけだ。それ以上を欲するなら、〈外〉にいる身内や知人から差し入れてもらうほかはない。そのつてのないものは、最低生活に甘んじる以外の選択肢はない。

ベッドは置いてない。人数分のベッドを備えたら、身動きする余地もなくなってしまう。支給された毛布にくるまって、床にごろ寝だ。以前、金銭に余裕のある入所者は自弁でベッドを入れたのだが、所有権というものをまったく理解できない者たちとの間で、血なまぐさい争いが起き、それ以来、一切禁止になったのだそうだ。小説家さんに教えられるまで僕は知らなかったけれど、どんな貧しい家でも、ベッドは備えてあるのだそうだ。家が狭すぎて、あるいは十分に買えなくて、一つのベッドに何人もごちゃごちゃ一緒に寝るとしても。

ベッド禁止令にも例外はあって、僕の母さんだけは、なぜか、ベッドに横たわっていた。

最低とはいえ、食と寝場所が確保されているのだから、宿無しの物乞いよりはましともいえるが、好き勝手なことができないという束縛がある。看護人――獄吏――の気まぐれで、無駄にいたぶられたりもする。

丹念に陰翳をつけ、実物そっくりに描くことを、メルは教えてくれた。しくじったら、パンのかけらで消す。きれいに消えることはなくて、画面は汚く黒ずむ。だから、一本の線もゆるがせにできなかった――最近はブラジル産のゴムで作った便利な消しゴム《ラブァウト》が売られているけれど、あのころは、まだ、そんな便利なものは発明されていなかった――。僕は、自分の左手を、何枚も何枚も、右手で描いた。手の甲と手のひらは、一つのものの裏表とは思えないほど違っていることを知り、たった五本の指が、どれほど微妙で複雑な動きをするかを知った。やがて人体素描に進んだ。モデルにはことかかなかった。動くなと命じられなくても、何時間も微動だにしない者が数人いた。メルも、時々動かなくなった。僕はメルを描いた。僕の母さんも、動かない一人だった。僕は母さんを描いた。動かない母さんというのは、僕にとっては、机とか、椅子などと変わらない、〈物〉だった。

小説家さんは、僕が七つの時、入ってきた。小説家さんは僕の絵を見て、天才だ、と言った。同時に、僕があまりに何も知らないので、呆れ果てた。〈母さん〉というのは、君を産んでくれた人だ、と言ったが、産むという言葉の意味が、そのときはわからなかった。

字を読んだり書いたりすることを、小説家さんは教えてくれた。

僕の知識が飛躍的に増えたのは、ディーフェンベイカーさんが入ってきてからだ。僕は九つになっていた。

ディーフェンベイカーさんは、ある時、突然、看護人に両側をささえられ、大部屋に連れ込まれた。その前に地下の懲戒室に入れられていたのだと、僕は後になって知った。入所を拒んで暴れる者は、まず、懲戒室だ。何をされるのか、そのときは、僕はまだ具体的に知らなかった。自力で歩けないような状態になるほど、ひどい目にあわされるのだということは、漠然とわかっていた。入所前だけではなく、大部屋にいる者でも、懲戒室に入れられることがあった。快復するまでに数日かかるのだった。拷問と、入所者たちは呼んでいた。

一階の通路に沿って檻のような個室があり、前面は鉄格子が嵌り、中の住人が鎖で繋がれているのが見えるのだった。

ディーフェンベイカーさんは、絵の技法と文字の読み書き以外のことを、たくさん教えてくれた。イギリスの歴史。フランスやドイツやスペインの歴史。計算の仕方。法律。頭の天辺が丸く禿げていたけれど、老人ではなかった。

音楽さえ、僕の素養に加わった。スピネットを備えた精神病院なんて、珍しいんじゃないだろうか。他の病院のことは知らないけれど。ディーフェンベイカーさんは、夥しい書物に加えて、スピネットまで持ち込んだのだ。

演奏法を教わった。短い愛らしい歌謡から、少し難しいのまで。ディーフェンベイカーさんは声もよかった。喋るときは普通の声だけれど、歌うときはお腹の底から出るような深みのある声になった。僕は自分で奏でるより、ディーフェンベイカーさんの演奏や歌唱を聴いている方が好きだった。絵を描くのは楽しいけれど、譜を憶えるのは好きじゃなかった。

若い頃、どうしても欲しくて、無理をして買ったのだと、ディーフェンベイカーさんは上塗りのニスが少し剝げたスピネットを撫でながら言っていた。借金を返すのに何年もかかった。手放せない愛用品だよ。そう言いながらディーフェンベイカーさんは、愛らしい曲を弾きながら歌った。

神うるわしき花を召し
名を賜りしそのときに
青き眸の小さき花
……

Forget-me-not と歌い終えてから、少し恥ずかしそうに言い添えた。「私が歌詞を創り、作曲したのだよ」

「愛するひとに捧げるために」と、そのとき珍しくメルが口を挟んだ。メルの喋り方は、口の中で音が躓《つまず》いているみたいで、聴き取るのは大変だけれど、喋るのはもっと大変なのだろう。めったに口をきかないのはそのせいなのだろう。この一言を喋るのにも、出だしでずいぶん時間がかかった。

「よくわかったな」

「わかる、わかる」とメルは何度もうなずいた。「そのひと、元気か」

「たぶん」

　そうして、ディーフェンベイカーさんは言ったのだった。

「彼女のために、私はここにいる」

「どんなひと？」

　興味を持って僕は訊いた。

「哀しい女性」

　というのがディーフェンベイカーさんの答だった。

　僕は想像できなかった。

「哀しい女性か。悲劇的なのだな」小説家さんが言った。

　小説家さんは〈小説家〉で、ペンネームをしょっちゅう変えていた。ランサムだったりセバーグだったりレドナップだったり。小説家と呼ぶのが一番手っ取り早いから、僕はそう呼んでいたけれど、ディーフェンベイカーさんは律儀に、そのときそのときで違うペンネームで呼んでいた。ああ、すまん、今、君の名前は何だったかね。朝、聞いたと思うのだが、つい失念してしまった。ミルズだったかな。ティラーだったか。ウィルキンソンだ。間違えないでくれたまえ。

　名前は、法律上、きわめて重要なのだ。そう、ディーフェンベイカーさんは言った。綴《つづ》りを一字書き間違えただけで、書類が無効になる。

　僕に名前と姓を与えてくれたのは、ディーフェンベイカーさんと小説家さんだった。

ディーフェンベイカーさんが入ってきたとき、僕はまだ名前がなかった。ノーティ・ボーイともノーボディとも呼ばれ、それが僕の名前だと思っていた。

名前をつけなくてはいけない。ディーフェンベイカーさんは断言した。母親の意思は確認できないから、我々で命名しよう。ディーフェンベイカーさんが言うと、

「ハートだ！　それ以外にない」小説家さんは即座に応じた。「一瞬の閃き。天啓。それをすかさず摑まねばならないのだ。私は閃いたぞ。この子の姓は、ハートだ」

「私も閃いたぞ。名前はナイジェルだ」と、これはディーフェンベイカーさんが言った。ディーフェンベイカーさんは、閃きで物事を決めたりしない人だ。理屈で考える人なのだが、僕の名前だけは、閃いたらしい。

「そうだとも。もちろん、そうだ」と小説家さんが賛同した。「それ以外、考えられない」

「ナイジェル・ハート。いいかね、坊や。これが君の名前だ」ディーフェンベイカーさんは、僕が反対しているわけではないのに、強く言った。「君はノーボディではない」そうして、念入りに綴りを教えてくれた。

ディーフェンベイカーさんが所長の腐れ野郎《ロッター》に掛け合い――どういうふうに掛け合ったのか具体的には知らない――、ディーフェンベイカーさんと小説家さん、そうしてメルの三人は、特権階級になった。

広い部屋にはずいぶん大勢が雑居していた。むやみに騒々しい者と、母さんのように静かすぎる者とがいた。

だだっ広い部屋の一郭に据えられたテーブルを使うのは、特権階級の三人だけだった。いや、僕も使った。

机の後ろの壁際には書棚が置かれ、ディーフェンベイカーさんの蔵書がぎっしり並んでいた。鎖で縛られることもないし、陽が落ちたら蠟燭を灯すことも許されていた。

他の者たちは、テーブルの傍にはこなかった。見えない間仕切りでもあるみたいに。ほとんど会話ができない者、意思の疎通のできない者もいるのだが、不可侵の場所という認識を、なぜか、みんな持っていたようだ。

なぜ三人が特権階級なのか、僕は最初、わからなかった。疑問を抱きもしなかった。そういうものだと、思っていたのだ。

小説家さんが読み書きの他に僕に何を教えてくれたかといえば、小説は読むな、ということだった——でも、小説家さんが持ち込んでいる蔵書はほとんど小説で、僕はせっせと読んだ。小説家さんはとめなかった。その中に小説家さんの著書はなかった。つまり小説家というのは自称に過ぎなかった——。

小説家さんは自分の頭を指で示し、その指で僕の頭を軽く叩き、自分の胸を示し、その指で僕の胸に触れ、すべては、ここと、ここにある、と言った。視覚を使い聴覚を使い、触覚と嗅覚を使い、それらが伝える感覚をここと、ここでプディングにすると小説が生まれる。そう、小説家さんは教えた。僕はやったことはない。プディング作りには興味が湧かなかった。

ディーフェンベイカーさんは、小説家さんの言葉に異論を唱えた。重要なのは頭であって、胸は関係ない。

非常に悲しいとき、君は頭が痛くなるかね、ディーフェンベイカー君。小説家さんは言い返した。感情は胸と直結している。そうして、言葉は感情から生まれるのだ。

日曜日には、外から牧師がきた。皆の前で聖書を読むのだが、ほとんど誰も聞いていなかった。

所長のロッターが鞭を持ち、静聴しない者を叩きまくるので、しぶしぶ、聞いているふりをする。その〈ふり〉もできない者もいて、なぜ叩かれるのか理解できないまま怒り猛り、獄吏たちに取り押さえられ、個室に入れられ、鎖に繋がれた。それでも暴れると、地下の懲戒室だ。

幼いころ、僕は、第一火曜日が好きだった。客が大勢きて、僕の絵を褒め称えてくれたからだ。とても子供が描いたとは思えない。坊や、わたしの似顔絵を描いてくれる？　ご褒美をあげるわ。

見物人がいるときは、メルは絵は描かない。ロッターにそう命じられている。イーゼルは、僕が使う。見物人は、メルが僕の師だとは知らない、メルが画家であることも知らない。

第一火曜日は見物料が無料だから、特別、人数が多いのだと教えてくれたのは、ディーフェンベイカーさんだったか、小説家さんだったか。

ほかの日は、一ペニーとるのだった。

僕は、ロッターに、入口での集金係をまかされていた。子供の愛らしさにほだされて、余分に払う客がいるからだ。もちろん、僕の手には入らない。洗いざらい、ロッターの収入になる。

入口のホールと大部屋は厚い壁で仕切られており、頑丈な樫《かし》の扉には鍵がかかっている。見物人がくるたびにロッターが鍵を開けるのだが、第一火曜日は閉館まで、ほとんど鍵をかける暇がないほどだった。

一階の通路沿いの個室を鉄格子越しに見るのは、見物人の間でたいそう人気があった。中の住人が猛獣のように暴れるのを見物人は期待し、静かだと、桟の隙間から棒を差し入れて挑発していた。

上流階級夫人たちは慈善が好きで、不要になった古着を入所者に寄付する。ロッターは古着屋に売り、儲ける。だから慈善夫人の善行は、天国の記録には載らない。慈善夫人の一人が見物にきて、僕に目をとめ、この子にちょうどあう服を寄付したのに、なぜ、こんなぼろを着せているの、となじった。ロッターはしどろもどろになった。その奥さんは、あらためて綺麗な服を着せてくれた。とてもよく似合うわ。小公子よ。その後しばらく、人形の服を着せ替えるように僕を着替えさせ楽しんでいたが、ほかに興味の対象が移ったとみえ、数ヶ月で、こなくなった。僕の服はまた、ぼろになった。

誇大妄想狂がいた。自分はシーザーだと言い、見物人の前で支離滅裂な演説をする。見物人は大喜びで、入場料とは別にチップをくれたりした。見物人が去ると、シーザーは静かになる。ロッターは寛大に、チップの一部をシーザーの手に残すのだった。

ベッドに横たわっている僕の母も、見物には人気があった。まるで人形だ、と見物たちは言いかわし、触ったり突いたりして、作り物ではないことを確かめた。そのたびに、メルはたいそう哀しい顔になって、やめてくれというように首を振り、代わりに自分を突けと仕草で示すのだが、相手にされなかった。

ロッターがわざわざ細い棒を見物に渡し、突ついてごらんなさいと唆《そそのか》すのを見たディーフェンベイカーさんは、猛然と怒った。見物の手から棒を奪い取ってへし折り、床に叩きつけた。見物は悲鳴を上げて逃げ、三人の看護人が総掛かりでディーフェンベイカーさんを押し潰した。

「こんなことを奨励するなら、新聞に寄稿し内情を訴える」潰れながらディーフェンベイカーさんが言うと、「ベドラムの狂人の言葉を、誰が信じるかね」ロッターは冷笑した。「どうやって、新聞社に原稿を送るんだね」

「私は狂人ではない」

多くの入所者が訴える言葉を、ディーフェンベイカーさんも口にした。だが、「また、査問委員会にかけますかね」ロッターが皮肉な口調で言うと、黙り込んだ。ロッターは時々、いやに丁寧な言葉遣いをした。

サモンイインカイ。幼かった僕には、それは、得体の知れない力を持った化け物のように感じられた。

「それとも、懲戒室に入りますか」ロッターは追い打ちをかけた。

その後で、メルはディーフェンベイカーさんの手を握り、すすり泣いていた。

どうして、こんなやり方を今まで見過ごしていたのだと、ディーフェンベイカーさんは、小説家さんを責めた。「あなたは、判断力を持った人だ。なぜ、今までこんなことをさせていたのですか」

小説家さんは両手を広げ「君にしても、懲戒室と聞いただけで慄え上がるだろう」と、肩をすくめた。「賢い者は、所長や看護人に逆らわない。痛い目にあうようなことはしない」

ロッターはそれでも、母のベッドの周囲に柵を作り、見物が触れないようにした。

動かない母は、食事だけは摂る。ポリッジを匙で口に入れると、飲み込む。柵の向こうの見物にそれを披露し、希望者は、金を払えば柵内に入り食べさせることを許される。これも、ディーフェンベイカーさんがひどく怒って、すぐに止めさせた。

ロッターは倫理観などない奴だ。なぜディーフェンベイカーさんの言葉に従ったのか、僕にはわからない。何らかの利害関係があるのだろうと思う。――〈倫理観〉という難しい言葉は、小説家さんから聞き憶えた。僕は、その意味がよくわからないけれど、ロッターにはそれがないのだと、小説家さんもディーフェンベイカーさんも言っていた。

小説家さんは、アル中だった。飲むと暴れるので、奥さんが査問委員会に申請し、むりやり入院させた。ここでは、酒は許されない。したがって、小説家さんは暴れない。

小説家さんは資産家なので、奥さんが月々、たっぷり金を払っている。払わないと、査問委員会が、治癒したと判断し退院させる。奥さんは困る。他の男を引き入れているのだと、小説家さんは言っていた。

こんな事情を僕が知ったのも、ディーフェンベイカーさんがきてからだった。小説家さんがディーフェンベイカーさんに話しているのを横で聞いたのだ。

「お母さんというのは、特別なものなのだよ」ディーフェンベイカーさんは僕を懇々と諭した。「お母さんが辱めを受けていたら、君は、怒り、哀しみ、行動せねばならないのだよ、あのような行為を阻止すべく」

僕には理解不能な言葉だった。ディーフェンベイカーさんの言うとおりに行動しようと思ったが、怒りとか哀しみとかいう感情は湧いてこないのだった。たぶん〈倫理観〉というものがないからだ。

ディーフェンベイカーさんは、さらに言った。「メルの描いた絵に、だれかが唾をかけたら、君はどう感じる」

「そんなことをする奴がいたら、嚙みつく」

「お母さんを侮辱する奴は、メルの絵に唾を吐く奴と同じだと思いなさい」

難しかった。

それでも、僕は、見物料の集金係という役目を心底嫌うようになった。ディーフェンベイカーさんが、見物させて金を取るやり方にも、金を払う見物人にも、強い嫌悪感を示したからだ。「病人は、見世物ではない」僕はそのときまだ、見世物がどういうものだか知らなかったし、狂人見物をロンドン市民が最大の娯楽の一つにしているということも、知らなかった。念のため、僕はメルに訊いた。「メルも、嫌い？」メルはうなずいた。強く、うなずいた。それまでメルは我慢していたのだと知った。

集金係は嫌だとロッターに言ったら、別室に連れて行かれた。力任せの鞭打ち。臀が腫れあがった。

決して泣くまいと思い決めた。メルに辛い思いをさせないために、僕は処罰されたことを告げなかった。しかし、三人とも、何があったのかすぐに察した。

その夜、「君は法的には自由の身なのだ」とディーフェンベイカーさんは僕に教えた。「君はここで生まれたから、ここにいるだけで、法律的にも医学的にも、君を束縛することはできないのだ。査問委員会が入院を決定したわけではないのだから」

「だが、外に出て一人で生活するには、君はまだ、あまりに幼い。独り立ちできるようになるまで、辛抱しろ」と、小説家さんが言葉を添えた。「当分、ロッターには逆らわないでいよう。反抗的な態度はみせるな。目をつけられないよう、従順なふりをしていなさい。なあ、ディーフェンベイカー君、不愉快ではあるが、この少年の身の安全のために、我々は忍耐しよう」

委員会が入院を必要とすると決定したら、誰もくつがえすことはできない。査問

小説家さんの言葉に従うべきか否か、僕はメルを見た。

たいそう哀しそうな顔で、メルはうなずいた。

特権階級といっても限度があるのだ、と、僕はまた知識を一つ増やした。

懲りないディーフェンベイカーさんは、全員の待遇を改めろとロッターに迫った。ロッタ

ーは、自分は決まりに従っているだけであり、これを変えるのは自分の権限ではできないから、査問委員会に患者の請願として提出すると応じた。査問委員会で討議した結果は、却下。鎖で縛るのはひどい、という抗議には、〈凶暴な行動をとる者を鎖で縛るのは当然である。極度に凶暴な者は檻に入れる。当然である〉という返答が与えられた。

越権行為をなした患者は処罰に値するということで、ディーフェンベイカーさんは二週間、読書を禁じられた。書棚の本は、獄吏たちが総掛かりで運び出した。ディーフェンベイカーさんは抵抗したが、あっさり押さえ込まれてしまった。その上、スピネットも取り上げられた。重いのを、ご苦労にも、獄吏たちは地下の物置に運んだのだ。

委員会の判決に背くのは違法です、さらなる刑が加わります、とロッターは言った。患者の処罰はたいがい、肉体に苦痛を与えることで、読書禁止は異例なのだが、ディーフェンベイカーさんはアル中が飲酒を禁じられたように苦しんでいた。もう一度同じことを繰り返したら、焚書刑にすると、査問委員会は決議した。ディーフェンベイカーさんは、待遇問題に関して沈黙した。ディーフェンベイカーさん自身が受けている待遇は、外出の自由を禁じられていることをのぞけば、それほどひどくはないのだった。

大部屋の外には、厳重な煉瓦塀《れんがべい》を三方にめぐらした中庭があって、ロッターから許可の下りた者は、庭に出ることができた。煉瓦塀の上端にはガラスの破片が植え込んであった。たとえ塀を乗り越えても、〈外〉には出られないのだった。煉瓦塀の向こうはまだベドラムの敷地の中なのだ。そこでは、時たま、園遊会が催された。資金を援助してくれている人たちを、ベドラム側が招待する。入所者は、宴席に連なることはない。笑い声や話し声、招かれた歌手の歌声、楽団の演奏の音などを塀越しに聴くだけだ。音は、入所者たちの何人かを不安に陥れた。聴き慣れない音に敏感すぎる症状の者がいたのだ。僕は園遊会の物音に好奇心を持ったけれど、鋭い切っ先を持ったガラスの破片の列を、乗り越えるのは不可能だった。梯子でもなければ。もちろん、そんな物はなかった。中庭にあるのは、生い茂った雑草だけだ。

始終描いているのに、メルの絵は少しも溜まらないのだった。

細かい線描だから、一枚完成するのにずいぶん時間がかかる。溜まらないのは、完成するとロッターが持っていってしまうからだ。ロッターのために描いているようだった。

一度、ロッターが怒り狂ってメルの絵を引き裂いたことがある。僕の母さんを、そのとき、メルは描いていた。「二度と、彼女を描くな。わかったか。二度と、だ」そう言って看護人に命じ、鞭打ちの刑を与えた。メルの服は背中が裂け、血が流れた。僕は看護人の腕に嚙みつこうとしたが、もう一人の看護人が、僕の首筋を摑んで吊り上げた。そうして床に落としたから、僕は気絶した。

メルは時々動かなくなるから、絵の進捗はよけい遅いのだ。部屋の隅に膝を立てて腰を落とし、膝の上に囲うように置いた両腕に顔を埋め、何時間も蹲っている。描け、と、ラッターはメルをどやしつける。四角い石みたいになったメルは顔を腕に埋めたまま動かない。四角い石のまま、蹴飛ばされて転がる。そして、鞭打ち。

メルは、僕の母さんを描くのをやめなかった。ロッターも看護人もいない時を見はからって描く。たいそう丁寧に陰翳をつけて、紙から浮き上がっているように見えた。ロッターの足音を、僕は聞き分けられた。扉の外に気配を感じるとすぐにメルに伝え、メルは他の紙を上に被せ、ロッター用の絵を描いているふりをした。

メルの動かない時間が減ったのは、ディーフェンベイカーさんが入所してからだ。ふだん聾唖者みたいに口を閉ざしているメルが、ディーフェンベイカーさんを相手だと、ぽつりぽつり喋るのだった。

メルが少しずつディーフェンベイカーさんに話すので、入所の事情がわかってきた。メルは、有名な銅版画家の弟子の一人だった。銅板に原画を写し、先端の鋭いビュランで彫り込み、印刷する。メルは画家の奥さんと愛し合った。それを知った画家が、ビュランをかざして襲いかかった。防ごうとして、ビュランを奪い取り、はずみで画家の腕を傷つけてしまった。メルを姦通罪と傷害罪、二つの罪状で告訴することができるし、確実に有罪にできるのだが、画家は、ある条件を呑めば、訴えないと言った。条件というのが、ベドラムに入所し、人知れず画家の代作をするということだった。画家は、ホガースと肩を並べるくらい有名なのだが、もはや新作を出す才も根気も尽きていた。それまでも、メルはときたま、ひそかに代作をやらされていた。原画をメルが描く。それを、画家は弟子たちに自作として渡し、彫らせる。画家の名前で出版する。名が通っているから、よく売れる。

犯罪者として投獄されるより、ベドラムで原画を描く方をメルは選んだ。

画家は奥さんに、メルが一人で逃げたと告げた。画家がメルを襲うのに使ったビュランで、奥さんは自分の喉を裂いた。

画家は陪審員に十分な賄賂を贈り、夫人は長年精神の病に苦しんでおり、正常心を失った状態で、自身を襲撃、死に至らしめた、という判決を得た。狂気によるものなら、自己殺害《フェーロ・デ》者《・セ》の汚名は冠せられない。無事に葬儀が営まれ、教会の墓地に埋葬された。

夫人の自殺をロッターがメルに告げたので、メルは憂鬱症《メランコリア》になった。ときどき動かなくなるのは、憂鬱症のためだ。

話しながら、メルはたいそう憂鬱そうな顔になった。幸い、動かなくなりはしなかった。

ディーフェンベイカーさんが、僕に説明した。

自己殺害《フェーロ・デ・セ》はきわめて罪深い不名誉なことであり、墓地に埋葬を許されないばかりか、十字路の交点に掘った穴に放り込まれ、時には胸に杭を打ち込まれもする。命は神の贈り物だから、奪うのも、神であらねばならない。自殺は神の特権を奪う究極の罪悪と、教会は見なしている。頑迷なほどに。十字路は十字架をあらわしている。頻繁な人の行き来が、自殺者の亡霊が浮かび上がるのを防ぐ。古い古い迷信が、いまだに続いているのだよ。狂人の方が、教会にしてみれば、自殺者よりはるかにましなのだ。

僕の母さんが動かないのも、憂鬱症？

いや、違う。別の病気だろう。

ディーフェンベイカーさんは、Forget-me-not の歌を捧げたひとのことを、哀しい女性と言っていた。メルが愛したひとも、哀しい女性なんだろうな。メルは、母さんがそのひとに似ていると言った。僕の母さんも哀しい女性なのかな。

エドの亡くなった母さんは、哀しい女性？

アル中の小説家さんは、飲むと暴れるそうだが、所内では酒を飲めないから、普通にしている。名前を始終変えることだの、何も書かないのに小説家を自称していることなんて、裸になって奇声を上げているのや、ラテン語――自称――を一日中ぶつぶつ暗唱している虚ろな眼の男、突然笑いだし、しゃっくり混じりになり、とまらなくて泣きながら笑い続けている者――僕は笑い男と呼んでいた――、ぼろの塊を胸に抱き続けている女――時々、服の前を開いて、乳房の先をぼろに押しつけている――、服の裾を持ち上げその陰を見せてまわるのが好きな女、酒は栗の虚しい春であって管を通じ鳥が決戦を蜜まみれにし、などと、まったく意味の通じないことをつぶやき続け、突如、諸君、そう思わんか、わがイギリスは、腹をくだしているぞ、などと喚きだす詩人、などにくらべたら、たいした奇癖じゃない。

ディーフェンベイカーさんはどうしてベドラムに入れられたのかわからないくらい普通だ。

――もっとも、僕は、〈普通〉と〈普通じゃない〉の区別が、ずいぶん長い間、つかなかった。〈普通じゃない〉中で暮らしていたから、〈普通じゃない〉方が、僕にとっては〈普通〉だったのだ。〈普通〉を教えてくれたのも、ディーフェンベイカーさんだった。区別は難しい。ベドラムを出てからは、〈普通〉の中で暮らしたけれど、やはり、区別は難しかった――今でも、曖昧なままだ――。

2

アルが言ったとおり父親ゴブリンの行為をサー・ジョンに褒められたチェリーは、たちまち活発になり、甲斐甲斐しく茶を出し、夕食の仕度にかかった。アンが半クラウン銀貨を渡したので、いそいそと市場に買い出しに出かけていった。市場はまもなく店仕舞いする時刻だ。じきに強盗や追い剝ぎが活躍し始める。ふやけプディングのハットンを、チェリーに付き添わせた。

エドに会ったことを、アルはすでに皆に報告していた。

燭台に灯が点され、皆の顔の陰翳を濃くしていた。

ダニエル先生。クラレンスとベン。ジョン・フィールディング治安判事。アン＝シャーリー・モア、そうしてネイサン・カレン。皆の視線がアルに集まる。

「でも、どこで会ったか、言えないのです。告げるな、と、エドに言われました。死者として生きているのだから、と。まだ、彼はこだわっているのです。エドとの信義を、僕は壊すことはできません」

「サー・ジョンとの信義は」アンの声が尖った。「サー・ジョンに隠し事をするのですか。サー・ジョンの信頼を裏切るのですか」

「僕は確信しています。エドは、必ず、きます。ダニエル先生に会いに。……ナイジェルに会いに。そうして、詳しい話を聞くために。僕は、ナイジェルの遺体が奇妙な状態で発見されたことや、僕たちがウェスト・ウィカムに行き、ナイジェルをここに運んだことぐらいしか話していませんから」

そう言いながら、一抹の不安はあったのだ。エドが意地を張り通したら……。

いや、くる。ナイジェルの不可解な死は、エド一人では究明できない。皆の協力が必要だと、自覚しているはずだ。すぐには気持ちの整理ができなくても、必ず。エドはいたたまれない思いをしているはずだ。

巻き貝を住処にするある種の甲殻類のように、強引に引きずり出そうとすれば逆に閉じこもってしまう。放置しておけば、自発的に行動する。

滑稽さを伴った子供じみた状態だとも思うけれど、アルの気持ちに憫笑はまじっていなかった。

「自分の目で、ナイジェルを確認せずにはいられないはずです。突然のことで、エドは混乱したのだと思います。きます、必ず」

「静かに」と、指を立てる仕草で命じ、判事は耳をすませた。

口元に微笑が浮かぶのを、アルは見た。

そうして、アルも気づいた。扉の外のかすかな足音。近づいてくる。

誰の耳にもはっきり聞き取れるほどになって、いっせいに期待の色を浮かべた。

ノックの音がする前に、アルは扉を開いた。

ダニエルが、がに股になって走り寄った。ダニエル先生の抱擁の中に、エドは、いた。仲間たちと軽く肩を抱き合い、アンと握手を交わしてから、エドは自ら進んで自分の手を判事の手に置いた。

無言の時が続いた。

「ナイジェルに会うか」アルは訊いた。「下の、先生の解剖室だ」

エドの喉仏が大きく動いた。

被せてあった布を、クラレンスとベンがそっと取り除けた。

アルの目の前で、エドは、立ったまま硬直した屍体のようになった。

アルはクラレンスとベンに眼で合図し、二階に戻った。

ふたたび、皆は待った。

エド、また消えちまうんじゃないか。呼んでこようか。クラレンスとベンがそわそわするのをアルが抑え、ちょっと見てきましょうか、とアンも腰を浮かせ、判事が指をあげて制した。

一時間近く、辛抱強く待った。その間、ダニエルは無言であった。

入ってきたエドは、平静な態度であったが、アルには、亀裂だらけの古い油彩肖像画のように見えた。

「ナイジェル・ハートさんとベドラムの関係を知っていますね」アンが口を切った。

アルは息が詰まった。ちょっとした言葉が、エドの錯乱を誘発しそうな不安を持った。

容赦なく、アンは続けた。

「ベツレヘムの子。ナイジェル・ハートさんは、ベドラムに入っていたことがあるのですか」

「先に、そちらでわかっていることを、教えてください」

判事がさしのべた手のひらに、エドはもう一度自分から右手を置いた。

真っ先にとめどなく喋るのは、当然クラレンスで、アルが要約するのもいつもどおりだ。アンがメモを見ながら、曖昧な部分を補足する。蠟涙がうずたかく積もる燭台に、ベンが蠟燭を継ぎ足した。

「これで、君は、我々が知るかぎりのことを共有した」判事が言った。「次は、君がうち明けてくれる番だ」

「今、どこで何をしているのだ、エド」

ダニエルの切々とした問いは、アルが裏切らなかったことの証しであった。

エドが、かすかに目で感謝を送るのを、アルは受け止めた。

「ナイジェルのことを話します」

喉で固まった声を無理に絞り出すように言い、僕の知ることは、そう多くはないですが、と、つけ加えた。「ダニエル先生に僕が救われて、住み込むようになった……あの翌年です、ナイジェルと知り合ったのは」

ヘイマーケットの道端で、通行人の似顔を描いては売っている少年がいた。完成した素描が数点、イーゼルに飾ってあり、あまりにも見事な技量に惹かれて、エドは立ち止まった。ダニエル先生が精密な素描のできる画家を必要としている。声をかけた。

名前は、ナイジェル・ハート。孤児だと言った。住まいはない。

ナイジェルの画帳を見ただけで、ダニエル先生は住み込み弟子とすることを承知した。

ナイジェルは身の上についてほとんど語らなかったが、エドが父親の悲惨な死をうち明けたとき、ベドラムで生まれた、と語った。母親がベドラムに収容されていた。ずっとベドラムで暮らしていた。入所者の中に画家がいて、絵を教えてくれた。所長が男色者が集う店に売り飛ばそうとしているのを知って、脱走した。街頭の似顔絵描きで、何とか食べていた。

秘密にしてくれるねと、ナイジェルは言った。

「今も、喋りたくはないのですが、究明のためにはやむを得ないので、ナイジェルとの約束を破りました」言葉を続けるために、エドは少し息を鎮めねばならなかった。「ナイジェルと僕がダニエル先生のもとを去った事情は、話すまでもありませんね」

「一緒に暮らしていると思っていた。なぜ……」ダニエルは語尾を詰まらせた。

無言の時が続いた。

判事が沈黙を破った。

「別れることを提案したのは、君だな、ターナー君。君は、〈死者として生きる〉と言った自分の言葉に、あくまでこだわった。愉しむことを自分に許さず、ストイックであろうとした」

「たぶん」とエドは言った。「そうなんでしょう」

「ナイジェルはそれをあっさり承知したのか」クラレンスが割り込んだ。

「ナイジェルは、にこっと笑った」

「話すことは、それだけか、ターナー君」

「そうです」

「君は確かに嘘はついていない。しかし、だいぶ省略があるな」

「必要なことは、すべて話しました」

「〈ベツレヘムの子よ、よみがえれ！〉というフレーズが、デニス・アボットが、居所のわからない君にナイジェルの死を知らせる通信だったという我々の推察を、君はどう思うね」

「その通りだと思います。ほかに、考えられません」

「繰り返して訊くが、どのような経緯でデニス・アボットがナイジェル・ハート君と生活をともにするようになったか、どこでどのように暮らしていたのか、まったく知らないのか」

「知りませんでした」

「アボットがナイジェル・ハート君に特別な感情を抱いていたことは、気づいていた？」

「アボットさんは、いろいろ便宜をはからってくれました。どういう感情を持っていたか、推測の域を出ませんから、僕には明言できません」

「君は慎重に言葉を選んでいるな」

「正確に、事実だけを語ろうとつとめているのです。憶測を交えずに」

「ベドラムでの暮らしについて、もっと詳細に聞きたい」

「ベドラムで生まれた。母親がベドラムに収容されており、そこで生まれた。それ以上は話しませんでした。辛い記憶でしょうから、僕も強いて訊かなかった」

「父親は、収容されている患者か。スタッフか。それとも、入所前からみごもっていたのか」

「知りません」

「母親は、今もベドラムか」

「死んだと言っていました」

「ウェスト・ウィカムという場所に、心当たりは」

「まったく、ありません。なぜ、ナイジェルはそこで発見されたのか、僕が知りたいです」

声を視ることができるなら、血がにじんでいるだろうと、アルは思った。

「アルモニカ・ディアボリカとナイジェルの関わりは」

「アルモニカ・ディアボリカという名称を、初めて知りました」

「さっき、この件で調べた中に出てくる人名は、告げたな。その中に、ほんのわずかでも、心当たりのある者は」

「初耳の名前ばかりです。……いや、知っている名前が、二つありました。一つは、ベンジャミン・フランクリン博士です。有名な方です。博士がその楽器を発明したというのは知りませんでしたが。もう一人は、サー・フランシス・ダッシュウッドです」

エドは、クラレンスに向かって軽くうなずいた。

クラレンスが狼狽《うろた》えたように両手をばたばたさせたのは、治安判事とアンが同席しているからだ。ダッシュウッドの馬車がクラレンスの弟を轢き殺したことは判事にも話したが、五人の仲間が共謀し、ダッシュウッドに復讐したいきさつは打ち明けてない。うまくいけばショック死させるところだが、そこまで至らなかった。

「ああ、もう一人いました。ジョン・ウィルクス庶民院議員です。現ロンドン市長。名前を知っているだけですが」

「再確認しよう」

判事に命じられ、アンが、メモを見ながら関係者の名前を読み上げた。

「ダッシュウッド卿の従弟でウェスト・ウィカムの管理をしている勲爵士ラルフ・ジャガーズ」

「知りません」

「ガラス職人でアルモニカを作ったアンドリュー・リドレイ。愛称はアンディ。その恋人のエスター・マレット。アンディの兄弟子、グレン・オコナー、ジョセフ・スミス。エスターの父、吹きガラス師マーティン・マレット。故人ですが」

「知りません」とエドは首を振り続けた。エドの右手は判事の両手に包まれていた。

「ガラス器の卸商トインビー。フランクリン博士の弟子テレンス・オーマン。この人物は、後に馘首されました」

「どうしてクビになったのですか」エドが訊いた。

アンはメモを読み直し、「フランクリン博士が部屋を借りていた家主の娘ポリーの話では、何か悪いことばかりしていたのでクビになった、というだけですね。それから、エスターとアンディに教会でオルガンの演奏を教えた何とかベイカー。見世物師のブッチャー。ケンタウロスのケイロン、本名はレイ・ブルース。ドディントン卿とその夫人」

「さっき、話しただろう。夫人はすごい、けつでか」クラレンスが口をはさんだ。

「お前、馬車の中で押し潰されていたな」ベンがネイサンをからかう。

「それから、ウェスト・ウィカムの住人ですが」とアンがメモをめくりながら「貸馬車の馭者、ええと名前はニックです。その家族――父親と母親、ニックの姉のケイト」

「ケイトはお屋敷勤めをしていたことがあるから、上品なんだって、ニックが自慢していたな」クラレンスが言った。

「下男のビリー」とアンは続けた。「それから、ケイトの友達らしい女、ベッキー」

「この、ベッキーってのは、十四年前の洞窟事件の時、ダッシュウッドのウェスト・ウィカムの屋敷で働いていた下女と同じ名前なんだ」これもクラレンスの注釈だ。

「ウェスト・ウィカムの治安判事ダーク・フェイン卿には、会っていない」アルが言った。

「事件に関係があるかどうか、わからない」

「エド、フランクリン博士の弟子、テレンス・オーマンに心当たりがあるのだね」判事の問いに、

「いいえ」冷静に、エドは応じた。「知りません」

「すべてのいきさつを君が聞いている間、私は君の手から情報を得ていた。君の手はずっと静かだったが、オーマンの名が出たとき、反応した」

「気がつきませんでした」

「オーマンの名が最初に出たのは、ケンタウロスのケイロン——レイ・ブルース——が語った言葉だ。両脚を失ったレイ・ブルースに、電気興行師《エレクトリシャン》が声をかけ、見世物師のブッチャーに引き渡した。その電気興行師の名前がオーマン、と言ったとき、君の手はちょっと反応した。そうして、エスター・マレットの話によって、フランクリン博士の弟子の名前がオーマンであるとわかったとき、君の手は、また、ちょっと……何といえばいいのか、私が感じたのは、君が何か考えた、ということだ。時系列に沿えば、テレンス・オーマンは、電気に関する研究の権威ベンジャミン・フランクリン博士の弟子だった。当然、電気に関する知識は備えているだろう。十四年前の洞窟の事件のとき、テレンス・オーマンも同行している。その後、エスター・マレットは、テレンス・オーマンが馘首されたことを、博士の下宿先の娘に告げられた。十六年前に新大陸で負傷し両脚を失ったレイ・ブルースは、帰国後、オーマンという電気興行師と知り合っている。帰国して何年後に知り合ったのか、聞いてなかったが、二、三年後であれば、電気興行師オーマンと、フランクリン博士に馘首された弟子テレ

ンス・オーマンは、同一人物であると考えても不都合ではない。エド、君はどう思う」

「あり得ることだと思います」

「オーマンは、電気興行師《エレクトリシャン》から足を洗い、他の仕事をしていると、これもレイ・ブルースが言っていた。君はオーマンという人物と、どこで接点を持った？」

「サー・ジョンは、僕がオーマンを知っていると決めてかかっておられますね」

「君には、あの事件の時、さんざん翻弄されたからな」判事の口元に苦笑が浮かんだ。

「狼少年は、事実を語っても信用されませんね」

「そのとおりだ。君に質問するのは無意味かもしれんが、しかし、私は訊ねないわけにはいかんのだ」

いつもなら軽々しく茶々を入れるクラレンスが、押し黙っていた。

監獄船で暮らしていることを、アルは皆に話していないのだが、エドにまつわる、かつてはなかった何か凄惨な雰囲気が、クラレンスから饒舌を奪っているのかもしれない。

「エド、頼む」ダニエルが椅子を立ち、歩み寄ってエドの肩を摑んだ。「協力してくれ。知っているすべてを、サー・ジョンに話してくれ。そうして、ナイジェルの死の真相を究明しよう」

エドも立ち上がり、ダニエルと向かい合った。

「アボットさんは、僕の居場所はわからなくても、そのつもりさえあれば、サー・ジョンなりダニエル先生なりに、ナイジェルの死を告げることはできたはずです。それをしなかった。

僕にだけ通じるような、手の込んだことをした。僕にだけ知らせろというのが、ナイジェルの遺志だったと思えます。……ベツレヘムがベドラムを指すということは、遅かれ早かれ、わかったでしょうが」

「だから、一人でやるのですか」アンの声が憤りを帯びた。「わたしたちは、わかったことをすべて、あなたに話した。それなのに、あなたは隠し事をする。解決が遅れるだけじゃありませんか」

「エド、君とナイジェルが使っていた部屋は、そのまま空けてある」ダニエルが言った。「戻ってこい。君の助力が必要だ。私の研究にも」

「先生、忘れないでください。僕は死人なんです」

それ以上の反論を拒むように、エドは素早く身を翻し、部屋を出て行った。

追おうと立ち上がるクラレンスたちを、アルは制した。

「無理強いしても、効果はない。僕が彼の居所を告げなかったことで、まだ信頼の糸はつながっていると思う。明日、また、彼を訪ねる」

「どこにいるんだ、エドは」

「それを明かしたら、糸が切れてしまう。サー・ジョン、エドがその気になるまで、僕が居所を告げないことをお許しください。エドは勘がいいです。裏切った時点で、彼は僕をも信頼しなくなります」

「厄介な人ね、エドワード・ターナーさんは」アンが投げ出すように言った。

「今後の探査の方針を決めよう」サー・ジョンが言った。「アン、書き留めてくれ。必要な事項を、思いつくままに言う。後で整理しよう」

判事の言葉を、アンは箇条書きにしていった。

○我々の目的は、ナイジェル・ハートの死の真相を突き止めることである。それに付随して、アンドリュー・リドレイの消息もわかれば、エスター・マレットのために喜ばしい。

○ナイジェル・ハートの胸には、二つのメッセージがあった。

その一つ、〈ベツレヘムの子よ、よみがえれ!〉は、デニス・アボットからエドワード・ターナーへの通信と見て、まちがいはないだろう。ナイジェル・ハートは、ベドラムで生まれ育ったと、エドワード・ターナーが言った(裏付けはとれていない。かつ、ナイジェルとデニス・アボットが同棲していたというのも、推測の域を出てはいない)。

○胸に記されたもう一つの言葉〈アルモニカ・ディアボリカ〉が、ベンジャミン・フランクリン博士が発明し、アンドリュー・リドレイが作ったガラスの楽器であることが判明した。この楽器をサー・フランシス・ダッシュウッドが所領地ウェスト・ウィカムの洞窟内で演奏させた。その際、落雷による火災が生じた。

アンドリュー・リドレイはその後行方不明になった。

これらの話は、エスター・マレットによるもので、裏付けはとれていない。

○レイ・ブルースは、エスター・マレットに、「あんたの恋人はベツレヘムにいる」と言った。これは、アンドリュー・リドレイ――アンディ――が、ベドラムに収容されていることを意味するのか。レイ・ブルースはアンドリュー・リドレイを知っているのか。
○ナイジェルの死は、ガラス楽器とどういう関係があるのか。十四年前の事件に、ナイジェルはかかわっているのか。ナイジェルは当時十歳である。エドが事実を語っているなら、まだベドラムにいた時期だ。

一息ついて、「捜査の方法として、次のことを実行する」と、判事は続けた。
○ベドラムを訪問し、ナイジェル・ハートのことを調べる。
アンドリュー・リドレイが入所しているか、確認する。


「アンディがそこにいれば、エスターさんの問題は解決されますね」アンが言った。「ベドラムにいるのは、決して幸せなことではないけれど、再会できたら、アンディの精神状態も快復するかもしれませんね」

アルが異議を唱えた。「必ずしも、患者として入所しているとは限らないんじゃないですか。下働きをしているとか」

「精神状態が健全であれば、エスターさんに連絡を取るでしょう」アンが言い返した。「連絡しないというのは、精神を病んでいるからではありませんか」

「連絡の取りようがないでしょう」アルは冷静に言った。「エスターは仕事を転々としている」

「アン、メモをとってくれ」と、判事が割って入った。
○レイ・ブルースにもう一度会い、電気興行師《エレクトリシャン》オーマンについてより詳しい話を聞く。レイ・ブルースによって幸運にもオーマンの居所が判明したら、オーマンに会い、フランクリン博士の弟子テレンス・オーマンと電気興行師オーマンが同一人物であるかどうかを確認する（エドワード・ターナーは、オーマンという名に反応している）。なぜ、博士に馘首されたのか、問いただす（正直に言わない可能性も高いが）。さらに、十四年前の事件について、知るところを訊く。
「テレンス・オーマンに関しては」アルが口を挟んだ。「フランクリン博士が下宿していた家の娘……なんていう名前だっけ」

「ポリー」すかさず、アンが言った。「そうです。テレンス・オーマンは博士と一緒にあの家に下宿していたのだから、ポリーに訊けば、何かわかります」

判事は条項をさらに続けた。
○洞窟の演奏会で、何があったのか。列席者に訊ねる。

国王陛下にはさすがに伺えない。

次の人々に訊ねる。

ドディントン氏。ダッシュウッド卿。市長ジョン・ウィルクス氏。

「ダッシュウッドの野郎が、まともに答えるとは思えません」クラレンスが口を挟んだ。

「虚偽を申し述べるなら、それでもよい。虚偽の裏に隠れた真実を究めよう」

「ウィルクス市長は、ダッシュウッドの暴露本を出したりしているくらいですから、ダッシュウッドに不利なことは、ウィルクスから聞き出せるかもしれませんね」とアル。

「フランクリン博士が植民地に帰ってしまわれたのは残念ですが」とアンが、「これも、ポリーから何か情報が得られるのではないかしら。あの事件の前後、博士が何か重大なことを洩らさなかったか」

「聞き込みに期待しよう」
○ウェスト・ウィカムに行き、ナイジェル・ハートの件と十四年前の事件を調べる。
○ナイジェル・ハートを吊り上げた二人の踏み車漕ぎに会い、詳しく訊く。
○ジャガーズは、いつからウェスト・ウィカムの管理を任されたのか。十四年前の事件を知らなかったのか。この二点を確認する。

「ジャガーズは、広告を依頼にきたときは、おそらく何も知らなかったと思う」判事は言った。「知っていれば、あのとき、なんらかの言及があって然るべきだ。だが、念のために、確認しよう」

○デニス・アボットとナイジェル・ハートが同棲していたという前提に立てば、デニス・アボットはウェスト・ウィカムの事情に詳しかったと思われる。アボットの消息を調べる。

「ベッキーって女のこと、気にならない？」

ベンがクラレンスに話しかけた。

クラレンスが応じるより先に、アルが、「そうだ」とうなずいた。「十四年前はダッシュウッドの領主館《マナーハウス》の下女だった。それが、物乞いみたいな格好で」

「しかも、少しいかれていた」クラレンスが言い継いだ。

「さて、行動の担当だ」と判事が、「ベドラムには、私が行く。アン、君は私の眼として共に行動してくれ。レイ・ブルースへの再訊問、および、ダッシュウッド卿、ドディントン氏、ウィルクス氏への質問も、私が行おう。アル、君は、クラレンス、ベンと共に、ウェスト・ウィカムにもう一度行ってくれ」

「エドに、この捜査方針を伝え、ウェスト・ウィカムに同行させてかまいませんか」

「ああ、それはいい考えだ。ただ、彼が独断的な秘密行動を取らないように、注意してくれ」

「わかりました。明日、エドに連絡します」

「あの……僕は？」

ネイサンが遠慮がちに口を挟んだ。

「お前、馬車の旅はだめだろ。すぐに酔う」と、クラレンスがからかう。

「君には、情報が揃ったところで、連載記事を書く仕事を頼む」アルが言った。

「要するに、役立たずってことなんだ」ネイサンは誰にも聞き取れないような小声でつぶやいた。判事の鋭敏な耳のみが、ネイサンの嘆きを聴き取った。

「ネイサン、君には、ロンドンに残っていてもらいたい」判事は言った。「ベドラムを調べることによって、さらに、行動が必要になるかもしれない。君はその時の要員だ。明日は、私は法廷があり、行動できない。ウェスト・ウィカム行きも、エドに連絡してからとなると、明日早朝の馬車には乗れない。行動開始は明後日からだ。……いや、ポリー嬢からテレンス・オーマン及びフランクリン博士に関する情報を聴き取るのは、明日、できるな。アルはエドワード・ターナーに連絡する仕事があるから、クラレンス、ベン、そうしてネイサン、君たち三人にポリー嬢訪問を託そう」

「夕食の仕度ができました」チェリーが告げにきた。

クラレンスが「チェリー、お前、エドの居場所を知っているんだろ。言えよ」と責めるのを、

「チェリーに裏切りを強いるのは、酷だよ」アルは抑えた。

「アル、お前も知ってるくせに、言わないんだ」

「理由は、さっき言っただろう。エドとは、俺が、連絡を取る」

「私は君を信頼していていいのだろうな、アル」そう言ったのは判事だ。

「はい、サー・ジョン。閣下とエド、どちらをも裏切らないように行動します」

ロンドン市内から沖に監獄船が碇泊している湿地帯まで、船と徒歩で数時間かかった、とアルは思い返した。深夜の湿地を歩くエドが黒い影になって浮かんだ。

翌朝、アルが真っ先にしたのは、エドを訪れることだ。

二人漕ぎ《オールズ》を雇って川下に進ませた。監獄船を監視する砲台の近くまで行けと命じた。

太陽が頭上にのぼるころ、監獄船が遠目に見えてきた。

「帰りも乗るから、ここで待っていろ」

「待ち時間も船賃に上積みしてもらうぜ。ここまでの船賃は、先に払ってくんな」

銭を渡し、待っていろよと念を押して、砲台の側の監視小屋に向かった。

治安判事ジョン・フィールディングのサインのある手紙を監視所の役人に見せた。さりげなくチップを添えると、役人もさりげなく隠しにおさめ、もったいぶって口髭の端をひねり、

「医者は逃げた」と告げた。

「逃げた？　医者は囚人と違うだろう。行動は自由なはずだ」

「獄内で病人が出たんだが、どうもペストじゃないかと獄吏が怯えて、医者を呼ぼうとした。医者は船尾楼の一室に寝泊まりしている。だが、いなかった。身のまわりの品もない。いち早く、任務を放棄して逃亡したのだ」

「本当にペストなのか。百年前の大火で、ペストは絶滅したはずだ」

「素人にはわからんよ。だから、医者に確認させようとしたんだ」

「エドワード・ターナーは外科医だが」

「監獄医に外科も内科もあるか。一人で何もかも診る」

「卑怯者の屑だな、あの医者は」他の者が言った。「危険な病人が出たら、さっさと逃げ出した」

役人たちは口々に、

「医者が逃げるくらいだから、本物のペストなんだろうな」

「ロンドン市長に、さっき使いを出したところだ。ペストとなったら、船ごと焼き払うか、大砲をぶっ放して沈めるかせんと、大変なことになる」

「あんた、あの医者と知り合いか。あんたも医者の心得はあるか。ペストかどうか診断してくれ」

ぞっとした。ここ百年、鳴りをひそめているとはいえ、いつまた大発生するかわからない。一人罹病したら、たちまち、百人千人とひろがる。

逃げ出したかった。目を閉じ、ホノス・ハベトゥ・オノス——名誉は重荷を持つ——とラテン語の成句をつぶやいた。

「医師ではないが、知識はいくらかある。診てみよう」

艀で渡った。監視所で働いている下働きを兼ねた船頭が漕いだ。

監獄船の獄長にアルを引きあわせると早々に、「艀で待つ」と言って役人は下船した。

上甲板には、張り渡した綱にかけた洗濯物が雫を垂らしていた。

下の船室に下りる。臭気が鼻をつく。解剖室のにおいに比肩する悪臭だ。ハンモックが隙間なく吊るされ、その大半は空だった。囚人は石炭運びの労働のため上陸していると、手燭を持った獄長は言った。船室の窓は小さく、外光はほとんど射し込まない。

隅のハンモックに、病人は横になっていた。雑巾のようなシャツ一枚で、ズボンも下穿きも着けていない。

手燭を近づけ、アルはシャツの裾をめくり、鼠蹊部《そけいぶ》を調べ、腋の下を調べた。

「そこじゃねえよ。腫れて痛えのは、尻《けつ》っぺただ」

尻をむき出しにし、手燭を近づけ、

「ただの潰瘍《かいよう》だ」

アルは言った。

「あんた、ペストの病人を診たことがあるのかね」

反対側の隅から獄長が声を投げた。病人には近寄らない。

「ペストは診たことがないが、この手の潰瘍はいくらも見ている、膿《うみ》を出し切ると楽にな

「あんた、やってくれよ。医者だろ」

「もう少し潰瘍が進んでからでないと、根まで抜けない。二、三日このままにしておけ。潰瘍の頭が青白く広がったら、根から絞り出すように押し出せ。すっぽり根が抜けたら、あとは自然にふさがる」

「新大陸の戦争は、どんな具合だ」

顔の下半分がのび放題の髯に埋まった病人は訊いた。

「詳しいことはわからない」

アルが言うと、呻き声で応じた。

叛乱軍を制圧したら、囚人はこの船で新大陸に運ばれる。死に至るまで酷使される。

「ひでえ待遇だが」と病人は声をひそめた。「ここは、寝場所と食い物が保証されているだけ、外よりましだ」

塒《ねぐら》もない浮浪者なのだろう。

「何をやらかしたんだ」

「あんたに関係ねえだろ」

「ターナー医師は、どんなふうに暮らしていた」

「ターナー？」

「ここの医者だ」

「ああ、あの若い先生ね。どんなふうって、俺はこれまで診てもらったことはねえから、知らねえな。時々、ふらっといなくなったり、気まぐれらしいよ。逃げたんだってな、あの先生。俺がペストだと思って」

「お前を診たのか」

「いいや、顔も出さねえ。俺、本当にペストじゃねえんだな」

「ちがう」

その後、エドが寝泊まりしていたという船尾楼の一室に行った。病人や怪我人のカルテが棚に置かれていたが、私的な日記などはなかった。


夕刻、判事の体が空く頃、クラレンスたちも判事邸に集まった。

アルの報告は、皆を落胆させた。

「一人でさっさと、ウェスト・ウィカムに行ったんだな」クラレンスの言葉に、皆うなずく。

「あいつが勝手な行動を取ったんだから、もう、居場所をばらしたっていいだろう」クラレンスはせっついた。

「エドは、俺たちと行動を共にすると約束をしてはいない」吐息とともにアルは言った。

「俺は、居場所を知らせないと約束している。破ることはできない」

「エドを仲間に誘うために、俺たちは貴重な今日一日を無駄にしたんだ。今ごろ、エドは、ウェスト・ウィカムで、いろいろ調べまくっているんだろう。その結果を、場合によっては、俺たちに教えず、胸にしまいこむかもしれない」

「今日を無駄にしたってことはない」アルは言い返した。「俺は無駄足を踏んだけれど、お前たちはポリーを訪ねて収穫があったんだろう。テレンス・オーマンについて、何かわかったか」

「盗癖があったようだ」クラレンスが答えた。「そして、博打好き」

「ポリーって女、こういう格好で」と、ベンは両手を腰に当て、そっくり返ってみせた。

「ひでえ高慢ちきなの」

「エスター・マレット嬢の話から想像したとおりの女性だった」ネイサンが言った。

クラレンスが続けた。「家主はポリーの母親である未亡人だって、エスターさんは言っていたけれど、その婆さん――会ったことはないけれど、婆さんだよな、常識的に言って――はもう土の下で、ポリーがあの家の主だ。家の中に入れてもくれないんだぜ。戸口で立ち話だ。テレンス・オーマンの悪口をたっぷり聞かせられた」

「博士の目を盗んで、賭場通いをしていたって」

「盗癖というのは？」アンが訊いた。

「博士に、勝手に持ち出すな、とか、使うな、とか叱られていたことがあるって。そうして、クビになって出て行った後で、何か博士の所持品がなくなっていたって」

「何がなくなったんだ」

「もちろん、俺たちもそれを問いただしたけれど、ポリーはあいにく、知らなかった」

「電気に関係した物だろう」判事が言った。「テレンス・オーマンと電気興行師《エレクトリシャン》オーマンが同一人物である可能性が高まったな」

「洞窟の事件に関しては？」

「それなんだ。ポリーは、アルモニカという楽器は知らないと言った。嘘だよな。こっちはエスターさんから聞いている。でも、エスターさんは、秘密を漏らすのを怖がっていたというから、俺たち、彼女の名前は出さなかった。ウェスト・ウィカムにフランクリン博士がオーマンを連れて行ったかどうか訊いたが、ウェスト・ウィカムなんて知らないと言った。博士は始終旅に出ていたから、目的地は一々訊ねていない。そう、ポリーは主張した」

「でも、その後でぼろを出したんだ」ベンが思い出し笑いしながら、「テレンス・オーマンがクビになったのは、ウェスト・ウィカムで何かやらかしたから、と、口を滑らした」

「こっちは、すぐに突っ込まないで、ふんふんと聞いていた。行きは一緒だったのに、帰りは博士一人だったのよ」クラレンスはポリーの声色を使い、「失言に気がついたんだろう、俺たちは追い出された。粘ろうとしたら、でかい男が奥から出てきて凄んだんで、騒動を起こすのはまずいから退散した」

「下宿人だっていうけど」ベンが言いかけると、

「ポリーとあの男は、できてる」クラレンスは断言した。

「フランクリン博士も、人を見る目がないな」とベンが、「どうしてそんなのを助手にしたんだろう」

「目があるから、クビにしたんだろう」

「ポリーをここに呼び出して、サー・ジョンが訊問なされば、口を割るかもしれませんね」

アンが提言した。

3

翌日、判事はベドラムに赴いた。

ふやけプディングのハットンでは、アンの助手として頼りない。助手のもっとも重要な任務はアンの護衛である。

ブルドッグに似た面構えの男を、ボウ・ストリート・ランナーズの中から、判事は抜擢した。外見を見ることができないので、アンが選んだのである。

姓はゴードン、名前もゴードンである。姓としても名前としても、別に珍しくはない。しかし、ゴードンの姓を持ちながら息子にゴードンと名付けるとは、いささか頓狂な親だと判事は思ったのだが、母親がゴードンという姓の男と再婚したために、ゴードン・ゴードンになったということであった。

アンの描写によると、背丈は低いが胸板が厚く、二の腕や腿《もも》の筋肉が盛り上がっている。

イギリスでは二十一年前から、ボクシングの公開試合は禁止になっている。ほとんど素手で殴り合い、嚙みついたり睾丸を蹴ったり目玉をえぐったりで死者続出のために、禁令が発せられたのである。禁じられれば闇で行われるのは当然で、ゴードンは闇ボクサーで稼いでいたが、取り締まられ、取り締まる方に身を転じた。ボウ・ストリート・ランナーズの一員になったのである。仕事の合間にトレーニングは欠かさない。

　経歴と顔つきは凶暴だが、気質は正反対であるのを知って、判事はアンの推薦を承認した。ゴードンの面貌と筋肉は、デニス・アボットの〈鉄の罠〉と呼ばれた歯と顎に匹敵する効果を上げるだろう。

アンの護衛を解任されたふやけハットンは、判事の前では「はい」とおとなしく受諾したが、顔つきは不満をじくじく滲ませていたと、アンが後で告げた。判事も、声の底に不満を聴き取っていた。

　判事はいつものように担ぎ椅子《セダン・チェア》、アンは騎馬、ゴードンは徒歩で行く。エスターを同行させようかと判事は迷ったのだった。入所者の中にアンディがいれば、エスターなら一目でわかる。しかし、躊躇した。エスターは、理由の判然としない脅迫を、拷問めいた処置と共に受けている。探索するような行動が目立つと、正体不明の相手から何をされるかわからない。ひとまずベドラム内の様子を見てから、と判事は決断した。所長に訊ねれば、入所の有無は、すぐ判明するだろう。そう思い、結果がわかるまでエスターには何も知らせないことにした。

《ベツレヘムの聖マリア病院》通称《ベドラム》の門衛は、ウェストミンスター地区治安判事ジョン・フィールディングを門前払いにしようとした。

「狂人見物は廃止になったのを、知らないんですかい」

馬から降りたアンが、ゴードンと共に、判事が担ぎ椅子《セダン・チェア》から降りるのに手を貸した。

「見物しようというのではない。訊ねたいことがあるのだ」

「ここはウェストミンスター地区じゃないんでね」

権限は及びませんよ、と暗ににおわせ、嗤《わら》っている。

「所長に取り次げ」

「所長様は今留守なんで」

「誰か代わりの責任者がいるでしょう」

アンが咎めた。

門衛のうろたえた気配。ブルドッグ・ゴードンが恐ろしい形相で睨みつけ、握った拳を見せつけたのだろう。判事は触れたことがあるが、煉瓦だろうと鉄板だろうとかち割りそうな拳であった。

ざっざっという足音が近づいた。セダン・チェアだ。足音は判事のすぐ傍で止まった。

「下りてきたのは、身なりのよい、鬘をつけた殿方です。三十ぐらいですね」アンがささやいた。

「所長様、面会人です」

門衛のほっとした声。

「君がベドラムの所長か」

「貴方は、かのウェストミンスター地区治安判事フィールディング閣下では？」

相手が察したのは、黒い細い布を瞼の上にまわした様子からだろう。

「いかにも」

「ご令名はかねがね。当病院をあずかっておりますイアン・ワイラーです。お目にかかれて光栄です」

はずんだ声で言い、恭しく握手した。

アンとゴードンを引き合わせてから、

「入所者について聞きたいことがあるのだが」

どうぞ、と接客室に通された。入所者の気配がまったく伝わらない、落ち着いた部屋であった。

「入院患者の処遇についてでしょうか。私は三年前に就任したのですが、かなり改善しました。ことに患者を見世物扱いにするのは禁じました。これは閣下の御意にもかなうことと存じますが」

判事はうなずいた。若々しい声が気持ちよかった。改革の理想を持っているらしい。

「理事たちを説得するのが大変でした。見物人から徴収する見物料は、年間四百ポンドにもなっていたそうです。患者のための費用も賄えるし、多くの人に院内を見せることで関心が深まり、慈善家の寄付金や遺贈も増える。そう理事たちは主張したのです。しかし、実情はまったく異なっていました。見物料はまず所長と理事たちの懐を肥やす仕組みでした。見物にくるのは、晒し刑の罪人に礫や卵を投げ、死刑見物に押しかけるのと変わらない、娯楽としての刺激を求める輩です。ようやく見物は禁止できたのですが、理事たちの憤激を買いました。帳簿の上では見物料は患者のために使われています。私が禁止したために減収になり、病院の経営に差し支《つか》えることになったと非難囂々《ごうごう》です。減収をなんとか補わないと、私の責任問題になると」

「君のような人物がいるのは頼もしい。しかし陋習《ろうしゅう》を断つのは、お互い、実に困難だな」

「奴隷貿易にしても、きわめて悪辣だと思うのですが、上は王族方から、貴族、政治家の多くがあれに投資して莫大な利益を得ているのですから、廃止論はたちまち潰されます。イギリスの国力は奴隷貿易に因《よ》るところが大きい。国家の経済を衰退させるのか、という声に消されてしまいます」

熱弁をふるいかけ、失礼しました、と語気をおさめた。

「ご用件を」

「ナイジェル・ハートという人物について知りたい。母親がここに入所しており、ナイジェル・ハートはここで生まれたということだ。生年は一七五一年。一七六六年までには、ここを出ている。所長に男色専門の店に売られそうになったから脱走したと、友人に話したそうだ。その友人からの伝聞なので、事実かどうか確認はとれておらん。ナイジェル・ハートの母親は死んだそうだが、母親の名前、入院の事情、父親は誰なのか、それらを知りたい。売色宿に売ろうとした所長というのは、誰なのだろう」

「先ほども申したとおり、私が就任したのは三年前ですから、ナイジェル・ハートという人物については何も知りませんが、記録を調べてみましょう」

「それから、アンドリュー・リドレイという人物についても」

「少しお待ちください。記録は書類保管室にありますので」

ワイラーが出て行った後、

「市長ウィルクス氏の肖像画が、壁にかかっています」

アンが判事に告げた。

「実物そっくりに描けていますよ。眇《すがめ》で、品の悪い。ベドラムとどういう関係があるのでしょうね。その他に二枚かかっています」

書類を持ってワイラーが戻ってきたので、話はとぎれた。

アンはワイラーと一緒に目をとおす。

「どうも、過去の記録は杜撰です」ワイラーは嘆じた。「私の二代前の所長の時代ですね。一七五一年には、入所患者が出産したという記録はありません」

「ありません」と〈判事の眼〉アンも言葉を添えた。「その前後の年にも」

「ナイジェル・ハートという名前も、記録には載っていません。また、現在までを調べたのですが、アンドリュー・リドレイの名もありませんでした」

「レイ・ブルースは、やはりでたらめを言ったのでしょうか。そして、エドは……ターナーさんは、まだ何か隠しているのでしょうか」と、アンが「ナイジェル・ハートの胸にあった

〈ベツレヘム〉というのは、〈ベドラム〉とは別のことを指しているのでしょうか」

「胸にベツレヘム？　どういうことですか」

ワイラーが興味を持ったが、判事ははぐらかした。あまり立ち入ったことは、まだ公にできない。

「ナイジェル・ハートが生まれた年――一七五一年ごろの所長は？」

「ちょっとお待ちください。記録を調べます」

ややあって、ワイラーの声が続いた。

「所長の名前は、サム・ラッターです」

「ナイジェルが脱走した一七六五年ごろの所長は」

ほう、というような声をワイラーは発し、「この時もまだ、ラッター氏です」

「ナイジェルをいかがわしい店に売り飛ばそうとした所長というのは、そのラッター氏なのですね」アンの声は憤懣に尖った。「なんという人非人」

「ラッター氏がここの所長に就任したのは」ワイラーが続けた。「記録によりますと、一七四八年。ナイジェル・ハートさんがここで生まれたのが、一七五一年でしたね。その三年前か」

「サー・ジョン、ラッターに会わねばなりませんね。ワイラーさん、サム・ラッターが現在どこにいるかわかりますか」

「私にはまったくわかりません。お役に立てなくて残念です」

「あなたの前任者の姓名と住まいは」

「チャールズ・マクレガー氏です。ご存知ですか。退職後、選挙に立候補し当選して、目下、庶民院議員です。ホイッグ党です」

「立候補はどこで?」

「ウィンチェルシーと聞いています」

「ウィンチェルシーか。名だたる腐敗選挙区《ロットンバラ》だな」

判事は言い捨てた。

中世に議席を与えられた選挙区が、その後何百年もの間に人口が激減しても、区割りはそのまま続いている。もっとも悪名高いのは、ウィルシャー州のオールド・セイラムで、選挙権のある一定資産を持った男子は七人しかいないのに、二人の議員を選出する権利を持っている。たった四人を買収しこの地で立候補すれば、確実に当選する。

腐敗選挙区では、地主が身内や友人などを立候補させ、議席を獲得させるケースが多い。懐中選挙区《ポケットバラ》とも呼ばれる。

改革を必要とすることが多すぎる。腐敗選挙区はけしからんと思っても、いったん手にした権益は誰も手放さない。ロットンバラによってイギリスの政治は安定し、国が繁栄してきたのだという声も強い。とりわけ、年配者の間に。

「ロットンバラには利点もあります」

ワイラーが、保守的な老人みたいな科白を吐いた。

「どれほど改革の理想を持っていても、議員にならなくては何もできません。ロットンバラを利用して立候補すれば、資産もなく政界にコネクションも持たない私のような者でも、当選できます」

「ロットンバラの選挙権保有者を買収するために、まず、金がいるだろうが」

「普通の選挙区で立候補するよりは、少額ですむでしょう」

「君は、議員を目指しているのか」

「そうです」

「私は政治の話は好まん」判事は言った。「まったく、わからん。だが、政治家は私以上に、わかっておらん。政治とは、国を統治するのではなく、政権を長く維持する術《すべ》だと、彼らは思っておる。やれやれ」

「マクレガー氏に訊ねれば、その前任者ラッターについてわかるでしょうね」アンが話を戻した。「仕事を引き継いだのだから、会っているでしょう。住まいは?」

「記録に従えば、スミスフィールドです」

チャールズ・マクレガー氏を訪れるには、家畜市場の臭いに耐えねばならないのだなと、判事はいささかうんざりした。

アンがワイラーに訊ねた。

「ロンドン市長ウィルクス氏の肖像画が、なぜ、かかっているのですか」

「市長は、当《ベツレヘムの聖マリア病院》の現理事長ですから」

「他の二枚は」

「先代と先々代の理事長です。理事長は身分のある方の名誉職で、実務は所長の権限で行っています」

「ラッターが所長だったときの理事長は？」アンは訊ねたが、すぐに「額の脇のプレートに名前と就任期間が刻まれていますね」席を立つ気配は、額の側に行ったのだろう。

「一七五〇年から一七七二年まで……という期間は、ラッター及びワイラーさんの先任者マクレガー氏の就任期間に重なりますね。その時期の理事長の名前は」小さく息を呑んだ。

「サー・ジョン！　名前はバリー＝スミス・ドディントンです」

「ほう、ドディントン氏か。ドディントン氏がここの理事長であったのか。肖像画があるのだな。どんな風貌の男だ」

「若い頃のですね。就任してほどない頃に描かせたのでしょうか。丸顔で頬が赤くつやつやしています。今はもっと爺さんのはずです」

「ドディントン氏が理事長であった時の、理事たちの名は」

「書類を調べねばなりません。恐縮ですが少々お待ちを」

「いや、書類保管室に私も行こう。その方が早い」

アンとゴードンに両側を支えられ、ワイラーに先導されて二階に行った。

古い紙のにおいを判事の嗅覚は感じた。紙をめくる音が続いた。

ワイラーは書類を探してひろげ、アンが読み上げた。

「委員長、サー・フランシス・ダッシュウッド。これは理事の名簿ではないようですね」

「失礼しました。間違えました。これは査問委員会の名簿でした。理事の名簿は……」

「査問委員会というのは？」判事が訊いた。

「患者の病状を査問する委員会です。退院には査問委員会の許可がいります」

「アン、その名簿を読み上げてくれ」

「委員長はサー・フランシス・ダッシュウッド。委員はその下に八人います。筆頭にバリー＝スミス・ドディントン氏、そうしてサンドウィッチ伯爵ジョン・モンタギュー、サー・ウィリアム・スタンホープ、サー・ジョン・マーティン、ポール・ホワイトヘッド……」

九人の名前を読み上げたアンに、「全部書き留めておいてくれ」と命じた。

「こちらが理事の名簿です。理事は十二人です」

ワイラーが出した別の書類に目をとおし、「理事長がバリー＝スミス・ドディントン氏、筆頭にサー・フランシス・ダッシュウッド、サンドウィッチ伯爵ジョン・モンタギュー……」アンの声が高くなった。「査問委員会のメンバーとほとんど同じですね。理事の方が人数が多いですが」

「その名前もメモしてくれ」

さて、と判事は声をあらためた。

「患者たちのいる部屋を見せてもらいたい」

判事の要求に、ワイラー所長は少したじろった。

「見物は禁止したのです」

「見世物を見るような気持ちからではない。患者の中には長年入所している者もおろう。ナイジェル・ハートおよびアンドリュー・リドレイについて知る者がおらぬか、話を聞きたいのだ」

「それは無理です、閣下。正気ではない者ばかりなのです。まともな話は通じませんし、閣下の安全を保証できません。突然凶暴になる者もいるのです」

「護衛がついておる」

と言いはしたが、判事はアンの身を気遣った。アンをこの部屋に残すか。だが、眼を失っては、視察が不可能だ。

「失礼だがミスター・ワイラー、君の手を私の手の上に置いてほしい」

は？　と怪訝そうな声が返った。

「サー・ジョンは盲目ですから」アンが説明する。「触覚を視覚の代わりになさいます」左の手のひらに置かれたワイラーの右手に、判事は右手をかぶせた。肉づきの薄い大きい手だ。長身なのだろう。

「突然凶暴になる者もいると君は言ったが、そういう者が同室者を襲う恐れはないのか」

「皆無とは言えませんが、看護人が監視しています。すぐに取り押さえます」

「では、私が彼らと話すとき、この助手ゴードンと共に看護人も傍らに置いてくれ」

「それでも、とっさの襲撃には間に合わないときがあります」

「君が禁止するまでは、見物人を入れていたのだな。危険はなかったのか」

「かつては、暴力をふるう者や反抗的な態度をとる者に対する処罰が厳しかったのです。残酷な処置ではありますが、抑止力になっていたようです」

「鞭打ちか」

「鞭打ちも苛酷ではありますが、私が廃止する前の処罰は、より酷いものでした。前任者マクレガー氏から引き継いだとき、私はその処罰を野蛮な行為と見なし、廃止しました。結果として、よくない面も生じました。つまり抑止力が弱くなり、患者が放埒《ほうらつ》になり……」

「どういう処罰だ」

「何か器具を用いるのです。その器具を躰に当てられた者は、絶叫し痙攣《けいれん》し、失禁、失神します。大変な苦痛らしいです。一度だけ、私は目にしました。即座に止めさせました」

「器具を見せてほしい」

「刑罰係の私物でして」

「では、その刑罰係をここに」

「私が馘首しました。器具を持って立ち去りました」

「今、どこに」

「存じません」

「刑罰係の名前は」

「オーマンといいました」

「オーマン」判事は繰り返した。「テレンス・オーマンか」

「ファースト・ネームは正確におぼえていませんが、そんな名前だったと思います。あの男をご存知なのですか」

「いや、知らん。そうだ。看護人の中に古手はおらんか。十年以上勤務しておる者は」

「一七六六年より前からいる者なら、ナイジェルを知っているだろう。

「あいにく、今いる看護人は、前任者マクレガー氏の時に勤めるようになった者、あるいは私が雇用した者ばかりです」

「やはり、患者たちに会おう」

判事の強い声音に押され、では、とワイラー所長は案内に立った。

「階段です。お気をつけください。一階に下りていただきます。凶暴な発作を起こす者は個室に入れてあります。他に危険を及ぼさないように、当然な処置なのだとご了承ください。万一何かあると大変ですので、窓から覗いてください」

通路に面した覗き窓の板戸を、ワイラーは開けた。

「鉄格子が嵌まっています」アンが判事に告げた。

楽の音が流れた。愛らしい曲であった。

「スピネットを弾いています。男性です。カトリックの神父みたいに頭頂部が丸く禿げていますが、老人ではありません」

「彼の奏楽は、患者の気持ちを鎮める効果があります」ワイラーが言った。

「そのために奏者を雇っているのか」

「いえ、彼も入所者です」

判事は指を立てて話を制し、聴き入った。

前奏を弾き終え、歌声が続いた。深みのある美声であった。判事はベンの声を思い出した。

神うるわしき花を召し
名を賜りしそのときに
青き眸の小さき花
おずおず戻りきたりしが
声もかぼそくひれ伏して
許したまえよ、我が名をば
哀しや忘れ侍りぬと
神はほほえみ宣いぬ
そなたが名こそ
Forget-me-not

最後の和音が尾を引いて消えた。

「この歌に、聞きおぼえがあります」アンがささやいた。「エスター・マレットさんが、何とかベイカーさんが歌ったと言ったときです。エスターはあのとき私たちに歌ってくれました。おぼえています。何とかベイカーさんが自分で作詞作曲したと」

判事も思い出した。

教会で、アンディ――アンドリュー・リドレイにオルガンの奏法を教えた弁護士見習い。

「エスターさんが言った通りの風貌です」

〈カトリックの僧侶のように頭頂部が丸く禿げているけれど、肌はなめらかだった。眼はいつも、驚いた鹿みたいに丸く見開かれていた〉そう、エスター・マレットは話したのだった。

「彼の名は？」

ワイラーに訊いた。

「わからないのです」

「何とかベイカーではないのか。ベイカーの前に何かつく」

「先に申しましたように、記録がまったく杜撰なのです。入所者の名前も素性も、きちんと記されていません。マクレガー氏が所長職を継いだとき、記録はすでにめちゃくちゃだったそうです。氏の前任者がルーズだったのですね。患者に名前を聞いても、満足に答えられない者が多いのです。自分はシーザーだなどという者もいまして」

「患者は皆、首に金属の輪を嵌めています」アンがささやいた。「輪に、数字が刻まれています」

「私の工夫です」ワイラーが誇らしげに言った。「名前は今申したように不確かですし、一々おぼえきれません。番号をつけることにしたのです」

「犬のように首輪をつけずとも、服の胸に布の札を縫いつければすむことだ」

「ああ、閣下。貴方は、狂人のことを何もご存じない。彼らの中には、意味もなく服を脱ぎ捨てる者、破る者などがいるのです。布の札では、ちぎり捨てられる恐れがあります。また、たまにですが、脱走者が出ることがあります。首輪の鍵は私が保管していますから、彼らは勝手にはずせません。脱走者は、首輪のおかげで、すぐに市民の目にとまります。脱走を防ぐ意味合いもあるのです」

「囚人以下の扱いではないか。足枷《あしかせ》よりも屈辱的だ。首輪ははずせ」

「理事会の承認を得ています。ベドラムの運営は、閣下の管轄ではありません。ご不満がおありでしたら、理事会に申し立てていただきます」

「そうしよう。さて、あのスピネット奏者は穏やかそうだ。彼となら、危険なことなく話ができそうだが」

「彼はめったに喋りません。積極的に動こうともしません。こういう患者は多いのです。病名でいえば憂鬱症《メランコリア》ですね。ときたま気が向くとスピネットを奏でるだけ、生ける屍《しかばね》といった者よりましですが」

「治療法は」

「狂人の治療法は、ありません。せいぜい冷水に浸ける程度です。市民に害を及ぼさぬよう、隔離しておくだけです」

「君は医者なのだろう」

「いいえ。ここに医者は必要ありません。精神科医というのは、病人を観察し、病名をつけるだけです。治癒には役立ちません。医者は論文を書いて名声を得る。それだけです。当面、私の仕事はここの運営です」

〈改革の理想を持った若々しい声〉に不純なものが混じるのを、判事は感じた。

無駄であってもかまわん、スピネット奏者に面談させてほしいと、判事は重ねて要求した。

「患者が雑居する大部屋にお入りいただくのは、どうも不安ですので……。接客室でお待ちいただきましょう。あの患者を連れて参ります」

接客室の椅子に腰を落とし、

「君が覗いた室内の様子はどうだった、アン」

「狭い覗き窓からは室内を全部見渡せませんが、患者の数は七、八十人ほど。男女半々ぐらいでした。皆、静かでした。スピネットの音楽の効果でしょうか」

「男女の別なく雑居させているのか。ナイジェルのような父親のわからない子供が生まれても不思議はない環境だな」

入所前から妊娠していたのか否か、不明だが……。

ワイラーがスピネット奏者を伴い入ってきたので、話は途切れた。

足音は五人だ。

「ゴードンのほかに、看護人が二人ついています」アンの小声が耳もとに近づく。「どちらもゴードン並みの屈強さで、背丈はゴードンより高いです」

「ウェストミンスター地区治安判事ジョン・フィールディング閣下だ。ご挨拶しろ」

ワイラーの命令に、返事はなかった。

いつものように、判事は相手の手を求めた。

ワイラーがどやしつけた。「お前の手を、閣下の手の上に置け」

間が空いた。

「命じられたようにしろ。わからないのか。お前の手を、閣下の手の上に」

「彼は両手を後ろに組んで、拒んでいるのです」アンのささやきに、

「無理強いせんでもよろしい」判事は言い、「くつろぎたまえ」と声をかけた。「ミスター・ベイカー」

沈黙。

そうして、ふいに、咆哮《ほうこう》が判事を襲った。

アンの手が、判事にしがみついた。

「やめろ」うろたえたワイラーの声。

騒々しい物音は、看護人とゴードンが取りひしいでいるのだろう。咆哮は断続的に続きながら遠ざかった。後の方は、歌になっていた。聞きおぼえのある歌だと思いながら、判事はアンの背を撫でた。

アンはすぐに立ち直った。「大丈夫です」

「まことに失礼いたしました」と詫びるワイラーの声の方がうわずっていた。

「アン、彼は暴力をふるったのか」

「威嚇的な態度を取りましたが、すぐに押さえたので実害はありませんでした」

「彼があんな声を上げ、反抗的な態度をとったのは、初めてです」ワイラーは憤慨と恐怖の混じった声で言った。「やはり狂人というのは油断ができません。突発的に何をやらかすか、予測がつかない。閣下、面談は無理です」

ほどなく、看護人とゴードンが戻ってきた。個室に監禁しましたと、看護人は報告した。

「暴力行為はなかったようだが、それでも監禁するのか」

「昂奮が鎮まるまでです。私は前任者たちと違い、非道な処置はしません」

「患者の名前さえ不明というのは、不行き届きも甚だしい。アン、もう一度書類保管室に行こう。記録に、故意に破棄された形跡はないか。頁が破られているとか、数冊が失われているとか」

「その点に気をつけて、もう一度見直します」

保管室で記録を調べなおしながら、「書類は、冊子形式ではなく、紙を簡単に綴じ合わせてあります」アンが告げた。「注意深く見ると、抜き取った形跡があります。文章の前後が繋がっていないのです。さっきは名前ばかり調べていたので、見逃しました」

「君はこれまで気がつかなかったのか、ワイラー君」

「記録を仔細に調べる必要がありませんでしたので。私が任に就いてからの分は、詳細に記録しております」

「それは結構なことだ」

心のこもらない言葉を返した。

いったん帰宅したが、すぐにくつろぐわけにはいかない。

「アン、ハットンを使いに出してくれ。ウィルクス市長、ダッシュウッド卿、ドディントン氏」

午後の訪問先だ。身分のある者は、被疑者でもないかぎり、出頭は命じられない。突然の訪問は礼を失するので、先に予告の使者を出すことにした。

「今日の午後だけで三人ですか。ずいぶん強行軍ですのね」

「誰を一番先にするか……。ダッシュウッドは、アルたちがウェスト・ウィカムに行くのを妨害した。後ろ暗いところがあるのは確かだ。質問しても、正直な答は得られないだろう」

「ウィルクス市長は、ダッシュウッド卿の醜行を暴露する本を出しているくらいですから、忌憚《きたん》ない話を聞けるかもしれませんね」

「エスター・マレット、前所長マクレガー氏、薔薇亭《ローズ》の主人。ポリーの訊問もある。エスターが入院していた聖トマス病院も訪ねる必要があるな」

フランスのような国家警察組織が必要だ、と、つくづく判事は思った。ボウ・ストリート・ランナーズは、市内を見回り治安を維持するだけで手一杯だ。部下を増やし、幾つもの班に分け、それぞれに探索を任せ、報告を集めて、治安判事は総合的に判断する。そういう組織を創るには、資金が要る。議会に承認させるのは、現段階ではまず不可能だ。市民の意識も変えさせなくてはならない。市民が警察の必要性を認め、国家は市民の信頼に足る組織を創る。至難だ。そうして、警察組織が完備されても、判決は金次第という今の裁判では、笊だ。判事を有給制にせねば。原告が裁判費用を負担する現制度も変えねばならぬ。どこから手をつけたらいいのだ……。

もっとも、ナイジェルの死および十四年前の洞窟事件は、ロンドン・ウェストミンスター地区の犯罪摘発、治安維持とは関係がないから――犯罪の有無さえ定かではない――、警察組織が完備していても、動かすことはできまい。判事の職務からはずれたことに、時間を割いている。

ふやけプディングを使いに出してから、昼食の仕度がととのうまでの間を、判事は私室で一息ついた。

「ワイラー所長は残酷な処置を止めたと言っていましたが、看護人たちがあの患者を取り押さえるやり方は、実に手荒でした。棍棒で殴りつけていました。ボウ・ストリート・ランナーズが凶悪な犯罪者を拿捕《だほ》するときと変わりません」

アンはそう言いながら、ヴァイオリンを調弦する。

判事が休息をとるときアンがヴァイオリンを奏でるのは、長年の習慣だ。

曲はまかせているが、この時判事の耳に届いたのは、曲とはいえない、四拍子の単純な音の羅列であった。時々、一拍休止が入る。

「彼は、歌っていたのでした」

アンは言った。

「ああ、彼はたしかに、歌っていた。聞きおぼえのあるメロディだったが」

「部屋を連れ出されてからですね。あのときは、はっきり歌っていました。How can I leave thee! の歌でした」

「エスター・マレットが、なんとかベイカー氏に教わったという」

「はい、その歌にも、気づいた点があるのですが、その前にまず、最初に咆哮したときのことです。あれは、ただ喚いたのではなく、音を並べていたのです」

奏でながら、アンは音符を口にした。

ラ・ソ・ファ・ラ、一拍おいて、ラ・ミ、一拍おいてラ・ソ・ファ・ラ、一拍おいて、ラ・ミ、一拍おいて、ラ・ソ・ファ・ラ、一拍おいて、ラ・ミ。

「不意打ちでしたし、襲いかかるような動作をしましたから、吼えたのかと怯えましたけれど。思い返すと、たしかに、このように繰り返していたのです」

狂人という先入観が、短いフレーズの繰り返しを咆哮と勘違いさせたのか。

ラ・ソ・ファ・ラ、ラ・ミ、を繰り返したのに、何か意味はあるのか。奇妙な振る舞いは、やはり狂人であるからか。

「ト長調のドレミファソラシドは、音名であらわすと、CDEFGABCです。ラはAです。

ソはG、ファはF、ミはE」アンが弦を奏でそれぞれの音を出しながら言った。「AGFA休止AE休止。四拍子です。何かをあらわしているのでしょうか」

「ワイラー氏は、彼がめったに喋らないと言っていたが、スピネットを弾きながら歌っていた。話すことはできるのだ。我々に何か伝えたいことがあるなら、話せばよい」

歌なら、記憶しているとおりに歌えても、思考力を失っているために、話せないのか。

「わたしの思い過ごしかもしれません。彼は正常な状態ではない。意味のない発声をしただけかも……」

「どちらとも決めかねるな。無意味なのか。音名に意味を託したのか。後者であれば、彼は狂ってはおらず、所長ワイラーの前ではあからさまに言えないことを、告げようとした。所長の目には凶暴な発作と見えるやり方で……。いや、正常とは断言できない。妄想に囚われているとも考えられる」

即座に結論は出ない。

「意味があると仮定して、考えよう。何かの略号か。休止はピリオドか。AGFA・AE・……人名か。地名か。アン、理事や査問委員会のメンバーに、AGFAとAEに相当する者はいないか。メモを調べてくれ」

「いませんね。ダッシュウッドはF・D、ドディントンはB・S・D……」

彼が奇声を発した――いや、ラソファラ、ラミと歌った――のは、私が「くつろぎたまえ、ミスター・ベイカー」と呼びかけたときだ……と、判事は思い返した。彼が〈何とかベイカー氏〉であるなら——おそらく、そうだ——ベイカーさんと彼を呼ぶのは、エスター・マレットとアンドリュー・リドレイだけだった。所長でさえ、彼の名を知らないという。〈ミスター・ベイカー〉その呼び名が、彼を刺激したのだろうか。

「AはAndrew、EはEstherか」

アンドリュー。エスター。

二人を判事が知っていると、とっさに判断し、何らかの伝言を音階に託したのか。

「AGFAは何を意味する……」

ふと思いついたように、アンが言った。

「音階に、数字をあてはめてみるのはどうでしょう」

「やってみてくれ」

「二通り考えられます。ハ長調のドが始まるCを1とするか、アルファベットの順に従ってAを1とするか、です。Cを1とすると、ラ・ソ・ファ・ラは6546、ラ・ミは63ですね」

「何とかベイカー氏の首の輪に刻まれた数字は、おぼえているか」

少し間が空き、

「M‐27でした」

アンは言った。

「女性のナンバーには、頭にFが付されていました。maleとfemaleの印でしょうか」

「あの首輪は、はずさせねば。市長が理事長だったな。強く進言しよう」

「ネイサンの足枷のことを思い出してしまいました。あの痕は、まだ残っているのでしょうね。……話がそれました。数字と音名ですが、Aを1とすると、1761、15になります」

「1761！」

思わず、判事は繰り返した。

「それか。一七六一年は、エスターが話した洞窟事件のあった年だ。何とかベイカー氏は、一七六一年、アンディ、エスター、と訴えていたのか」

判事は手をのべ、称讃の意味を込めて姪の肩を軽く叩いた。ほんの少し甘えるように、アンは躰を寄せた。

「君は賢い」

アンの表情を見ることはできないが、笑顔になったのだろうと察した。

アルが同席していると、とかく張り合ってアンは刺々しくなるのだが、アルは仲間と共にウェスト・ウィカムだ。

楽音と数字を重ね合わせる発想は、アルは考えつくまい。アルがこの場にいたら、アンはたぶん、勝った！　と誇るのだろう。判事は想像し、微笑ましくなった。

「だが、何とかベイカー氏は、洞窟事件には居合わせなかったはずだ」

アンがメモをめくる音がし、

「はい、ベイカー氏の姿が見えなくなったのは、アルモニカが完成し、洞窟事件が起きた一七六一年の前年です」

「彼は、洞窟事件のあった年を示唆している。それにアンディとエスターが関わったことを承知している。それが、彼が私に告げたかったことなのか？　音の解釈が正しいという前提のもとにだが。彼の姿を見なくなったのは、エスターの言葉によれば洞窟事件の前年ごろだ。そのとき、ベドラムに入れられたのか。それとも入所はもっと後なのか。後だとすれば、その間、どこで何をしていたのか。洞窟事件を、ベイカー氏はどうして知っている。アン、やはり、アンドリュー・リドレイは、ベドラムにいる、あるいは、いた。そのどちらかではないか。そうだ。そうでなくては、一七六〇年からベドラムに収容されたとおぼしいベイカー氏が、一七六一年の事件を知るはずがない。アンドリュー・リドレイは、ベドラムにいる。あるいは、いた」

ケイロン！　と、判事は思わず大声を出した。

「ケイロンは……レイ・ブルースは言ったのだったな、エスター・マレットに。あんたの恋人は、ベツレヘムに、つまりベドラムに、いると。頭にふっと浮かんだなどと言っていたが、明らかに嘘をついていた。レイ・ブルースは、知っていた。エスターの恋人がベドラムにいることを。なぜだ。どうして、知っている。もう一度、ベドラムに行かねばならん。アンドリュー・リドレイは、あの入所者の中にいるかもしれん。ベイカー氏に、どれがアンディか、示してもらおう」

「所長に知られてはまずいことなのでしょうか。遠回しな暗号めいたやり方をしたのは。…

…そして、もう一つ、部屋を連れ出されてから歌っていたHow can I leave thee! ですが」

「彼が歌ったのは、そういう歌詞ではなかったと思う」

「二番を歌っていました」

アンは歌った。

Blue is a flow'ret
Called the Forget-me-not.

「二番は、こういう歌詞です。でも、彼は、こう歌いました」

White is a flow'ret
Called the Forget-me-not.

「勿忘草は青い色なのに、白、と彼は歌ったんです。何かを伝えようとしたのではないでしょうか」

「その後に続く歌詞は、何だったかな」

Wear it upon thy heart,

And think of me!
Flow'ret and hope may die,
Yet love with us shall stay,
That cannot pass away,
Dearest, believe.

あなたの心につけて、そうして、わたしを想ってね。小さい花も希望も、死ぬかもしれない。でも、わたしたちの愛は、いつまでも終わりはしないわ。信じてね、愛しいひと。

「なぜ、白い花なのか。あるいは、白という言葉を、強調したのか。無意味に言い換えたのではないと思います」

「アン、君は私の誇りだよ」

姪の頭を抱き寄せ、その頬に判事は軽く唇を触れた。

「ベイカー氏は、決して狂人ではない。それどころか、頭脳の回転は速い。所長に気づかれず、私たちだけに何か伝えようと、とっさに考えを巡らしたのだな。エスターに、何とかベイカー氏が青を白と言い換えたことで、思い当たることはないか、訊いてみよう」

「ベイカーさんがベドラムにいるとエスターが知ったら、どんなに驚くでしょうね」

「エスターには、アンディのことを確認してから、話そう」

「そうですね。アンディがいるかもしれないとなったら、一人でベドラムに飛び込んで行きかねませんね」

「狂人ではないのに、なぜ、ベイカー氏は入所させられているのか。一時的に錯乱したのか。いや、一時的な錯乱なら、おさまれば退所できるだろう。アン、あの場所は、監獄よりも閉鎖的だ」

「わたしもそう感じました」

「査問委員会の許可がなければ、退所できない。委員と通じている者は、賄賂次第で、都合の悪い人物を幽閉することもできる」

査問委員会と理事会のメンバーはほとんど重なっていた。

そうして、査問委員会の委員長はダッシュウッド、委員筆頭はドディントン。理事会の理事長はドディントン、理事筆頭はダッシュウッド。なんということだ。二人とも、洞窟事件に関与している。

「ドディントン、ダッシュウッドのどちらかによって、あるいは二人が共謀して、アンドリュー・リドレイをベドラムにぶち込んだ可能性が高いな」

「ほとんど決定的です。権力の濫用です」

持てる力を濫用しない権力者の方が珍しい。

「エスターをひどい目に遭わせて沈黙を強いたのも、二人のどちらか、あるいは二人とも、が、病院に圧力をかけてやらせたに違いありません。……ベイカーさんは、ジョン・フィールディング判事が信頼できる人物であることを、前から知っていたんですね。賄賂で動く治安判事なら、とても秘密は打ち明けられませんもの。もう一つ、伯父様、わたし、気にかかっていることがあるのです」

「何だね」

「アルは、エドは気性がまっすぐなんです、と言いましたよね」

「ああ、そうだった」

「あれだけ嘘をつきまくって、小賢《こざか》しく法の不備をついて、何が〈まっすぐ〉よ、とわたしは思いもしますけれど、そして、ずいぶんねじ曲がった行動を取りますけれど、アルの言葉に一理あるようにも思えます。彼の行動原理は、〈自分の利益のため、保身のため〉ではありませんでした」

「ああ、むしろ自己犠牲といえる。……五年前のあの事件は、エドが首謀者で、ナイジェルはそれに従ったように見えるが、実はナイジェルが、エドをそっちに引っぱったのではないかと、アルはそう言っていたな」

「エドとナイジェルの出会いですがエドの話によれば、ナイジェルは、ベドラムで生まれ育った。入所者の中に画家がいて、絵を教えてくれた。男色者が集う店に所長が売り飛ばそうとしているのを知って、脱走した。街頭の似顔絵描きで、何とか食べていた。ヘイマーケットの道端で通行人の絵を描いているのを、通りかかったエドが見て、技量に感心し、ダニエル先生に紹介した。そういうことでした」

「ああ、そうだ」記憶をたどり、判事はうなずいた。「あのとき、エドワード・ターナーは言葉を選び、慎重に話しているという印象を受けた。彼は感情を隠すのに長《た》けている」苦笑して、「ナイジェル・ハートも」と言い添えた。「彼の言葉に、何か不審な点をみつけたか？」

「エドとナイジェルは、薔薇亭《ローズ》、あのいかがわしい店の常連でした」

「妖精王《オーベロン》と妖精女王《タイターニア》だったな」

「どうして、二人はあのような店に出入りするようになったのか。それが、不思議なのです。ダニエル先生の住み込み弟子になってから、どうして、あんな場所と関わりを持ったのか。想像だけで言うのですけれど、ナイジェルは、エドと知り合う以前から、薔薇亭《ローズ》などを知っていたのではないか。ああいう店で、客を取っていたのではないか。街頭の似顔絵描きだけでは、たいした稼ぎにはなりません」

「アン、君をこの仕事に就かせてきたことを、私は悔やむよ。上流階級の女性が持つべき知識ではない」

アンは吹き出した。「今さら、そんな……。伯父様」

そうして、続けた。

「ナイジェルに関しては、薔薇亭《ローズ》の亭主に話を聞いてみましょう」

「ここに呼び寄せよう」

前菜の牡蠣《かき》にメインはラム腿肉のローストの昼食をアンと共に摂りながら、判事は考え込んでいた。

「伯父様、どうなさいました？」

アンの手が、軽く、フォークを持った手の甲に触れた。

「午後を三人の訪問に当てる予定だったが……、ベイカー氏の訴えを聞いたからには、もう一度ベドラムに行き、アンディがいるかどうか確認する方が先か。だが、市長たちには訪問を予告する使いを出してしまった。まったく、躰が三つ四つ欲しい」

コーヒーは居間に運んでくれと召使いに言い、アンと共に二階に上がった。

それとほとんど同時に、ネイサンがやってきた。

「何か、急用ができたか？」

判事の問いに、「昼前もきたんですけれどまだ帰っておられなかったので」ネイサンは口ごもりながら言った。「出直してきました」

役目を言いつけられるのを待っているのだ、と判事は気づいた。アルたちがウェスト・ウィカムまで出かけているのに、馬車に乗ると酔うからと、はずされた。この調査に携わるために、判事が口添えし、ネイサンは一週間、銀行の勤めを休むことになっている。「ネイサン、君には、ロンドンに残っていてもらいたい。ベドラムを調べることによって、さらに、行動が必要になるかもしれない。君はその時の要員だ」一昨日、判事はネイサンにそう言ったのだった。

うっかりしていたことを気取られぬように――急用か、と訊いた時点で気取られてしまった。「アン、ネイサンに、ベドラムでのことを話してやってくれ」判事は命じた。

時々、小さい声で相づちを打ちながら、ネイサンが熱心に聴き入っている様子が感じ取れた。

「素晴らしいですね、モアさん」

何とかベイカー氏の暗号を解読した件《くだり》で、ネイサンは賛嘆した。衷心《ちゅうしん》からの声だと、判事は感じた。

「ケイロンは、たしかに怪しいですね」聞き終わって、ネイサンは言った。「エスターの恋人がベドラムにいる。なぜ、知っているのか。僕、ケイロンに会って、問いただしましょうか」

なんとか、任務を分け持ちたいと願っているようだ。

「ベドラムに行ってもらうのは？」アンが言った。「そうすれば、サー・ジョンは、最初の予定どおり、市長やダッシュウッド、ドディントンなどを訪問できます。あの三人からの聞き取りも重要です」

「ベドラムは危険かもしれん」判事がかぶりをふると、

「荷が重いかしら」アンがつぶやき、

「行きます」ネイサンが被せた。「何とかベイカー氏に面会して、アンディがどの人か、教えてもらうんでしょう。そうして、アンディに会い、事情を訊く。それだけでしょう」

「あの時、ベイカー氏が、音に託すなどという面倒な手段をとったのは、所長の前では話せないことだったからだ。どうも、ワイラー所長は信頼しきれん。確かな人物であれば、ベイカー氏はとっくに所長に打ち明けているだろう」

「ベイカー氏は、あそこで、狂人として扱われているのですね」とネイサンが、「とっさに暗号を考えつく。頭のいい人ですね。なぜ、狂人ではないベイカー氏が入所しているのか。アンディは狂人なのか。サー・ジョン、僕がつきとめてきます」

気負った声だが、虚勢を判事は感じ取った。

一番年下のせいもあって、何となく皆から軽く見られているようだ。そうして本人は過剰にそれを意識している。

数えてみれば二十二歳。もはや一人前の若者なのだ、と判事は思った。ボウ・ストリート・ランナーズの中にも同年の者はいる。

「誰かを護衛につけてはどうでしょう」アンが提案した。

「皆、忙しい」

ハットンが報告に戻ってきたのは、その時であった。

「ウィルクス市長、ダッシュウッド卿、ドディントン氏に、閣下のご訪問の意を伝えてきました」

「ご苦労」

さがってよいと、手で合図した。

ハットンの足音が消えてから、

「彼ではどうですか」アンは言った。

「ハットンは頼りないと言ったのは、君ではないか、アン」

「見かけは確かに、ふやけて頼りないですけれど」

「声も頼りない。しかし、他にいないな。誰も同行しないよりはましだろう。治安判事である私の代理人であることを証する書状を、ネイサン、君に持たせる。そうすれば危険が及ぶことはないだろう」

「ありがとうございます」

ネイサンの安堵した声。

「所長が拒絶したら、無理押しはするな」

ワイラーが、面会を簡単に承知するか、拒絶するか。

それによって、事件にワイラーが関わっているか否かがわかる。

ワイラーの前で、ベイカー氏は、狂人のふりをしとおした。ワイラーが、事件に関わっているからか。それとも、ワイラーに知られてはならない事件であったからか。

面会ができれば申し分ないが、拒絶されたらされたで、この疑問の答が出る。

判事は一筆したため、封蠟を垂らし、印形を押してネイサンに渡した。そうして、ウィルクスらに会うべく、担ぎ椅子《セダン・チェア》を用意させた。

ロンドン市長ウィルクスの人相が悪いことは有名で、盲目のジョン・フィールディングも、見たことのないその顔を、思い浮かべられるほどだ。

庶民の間で人気は高い。出版物で貴族の横暴を難詰し、「虐げられた貧しき人々に自由を！」と叫び、下層階級の心を摑んだ。「ウィルクスと自由！」「ウィルクスは自由の象徴だ！」「ウィルクスは我々の味方だ！」

しかし、ジョン・フィールディングが知るウィルクスの経歴は、かなりいかがわしいものである。ウィスキー製造業者の息子で、親譲りの資産はない。金と地位を欲した彼は、バッキンガムシャーに私有地を持つ裕福な女性に目をつけ、結婚した。十歳年上で離婚歴があるが、ウィルクスが欲した二つの条項は、彼女によって保証された。所領の一部エイルズベリーが、ウィルクスにゆずられ、そのおかげでジェントリーの身分を獲得し、公職につく資格も得られた。欲しい獲物は手に入れたので、醜い年上の妻を冷淡にあしらい、離婚した。年二百ポンドを扶助料として彼女に支払う条件である。

就任した数々の公職の一つに、〈エイルズベリー孤児院〉の理事があった。財務を担当し、職権を利用して孤児院の資金を横領した。

議員にのしあがる野心を持ち、エイルズベリーから立候補した。選挙資金を調達するため、扶助料を取り止めることにし、裁判沙汰になった。

その裁判記録から、ジョン・フィールディングは、ウィルクスについて多くを知っていたのである。

女性がらみのスキャンダルも多い。隠し子もいる。

庶民は、それらのスキャンダルは知らない。噂を聞いても、ウィルクスは俺たちの味方だ、と耳を貸さない。

ウィルクスはさらに、庶民の気持ちを代弁する記事を出版物に載せた。対フランスの七年にわたる戦争が、イギリスの勝利によって終結したのだが、イギリスはなぜこうも譲歩したのだ、勝利者なのだから、もっと利益を得る権利がある、というのが人々の抱く不満である。その声に乗って、ウィルクスは、「国王は軟弱だ。外交で国益を損じた」と、声高く誹謗した。

告訴され、パリに逃亡したが、欠席裁判によって有罪宣告を受けた。生活に窮し、帰国したところを逮捕され、王立裁判所の監獄に投じられた。民衆は、勇敢な反権力行為と称讃し、ウィルクスの処分を撤回せよとデモンストレーションを起こし、暴動にまで発展した。五年前、ネイサンが巻き込まれて監獄にぶちこまれたあの騒動だ。ウィルクスは短期間で釈放され、人々の歓迎を受けた。

そうして去年、ロンドン市長に就任した。

「ようこそ」

市長ウィルクスは、握手の手を強く握り、振りまわした。

「かねがね、閣下とは膝を交えて懇談したいと願っておったのですよ。しかし、多忙な閣下がわざわざ市庁舎を訪ねてこられたのは、喫緊の用談がおありなのですな」

男としては小さい手だ、骨も細い。

「失礼だが、このまま、貴君の手に触れていることを許してもらおう」

「盲目判事《ブラインド・ピーク》の訊問法は聞き知っていますが、私までその対象にされるのは、不本意ですな」

ウィルクスの手は、判事の手から離れた。

「訊問とはかぎりません」

アンが口をはさんだ。その声の甲高さから、――ウィルクスに好印象を持っていないのだな……と、判事は察した。もう少し、感情を隠しなさい、アン。

「普通に会話を交わすときでも、サー・ジョンは、視覚を欠いておられますから、必要なのです」

言いつのろうとするアンを、もう、よい、と判事は止めた。

「ミス・モア、あなたの手なら、ずっと触れていたいものですな」

失礼な、と言葉には出さないが憤然とするアンの様子が感じられた。

「話を進めよう。訊ねたいことがある。十四年前の、アルモニカ演奏会の件だ」

「アルモニカ？」

怪訝そうに問い返したが、ほんのわずか、間があいたのに判事は気づいていた。

「何ですか、それは」

「フランシス・ダッシュウッド卿所有の洞窟で行われた演奏会に、貴君も列席したな」

「ダッシュウッド殿と私が犬猿の仲であることはご存知でしょう。筆誅《ひっちゅう》をくわえた私に、ダッシュウッド殿が好感を持つわけがない。演奏会に同席など」

「貴君が暴露本を出したのは、演奏会の三年後だ。あの本を出すまでは、昵懇な間柄だったではないか」

「いや、まったく心当たりがありませんな」

「落雷、火事。それだけの大事故があっても、おぼえておらんと？　物忘れのひどい歳ではあるまい。とぼけるのは、何か不都合があるからかな」

「お言葉の意味がわかりませんな。ウェスト・ウィカムで行われたのなら、領主フランシス・ダッシュウッド卿に訊ねられたら如何《いかが》です」

「誰しも、己に不利なことは隠したがる。貴君はダッシュウッド殿と不仲だから、しがらみに囚われず、事実を語ってくれると期待したのだが」

「私は何も知らない。それが事実です」

「ひところ、貴君もヘルファイア・クラブのメンバーだった。それは否定されぬな。内部にいたことがなくては、あれだけ詳細な暴露記事は書けぬ」

「私もメンバーの末席に加わったことはありますよ。正直に申すと、私は偉い方々と知己を得たかったので」

「出世の足がかりに？」

「そうです」

平然と、ウィルクスは肯定した。

「私のように出自が低い者は、身分ある方々と親しくならねば、世に出られないのです。国王陛下までメンバーの一人であるヘルファイア・クラブは、最高の社交サークルだろうと期待しました。いや、私が加わったときは、御即位前でしたが」

「で、政界への足がかりができたから、次に、反権力の旗を揚げ、上流階級の人々を罵倒し、人気の獲得を目指した、という段取りか」

ずけずけと判事は言った。面《つら》の皮の厚い相手だ。遠回しな皮肉では、針の先がはね返される。

「ヘルファイア・クラブもダッシュウッド卿らも、踏み台であったのだな」

「あんな猥褻で瀆神《とくしん》的なクラブとは知らずに入会したのです。私は、正義感に駆られ、パンフレットで実情を人々に知らしめたのです。一時、国を脱さねばならぬほどの危険な行為でした。それを、敢えて、断行しました。軽々しい気持ちでは、できないことです。我がイギリスを愛すればこそです。市民が私を熱烈に受け入れたのはご存知でしょう。私は、ひたすら、市民のために行動しています。一握りの貴族のためではなく。それが私の政治的信条です」

しかし、ウィルクスが市長に就任して以来、具体的に改善されたことは何一つない。貴族階級に媚びるようになったとさえ感じられる。ようやく得た地位を失いたくないのだろう。

「その政治的信条に則って、解決していただきたい事項がある」

「何ですかな」

「貴君が理事長の職にあるベドラムについてだ」

「何なりと。ただし、理事長というのは、ご承知のとおり名誉職で、運営に関しては所長にまかせていますが」

所長イアン・ワイラーと同じことをウィルクスは口にした。

「患者の首に、犬のような輪を嵌める。いや、犬よりひどい。金属の輪だというな。勝手にはずせないよう、鍵をつけてある。所長は理事会の承認を得たと言っていた」

「記憶にありませんな。理事会でそんな問題が討議されたことは」

「現所長ワイラー氏の発案だというから、遡ってもせいぜい三年だ。三年前の議題もおぼえておられぬのか。私よりだいぶお若いようだが」

「仕事が繁多でして。閣下は、これまでに下された判決のすべてをおぼえておられますかな」

「議事録で確認されたい。そうして、即刻、首輪ははずすよう、手配していただきたい」

「はて、ウェストミンスター地区治安判事殿が、なぜ管轄外のベドラムのことに口出しされるのか」

「理事長が、なぜ、管轄下にある施設の不備を放置しておられるのか」

「どうも、これは……」

判事の瞼の裏で、ウィルクスはにやにや笑いをした。

「お言葉のとおり、人道的に問題のある方法ですな。改めるよう、理事会に提案しましょう」

「貴君の命令で即座に止めさせることはできないのか」

「独断は許されません」

ぬらりくらりとウィルクスは言い抜けた。

「話を戻そう。貴君は、洞窟の演奏会に列席したことはなく、アルモニカという楽器について何も知らない。そう主張されるのだな」

「主張も何も。ただ、事実を述べておるだけですから」

「貴君があらわした暴露本は、私も読んだ」

「は?」

「読んだと言っては語弊があるか。アンに朗読させたのだが」

「ご婦人が読むのは、どうかと思いますな」

その点は、判事も、少々心苦しいのである。猥褻な書を可愛い姪に読ませたくはない。だが、荒唐無稽な物語ではなく、事実に立脚している以上、アンも職業上知っておくべき内容であった。

「ことさら誇張したわけではないのです。むしろ、自制し筆を抑えたほどでした」

「国王陛下もメンバーであったと、先ほど言われたが、あの暴露本には、陛下についての記述はなかったな」

「私は、陛下の国政に関しては忌憚ない意見を述べるが、私生活を暴くような不届きなことはいたしません。庶民を苦しめることがなければ。浪費癖があり、国庫を乏しくし、税を高くする。そのようなことがあればもちろん糾弾しますが、陛下はむしろつましくあらせられる。好色で他人の妻にまで手を出されるとあれば、筆誅を加えますが、陛下はあのじゃじゃ馬王妃で我慢され、次々とお子をもうけておられる。何人になられたかな」

ご成婚以来この時まで十四年の間に、十人だ。それは判事も承知している。去年、十番目が生まれたばかりだ。王妃は腹の膨らんでいない時がないと、巷でささやかれている。陛下は入れっぱなしなんだろ、などと、あられもない冗談もいきかう。少々お頭《つむり》が弱い、という不敬きわまりない噂もある。だが、陛下は国事にいそしんでおられる。政治家任せにせず。

判事は気がついた。洞窟事件も十四年前。ご成婚と同じ年であったのか。ご成婚は秋だった。洞窟事件は夏だから、まだ独身であられた。

「女を囲うのは誰でもやっていることですが、陛下は品行方正で、愛人はおられない。召使いに手をつけることもなさらない。クラブに参加された頃は、お若かった。多少の奔放な行為は許されて然るべきです」

「どのような奔放な行為が？」

「忘れましたよ。十何年前になりますか……。若いときは、誰だって逸脱するものです。生真面目一方で過ごした者が、四十過ぎて放蕩の愉しさに目ざめたら、これはもう、手がつけられない」

「ヘルファイア・クラブが創設されたときからのメンバーであられたのか、陛下は」

「まさか」苦笑を含んだ声が返ってきた。「創設は、ええ……、そう、二十四年前です。陛下はまだ子供だった」

「参加されたのはいつから」

「いつ、とはっきりは……。陛下が十七、八になられてからですな。悪い遊びに夢中になる年頃だ」

陛下の誕生は一七三八年だから、洞窟事件の時は二十三歳。五、六年、仲間であったわけだ。

「貴君の書によると、メンバーの方々の乱行はなかなかのものですな」

「いやもう、盛んでした。あの書では暴露しませんでしたが、現海軍大臣のサンドウィッチ伯など、内々で売春宿を創設、経営していたほどです。あのときは、公職には就いておられませんでしたが」

「いずれの方々も、愛人をお持ちだったのか？」

「それはまあ、悪意を持って取り上げられたらスキャンダルになりますが、愛人を囲うのは、今でもごく当たり前でしょう。厄介なのは、愛人が正妻の座を欲しがることで。手を焼いたお方もいる」

「どなたであろう」

「名指しは控えましょう」

「いつまで続いたのですかな、クラブは」

「ダッシュウッド卿が大蔵大臣に任命されたころから、卿が自粛して、クラブの活動――つまり、猥雑な集まりですが——は下火になり、立ち消えになりました。明瞭に解散したわけではないので、時たま、どんちゃん騒ぎをすることはありました」

この後、公務がありまして、と、ウィルクスは、それとなく面談の終了をうながした。

次は、ダッシュウッドとドディントン訪問だが、その前にコーヒーハウスで一休みした。

「なぜ、もっと厳しく追及なさらなかったのですか」

アンが不満を漏らした。

ブルドッグ・ゴードンは同じテーブルに着き、周囲を警戒している。

強力に戦闘を遂行すべきだ。もっと増兵の必要がある。政府は弱腰だ。声高なやりとりが判事の耳に入る。けしからんよ、植民地の連中は。奴らは、国王陛下の臣下という立場をわきまえておらんのだ。税が高すぎるなどと、勝手なことをぬかしおる。本国に税を払わずして、何のための植民地だ。

「ウィルクスも信頼できない相手だ」

アンの耳もとに口を近づけ、小声で喋る。アンの髪が、判事の額に触れる。

「市長に就任して以来、どうも以前のように威勢よく上流社会を攻撃しなくなったと感じていたが、やはり、牙を抜かれてしまったな」

「市長になるには」と、アンも、耳もとでささやき返す。「参事会の推薦が必要ですものね」

ウィルクスが暴露本で名をあげ糾弾した貴族たちは、仲間であったフレディ——ウィリアム・フレデリック・ジョージ——が即位しジョージ三世陛下となられてから、いずれも重用され、入閣したりしている。ダッシュウッドは大蔵大臣だった。もっとも、林檎酒に課税したため労働者の暴動を引き起こし、王室衣装保管官に格下げされ、再度入閣したものの地位は逓信大臣だが。ともあれ、国王は側近を気心の知れた仲間で固めた。しかし、ウィルクスは、まったく目をかけられなかった。暴露本を出したのは、そのためか。上流階級に容れられなかったから、〈庶民の味方〉を吹聴し、貴族を弾劾する側に立ったのか。市長の地位を得てからは、反権力の矛はおさめている。参事会員は、貴族、富豪など、ウィルクスが弾劾してきた上流階級の権力者たちで成り立っている。ウィルクスはおそらく、地位を得るために、陰で彼らに膝を屈したのだろう。もともと、反権力は、権力を得るための旗印であったのだろうから。

〈野心はしばしば、もっとも卑しい仕事を引き受けさせる〉と、ジョナサン・スウィフトが著書に記していたな、と判事は思った。〈だから人間がよじのぼるのは、這っているのと同じ格好なのだ〉。

「ウェスト・ウィカムの洞窟で奇妙な演奏会が行われた、ウィルクスも列席していた、という話は、今のところ、エスター・マレットから聞いただけだ」

「エスターには、嘘をつく必然性がありません」

「私もそう思う。あれだけの話をエスターが一人で作り上げたとしたら、私の兄を凌ぐ小説家になれる。明らかに、ウィルクスは、演奏会にいたことを隠している。なぜだ。追及しロを割らせるためには、エスター一人の話だけでは無理だ。しらを切り通されたら、こちらにはさらなる武器がない。客観的な証拠がなくては」

「ダッシュウッドは、アルたちがウェスト・ウィカムに行くのを阻止しようとしました。ナイジェルの死と十四年前の事件、双方に、ダッシュウッドが絡んでいるのでしょうか」

フランスがどう出るか、だな。まさか、叛乱軍の援助はすまいが。いや、わからんぞ。植民地の奴らは、我が本国から独立する意図を持っているというじゃないか。気炎を上げる男たちの大声が、二人のささやきを消す。

「おそらくな。だが、憶測で決めつけず、証拠固めをしよう」

「ウィルクスはダッシュウッドと不仲なのに、洞窟の演奏会のことは隠す。いなかったことにしないと、ウィルクス自身に不利なのでしょうか」

「ウィルクスまでも怪しいとなると、誰と誰がどう繋がっているのか……。ワイラー所長も、信頼がおけん」

「エスターをベドラムに連れて行って何とかベイカー氏に会わせたらと思いましたが、危険かもしれませんね」

「エスターには、ボウ・ストリート・ランナーズの誰かを護衛につけたほうがよさそうだ」

「いっそ判事邸に引き取っては」

アンに言われ、判事は乗り気になった。

「それはよい考えだ。あの宿屋で護衛をつけたら目立ちすぎる」

「下働きとして雇うことになりますけれど」

「《金羊毛》で働くより、はるかにましだろう」

バンカーヒルの戦いで、植民地軍をさっさと叩き潰せなかった我が方が、不甲斐ない。男たちの声がさらに大きくなる。奴らの総司令官は、ジョージ・ワシントンというんだそうだ。全植民地が共同戦線をはるよう、体制を整えたのは、ワシントンの力だそうだ。

ノースが軟弱なのがよくない、と、一人が首相の名をあげて罵倒した。

貴族院議員も閣僚も、戦争に無知な者ばかりだ。植民地人の中には、本国に刃を向けるのを好まない者たちがいるはずだ。彼らを支援し、内部から分裂させればいいのだ。

「治安判事閣下があのテーブルにおられるぞ」

「閣下のご意見を伺ってみよう」

黒い布を目の上にまわした姿は目立つ。寄ってくる気配に、判事は指をあげて給仕を呼び、茶代とチップを渡した。

「さて、ダッシュウッドとドディントンがどのような嘘をつくか、確かめよう」

アンにささやいた。

市庁舎から西に二マイルあまり、グローヴナー広場に近いあたりに、ダッシュウッドは豪壮なタウン・ハウスを構えている。

前もって使者を出し、訪問を伝えておいたのだが、応対した執事は、「まことに申し訳ございませんが、のっぴきならぬ先約があり、他出しております」と慇懃に述べた。

「いつ、お戻りか」

「わかりかねます」

「では、明後日、出直そう。しかと伝えよ」

ついで、さらに担ぎ椅子《セダン・チェア》を西に向ける。ハマースミスのテムズ付近に、ドディントンはダッシュウッド邸にひげをとらぬ豪邸を持ち、ノルマンディーの修道院にちなんで〈ラ・トラップ〉と名付けている。

渡し舟を使ってテムズを遡ればいいのだが、判事は小さい渡し舟の乗り降りに不安を持っており、どこに行くにも常に陸路を用いる。盲目であるにもかかわらず豪胆に行動するのだが、不安は常にあった。慣れない場所では、聴覚触覚をことさら研ぎ澄ませていなくてはならない。他人には悟られないようにしているが、アンだけは伯父の不安を理解している。

ロンドンの市中を外れると、空気がいくらか清々しくなる。

〈ラ・トラップ〉への訪問は初めてであった。

ここでも留守と言われるかと予想はしていた。ダッシュウッドは、居留守を使ったか、あるいは差し迫った用もないのに外出したか、どちらにしても、判事との対面を避けた。

しかし、玄関番に来意を告げると、「お知らせをいただき、お待ちしておりました」執事が丁重に出迎え、客案内係《アッシャー》に付き添われ接客室に通された。

「かなり広い部屋だな」

　空気の感触から、そうアンにささやくと、

「フットマンが、見たところ、二人しかいません。これだけの屋敷にしては少なすぎます」アンも声をひそめた。「ドディントン夫人がオックスフォードまで行くのに、自家用の馬車を用いず、供も連れず、乗合馬車に乗ったといいますから、財政は苦しいのかもしれませんね。室内の装飾品も少ないです。壁に、家具を取り払った痕が残っています。売り食いしているのでしょうか」

　フットマンが少ないと、チップが助かりますが、とアンはみみっちいことを言った。

　足音が聞こえた。絨毯に吸われ、かすかな音だが、男にしては歩幅が狭い。せかせかした歩き方だ。女中だろうか。飲み物の香りはしない。

　判事の方に近づいてはこず、消えた。一方から他方に通り過ぎたのだ。

　足音が耳につかなくなってから、アンが「ドディントン夫人だろうと思います」と耳打ちした。「クラレンスたちが描写したとおりの容姿です。壁に背をぴったり寄せ、こちらをちらちら見ながら、通り過ぎていきました」笑いを怺えて言った。「あまり賢い方とは思えません。サー・ジョンが盲目だからわからないだろうと、こっそり様子を見にきたんですね。本来なら、あちらからご挨拶なさってしかるべきです。まるで、何かをちょろまかしに入ってきたメイドみたいな態度でした。わたしは、気がつかないふりをしていました」

　再び足音がして、判事に近づいた。老いた足音だ。

判事が差し伸べた手を軽く握った手は、汗ばみ、細かくふるえていた。

「我が館にようこそ」

「早速ですが」と、相手の手を握ったまま、判事は切り出した。「アルモニカの演奏会では、大変な騒ぎがあったそうですな」

ドディントンは、手を引き抜いた。

「何の話ですかな」

「ウェスト・ウィカムの、ダッシュウッド卿が所有される洞窟で行われた演奏会です。国王陛下も同席されたとか」

「誰が、そんな根も葉もないことを」

ダッシュウッドから、話が伝わっているようだなと、判事は察した。ナイジェルの死を調べにウェスト・ウィカムに行くことを、ダッシュウッドは阻止しようとした。調べられては困るのは、ナイジェルに関してか、それとも、洞窟の演奏会のことか。両方か。ナイジェルの死は、演奏会と関係があるのか。

エスター・マレットの名を出すことを、判事はここでも控えた。権力者たちが――ダッシュウッド、ドディントン、それに敵対しているはずのジョン・ウィルクスまでが――こうも隠蔽しようとしているのだ。彼らに対して、こちらは無力だ。

証人の存在を明かせないことは、ドディントンを追い込めないことでもあった。徹底的に隠すのは、暴かれては困る重大なことがあったからだと確信が深まったが、調査を進めてからでなくては、打つ手はない。

4

ハットンは頼りないと言ったのは、君ではないか、アン。

見かけは確かに、ふやけて頼りないですけれど。

声も頼りない。

判事とアン＝シャーリー・モア嬢のやりとりを思い返しながら、肩を並べて歩くハットンを、ネイサンは横目で見た。不細工にふやけている、とネイサンも思う。年寄りではないのに少し猫背で、しまりのない下腹が膨れている。顎と下唇を突き出した横顔は、不機嫌な気分を丸出しにしているように見える。お前みたいな奴の護衛を、なぜ俺がしなくてはならんのだ。声に出さないハットンの不満をネイサンは感じ取ってしまい、こんなのと一緒でなくても大丈夫なのに……と胸を張りたいが、同行者がいるのは、認めたくはないのだけれど、実は心強かった。サー・ジョンの書状も、ひるみがちになる気持ちを奮い立たせた。

得体の知れない場所に、信頼できない所長。

しかし、何とかベイカー氏と面会を果たし、アンドリュー・リドレイにも会えたら、すばらしい成果だ。クラレンスに、「お前、やるなあ」そう言わせたい。

《ベツレヘムの聖マリア病院》と刻まれた銅板に目をやった。入口脇の石壁に嵌めこまれている。そうして二つの彫像。〈躁〉と〈鬱〉の象徴だとクラレンスが言っていた。どちらも同じように、悪魔の目くばせみたいな顔をしている。

ベドラムは危険かもしれん。あのサー・ジョンがそう口にしたのだ。

青銅のノッカーは獅子の顔だ。輪を握ったら錆の破片が手のひらに食い込んだ。爪の先で取り出そうとしていると、焦れた顔つきのハットンが鈴紐を引いた。

脇の小窓が開いて、門番らしいのが覗いた。

来意を告げる声が震えないことをネイサンは願った。有能な、そうして勇敢な人物でありたいと思っているのに、理想と実際はどうしてこうも合致しないのだろう。

「ちょっと待っていろ」

ずいぶん待たされた。ハットンは、それがネイサンのせいだとでもいうように、ますます不機嫌な顔になる。

ようやく開いた扉は、入口ではなく、小窓の方だった。

「ワイラー所長は外出中でね」そっけなく門番は言い、内開きの小さい扉を閉めようとした。ハットンが、見かけによらない敏捷さで、隙間に棍棒を突っ込んだ。力をこめて押し開けながら、「早く、チップを。早く」とネイサンにささやいた。

急きたてる語気に圧され、小銭を手のひらにのせたとたん、あいた方の手でハットンは攫《さら》い取り、門番に見せびらかした。

――小銭じゃなかった。一シリング銀貨だ！　冗談じゃない。

取り戻そうとしたとき、門番が手を伸ばした。

ハットンは素早く引っ込め、「所長さんが留守でも、中には入れるんだろう」と、さらに見せびらかす。

「所長様の許可がなければ、鍵は開けられない」

「かけ忘れることだってあるだろう」

銀貨をひらひらさせたが、小窓は閉ざされた。

「返せよ。僕の金だ」

ネイサンの小声の抗議を、ハットンは聞き流し、自分の隠しにおさめ、「居留守だな」と言った。「ほんとうに外出中なら、すぐにそう言うはずだ」

そのくらい、ネイサンにも察しがつく。

「返せよ」

「帰ろう。サー・ジョンに、奴は居留守を使いました、と告げれば、任務完了だ」

「返せよ」

「コーヒーハウスで一休みしよう。一シリングあれば、二人で飲める。チップ代は俺がもってやるぜ」

さっさと歩き出すハットンの服を掴み、「返せよ」と言いかけて、ネイサンは手を放し、踵《きびす》を返した。

「おい、どこに行くんだ」

「任務を完遂する」

「もうすんだんだぜ」

「あんたはサー・ジョンに報告に戻れ。居留守を使われましたってな」

足早にネイサンはベドラムに向かった。途中で振り返ると、ハットンは指の間にはさんだ銀貨をひねりながら、思案していた。

前の事件の時、ロバートが石炭投入口から邸内に入り込んだという仮説がたてられたのを、ネイサンは思い出したのだ。すべてが解決してから、ネイサンは教えられたのだった。結局、投入口は用いられなかったのだが、——ベドラムだって、投入口はあるはずだ……そう、思いついた。

フィンズベリーに面して壮麗な入口があり、建物はロンドン・ウォールに沿って東西に細長い。投入口の鉄蓋は、裏の路地にあった。

人目がないのを見定め、蓋の把手を握り、力をこめた。街路の一部であるかのように、まったく動かない。大地すべてを持ち上げようとしているみたいだ。肩の骨が軋んだ。役立たずであるとは、絶対に自認したくない。しない。詩才があると自負していたのに、たいしたことはなかった。ひとかどの……そう、ひとかどの人物になれると思っていた、のに、たかが投入口の鉄蓋にまで馬鹿にされている。犯罪を突き止めてその経緯を小説に仕立てる。本当に書きたいのはそんなものじゃない。なら、書きたい物を書けよ。誰も、書くことを禁止してはいない。二つの声が頭の中で反論しあっている間に、肉体は、手に余る重量の蓋を持ち上げるべく奮闘していた。

ハットンの体臭がふいに鼻をつき、同時に背中に彼の重みを感じ、把手を摑んだ手の上に、生暖かい手がかぶさり、ぐいと握りしめられた。

ハットンの協力を得て、蓋は持ち上がり、脇にずらされた。

「忍び込むつもりか」

「まあね」

のしかかっているハットンを押し退け、穴の中をのぞき込んで、ネイサンは絶望的な気分になった。

地下の貯蔵庫に石炭を放り込むことだけを目的とした穴である。人間の出入りなんて、まったく考慮されていないのだ。深い。梯子はない。底が急傾斜しているのが辛うじて見て取れる。

飛び下りるほかはないが、この深さでは足をくじきそうだ。協力者がいなくては、と思ったとき、

「もう一シリングよこしな」

「なんで」

「潜り込みたいんだろう。手を貸してやる。手間賃だ」

「あんた、ボウ・ストリート・ランナーズの一員だろう。手を貸すのは当然じゃないか」

「任務外だ」

所長が面会を拒絶したら、無理押しはするな。サー・ジョンはそう言ったのだった。

ワイラーが、面会を簡単に承知するか、拒絶するか。それによって、事件にワイラーが関わっているか否かがわかる。そうサー・ジョンは言った。

けれど、と、ネイサンは思う。「居留守を使われました」そう報告するだけなら、ハットン一人で十分だ。

たかられやすい体質というのがあるのだろうか……と、ネイサンは思った。ケイロンとのやりとりでも、たかられっぱなしだった。

くそっ、と歯の間で罵りながら、隠しをさぐった。数枚の硬貨を指先で探りわけ、六ペンス貨を取り出した。

「これしか持ち合わせがない」

ハットンは疑わしげな顔をしたが、「まあ、いいだろう」攫い取って隠しに入れた。「両手を持ってやるから、下りろ」と指図がましい。

「〈手を貸す〉って、それだけか」

「ほかに、何がある」

「あんたが先に飛び下りて、両手を伸ばして、僕を助け下ろしてくれるとか」

「馬鹿。足場は斜めだぞ。飛び下りたら滑り落ちる」

「手を掴んでもらってぶらさがっても、足が届かない」

「ほんの少しの距離だ。いきなり飛び下りるより、衝撃はずっと少ない。ほとんど、ないと言ってもいいくらいだ。後は斜面を滑り降りろ」

躊躇したが、あきらめれば、一シリング六ペンスは無駄になる。コーヒー一杯を恩着せがましい顔のハットンにおごられるだけで、終わりだろう。

「しっかり握ってくれよ」

〈ああ、勇敢なるネイサン・カレンは、ついに意を決し、深い穴に下りていくのであった。〉『ヒュー・アンド・クライ』に連載する記事の文面が浮かんだ。読者はここで、手に汗を握る。読者を失望させてどうする。ネイサン・カレンの冒険は、『ヒュー・アンド・クライ』の読者を増やすに違いない。そう、自分を励まし、穴の縁に肘をつき両手はハットンの手を握りしめ――こいつの手、ねとねとして滑りやすいぞ――おそるおそる足を穴に伸ばす。踏みしめる足がかりはない。宙ぶらりんだ。ハットンは腹這いになっている。

「もっと、躰をのりだして、腕を伸ばせよ」

「のりだしたら、こっちまで落ちる」

肘から先ぐらいしか、穴の上に出ていない。その上、「お、通行人だ。怪しまれる」ハットンは手を振り払った。

当然、ネイサンの躰は一瞬宙に浮き、続いて、全身に衝撃を受けた。腹這いの姿勢で、勢いよく斜面を滑った。両脚が何かに突っ込むまで二、三秒のはずだが、おそろしく長かった。

突っ込んだのは、石炭の山だ。勢いがついているから、ネイサンの意思にかかわりなく、躰は山の中に脚から突進し、石炭は楽しげに崩れ落ちてきた。

頭上の会話は、夢の中の声みたいに聞こえた。

どうかしましたか。悲鳴が。

いや、蓋が開いておってな。危うく、落ちるところだった。思わず声を上げてしまったよ。

危険だ。閉めておこう。手を貸してくれたまえ。

頭蓋の中を金属棒で打ち叩くような音を伴って、上からの外光は遮られ、ネイサンの視野は暗黒になった。

重いのである。躰をくわえこんだ石炭の山は。山の中に何かひそんでおり、服をくわえて引きずり込んでいるんじゃないか。ずりずりと、石炭の中に吸いこまれていくのだ。さらに、上の方が崩れ落ちてくる。冬じゃなくてよかった。この上、補給する石炭が投げ込まれたら、完全に埋もれる。

両手を梃子《てこ》に躰を押し出し、這いずり出ようとすると、崩れる。

〈哀れなるかな。我らが主人公ネイサン・カレンは、石炭に埋もれ窒息死するのであろうか。〉

などと、馬鹿げた文章が浮かぶ余裕があるのは、脱出が成功しつつあるからだ。わずかずつではあっても、胸から腰と、躰は石炭山の外に出てきていた。

息苦しいのは、粉塵が鼻孔をふさいでいるからだろう。鼻の穴まで真っ黒なはずだ。明かりがないから盲目状態だ。サー・ジョンへの畏敬の念を深くした。閣下は常にこの状態なのだ。明暗はわかると言っておられたけれど……。失明したのは二十ごろと聞いている。不運を受け入れるまでに、どれほどの絶望と不安を越えてこられたことか。今では、他人に頼られる存在ではないか！

そう思っても、漆黒に塗りつぶされた闇の中にいる恐怖は薄れない。閣下は偉人だ。僕は凡人だ。自己卑下し始めると、ますます気分が滅入る。

まず、邸内に通じる扉を探さなくてはならないのだが、指一本動かすのも怖い。何の害もないただの空間であるはずだ。それなのに、なぜ、躰を絞り上げられるように感じるのだ。タールの中で溺れているみたいだ。外側から締めつけ、鼻孔や口や耳の穴からどろりと体内に流れ入ってくる。

暖炉に石炭をくべる季節ではない。もしかしたら、冬になるまで何ヶ月も、ここの扉が開けられることはないのかもしれない。

突然、ネイサンは思い出してしまった。五年前のあの事件の時、暗闇の中に入り込んだ。そうして、襲われたのだ。殺されるところだった。エドとナイジェルが助けてくれなかったら、誰に襲われたのかもわからないままに死んでいた……。

記憶がパニックをもたらすところだが、逆に、その記憶によってネイサンは気持ちを奮い立たせることができた。

助けてくれたナイジェルが奇妙な死に方をしたのだ。殺されたらしい。それを突き止めるために、僕は行動しているのだ。めげている場合じゃない。

突き出した両手で闇を掻き探りながら、すり足で進んだ。じゃりじゃりと石炭屑を踏む。数インチずつ前進する。

足が何かに引っかかり、つんのめった。頭が何かにぶちあたり、転んだ。しばらく痛みをなだめ、起き上がろうとして床に手をついたら、金属の感触があった。手探りすると、硬貨だ。内隠しを探った。空だ。転んだはずみに、中身が飛び出したのだ。床を手探りし、触れた物を片端から隠しにおさめた。選り分けている暇などない。石炭屑ごと浚う。一ファージングだって、こんなところに置き捨てるものか。ハットンの奴にたかられた腹立たしさがよみがえる。

その時、闇の色が、ほんの少し乳色に明るんでいるところがあるのに気がついた。眼が慣れてきて、かすかな明暗を判別できるようになったのだ。――サー・ジョンが閉ざされた瞼の裏に感じている外界は、こんなふうなのか……。

壁を探す。片手が石らしい感触に触れた。手を触れたまま、仄《ほの》かな明るみの方にじりじり歩を進めた。石の手触りが、木のそれに変わった。扉だ。出口だ！

明かりは鍵穴から漏れているのだ。

鍵がかかっていたら……神よ！

最悪の時をまず考えた。施錠されていたら、叫ぶか。地下室だ。階上にいる人々の耳には届くまい。

把手を捻った。開いた。

物置として使われているようだ。雑多な物が積み重ねられていた。左手の壁に高窓がある。梯子をかけなければ手の届かない高さだ。左の隅に粗末な階段があり、そのあたりは明るいが、隅々までは届かない。

――〈不運〉に愛されるたちだと思っていたけれど、〈幸運〉だって、僕を忘れてはいないのだ……。

気分の浮き沈みが激しいたちであることは確かだ。そして、後先を考えずに行動してしまうたちであることも。

何とかベイカー氏に会う。アンディがどの人か教えてもらい、会って事情を聞く。それが、任務だ。そのためには、内部に入らねばならない。石炭投入口、と思いついたとたん、実行に移した。忍び込んでその先、どうするか。考えていなかった。

出たとこ勝負の危なっかしさを抱え持ちながら、ネイサンは磨り減った踏み板を上った。

5

判事が自邸に帰り着いたときは、六時に近かった。ダッシュウッドとの面会がなかったから、この時間ですんだ。やはり午後に三人は無理だったと思いながらゴードンに、ポリーとエスター、レイ・ブルースの呼び出しを命じた。ポリーにはすぐにくるように言い、エスター・マレットの召喚時刻を七時にしたのは、夕食を振る舞おうと思ったからである。レイ・ブルースには八時と指定した。

入口のホールで従僕のフィンチが帽子を受け取りながら、「ダニエル・バートン先生の使いが、手紙を届けてきました。後でお部屋に持って参ります」と告げた。さらに続けた。「面会人がいます。旦那様のお部屋で待っています」

「私室にとおしたのですか。接客室ではなく」咎めるアンに、

「煙突掃除の小僧ですよ」フィンチはくすくす笑いをし、「靴の底はよく拭かせました」と言ってから、耐えきれないように吹き出した。「失礼いたしました、旦那様。待っているのはネイサン・カレン氏でございます。もう、真っ黒けで。居間にとおす前に、台所で顔と手足は洗ってもらいました。服も真っ黒なので、家具や壁に触れず、立っているように頼みました。その前にハットンさんが報告にきましたが、旦那様がお留守なので、後でもう一度くるようにと申しました。ボウ・ストリート・ランナーズの控え所にいるはずです」

「ハットンを呼べ」

居間に入るや、石炭のにおいと埃《ほこり》臭さを判事は嗅ぎ取った。

「まあ、ネイサン！　サー・ジョン、どうしましょう。服が上から下まで真っ黒。これでは、近寄ることもできません。とりあえず、伯父様の服を貸してやりましょうか。大きすぎます

けれど」

「そうしてやってくれ」

「台所で着替えてもらいます」

「いや、次の間でいいだろう」

「こっちにきてください。いま、ぼろ布を床に敷きますからね」アンがネイサンに話しかけている。「その上に立って着替えてください。脱いだ服は、ぼろの上にそっと置いてくださいね。石炭屑を散らさないように。煤じゃないから、まだましだわ。下着までは汚れていないんでしょう。ああ、また手が汚れてしまうわね。お湯を運ばせます」

鈴紐を引いて、アンは女中を呼んだ。

「ネイサン、声がよく聞こえるように、境の扉は開けたままにしておいてくれ。アンは後ろを向いているから大丈夫だ。会ったのか、ベイカー氏に」

「ワイラー所長は居留守を使いました」

入ってきた女中に、バケツにお湯を、とアンが命じる。

フィンチが続いて入ってきて、「ハットンさんは、勤務時間を終えたからと、帰宅してしまったそうです」と告げた。「当直の同僚がそう言いました」

「何か伝言は？」

「何も」

「あの男はクビですね」アンの声が尖った。

「ダニエル先生からのお手紙です」

「短い文章です。今読みましょうか」

アンに言われ、判事はうなずいた。

ナイジェルの遺体を今日埋葬すると、ダニエルは告げていた。

「先生の字は、たいそう読みづらくて。〈列席していただければ、まことにありがたい〉と書いてあるのですけれど、場所も時間も記してないのです」

かなり粗忽な人物であることは、判事も承知している。

「場所は察しがつく。五年前、空の柩を葬ったあの墓地だろう。柩の一つが、空ではなくなる……なくなった……。たぶん、もう埋葬は終わっただろう」

判事は指を組み、ナイジェル・ハートのために祈った。

「アン、明日にでも、ダニエル先生に会って埋葬の場所を念のため確認し、ナイジェルの墓に花を。私も、体があけば同行しよう。ネイサン、着替えは終わったか」

「もう少しです」隣室から届いたネイサンの声は、少しくぐもっていた。

「君の報告を聞こう」

「僕は、石炭投入口からベドラムの地下室に潜り込むのに成功したんですが……」

「よくやった。それでベイカー氏には会ったのか」

「いえ……。一階への階段を上ったところで看護人らしいのにとっつかまり」

「追い出されたのね」

容赦なく、アンが決めつけた。

「投入口の蓋が開いていて落ちたと弁明したら、出て行け、と突き出されました」

金属の音がした。

「どうした？」

「あ、いえ、硬貨が……」

服を脱いだとき、小銭が床に落ちたのかと、判事は苦笑した。

小さい悲鳴のような声が続いた。

「どうしたのですか」

「何でもありません。蜘蛛《くも》の死骸が幾つも……。地下室でも、銀貨や銅貨を落としたんです。転んでしまって。中が真っ暗で。急いで掻き集めたものですから、蜘蛛の死骸まで……あれ？」

「何だね」

「小さい紙切れ。髪の毛……。蜘蛛に、紙切れが結びつけてあって……髪の毛で」

「全部、持ってきなさい」

「いま、ブリーチズを穿いているところで。すぐに着替えを終わります」

「隠しに入っていたものは全部。ごみ屑でも。細かいものも見逃すな」

少し間をおいて、ネイサンの足音が近づいた。埃臭さは消えたが、石炭のにおいはまだ薄くまつわりついていた。

「テーブルの上に並べてくれ」

「僕の銀貨もですか」

「君の所持金は……まあ、いいだろう。大事にしまいなさい。アン、私の眼、説明してくれ。紙切れというのは？」

「ごく小さい紙です。指の爪ほどもありません。細く畳んであります。全部で七つあります。髪の毛を編んだ細い糸状のもので蜘蛛に結わえたのが三つ。ほかのも、結わえた糸が千切れた形跡があります。蜘蛛は、干からびて胴と脚がばらばらになったのが多いです。よけいな荷を負わされて、自由に動けず、巣も張れず餌も獲れない状態のために死んだのでしょうか。紙はいじると破れそうで……。文字は、芥子粒《けしつぶ》のように小さくて……。最初はHですね。それから……紙は小さい上に汚くて皺くちゃで破れていて、読みにくいのですが、Eですね、L……Dかしら。HELD……意味が多すぎますね。ああ、こっちのは、もう少しはっきり読めます。HELP」

「これも、HELPです」

ネイサンの声が割り込んだとき、フィンチがポリーの訪問を告げた。

入ってきたポリーの緊張しきった様子を、判事は感じた。

「誰に口止めされたのだね、テレンス・オーマンとウェスト・ウィカムのことを」

前置きもせず、いきなり訊いた。

「それはフランクリン先生が……」

ポリーは口走った。反射的に言ってしまってからうろたえている様子が、手の感触から伝わった。

予想していたことであったから、判事は穏やかに言葉を継いだ。

「ポリー、君は、フランクリン博士の命令を守って口をつぐんでいたのだね。約束を守る誠実な女性なのだね、君は。立派なことだ。だが、もう、その約束は破棄してかまわんのだよ。神の前でも恥じることはない。植民地人のフランクリン博士は、国王陛下への忠誠心を捨て、叛乱軍に与《くみ》するために帰国した。いわば、敵だ。君が正直に話すことは、イングランドのためになるのだよ」

フランスとの七年間の戦争、そうして新大陸での戦争は、税金の高騰という苦痛を庶民に与えたが、愛国心の高揚をもたらしてもいる。

「そうです。そうですね。フランクリン博士は、我がイングランドに背いたんですね。悪い人なんですね。わたしは国王陛下に忠実ですから、お話しします。博士はオーマンを連れてウェスト・ウィカムに行ったんですけれど。前から、博士は言っていたんです。オーマンは悪いことばかりするから、クビにするって。そして、ウェスト・ウィカムに行くとき、この仕事がすんだら、クビだって、オーマンに言いました」

「ウェスト・ウィカムには、何の用事で行ったんだね」

「演奏会です。ガラス職人に命じて、何か作らせたんです」

「何を作らせた?」

「知りません。博士は秘密にしていましたから。すばらしい発明だから、自分が公にするまでは、アイディアを盗まれないよう、秘密にしておくんだって」

熱心な聞き手を得て、ポリーは口が滑らかになった。愛国的な行為をしていると、誇らしいのだろう。

「その発明は、ずいぶんお金がかかったようなんですよ。ガラス吹きの親方の娘っていうのが、しょっちゅう、お金をせびりにきていました」

「ウェスト・ウィカムから帰ってきたとき、博士の様子はどんなふうだった？」

「そうですね……」

「以前と変わりなかったか。それとも取り乱していたか。火傷はしていなかったか」

「どうかしら。わたし、博士とあまり顔を合わせていなかったんです。博士は家の鍵を持っていましたから。ウェスト・ウィカムからいつ帰ったのかも気がつかなかったし。あのころは、お家賃のことなどは母が応対していましたし。オーマンはいつの間にかいなくなっていました。クビになったんだなと思いました。そして、博士はじきに息子さんと一緒に引っ越してしまったし。もっといろいろお役に立つことを話せるといいんですけど」

「ウェスト・ウィカムから帰った博士とはほとんど接していない？　だが、ウェスト・ウィカムのことは喋るなと口止めしたのはフランクリン博士だと、君は言った。矛盾しておるが」

「ああ、……ずっと前のことだから、記憶が少し混乱して。母が、フランクリン先生に厳しく言われたんです。私は母から言い渡されました」

そのとき、ゴードンが戻ってきて、「おりませんでした」と告げた。

「あら、さっき、わたしを呼びにきた人ね」とポリーが、「おりませんでした、じゃないわよ。わたし、いるじゃありませんか。ちゃんと、あんたが命じたとおり、判事閣下にお目にかかりにきたわよ」

言いつのるのを無視して、ゴードンは続けた。「《金羊毛》に行ったのですが、レイ・ブルースもエスター・マレットもおりませんでした」

「エスター・マレット……」ポリーが呟いた。

「見世物師に、条件のよいところから口がかかったそうで」

判事は手をあげてゴードンの報告を抑え、ポリーに、「ご苦労だった。君の話は、たいそう役に立った」

「わたし、国家のお役に立ったんですか」

「そうだ。君は誠実な人物だから、私の言葉を守ってくれるね。今、ここで君が話したことは、すべて忘れなさい。フランクリン博士が君に命じたように、沈黙を続けなさい」

「あの……わたし、もう一つお役に立てると思うんです。今、エスター・マレットという名前が出ましたけれど、博士にお金をせびりにきていた女の子の名前が、たしか、同じなんです。あの娘が、見世物に出ているんですか」

「いや、君が知っている娘とは、別の人物だ。君の話は十分に聞いた。ありがとう。博士のこともウェスト・ウィッカムのことも、忘れなさい。よけいなことは他人に喋らないようにポリーの足音が消えてから、アンがささやいた。「未練がましく、のろのろ出て行きました」

「ゴードン、報告の続きを聞こう。見世物師に、口がかかった？」

「《金羊毛》の亭主に、見世物師がそう言ったそうです。今朝早く商売物のケイロン……レイ・ブルースを荷馬車に乗せて、発ったそうです。移動用の荷馬車は、見世物師の自前です」

「どこに行った」

「行く先は告げなかったそうです」

「エスター・マレットはどうした」

「とんずらしたそうです」

「とんずら？」

「脱走することですよ、伯父様」

アンがささやいた。

悪い言葉の語彙は、私より豊富なようだ、と判事は苦笑した。

「なぜ、逃げたのだ」

「亭主は、心当たりがないと言っていました」

ひどい目に遭い、逃げ出す下働きは珍しくない。エスターもこれまでに何度も奉公先を変えたと言っていた。主人やその息子に手を出されるのを、避けるためだ。

だが、《金羊毛》で、逃げ出さねばならないほどの思いをしていたら、いろいろ打ち明けたとき、喋るはずではないか。アンドリュー・リドレイとは関係ないから話さなかったのか。

「辛いことがあって逃げ出さずにはいられなかったのなら、まず、ここをエスターは頼ると思います」アンが言った。「サー・ジョンやわたしたちを、エスターは信頼しています。そうでなければ、楽しかった過去、辛い過去を、あれほど詳しく打ち明けはしません」

「私もそう思う」

エスターに沈黙を命じた何者かが、エスターを拉致《らち》した。

私との接近を知ったからだ。

何者か。正体はおよそ見当がつく。洞窟の事件を隠蔽したい者だ。権力者のグループ、つまり、かつてヘルファイア・クラブのメンバーだった連中だ。彼らの力をもってしなくては、洞窟事件の隠蔽は不可能だ。

事件、といっても、何があったのか不分明だ。

落雷。火災。それなら何も隠す必要はない。国王陛下が同席しておられた。やはり陛下のスキャンダルか……。

「アン、我々の探査の目的は？」

「ナイジェル・ハートの死の真相を突き止めることです。それに付随して、アンドリュー・リドレイの消息もわかれば、エスター・マレットのために喜ばしいと、サー・ジョンはおっしゃいました」

「そうなのだ。我々は、ナイジェル・ハートの死を究明するために行動し始めた……のだが、厄介な蜂の巣に手を突っ込んでしまったようだな」

私の職務はロンドン・ウェストミンスター地区の治安維持だ、と判事は自分に言いきかせる。ダッシュウッド卿の領地ウェスト・ウィカムで、十四年前にどのようなことが起きていようと、ウェストミンスターには関わりないのだ。

エスターとレイ・ブルースが、時を同じくして《金羊毛》から消えた。とはいえ、死者が出たわけでも、盗難があったわけでもない。誰も訴え出てはいない。治安判事の職務外のことだ。

「私がレイ・ブルースと接するのを拒む者が、興行師……名前は何だったかな」

「ブッチャーです」

「姓だな。名は？」

「ただ、ブッチャーとしか名乗りませんでした」

「こすっからい男だったな」

「はい、ネイサンから聞いた話でも、六ペンス払えとうるさかったようです」

「ブッチャーに好条件の興行先を与え、ロンドンから去らせたのかもしれん。気がかりなのはエスターだ。アン、ウェストミンスター地区ばかりではなく、他の地区の治安官にも依頼して、捕吏を駆使し、見世物師ブッチャーの動きを探らせろ。もうロンドンを離れているだろうが、どの街道を行ったか、わかるかもしれん」

——あまり期待はできないが……。

「それから、手紙を口述筆記してくれ。同じ文面で、そうだな、オックスフォード、ウィンチェスター……十通は要るか。ロンドン近郊の地区の治安判事宛だ。両脚のないよそ者を見かけたら、引き留め、私に連絡してくれと依頼する」

「治安判事にも、国会議員や政府高官と同様、無料郵便の特権を与えて欲しいものですわ」

国会議員らが享受する無料郵便の送達コストは、有料郵便の料金で賄われるから、必然的に郵便料金は高額になる。対仏戦争のおかげで、税金の一種でもある郵便料金は値上げされた。新大陸の戦争が長引けば、また上がるだろう。

「あの陰の力が、ブッチャーにエスターを攫わせ、ロンドンを離れたところで口を塞ぐということも考えられる」

口述筆記を終えるころには、夕食の仕度がととのっていた。ネイサンも食卓に招かれた。ハットンにたかられた一シリング六ペンスはこれで帳消しだ、とネイサンはいじましいことを思った。判事邸の夕食は、つましいネイサンが日頃口にできないような豪華な晩餐だ。材料が上質なだけではなく料理人の腕もいいのだろう。

「さっきの紙片ですが」

フランス・ワインをゆっくり味わってから、ネイサンは言った。

「そうだ、その問題もあるな」

晴眼であるかのように的確に肉を切り分けながら判事はうなずいたが、上の空であるようにネイサンには感じられた。

エスターがいなくなった。新たに判明したそのことを、閣下は目下、何より深く憂慮しておられる。事件に関係があるかどうかわからないHELPまで気が回らないのだろう。

ネイサンは考える。誰かが、あそこ——石炭貯蔵庫——に幽閉されていたのだ。あり合わせの紙に〈助けて〉と記し、蜘蛛に託した。蜘蛛に縛りつけるには、細い糸が必要だ。自分の髪の毛を、一本では弱すぎるから数本を編んで用いた。

「貯蔵庫に幽閉されていたのが、アンディだったってことはないでしょうか」

「アンドリュー・リドレイであったと決めつける証拠はない」

冷静に判事は応じた。

「しかし、否定する証拠もない」

そう言って、判事はフォークを使う手を止めた。

「少し納得のいかない点があるのだ。ネイサン、きみは、石炭貯蔵庫で紙や髪の毛、蜘蛛の死骸を隠しに入れた。そうだな」

「そうです。間違いありません。落とした硬貨を掻き集めて拾ったときに、一緒に入ってしまったんです。そのほかに、あんなものが隠しに入る機会はありません」

「石炭貯蔵庫は、人が出入りする。監禁の場所としては、不完全だと思うが」

「出入りするのは、石炭を大量に使う冬です。たぶん、夏のあいだ閉じこめられていたんでしょう」

「なぜ、蜘蛛に結びつけたか、考えたか」

「それは……もちろん、蜘蛛に託して外部のものに助けを求めたんです。小さい蜘蛛なら、鍵穴をくぐって外に出られます」

「だが、蜘蛛は、出て行かなかった。貯蔵庫の中で死んでいた」

判事の疑問を解き明かそうと、ネイサンは意気込んだ。判事に能力を試されているのかもしれない。

「幾つも、たくさん作ったのだと思います。蜘蛛を見かけるたびに捕まえて。一匹や二匹では、人の目にとまるかどうかわからない。そうして、助けを求める紙を結び――細かくて大変な作業ですね――鍵穴に差し込んだけれど、うまく外に出ていかなかったものもある。死骸は、その失敗した奴ではないでしょうか」

「なるほど」

判事の口元が微笑した。

「アン、どう思う?」

「不確かな方法だとは思いますが、切羽詰まった者が、他に何の手段もなく、唯一希望を託したのだとすれば、納得できます」

「不確か。この上なく不確かだ。ネイサン、貯蔵室の扉の外は、階段のあるスペース、つまりまだ建物の中なのだな」

「高窓が一つありました」と言ってから、ガラスが嵌め殺しになっていた、とネイサンは落胆した。「が、採光の役に立つだけで、開きません」

だが、ネイサンは足場を立て直した。

「ベドラム内部の者への手紙としたら、どうでしょう。閉じこめられたのがアンディだとすると、筋道が見えるんです。アンディは、ベドラムに放り込まれて、ベイカーさんに会っているんですよね」

「仮説だが――」

「その後、貯蔵庫に幽閉された。蜘蛛の手紙は、ベイカーさんが気がついてくれることを願って……」

「蜘蛛の糸のように儚い手段ね」アンが言った。「ベイカーさんが見つけるとは限らない。他の者――看護人などが先に見つける可能性の方が大きいでしょう」

「鍵穴を使って連絡するのを望むなら、もう少し大きい紙に記して細く丸め、差し込んで落とせばよい。あるいは、扉の下から……。ネイサン、下には隙間がなかったのかな」

「そこまで調べませんでした」

「アン、その髪の毛の色は？」

「ありふれた褐色です」

「アンディの毛髪の色は聞いておらんな」

「榛色の睫が好きだったとエスターは言っていました。髪もおそらく同色でしょう。榛色は、つまり、褐色ですね。ありふれた色ですから、アンディとは断定できません」

「地肌から抜いたものか、鬘の毛か、わからないか。抜き取ったのなら、一端がわずかにふくらんでいると聞いたことがある。……いや、地肌に生えていた毛でも、鋏《はさみ》か刃物で切り取れば、両端は同じだ。鬘かどうか、区別はつかんな。鬘であれば、アンディではないという証拠になるのだが。たまたま置かれていた鬘……。石炭貯蔵庫に鬘などあるわけはない。その人物がかぶっていたのでなければ。アン、その紙を一枚、私に」

アンが手渡した紙の感触を、判事は指先で確かめた。

「腰のない紙だ。これでは縒《よ》って細くしても、鍵穴をとおすのは困難かもしれん。……石炭貯蔵庫を点検してみたいが、私には強制的に視察する権限がない。やはり警察組織が必要だな。捜査上必要となれば、どのような行動も許される組織が」

「市民が承知しないでしょうね」アンは応じた。「強力な権限を持たせるのは」

「ともあれ、ネイサン、よくやった」

判事が差し伸べた手を握って、報われた、とネイサンは思った。

「ドディントン夫人の行動は滑稽でしたわね」

思い出したようにアンがそう言ったのは、砂糖漬けの無花果《いちじく》がデザートとして供されたころであった。

「こそこそと、様子を見にきて。なぜ、堂々と挨拶にみえないのでしょう。奥方ともあろう方が」

「奇妙なことだな」

さんざん押し潰されたのを思い出しながら、「下司女《げす》です」ネイサンは憎しみをこめて言った。

「下品という意味です」アンが判事のために注釈を入れた。

「夫がサマセット州長官を務めたことがあるとか、夫はダッシュウッド卿と昵懇だとか、吼えまくっていました」ネイサンはさらに罵倒した。

「夫人は、君たちと同じ馬車でオックスフォードに行ったのだったな。昨日戻ってきたのか。……アン、エスターがたしか、ドディントン夫人について触れていたな」

「はい、後妻だと」

「ウェスト・ウィカムの領主館《マナーハウス》の下女が、エスターに告げたのだったな。アン、その部分をもう一度読んで、要約してくれ。居間でゆっくり聞こう。飲み物を運ぶように言ってくれ」

席を移し、アンが、メモを見ながら簡潔に伝えた。

「ベッキーというダッシュウッド卿の領主館の下女が、〈前はドディントン様のお妾だった〉と、エスターに語っています。洞窟に行く途中ですね。〈前夫人が亡くなり、後釜に座った。ドディントンの出自は薬屋の息子で、親類の遺産を相続したおかげで大地主になった。〉……ベッキーは、変なことを言っていますね。アルモニカの箱を担いだ男のそばに行き、何かからかい、戻ってきてエスターに告げています。〈一人の娘と二度結婚式をあげるって、数奇な運命っていうんじゃないかしら〉と。友達が結婚するのが面白くないのだろうと、エスターは推察しています」

「エスターが消えたのが、なんとも不安だ。消息が摑めるといいが。アン、エスターが話したことを、もう一度全部、私に聞かせてくれ。ドディントンとその後妻についても、もう少し詳しく知りたいが。私は上流階級の社交というのは苦手で顔を出さんのだが、お喋り夫人連中の噂話を聞いてみたいものだ。陰口は辛辣だが、それゆえに、真実をついていることもある」

「わたしも社交界は嫌いですが。夫人連中の話でしたら、そうですわ、バートン夫人に訊かれたら」

「ダニエル・バートン先生は独身です」ネイサンは思わず口を挟んだ。

「いいえ、ロバートの奥方よ」

夫が死んだ後、夫人はマーロウの大地主である実家に戻り、ロンドンには滅多に出てこない。

「最近の事情には疎いでしょうが、ロバートは上流社会に出入りしていましたし、患家も貴族や富豪が多かったようですから、奥様も何かとご存知ではないでしょうか」

「妥当な案だな。明日は私は法廷がある……」

「僕が行きます！」

ネイサンは立ち上がって、志願した。

「だが、君は馬車の旅は……。いや、マーロウなら、テムズを舟で遡上すればいい。道のりも、オックスフォードまでの半分ほどだ。一日で往復できる。よし、ネイサン、君に頼もう」

判事の手が、ネイサンの肩を叩いた。

「明日、私の書状を持って行け」

従僕フィンチがそのとき、ダニエル・バートンの来訪を告げた。

せかせかした足音とともに入ってきたダニエルと、握手をかわした。

「ナイジェルを埋葬してきたのです」

ダニエルの語尾は鼻声になった。

「アルたちが戻るまで待ちたかったのですが、いつ帰ってくるかわからず、これ以上は……腐敗が進み……」

途切れがちに続けた。

「列席できず、失礼した」

「場所と時間が、お手紙に書いてなかったものですから」アンが言い添えた。

「なんと！　それはうっかりしていた」

いつものことです、と、アンがずけずけ続けるのではないかと、判事はいささか気を揉んだが、杞憂であった。

「五年前の、あの場所ですか」アンは確認した。

「そのとおりです。サー・ジョン、お邪魔したのは、その、理由がありまして」

「承ろう」

「命を失ったナイジェルに接したときは、私も動顛しまして」

「それは当然だ」

「死因を見きわめるべく、冷静に解剖したつもりでしたが、やはり、うろたえておりました」

「何か、見落としが？」

「いや、そうではないのですが、判断がどうも。モアさん、私は計算が下手なのだが、ナイジェルの遺体を私が見たのは、解剖の前日、つまり、ええ、九月三日でありましたな」

「そうです」とアンは即答した。メモを見返すまでもなく、頭に入っているのだろう。

「ナイジェルが死んだとみなされるのは」

「踏み車漕ぎが天使を見たのは、八月二十八日でした。両手を広げて硬直していることから、死んだのはその前日、八月二十七日と推察されています」アンが告げ、

「それが、間違っていたと？」判事は訊ねた。

「八月二十七日から九月四日まで、ええ……」口ごもるダニエルに、

「九日間です」アンの計算は素早い。

「そう、そうです。九日間」

「わたし、あのとき、奇跡を信じましたわ。あまりに綺麗なので腐爛させるのは惜しいと、

神が愛で給うたのだとさえ」

「しかし、奇跡は起きなかった」ダニエルは言った。「ナイジェルの顔面は、他の部分同様、腐敗が順調にすすみ」

〈順調に〉はこの際、不適当な表現であると判事は思ったが、口にはしなかった。先生は真剣なのだ。

「神が奇跡をあらわし給うたのであれば、腐敗せぬはずです。奇跡はない。そうしますとですな、サー・ジョン、ナイジェルが死んだのは」

「八月二十七日より、もっと後であると？」

「そうです。何日と確定はできませんが」

「すると、踏み車漕ぎが見たのは、別の屍体ということになりますの？」アンが訊いた。

「また屍体が増えたのですね」

「僕も一つ疑問があるんです」ネイサンは口を挟んだ。判事に褒められた効果により、ふだんより大胆になっていた。

「何だね」

「ナイジェルの胸にあったフレーズ。〈ベツレヘムの子よ、よみがえれ！〉そして〈アルモニカ・ディアボリカ〉。それぞれの意味するところはわかりました」

「〈ベツレヘム〉は、あなたが解読したのだったわね、ネイサン」

相手がアルでなければ、アンは率直に褒めるのだなと、判事は微笑した。

「デニス・アボットからエドへのメッセージ。〈ベツレヘム〉は、確かにそうですね」ネイサンは言った。「だけど、〈アルモニカ・ディアボリカ〉、その噂を知っているのは、サー・ジョンやダニエル先生など、洞窟事件があったころすでに大人だった方たちですよね。あのとき子供だったアルやベン、クラレンスたちは知らなかった。エドもナイジェルも、あのころは子供だった。まして、エドはロンドンっ子じゃないし」

「ネイサン、君はよい疑問を提出してくれた」

「ありがとうございます！」

ネイサンの声ははずんだ。

「閣下に認めていただけるのは、僕……すごく……」

「奇妙な噂は、洞窟事件を隠蔽したい者が、積極的に流した。信憑性に欠ける怪しげな噂を大量に流布させることで、漏洩された事実をもうやむやにしてしまった。そう、私は思ったのだった。今も、その考えに間違いはないと思っている。だが、ネイサン、君の言うように、ナイジェルやエドは知らないはずだ。妙な噂が故意に流布されたのは、洞窟事件の後だ。アンディは、アルモニカは知っている。自分が作ったのだからな。だが、それが〈アルモニカ・ディアボリカ〉と呼ばれたことは知らないはずだ。したがって、ナイジェルも、その言葉は知るまい。アンディが入れられたのは、噂が流れてからか？　そうであれば、事件から入所まで、ある程度時間が経っている。その間、どこでどう過ごしていたのか。その過程で噂を聞いた可能性はある。私自身で、ベドラムを再訪しよう。所長も、そういつまでも居留守は使えまい。明日の法廷は、サー・サウンダーズに頼もう。たいした事案はない。掏摸、こそ泥、掻っ払い、食い逃げのたぐいだ。午後半日ですむだろう。アン、明日の朝早く、誰かをサー・サウンダーズのもとに使いに出し、私の依頼状を届けさせてくれ。謝礼を十分に出す。ダニエル先生、貴重な情報をもたらしてくださったことを感謝します」

「宙吊りの屍体は、誰なのでしょうな」

「〈小さい聖女〉ってことは？」昂揚した声でネイサンが言った。「あの遺体を使ったら、それこそ天使に見えますよ」

「ネイサン、あなた冴えているわ」アンは讃辞を惜しまない。「だけど、その後、〈小さい聖女〉はどこに消えたんでしょう。高い場所から落ちたら、聖女の遺体はひどい損傷を受けるでしょうね」

「むやみに新しい死骸が増えないのはありがたいが」と、判事が「誰が何のために、〈小さい聖女〉を宙吊りにした」

「ナイジェルは、どうして死んだのだ」ダニエルが呻いた。

「ナイジェルの死と、宙吊りの天使は、無関係なんでしょうか」ネイサンは口にし、「無関係ってことはありませんよね」と、自分で打ち消した。「天使が墜落したと思われる場所に、古い屍体があった。その屍体の胸に、二つのフレーズが記されていた。ナイジェルの遺骸が聖女の柩の中で発見された。その胸に同じフレーズが記されていた」

「デニスは……」

アンの小さいつぶやきを、判事は耳に留めた。

「アボットは、どこにいるんでしょう」

「思いついただけで、証拠はないが……」判事は言いかけ、ためらった。アンは、一度もデニス・アボットへの感情を口にしたことはない。ナイジェルに〈誑《たぶら》かされた〉アボットを、今でも変わりなく想っているか。それとも、軽蔑、憎しみに転じたか。

「どうぞ、伯父様」

アンの声は感情を殺していた。

「天使が落下した場所にあった古い屍体、小さい聖女の柩におさめられたナイジェル。どちらの胸にも、あのフレーズが記されていた。我々は、古い屍体が置かれたことはさておき、胸のフレーズは、ナイジェルの死をエドに知らせるためにアボットが行った、と推察した。だが、天使宙吊り落下のとき、ナイジェルは生きていたとなると、この推測は成り立たない。逆ではないか。私はそう思いついたのだ」

「逆……ですか？」ネイサンが「エドからナイジェルへの連絡？」

「いや、デニス・アボットが何らかの理由で死んだ、とする。ナイジェルは、一人で毅然と生きてゆくタイプではないと、私には思える」

「それで、居場所のわからないエドに、ああいう方法で呼びかけた。あり得ますね」相づちを打ったのもネイサンで、「彼はたしかに、寄生木《やどりぎ》みたいだったな。いつも、エドによりかかるみたいにしていた。天使が落下した場所に屍体があり、その胸に奇妙なフレーズが記されていた。評判になり、エドの耳に届く。エドは、墜死したのがナイジェルだと思い、確かめにくる。そういう成り行きを、ナイジェルは期待したんですね」

「想像に過ぎんが。ダニエル先生、どう思われますかな」

溜息とともに、私には何とも、とダニエルは言った。「私にわかるのは、ナイジェルが死んだのは、天使落下のときより数日後だというだけです」

「ナイジェルがどうして死んだのか、あるいは殺されたのか。まったくわかりませんね」アンの声にも吐息が混じった。

「アボットが死んだというのは、あくまでも、私の想像だ。仮説だ。事実は異なるかもしれん」

判事は手を伸ばし、アンの肩に触れた。その指先をアンの手が握った。アンの指は冷たかった。顔色も悪いのだろう。

「ベドラムの地下の〈HELP〉は、ナイジェルの件とは無関係なんでしょうか」冷静を装った声でアンは言った。

「明日、確かめよう。目下、確実なのは、洞窟事件を権力者たちが徹底的に隠蔽しようとしていることだけだ」

「エスターが無事でありますように。治安判事たちへの手紙は手配しましたが、行き渡るのは、明日ですね」てきぱきした口調を、アンは取り戻していた。

6

そして、アンディが特権階級の仲間になった。

アンディが大部屋に入ってきたときの状態は、ディーフェンベイカーさんと似ていた。もっとひどかった。自力では歩けず、看護人たちが腕を掴み、床を引きずってきて、放り出した。瞼は開いていたけれど、眼は水の中の石みたいで、唇のはしから泡のまじった涎《よだれ》が流れていた。

ディーフェンベイカーさんが看護人を突き飛ばさんばかりに走り寄り、膝をついて、アンディ、アンディ、と呼びながら抱きしめた。それで、僕は新入りの名前を知った。アンディ。どうして君が……アンディ。僕が死にかけたら、ディーフェンベイカーさんはこんなふうに強く抱いて、名前を呼んでくれるだろうか。強く抱けば、肌から肌に命が伝わってよみがえらせることができる。ディーフェンベイカーさんは、そう信じているように、僕には見えた。ディーフェンベイカーさんの腕の中で、アンディの手足に、次第に意思がかよってきた。僕は、今、思う。僕が死にかけたら、あるいは死んだら、エド、君は僕を、ディーフェンベイカーさんがアンディにしたように、強く、強く、強く抱きしめて、命を分けようとしてくれるだろうか。

アンディの眼が、少し動いた。石のまわりの水が細波《さざなみ》立ったようにも見えた。ああ、アンディ、アンディ。返事をしてくれ。聞こえるか。私だよ。何をされた。あれをされたのか。エド、僕をこんなふうに呼んでくれるか。〈あれ〉を、僕はされないですんだ。でも、見てしまった。あれは、ひどいんだ。

アンディ……。

呼びかけたディーフェンベイカーさんは、崩れ落ちた。看護人に後頭部を一撃されたのだ。看護人は棍棒を持っている。アンディを押し潰さないように、一瞬、ディーフェンベイカーさんは肘を床について、自分の躰を支えようとした。

二人の看護人が、ディーフェンベイカーさんの両腕をねじり上げた。僕は床を蹴り、一人の背中に飛びついて、首筋に嚙みついてやった。皮膚の切れる感触があり、ロの中に嫌な味がひろがった。相手の髪の毛も口に入った。相手は僕を振りほどこうとした。メルと小説家さんは、茫然と見ているだけだ。手は貸してくれないんだ。なんだか淋しくなった。大部屋の者たちが、昂奮して騒ぎ出した。シーザーは演説を始め、詩人はわけのわからないことを喚き、笑い男が、床に落ちた棍棒を拾って、嬉しそうに掲げた。そばにいた女をぶっ叩こうとした。ぼろ切れを抱いている女だ。メルが腕を摑んで止めた。棍棒はあっけなく床に落ちた。笑い男は笑いが止まらなくなって泣き出した。

僕は看護人に振り払われて、床に尻餅をついた。

僕に嚙みつかれたそいつは、僕の首を絞めにかかった。

「俺にまかせろ」

声が頭の上から聞こえた。

顔は何度か見ている。時々やってくる懲罰係だ。ほかの看護人とちがうやり方をするのだと、やられた者たちが、後で言っていた。殴られる痛みは想像がつくだろう。斬られる痛みも、火を押しつけられて火傷する痛みも、やられたことはなくても、想像できるだろう。あれはちがうんだ。そんなふうに整然と話せる者は少なかった、やられた者の大半は、説明するどころではなくなる。

このときまで、そいつは、たまにくるだけだった。所長は、懲戒に値する――とみなした――者を、懲戒室にぶちこんでおき、そいつがくると、まとめて懲戒させるのだった。何でやられるのか理解できない者もかなりいたようだ。

ディーフェンベイカーさんの唇が真っ白になった。ディーフェンベイカーさんは大部屋に入る前に一度やられている。ようやく意識を取り戻しかけていたアンディの顔色もひび割れた土みたいになった。アンディは、やられた直後なのだ。

懲罰係の背後にロッターが立っていた。「また、貴君が問題を起こしたのですか」ロッターはいやに丁寧な口調でディーフェンベイカーさんに言った。看護人たちが再びディーフェンベイカーさんを押さえつけていた。

「オーマン君、やりたまえ」

ロッターは優雅に命じた。

僕は初めて、懲罰係が用いる器具を目にした。木の箱を懲罰係は床に置いた。箱の中身が何だかわからないのだが、側面から金属みたいな紐が伸び、その先端は金属の棒に繋がっていた。金属棒は握りの部分だけ木製でその上に革を巻きつけてある。

そのほかに、布を巻いた棒きれを持っていた。

「口を開け」懲罰係は命じた。「舌を嚙みたくなければ、口を開け」

布を巻いた棒きれをディーフェンベイカーさんにくわえさせた。

そして、金属棒の先端を……その先のことは、書きたくない。書けない。エド、君はあれを見たことがない。見ない者にはわからない。あれは、ひどいんだ。やる奴も、やれと命じる奴も、ひどいんだ。僕は今、書きながら、思い出して慟哭している。でも、エド、君は、僕が泣くのを嫌がるから……。僕は、ずっと、君にこのことは喋らなかった。話したらどうしたって途中で泣いてしまうからね。

器具を抱えた懲罰係とロッター、看護人たちが去った後の大部屋は静まりかえっていた。ふだん騒々しい連中も、身じろぎもせず、こわばっていた。やられた経験のある者は自分がまたやられたみたいに感じたのだろうし、未経験の者は、初めて、凄惨な様子を知ったのだ。僕もその一人だった。笑い男もシーザーも詩人も、固くなっていた。声を立てたら懲罰係やロッターたちが戻ってきて、あれをやられる、と怯えていたんだろう。

〈最も頼もしい大人〉であるディーフェンベイカーさんが、ぐにゃぐにゃの濡れ雑巾になってしまった。剝き出しにされた下半身は血と小便にまみれていた。どこも怪我はしておらず、小便に血が混じっているのだった。

くわえさせられた棒きれは、上下の歯が深く食い込んで、はずせなかった。

僕は厨房に行き、バケツいっぱいの湯とぼろ切れをもらった。厨房に出入りを許されているのは、入所者の中では僕だけだ。ああ、僕は入所者ってわけではない。ここで生まれたからここにいるだけで、病人じゃない。

厨房の料理人は二人とも、元入所者だった男たちだ。病状はよくなったのだけれど、ベドラムを出ても行き場がないので、ここで働いている。一人いる下働きも、容態のよくなった入所者だ。働いても給金はもらえない。

バケツを運ぼうとする僕に、下働きが手を貸してくれた。お礼に、下働きが僕の頰にキスするのを許してやった。唇の近くまで舌を這わせたので、顔をそむけた。

ディーフェンベイカーさんの傍に寄るのが、少し怖かった。あれを躰に当てられたときのディーフェンベイカーさんは、人間じゃなくなったみたいだった……。懲罰係はディーフェンベイカーさんのペニスを持ち上げて金属棒を睾丸の付け根に押し当てたのだ。

ディーフェンベイカーさんは、特権階級の聖域であるテーブルのそばに横たえられ、メルと小説家さんが世話をしていた。

バケツをメルに渡した。

棒きれが、床にころがっていた。歯形が深く刻まれて、折れかかっていた。

その後、僕は気が遠くなってしまった。

意識がはっきりしたら、母さんのベッドに寝かせられていた。

母さんはいつもと変わらない人形で、でも、母さんの左手は、僕の右手と重なっていた。誰かが――おそらくメルが――そういう形にしたのだと思う。僕はむしろ、メルに抱きしめられていたかった。母さんは、だって……。エド、君は、亡くなったお母さんのことを、強く愛していたね。今も愛しているんだね、きっと。でも、僕はわからないんだよ、そういう気持ちが。母さんというものは、特別な存在。それは、ディーフェンベイカーさんから与えられた知識であって、自然な感情じゃない。

ただ……初めて添い寝したら、動かない――動けない――母さんは、僕が護らなくては、という気持ちにもなった。まるっきり無力なんだから。

僕は起き直って、メルたちのそばに行った。聖域の床に敷いた毛布の上にディーフェンベイカーさんは横になっていた。その隣に、アンディも寝かされていた。メルは、僕の頭を抱きかかえ、胸に押しつけてくれた。僕はすすり泣いた。エド、まだ、僕が泣くのを嫌がる君と知りあう前だった。でも、メルは僕が泣くと僕より辛そうになるから、ほんの少しだけ、泣いた。

7

ネイサンがベドラムでささやかな冒険をしたその日。

早暁、アル、クラレンス、ベンの三人が乗り込んだ馬車は、ロンドンを出発した。前の旅のようなトラブルはなく、途中のタヴァーンで昼飯をとり、午後四時ごろにはオックスフォードに到着した。貸馬車の溜まりに行くと、顔なじみのニックが、馬車にもたれ、くわえ莨《たばこ》でくつろいでいた。他の馭者たちも莨をふかしているので、そのあたりだけ安莨の臭いが馬の体臭、馬糞の臭いにまじって漂っている。

「やあ」

ニックが声をかけてきた。

「やはり、きたな。さあ、乗れ、乗れ。ウェスト・ウィカムに行くんだろう」

クラレンスはちゃっかり馭者台に座を占めたが、

「吹きさらしだから、陽が落ちると馭者台は寒いぞ」馬車の中に入った方がいいと、ニックは勧めた。

「君にいろいろ話を聞きたくてさ」

「どうせ今夜は俺も家でゆっくりする。話なら《斧と蠟《アックス・アンド・ワックス》》で飲みながらってのはどうだ」

「魅力的な提案だ。でも、ウェスト・ウィカムに着くまで時間があるから」

「風がこたえるぞ」

ニックは、軽く手綱を煽った。心得ている馬は、とことこ歩き出した。

通行料金徴収所でアルが代金を支払う。道が滑らかな白亜になる。

「あのときは、動顛して、遺体をロンドンに運ぶことのほかに気が回らなかったけれど、いろいろ調べたいことがあるんだ」

頬を切る風に首をすくめながら、クラレンスは訊いた。

「屍体を天使と見間違えた踏み車漕ぎ、どこに住んでいるか知っているかい」

「盲人のほうは、村を出外れた先の、立ち腐れの納屋だ。もう一人の、頭がちょっとこれなのは、古い水車小屋を塒にしている。川の流れが変わっちまって干上がったから、水車は使わなくなった。その空き小屋に巣くっている。二人とも、仕事が見つかればどこへでも行くから、会えるかどうかわからないな」

頭がこれなのには、妹がいてね、と、ニックは問われもしないことを口にした。

「妹のほうも頭がいかれちまって。ケイトが――ケイトって、おぼえているだろ、俺の姉貴――幼なじみだから心配して、あれこれ面倒をみてやっている」

「あの日、君の姉さんがパンか何か恵んでやっていた、物乞いみたいな女のことか？」

「そう。ベッキー」

「ベッキーもその水車小屋に住んでいるのか」

「下女奉公の間は、お館に住み込みだったけれど、今は、水車小屋だ」

「どうして、奉公をやめたんだ。揺れるな。道はいいのに。ニック、なんかおかしくないか。

さっきから、揺れがひどく」

腰でバランスを取りながら、喋っていたが、大きく右に揺れて放り出されそうになり、クラレンスはニックにしがみついて身を支えた。

「ああ、がたつくな」

やばいかな、とニックは手綱を絞った。間に合わず、馬車はがくりと傾いた。扉が開き、こぼれ落ちるようにアルとベンが転がり出た。

クラレンスも半ば転がって、地に降りた。

ニックが飛び下り、しゃがみこんで車輪を調べ、肩をすくめた。

「こいつは気がつかなかった」

右側の前輪が、はずれかけていた。車軸が折れたのだ。

「こりゃあどうも……。すまんな、あんたたち、降りてオックスフォードまで引っ返してくれ」

ごしごし頭を掻きながら、ニックは言った。

「オックスフォードに車大工の店があるから、ニックの馬車が壊れて立ち往生しているから、すぐに修理にきてほしいと伝えてくれ。ウェスト・ウィカムまではまだだいぶある。オックスフォードなら、発ったばかりだから、それほど……ああ、馬を貸してやってもいいぜ。乗れるか。あいにく二頭だが。馬は車大工にあずけてくれ。大工がここまで連れ戻してくれる。どうも、とんだこった。修理にずいぶんと手間取るだろうから、あんたたちはオックスフォ

ードで宿を取ってくれ。その代わり、明日、ウェスト・ウィカムまで只で運んでやるよ。あ

あ、とんだ災難だ。あんたたちも災難だが、俺も災難だ」

「ふだんの手入れが悪いんだろう。そっちの責任だ」アルが強く出た。「宿代も、そっちが持つべきだな。他に迷惑料を払ってもらってもいいくらいだ」

ベンがアルの袖を引っぱった。あまりがめついことは言うなという顔だ。

「訴えたら、こっちが勝つ」アルは言い張った。「俺たちは、いかなる点においても責任はない。こっちが金銭的損害を受ける理由はない」

「そうだなあ」ニックは考え込み、「これは、たしかに、俺が悪い」とうなずいた。「だが、宿代は、どのみち、あんたたち、ウェスト・ウィカムでうちに泊まるつもりだったんだろう」

それはそうだと、アルも納得した。

ニックは悲しげな吐息をついた。「大変な物いりだ。車大工への支払い。通行税を俺が払って、料金はもらえず」

「アル、馬に乗れるか。鞍をつけてない裸馬だぜ」ベンが訊いた。

「なんなら」とニックが「あんたたち、ここで待っていてくれれば、俺が馬でひとっ走りして、車大工を呼んでくる」

そう言いながら、馬車の屋根の上からニックは鞍を下ろした。

「用意がいいな。鞍があるのか」

「ああ、いつだって鞍も鐙《あぶみ》も常備している。馬を走らせなくちゃならない事態ってのがあるからな。強盗に襲われたときとか」

「鞍と鐙があるなら、俺は乗れる」

馬の背に鞍を載せ、腹帯を締めるニックに手を貸しながら、アルは言った。

「金持ちの息子は違うな」クラレンスが少し嫌みをこめた。

「俺の馬は人を乗せなれているから」とニックが、「素人でも大丈夫だ。心配なら俺が行く。早く決めてくれ。夜になると、大工がきてくれない。俺だって野宿は嫌だ。早いところすませて、オックスフォードに引っ返したい」

「安くていい宿があるか」

「《青い龍《ブルー・ドラゴン》》ってのをお勧めするね。《陽気な酒箒《ジョリー・ブッシュ》》はごめんだ」と言ってニックはちょっと目くばせした。「遊べるぜ。高いが」

「お前、客引きも兼ねているのか」とクラレンスが「わざと馬車を故障させて、密約のある宿に泊まらせ、ついでに商売女をあてがって、割り前を後で」

「とんでもねえことを言うよ」ニックは抗《あらが》った。「そんな商いをしたところで、割り前はたかが知れている。車の修理代にもならねえ。客を引くなら、俺の親父の宿を紹介すらあ。早く決めてくれねえと、とっぷり暮れるぜ」

「車大工と宿屋の道を教えろ」

アルにうながされ、ニックは白亜の道に小刀の先で傷をつけ、道順を描いた。

鐙に片足をかけ、勢いをつけてアルは鞍に跨《また》がった。アルに手を引っぱられ、クラレンスとニックに臀を押し上げられ、ベンがようやくよじ登ってきて、アルの腰に後ろから両手をまわした。

「ふえェ、高い」

クラレンスはニックの手を借りてもう一頭の背に跨った。「うおォ、いい気分だ。俺、サー・ジョンに頼んでボウ・ストリート・ランナーズに入れてもらおうかな。騎馬で市内の見回りができる」

「早く行ってくれ。俺も車が直ったら、《青い龍《ブルー・ドラゴン》》に泊まる。明日、朝早くあんたたちを乗せてウェスト・ウィカムに向かう」

ニックに軽く臀を叩かれて、馬は歩き出した。ベンはアルの腰にしがみついた。

車大工はすでに一日の仕事を終え、ジンを飲み始めていた。

「ニックの馬車が？　へえ、珍しいな」

なあ、と、女房らしい女に話しかけた。顎のくびれた女は、隅の椅子に腰掛けてシャツを繕っていた。

「ああ、珍しいね」女房はうなずき、糸の端を歯で切った。「あんた、早く行ってやりな」

「馬を連れて行ってくれ。ニックのだ」

「あいよ」大工は気軽に答えたが、立ち上がる足もとがよろめいた。すでにジンがまわっている。おくびが続いた。荷車に大工道具やら材木やら積み込むのに、アルたちは手を貸した。

「石の間に車輪が嵌まりこみでもしたのかな。あいつ。慣れた道なのに」

ぶつぶつ言いながら、ニックの馬二頭と自分の馬を荷車に繋いで馭者台に乗り、出かけた。

じゃ、と店を出ようとするアルたちに、

「馬車がなくて、あんたたちどうするの」

女房が訊いた。

「《青い龍》に泊まる」

アハッ、と女房は意味ありげな目くばせを送ってよこした。

「三階は、店を閉めているみたいだよ」

ニックも「三階に」と言って目くばせした……と、アルは思い出した。遊べるぜ。高いが。

《青い龍《ブルー・ドラゴン》》では、《陽気な酒箒《ジョリー・ブッシュ》》のような残り物の寄せ集めではなく、まともな食事にありつけた。

ポタージュをテーブルに置いたおかみに、

「三階で遊べるんだって?」

クラレンスが人当たりのいい笑顔で話しかけると、おかみは顔をしかめた。

「うちは、この建物全部を使っているわけじゃないんでね。三階は二部屋だけ。残りを誰がどう使っていようと、うちは関係ないよ。三階には仕切りの壁があって、出入り口も階段も別なの。うちとは、まったく関係ないの。遊ぶのなら、あっちの入口を使っておくれ」

いったん外に出てぐるっと回り、と指で示した。

「あの女、馬車も自前で持っていてね。一階に厩兼馬車置き場まである」

「美女？」

クラレンスの問いに、おかみは肩をすくめ、唇の端を曲げることで応えた。

女に敵意を持たれているのだから、そうとうな美女なのだろうとアルは思った。

隣のテーブルで、学生らしい若い男が数人飲み食いしていたが、こっちの話に興味を持ったようで、視線を向けた。

「《アセンズ》か」と、その中の一人が声を投げた。「あそこは、このところ、商売はしていない」

「学生さんが、なんだってあんな店の様子に詳しいのよ」

おかみは肘で学生を小突く。

「おい、運べ」

肉汁まみれの前掛けをした男が、おかみを呼びつけた。亭主兼料理人か。

「《アセンズ》って、三階の店の名前か？」アルは訊いた。

「そう」

鶏のソテーを運んできたおかみが、「学生さんが行けるような店じゃないだろうに」皿をどんと置いて、また小突いた。

「扉が閉まったままで、鍵がかかっている。馬も馬車もない。あの、ごっつい野郎の顔も見かけない。もちろん、タイターニアも姿を見せない」

《アセンズ》と聞いたときから、アルは胸騒ぎがしていた。妖精女王《タイターニア》の名前が出て、確信となった。

クラレンスもすぐに察したようだ。「ごっつい野郎って、こうか?」剝き出した歯を食いしばって見せた。

他の学生が、「そんな、柔《やわ》なんじゃない。もっと、こうだ」何とか口を大きく見せようと、歯茎までのぞかせた。「まるで、鉄の罠だ」

印象は、誰しも同じと見える。

「あれは用心棒か、情人《いろ》か、と、我々の間でも論争の的になったんだが」

「賭けの的だ」と他の者が訂正した。「用心棒説の方が圧倒的だった」

「問いただす前に彼らはいなくなってしまったから、賭けは成立しなかった」

「質問する勇者もいなかったしな」

「肉が硬い」ベンがクラレンスにささやいた。「《斧と蠟《アックス・アンド・ワックス》》のおかみが弁当に詰めてくれた鶏は、実に軟らかくて旨かったんだけど」

「店というと誤解を招くな。あれは普通の部屋だ」学生の一人、縮れた赤毛が言い、

「君は部屋まで入ったのか」他の学生たちが気色ばんだ。

「諸君、静粛に」

赤毛の学生は、演説を始める前のように両手を広げて制した。

「実は、以前、ちょっと覗いたことがある。鍵がかかっていなかったので。この先は、ただでは話せない。誰か一杯おごれ」

「よし、おごろう」

アルは、テーブルを叩いて言った。

「おかみさん、彼に一杯……何を？」

「エール」

「学生諸君全員に、一杯ずつおごる。タイターニアの話を聞かせてくれ」

「話だけ聞いたって、肉の焼けるにおいだけ嗅ぐようなものだが」

「においも嗅げないよりは、ましだ」

酔った学生たちは、とりとめない言葉を投げ合い始める。

「においによって、いよよ、空きっ腹は哀しみを増す。艶笑譚によって性欲は、いよよ増進する」

「諸君、こちらの御方は、裕福である」一人がアルを指した。

「裕福、かつ太っ腹である」もう一人が、なれなれしくアルの肩に手を置く。

「外観は骨と皮《スキニー・アンド・ボウニー》だが」他の者がまぜかえす。

「タヴァーンは、富に恵まれた者が、才に恵まれた者を養う慈善事業の施設である」

「而して、タヴァーンは――気をつけろ、諸君――悪魔の告解室である。罪を打ち明けたい衝動を、抑えろ。軽はずみな連中、ほら吹き、落ちこぼれどもの打ち明け話を握りしめようと待ちかまえている悪魔は、どれだ。どいつだ。おまえか」

「おお、葱よ、葱よ、貧乏人のアスパラガスよ」

話題をタイターニアに持って行こうと、

「で、部屋を覗いたら、どうだったんだ」

アルは赤毛に問いかけた。

「運が悪かった。ちょうど、ごっつい野郎が外に出ようとするところで、鉢合わせだ。奴は僕を突き飛ばさんばかりにして、扉に鍵をかけ、出て行った」

「《アセンズ》は、いつから店を閉めているんだ」アルが訊くと、

「正確な日付を僕に訊くのは、当を得ていない」しかつめらしく、赤毛は応じた。「すなわち、僕は、その後、あのような不道徳な場所に足を運んだことはない。ないと断言するが、例外は如何なる場合も存在し、僕がうかつにも再びあの部屋の扉の前に立ち、頑強なる施錠によって入室を拒まれたのは、ええ……」天井に眼を上げ、思案した後、「五日前であった」と断言した。さらに「あのデブ」と言いかけて、「失礼」とベンに会釈し、「君のことではない。女性である。例の豊満なる夫人と扉の前で鉢合わせした」

「けつのでかい令夫人か？」クラレンスが訊いたので、

「知人か？」相手は、少し間の悪い顔になった。

「いや、別に」アルがいそいで割り込んだ。こちらの手の内は、誰にも見せられない。

「〈例の〉ってつくのは、よほど有名なのか」クラレンスも失言をとりつくろった。

「タイターニアに首ったけという噂が立っている」

「オックスフォードの住人か？」しらじらしい質問をアルは投げた。

「いや、馬車でくるんだ」

「ずいぶんご執心だな。わざわざ、馬車で。よほど遠くに住んでいるのか」

「だろうな」

「こっちに親類でもいるとか？」

オックスフォード行きの乗合馬車に同乗する羽目になったとき──ちょうど四日前だ──そう言っていた。夫の誰とかの何とかに赤ん坊が生まれてどうとか。

「いや、定宿があるらしい」

「へえ、どこに泊まるんだろう」

「ここじゃないことは確かだ」

肉の皿を下げながらおかみが口を挟んだ。「《半月《ハーフムーン》》だよ」

「彼女が泊まるときだけ、《満月《フルムーン》》と看板を掛け替える」学生の一人が、皆をしらけさせる陳腐な冗談を言い、ひとりで大笑いした。

「泊まるたびに、次の予約をしているらしい。宿が迎えの馬車を出しているよ」

おかみは面白くなさそうだ。

──そうか。二輪馬車は、宿からの迎えだったのか。男娼遊びがうしろめたいから、誰も訊ねてもいないのに、嘘っぱちをぺらぺら喋りまくったのか。ここに泊まればいいものを。目立たないようにしたつもりか。

「馬車で行くほど遠い所なのか？　その宿は」

「歩いたってそこそこ十五分ぐらいだけれど、股ずれができるんだろう、長道を歩くと」あれを、とおかみは上の方を指し、「馬車に乗せて、宿まで連れて行くの。馬車の中でもいちゃいちゃしたいんだろう」

「けつでかは」とクラレンスは言いかけ、「豊満夫人は」と言いなおした。「《アセンズ》のパトロネス？」

「詳細を訊ねられても、答えるのは困難だ」赤毛が答えた。

「然《しか》り。我々は内情は知らん」もう一人が言う。

「でも、学生諸君の間で評判になるくらいだから。ずいぶん知れ渡っているんだな、彼女の《アセンズ》通いは」クラレンスが言うと、

「タイターニア狂いは、と表現してもいい」学生は応じた。

別の学生が、「君たちは、タイターニアの正体を知っているのか」と割り込んだ。

ぎくりとしたが、おもてには出さず、「正体？」アルは怪訝そうな声を作った。「どうして？」

「豊満夫人は女性同性愛者なのか、という疑問をまず抱くのが普通だろう」

鋭く突かれ、アルは口ごもった。タイターニアはナイジェルと、頭の中で変換されている

から、ドディントン夫人がのぼせるのを不自然なことと思わなかった。

とっさに、クラレンスが言いくるめた。

「いや、ほんと、そうだよな。そう思ったんだ。違うのか」

学生の中の二、三人が、顔を見合わせ含み笑いした。誰もが知っているわけではないらしく、「え、何だ？　どういうことだ」訊く者がいる。

「さて、どういうことだと思う？」〈正体〉を知る者はもったいぶり、アルは、酔っぱらい学生たちから得た知識を頭の中で整理していた。

ナイジェルとデニス・アボットは、ここで――《青い龍《ブルー・ドラゴン》》の三階で――暮らしていた。男娼で稼いでいたのか。自前で馬車を持つなど、ずいぶん懐具合はよかったようだ。パトロンがついているのか。ドディントン夫人がパトロネスとして支援していたのか。貢いでいたというべきか。しかし、夫人はロンドンからオックスフォードにくるのに乗合馬車を用いていた。供も連れず。家計は楽ではない様子だ。貢ぐために、ほかのことでは倹約していたのか。そうだとしたら、夫のドディントンはいい面《つら》の皮だ。

「彼らが突然いなくなったのは、あの喧嘩のせいかな」赤毛がつぶやき、

「喧嘩？」クラレンスが瞬時に反応する。

「喧嘩なんてあったのか」他の学生も訊いた。

「《陽気な酒箒《ジョリー・ブッシュ》》で、タイターニアの用心棒が変なのに絡まれて乱闘になったって」

「そんな騒ぎがあったのか。惜しかったな」見ていない学生は羨望をあからさまにする。

「君はその場に居合わせたのか」

「いや、残念ながら」

「どっちが勝った？」

「余の知るところにあらず」学生はうそぶいた。

「我が大学都市オックスフォードに、そんなやくざな連中が棲息しているのか」

「我が大学都市オックスフォードに、娼婦宿も男娼宿もあることだし」

「喧嘩をふっかけた物騒な連中はよそ者だそうだ」

「グランドツアーで大陸を漫遊した先輩の話では、女はフランスが一番だそうだ」

「いや、イタリアだと聞いたぞ」

「女は二種類しかいない。ブスとあばずれだ」

「こいつは、女よりはるかに始末がいい」学生のひとりが酒壜にくちづけした。「空になれば、終わる。宝石もねだらない。感謝も愛も要求しない。何より好ましいことに、子供を産まない」

饒舌《チャターボックス》クラレンスが割って入る隙もないほど、学生たちは慣れたやりとりに興じていた。

「羽根より軽いものは」

「埃」

「埃より軽いものは」

「風」

「風より軽いものは」

「女」

「女より軽いものは」

「ない。ない、ない、ない」

学生たちのろれつが回らなくなったので、これ以上聞き出せることはないと見切りをつけ、二階の客室に行った。ベッドは大きいのが二基。その下にはそれぞれ壺が備えてあった。蚤《しらみ》を発生させずにすみそうだ。

ベンに一基を提供し、アルとクラレンスが一つのベッドを共用する。

だが、まだ寝るわけにはいかない。

「ニックがこの宿を勧めたのは、偶然だろうか」アルが口にするのとほとんど同時に、「馬車の車軸が折れたのは偶然だろうか」クラレンスも言い、「なぜ?」横になったベンの声は、すでに眠たげだ。

「この前、ウェスト・ウィカムに行ったときは、ニックは確かに、何も知らなかった」

「そうだな」

「だが、今回はあまりに偶然が過ぎる」

「何か知っているのなら、なぜ、そうとはっきり言わず遠回しに……」

ナイジェルがタイターニアと名乗ったのは、これも、エドへの呼びかけか。噂が耳に届いたら、エドなら関心を持つと期待したのか……。アルは思う。

ベンの寝息が流れた。

「今夜中にしておくことが二つある。タイターニアの部屋に入ることと」アルが言いかけると、

「《陽気な酒箒《ジョリー・ブッシュ》》に押しかけ、アボットの喧嘩のいきさつを訊くことだな」クラレンスは即座に応じた。

「二手に分かれた方が能率的だな」アルは言った。「話を聞き出すのは、お前の方が巧みだ。《陽気な酒箒《ジョリー・ブッシュ》》に行ってくれ」

「あの夫婦の面も見たくないが」クラレンスはしかめ面で承知した。

階段を下りると、学生たちはもうおらず、おかみがテーブルの上を片づけていた。

「そこ、気をつけて。酔っぱらったのが汚したから」

おかみが床を指したので、アルはひょいと避けた。

「角灯を貸してもらえないかな。二つ」

「夜遊び？」

からかうのを笑いでごまかすと、

「宿賃を前払いしてから出かけておくれ」おかみは抜け目ない。

「部屋に一人寝ている。人質を置いて食い逃げはしない。荷物だって置いてある」アルは言ったが、おかみは聞き入れず勘定書を突きつけ、アルはやむなく財布の口を開いた。

「ゆっくり遊んでお出《い》で」

たちまち愛想のよくなったおかみの声を背に、クラレンスと連れ立って夜に塗り込められた戸外に出た。

「がんばれよ」

「そっちもな」

おかみが前に指し示したとおりに、建物に沿ってまわると、一階の一部が厩兼馬車置き場とおぼしい空間になっており、奥に階段があった。馬も馬車もなかったが、詰み藁や飼い葉桶が残っていた。

階段の下に、黒い染みが広がっているのに気がついた。角灯を近づけ、血痕ではないかと思った。触れるとすでに乾いており、指についてはこなかった。――《陽気な酒箒《ジョリー・ブッシュ》》での喧嘩……

照らしてみると、そこここに黒い染みは飛んだり流れたりしていた。

階段の上の方には、血痕らしいものは見あたらない。

踊り場で折れ曲がり、三階まで上った。

心臓の鼓動が、胸骨を内側から叩いていた。念のためにノックした。返事はない。施錠されていた。空き巣の経験はない。木の扉はさして頑丈ではないと見きわめ、蹴飛ばした。数度蹴ると、蝶番が壊れた。

前室の奥に接客用らしい部屋が続く。マホガニーに緞子《どんす》張りの長椅子の背もたれは優雅な曲線を描き、棚にはワインの壜とグラス。化粧台。大理石――本物か模造か――のマントルピースの上によく磨かれた銀製の燭台。角灯を動かすたびに、それらが視野に映り、薄闇に溶け去った。椅子、テーブルなどすべて、流行のチッペンデール様式だ。娼家にありがちな過剰な装飾や性感を刺激するための器具などは見あたらず、いくらかほっとした。

壁と扉で仕切られた次の部屋は飾り気のない寝室で、ベッドも実用一点張りの無骨なものだ。直感した。デニス・アボットが寝起きする部屋だ。

さらに奥の部屋は、おそらくナイジェルの私室だ。ベッドと、机や椅子など二、三の調度品。接客室と異なり、簡素な物だ。

角灯がつくる弱い光の輪の中に、エドの顔が浮かび上がり、どきっとした。――俺たちには見せたことのない、優しい微笑……。いつもの皮肉な翳の代わりに、哀しみが溶け入っていた。

昼間なら、一瞬たりと見間違えはしない。どれほど迫真的に描かれていようと、鉛筆による素描だ。室内のすべてが色を失っているための錯覚だった。

等身大に描いた肖像画だ。光の当たる範囲は狭く、一度に全部を見ることはできない。上半身裸のエドの胸のあたりに、ナイジェル自身の顔があった。ナイジェルは首だけであり、それをエドの左手が抱きかかえていた。

机の上にも枝付き燭台があった。使いかけの蠟燭の根元に、蠟涙が垂れて固まっていた。その傍らに紙の束が置かれていた。裏返しに積まれ、表の文字のインクがかすかに透けていた。

アルは束をひっくり返し、蠟燭に角灯の火を移した。文字が読み取れるほどに、明るさが増した。

メルがいなかったら、と、僕は今でも、時たま思うことがある。仮定のことを考えても、何の役にも立たないのだけれど、ふと、思ってしまうのだ。

耐えられただろうか。

あそこで生きることに。

…………

III

1

…………憂鬱な事態になった。

前は時たま訪れるだけだった懲罰係のオーマンが、ベドラムに住み込むことになったのだ。空いた部屋がないので、地下の物置で寝起きしている。オーマンはこの待遇が不満で、もっといい部屋をとロッターに要求し、部屋を増築するから、とロッターはなだめている。

「理事会の承認を得ねばならんから、少し待て」

「小さい部屋を一つ建て増すのに、一々理事会に諮《はか》ることはないだろう」オーマンは言い返した。

「費用がかかるのだよ」

「あんたのポケットマネーで賄ったらいい。見物料やら何やら、ずいぶんくすねているじゃないか」

「冗談じゃない。私の懐から出すなんて」

「煉瓦職人に少々金を渡してさ、工事現場から煉瓦をピンハネさせればいいんだ。煉瓦を積むのは、ここの連中にやらせれば、只だぜ。理事なんて、どうせ視察にはこないんだろう」

「査問委員会は、ここの会議室で行われる」

「退所希望の者がいるときだけだろう。めったに開かれないじゃないか」

「無断で増築はできない」

そんなやりとりが続いていた。

オーマンがとりあえずベッドを置いている物置には、あの器具が置いてあるはずだ。あれを壊せば、オーマンはただのおっさんだ。腕力はたいしてなさそうだ。

そう思っても、実行する勇気はなかった。つかまったら、あれをやられる。

ロッターとオーマンは、懲戒室ではなく大部屋で、あれを皆の面前でやるようになった。見せしめの効果がきわめて大きいことを、ロッターが認識してしまったのだ。オーマンが大部屋に一足踏み入るだけで、皆、緊張する。媚びた笑いを見せる者。顔を伏せ、目が合わないようにする者。反抗的な態度は、めったにとらない。とれない。

それでも、些細なことで何人もがやられた。

ディーフェンベイカーさんは、自分がどんな状態にあったかを客観的に眺めざるを得ず、悲惨なほど落ち込んだ。彼のような教養の高い人物にとって、人前で下半身を剝き出しにされ、そのうえ失禁するざままで見られたのは、死に値する屈辱だった。棒など嚙みしめず、イカーさんには耐えられなかったのだと思う。前にやられたときは懲戒室だったから、一番恥ずかしい姿は晒さなくてすんだのだ。
舌を噛みきった方がどれほどましだったか。ディーフェンベイカーさんは、僕にだけ、独り言のように呟いた。他の者はともかく、メルと小説家さんに見られたのが、ディーフェンベ

恥ずかしいという心の動きも、僕は小説家さんとディーフェンベイカーさんに教えられた。わざわざ素っ裸になる入所者もいて、僕はそれを当たり前だと思っていたのだから。

メルはまた、たびたび動かなくなった。ディーフェンベイカーさんのやられる姿を見たことで、憂鬱症《メランコリア》が悪化したらしい。

こんなにいろいろな騒ぎや変化がある中で、変わらないのは母さんだけだった。静かに眠っていた。ふと気がつくと、僕が幼かったころより、母さんの顔はほんの少し年取って見えた。眠ったまま老婆になっていくのだろうか。

でも、母さんは綺麗だ。いつごろからか、僕はそう感じるようになっていた。綺麗とか美しいとか、教えられなくても自然に感じるんだろうか。

ディーフェンベイカーさんとメル、小説家さん、おまけの僕、この四人の特権は剝奪されなかった。聖域は保たれていた。ディーフェンベイカーさんに庇護されて、アンディも特権階級の一人になった。

アンディのことを書こう。

ディーフェンベイカーさんが立ち直れたのは、アンディのおかげだと思う。アンディが積

極的に何かしたわけじゃない。逆だ。アンディは、あの後ずっと呆《ほう》けていた。ろくに口もきけず、ディーフェンベイカーさんが話しかけても、ぼんやりしているだけだった。

ディーフェンベイカーさんは、アンディを立ち直らせることで自分自身を立ち直らせた。意識してのことか、結果としてそうなったのか、僕にはわからないけれど。

その日、アンディがスピネットの前に佇んでいた。積極的に動こうとしなかったアンディが興味を示しているのを見て、ディーフェンベイカーさんはスピネットの前の椅子に腰を下ろした。

奏でながら、ディーフェンベイカーさんは歌った。

あれをやられても、ディーフェンベイカーさんの声は変わらなかったし、演奏能力も落ちなかった。しばらくの間、痛みのために椅子に腰掛けることができなかったが、それも癒えていた。

神うるわしき花を召し、とディーフェンベイカーさんは歌った。僕も一緒に歌った。名を賜りしそのときに……

小説家さんとメルは歌わない。メルは、聴いている方が好きなのだ。小説家さんが歌わないのは、音痴なので、ディーフェンベイカーさんの歌をぶちこわすとわきまえているからだ。エド、アルが歌うのを聴いたとき――解剖ソングを時々みんなで歌っただろ――僕は小説家さんを思い出してしまったよ。

アンディは目を閉じていた。

「おぼえているだろう、アンディ」ディーフェンベイカーさんは話しかけ、「弾くか？」と椅子をゆずろうとした。

アンディはかぶりを振り、キーの一つを指した。

「音が違う？」

ディーフェンベイカーさんの問いに、うなずいた。

「ずっと調律していなかったからな」

ディーフェンベイカーさんは箱から何か道具を出し、側面が湾曲したケースの中を覗き、何かした。アンディはキーを叩いて音を確かめ、ノー、ノーと指をふり、もうちょっと高くとか、低く、とか、人差し指と親指の頭がほとんどつくくらいの仕草で示した。最後に、大きくうなずいて、にっこりした。

アンディの笑顔に、メルも小説家さんも僕も嬉しくなったけれど、ディーフェンベイカーさんの喜びようほどじゃなかった。

ディーフェンベイカーさんはもう一度最初から弾き、歌った。僕も歌った。すると、アンディも声を合わせたのだが、驚いた、アンディは違うメロディで歌っているのだ。それが、僕の歌の少し下の音をたどって、ぴったりと寄り添っていた。ディーフェンベイカーさんが、もっと下の音で歌った。三つの違うメロディが調和して、深みのある音の連なりになった。後でディーフェンベイカーさんから教わった言葉で言えば、三部合唱になっていたのだ。

入所者たちが、皆、聴き入っていた。

最後のForget-me-notの、notのところで、三人の音が一つに集まった。静かにフェイドアウトした。

ディーフェンベイカーさんは向き直り、椅子から立ち上がり、アンディの両肩に手を置き、抱擁した。

そのときまでに、ディーフェンベイカーさんから聞いてはいた。アンディが吹きガラスの職人であったこと、教会でオルガンを弾いていたディーフェンベイカーさんが、アンディに楽譜の読み方やオルガンの奏法を教えたこと、親方の娘と、アンディはたいそう仲がよかったことなど。

ディーフェンベイカーさんは、どうしてここに入れられたの？　そのとき僕は訊いたのだった。

知らない方がいいのだよ、ナイジェル。秘密を知るということは、危険が大きくなるということだ。我々は、メルの秘密を知ってしまっている。メルが代作をしているということは、外に漏れてはならない事実だ。一度ここに入れられたら、めったなことでは出られない。外の者は、狂人と接するのを恐れている。治ったように見えても再発すると怖いからと、出所させないよう、査問委員会に頼み込んでいる家族もいる。ともあれ、秘密は知らない方がいいのだ。そう言って、ディーフェンベイカーさんは僕の質問を断ち切ったのだった。ひと言《こと》だけ、つけ加えた。「私がここにいることによって、そうして黙っていることによって、私の愛する人が救われている」

アンディはディーフェンベイカーさんに「How can I leave thee! を弾いてくれませんか」と頼んだ。

「子供の頃に聴いたことがあるが、よくおぼえていない」とディーフェンベイカーさんが言うと、「いいですか？」と椅子を指し、スピネットの前に腰掛けて、メロディを弾いた。そうして歌った。

〈外〉ではよく知られている歌らしく、入所者の何人かが、つられて歌いだした。

How can I leave thee!
How can I from thee part!
Thou only hast my heart,
Dearest, believe!

懐かしそうに、彼らは歌った。一フレーズごとに、一緒に歌う者の数が増えていった。

Thou hast this soul of mine,
So closely bound to thine,
No other can I love,
Save thee alone!

アンディの弾き方は、ディーフェンベイカーさんのように、感情を指にこめてはいなかった。正確にキーを叩いているだけだ。

歌う声は、ばらばらだった。だみ声だの調子はずれだの。音痴も歌っているから安心したのだろう、小説家さんも仲間に入った。

「君も知っているのか」意外そうにディーフェンベイカーさんが訊くと、

「子供の頃、聴き覚えた」小説家さんは言った。

Blue is a flow'ret
Called the Forget-me-not.
Wear it upon thy heart,
And think of me!

ロッターがのぞいたが、皆、気づかず歌っていた。僕はメルと目を見交わした。僕は歌詞を知らないから、歌う仲間に入れずにいた。

ロッターは中止させるかどうか、ためらっているように見えた。そのまま、去った。

Flow'ret and hope may die,
Yet love with us shall stay,
That cannot pass away,
Dearest, believe.

弾き終わると、アンディは部屋の隅に行き、背を向けて立った。肩と背中が細かく震えていた。

もっと弾いてくれ。歌おう。入所者たちは口々に言った。でも、彼らは、聖域に置かれたスピネットに触ろうとはしなかった。

アンディが泣きやんで戻ってきてから、歌詞を教えてと、僕は紙と鉛筆を渡した。

字は書けない、とアンディは言った。「俺、読み書きは習ったことがない」そう言って、服の袖で涙を拭いた。

小説家さんが書いてくれた。

「〈神うるわしき花を召し〉の歌と、同じ花が出てくるね。Forget-me-not って、どんな花？」

ディーフェンベイカーさんに訊いたら、メルが絵を描いてくれた。

「色は青いんだ。晴れた日の空のように」

そのとき、僕はあらためて認識した。ものには、色がある!

でも、メルが所持を許されているのは鉛筆だけだから、黒の濃淡であらわしている。メルが描いた黒と白の花を、僕は想像で晴れた日の空の色にした。

気持ちが鎮まったアンディは、もう一度スピネットの前に腰掛けた。

〈ティッペラリー〉だの〈プッシー・キャット〉だの、誰もが知っている——僕はほとんど知らないけれど、すぐにおぼえた——歌が次々に歌われ、〈ロンドン橋落ちた〉になると、踊り遊びを始めた。小説家さんとディーフェンベイカーさんが両手を高く上げて門を作り、その下を、みんなが一列につながって、歌いながら通り抜ける。僕も仲間に入った。子供の頃、よくやった、と誰かが言った。

つまらない遊びを、というふうに見下した態度を保っていたのが詩人だが、With a gay Lady のフレーズで門の手が下り、ちょうどくぐり抜けようとした者を捕まえ、笑い興じるのを見て、とうとう、London Bridge is broken down と甲高い声で歌いながら、列に割り込んだ。

僕は、気がついた。大部屋の隅にロッターが立っていたのだ。ずっと前から気配を消して、そこにいたらしい。壁にもたれ腕組みし瞑目していたが、不意に目を見開いた。かっと大きく口を開けた。牙が生えているように見えたのは、もちろん錯覚だ。傍らに、三人の看護人がいた。

ロッターの合図で、看護人たちは走り寄り、スピネットに手をかけた。

「何をする」

スピネットをかばおうとしたディーフェンベイカーさんは突き飛ばされた。

「皆で歌ったり踊ったりすることは禁止します。スピネットは没収します」

「そんな規則はこれまでなかったぞ」

堂々と反論を述べられるのは、ディーフェンベイカーさんだけだ。小説家さんは、陰では威勢のいいことを言うけれど、ロッターの前ではおとなしい。

「これまで、皆で歌うことはなかったからです」

ロッターが丁寧な態度をとるときは、用心しなくてはいけない。突如、豹変するからだ。その落差に、こっちは気をのまれ反撃の機を失する。

そろそろ危ないと思った。予感が的中した。

「運び出せ」

看護人たちに怒鳴った。

メルが、鍵盤の上に両手をひろげておおいかぶさり「俺は絵を描かないぞ」と叫んだ。メルは滑らかに喋れない。最初の音が言葉になるのに手間どった。「俺が描かないと、困る者がいるだろう」

「描かなければ、懲戒だ」

優雅な態度を、ロッターは振り捨て、脅しつけた。

「や、やられても描かないぞ。描いてやらないぞ」

「私は……私は、酒を飲んでやるぞ」小説家さんが怒鳴ったが、まるで無意味な反抗じゃないかと、少し可笑しかった。

入所者は、すべての者が周囲の状況を理解できないわけではないのだ。奇妙な妄想を持っていたり――ディーフェンベイカーさんや小説家さんに言われなければ、僕には妄想かそうでないか区別がつかないことが多かった――、黙り込んで動かなかったりしている者でも、理解はしている場合が多い。メルも、石になっている間、まわりのことはわかっていた。そういう者たちまで、スピネットが奪われそうだと知って、ロッターにじりじり近寄ってきた。

いつもおとなしくロッターに従っているけれど、入所者の方が人数は多いのだ。ほとんどの者がロッターを憎んでいる。

この場に懲罰係のオーマンがいないことも、皆を勇気づけていた。

殺気の網が引き絞られ、絡め取られそうだと、感じたのだろう。ロッターは唐突に態度を変え、看護人たちを引き連れて出て行った。戻ってきたときは、オーマンが一緒だった。オーマンは〈あれ〉を持っていた。

ロッターが目で軽く合図した。前もって手はずを決めておいたのだろう。看護人たちはいっせいに、ディーフェンベイカーさんに襲いかかった。

2

今日、明日と、法廷をサー・サウンダーズに委ねたので、判事とアンは二日間続けて自由に行動する時間を確保できた。

「昨日の午後、閣下の部下が訪問した際は、他出しており失礼しました」

しらじらしく挨拶し、ワイラー所長は判事とアン、ゴードンを接客室に案内した。

「ご用のおもむきは？」

「昨日、使いの者に託した手紙に記した用件だ。スピネットを弾いていたあの入所者にもう一度面会したい」

「閣下に危害を加えようとした、あの危険な……M-27ですか。彼は、あの後、昂奮が鎮まらず、やむを得ず鎮静手段をとり別室に収容してあります」

「鎮静手段というと？」

「阿片チンキで眠らせました」

「あれから、ずっと眠っているのか」

「強めのを与えましたので」

「眠っておってもよい。会わせてもらおう」

「見物なさりたいのですね。病人を」

「どのような状態か、確認したいのだ」

「しかし、眠ったままですから」

「かまわん」

「地下の懲戒室でして。いや、懲戒室というと名前が悪いですが。かつては、本当に懲罰を与えるための部屋だったのです。私はそこを、隔離室と呼ぶようにしました」

「会わせよ」強圧的に判事は言ったが、

「いかなる権限で？」ワイラーは退かない。

「捜査上、必要である」

「昨日、閣下が見えられたご用件は、何とかいう人物、ええ、ナサニエル・ハートでしたか、について知りたいというご要望でした」

名前を言い間違えたのは、関心がないという態度を示すためか。

「記録もなく、彼がいた当時を知る看護人もいないということを、閣下は確認されました。再度お越しいただいても、それ以上のことは」

「ナイジェル・ハートは、スピネット奏者と同時期にここにいた。ゆえに、スピネット奏者に、ナイジェルについて訊ねたいのだ」

「それは無理です、閣下。いま申しましたように、眠っておるのですから」

「同じ話の蒸し返しになるな。とにかく会わせてもらう。話はできなくてもよい」

拒否し通すかと思ったが、「そこまで仰るなら、ご案内しましょう。少しお待ちください」と部屋を出て行った。

やがて戻ってきて、「どうぞ」と、地下に案内した。

ゴードンの逞しい腕に支えられ階段を下りる。判事の瞼の裏でかすかに揺れる。外光の届かない暗さが、判事にも感じられる。ワイラーの提げた角灯の明かりが、判事の瞼の裏でかすかに揺れる。

「ネイサンが言ったとおり、物置に使われているようです」アンがささやいた。

「足もとにご注意ください」いかにも気遣わしげな声を、ワイラーは作る。

歩数を数えながら判事は歩いた。ガラガラとけたたましい音は、床に転がるバケツなどを足で蹴り、通り道を空けているのだろう。

「これが、懲戒室、いや、隔離室の扉です。今、鍵を開けます」

扉の開く音がし、「ワイラーさん、その角灯を拝借します」アンの声が続いた。

自分で明かりを動かし、室内を確認しているのだと、判事は察した。ワイラーに任せておいたら、都合の悪い場所には光を当てないだろう。

「明かり取りの高窓も、この部屋にはありません。まったくのがらんどうです。ベッドも置いてありません。ベイカーさんは、床に敷いた藁の上に寝かされています」

「ベッドを置かないのは」ワイラーが説明した。「患者が自傷する恐れがあるからです。鉄枠に頭を打ち付けたり、服を裂いて紐を作り、柵を利用して縊死をはかったりします。ベッドのみならず家具をいっさい置かないのは、患者のためを思う処置なのです」

「藁の一部が濡れています。シャツとブリーチズを着けていますが、ブリーチズも濡れています」

「さっきは濡れていなかったのだが」少しうろたえたようなワイラーの声。

さっき……。我々を待たせている間に、一度点検したのか。異臭は判事の嗅覚も感じ取っていた。

「昏睡しているようです。素足です。手首と足首に、擦り傷があります」

アンとゴードンに導かれ、判事は横たわるベイカー氏の傍らに膝をついた。手首と足首に、順々に触れた。

「手錠と足枷をはめて監禁していたのか」

判事の詰問に、

「暴れるときは、やむをえぬ処置なのです」

ワイラーは悪びれず反論した。

「自由なまま放置すると、壁に頭を打ち付ける者がしばしばおります」

再び左の手首に触れたとき、かすかな反応を感じた。腕を反転させ指で相手を探ろうとしているようだ。

「ミスター・ワイラー、席を外していただこう」

「それはできません」

「なぜ」

「危険です」

「このような状態にある者に、何ができる」

「閣下の身に何かあった場合、私の責任になります」

「ゴードン、所長殿に部屋の外に出ていただけ」

相手は鍵を持っている。外から、施錠され閉じこめられる危険を一瞬思ったが、それほど浅慮ではないだろう、と思い直した。ベドラムを訪問することは、配下のみならず、サー・サウンダーズにも伝えてある。判事が行方不明となったら、強制的に捜索が行われる。懲戒室も開扉しないわけにはいくまい。

ゴードンの威嚇に怯えたのか、ワイラーは出て行く気配だ。

「ゴードン、所長殿の傍にいろ」

扉の閉まる音がした。

「ミスター・ベイカー」判事は耳もとで小さく呼びかけた。「私だ。治安判事ジョン・フィールディングだ。昨日、君が歌で伝えた意味を解読した。アンドリュー・リドレイ君は、ここにいるのか」

ベイカー氏の手を持ち上げ、力なく垂れた指の先を、自分の手のひらにあてさせた。

「声が出ないのなら、指で示してくれ。イエスなら、一つ押してくれ。ノーなら、二つ」

指は何の反応も示さなかった。

「ミスター・ベイカー、目ざめてくれ」

軽く頰を叩いた。首がぐらりと揺れただけだった。さっきの反応は、無意味な動きだったらしい。眠っている者が寝返りを打つような。

「ナイジェル・ハートを知っているか。ここで生まれ育った」

頰を叩き、肩を揺すったが、昏睡から覚醒させることはできず、何度か繰り返したあげく、ついに断念した。

室外に出た。扉を閉める音、施錠の音が、判事には、ワイラーの高らかな勝利の笑いのように聞こえた。

「いったい、彼にどういう処置を施したのだ」

「鎮静剤を与えただけです」

「阿片チンキの過剰投与は、死をもたらす」

「よく心得ています」

案内する前に、鎮静剤を投与し手錠足枷を外したのに違いない。昨日の昼から今に至るまで昏睡し続けるほどの量を与えたら、命に関わる。医療の素人ではあっても、そのくらいの知識は判事も持っている。

「日を改めて再訪する。その時は眠らせるな」

「お約束はできません。暴れたら、このようにするしか手だてはないのです」

「彼の他に、スピネットを演奏できる入所者はおらぬか」

アンドリュー・リドレイは、オルガンの奏法をベイカー氏に習っている。

「そういう特技を持った者はおりませんな。かつては弾けたが、精神状態が退化荒廃しているために今は弾けないという者がいるかもしれませんが」

ご用件はこれでお済みですな、と、ワイラーは、それとなく退去をうながした。

「もう一つ、ある。石炭置き場を見せてもらう」

「奇妙なご依頼ですな。あんな場所になぜ」

「理由は、後で」

「それでは、許可できません」

「一々、嫌がらせのような反対はしないでください」アンが口を出した。

「嫌がらせとはまた……。返答に困ります。私は、所長としての責務を果たしているだけです。閣下、貴方が調べておられるナサニエル・ハートでしたか、その人物と石炭置き場にどういう関係があるのですか」

「どういう関係があるか、それを調べるために石炭置き場に入りたいのだ」

「そういえば、昨日、石炭投入口の蓋が開いており、通行人が足を踏み外して落ちたという報告を受けました。石炭屑で黒くなった若い男が廊下をうろうろしているのを看護人が見咎めたら、そう釈明したということです。もし、不注意からではなく、故意に入り込んだのであれば、家宅侵入罪で訴えるところですが」

「石炭置き場に私が入ると、何か不都合でもあるのか」

「いえ、何も。ただ、どうして石炭置き場に関心を持たれるのか」

「昨日、投入口から落下したのは、君も今推測したようだが、私が送った使いの者だ。蓋が開いたまま放置するという、ベドラムの管理者の不注意から、私の部下はひどい目に遭った。幸い怪我はなかったが」

「それは、結構でした」

「石炭置き場で、部下は、奇妙なものを発見した」

「は？　何でありましょう」

ワイラーの声に、好奇心以外の感情を感じ取れなかった。

「HELPと記した紙片だ」

「なるほど、奇妙ですな。石炭置き場に閉じ込められた者がいたのでしょうか。私の知るかぎりでは、そのような者はおりませんが」

どうぞお入りください、という声に、扉を開ける音が続いた。

「この扉はふだん施錠していません。鍵と鍵穴はありますが、出入りに面倒ですから、一々鍵をかけたりはしません。幽閉には不向きな場所ですが」

石炭の臭いが濃く漂い、靴底が石炭屑を踏む感触を足に伝える。

左手を壁に沿わせ、右の腕をゴードンが支え、慎重に進む。アンの掲げた角灯が足もとを照らす気配を感じる。

壁に突き当たった。右に向きを変え、左手を壁についたまま歩を進める。壁の手触りが少し変わった。どう違うのか説明し難い微妙な感覚だ。何か、小さい塊に触れた。ぽろりと落ちかけたそれを、手のひらに握りこみ、アンに渡した。

「これは、何だ？」

「石炭屑です」

「アン、壁の下のほうを照らして確認してくれ。石炭の欠片が壁に食い込んでいないかどうか」

「食い込んでいます。幾つも」

歩数を数えながら進み。再び突き当たって右に折れる。

「このあたりは、どうだ。壁に食い込んでいるか」

「いいえ。汚れていますが、食い込んではいません。サー・ジョン、石炭の山の裾を、わたしたちは今歩いています。足場が悪いです。お気をつけください」

さらに、右、右と、さして広からぬ石炭置き場を一周しながら、ネイサンを同行させればよかったと、判事は少し悔いた。どのあたりで転び、HELPの紙片を拾ったのか。彼がいなくては確かめられない。もっとも、マーロウでロバートの未亡人からドディントンの後妻について聞き出すのも急を要する重要案件だから、やむを得ない、と、自らを慰めるうちに、壁を一周していた。

「石炭屑が食い込んでいたのは、あの壁だけだな」とアンに確かめてから、「もう一度、懲戒室に」反論を許さぬ強さで、判事はワイラーに命じた。

「隔離室です」ワイラーは訂正し、「またですか」と、うんざりした気分をあからさまにこめ、聞こえよがしに溜息をついて、鍵を開けた。

右手を壁につき、左腕をゴードンに支えられ、先ほどとは反対に、左回りに歩く。足もとを妨げるものは何もなかった。もう少し中央に寄れば、横たわるベイカーの躰にぶつかるのだろう。

外に出、階段を上りながらアンに、「私は真っ黒かな」判事は訊いた。

「ネイサンほどではありませんわ。黒いのは手のひらだけです。ネイサンは石炭の山に全身突っ込んだそうですから。わたしの手も汚れました」

「ワイラー君、接客室で一休みさせてくれ。手を洗う湯を所望する」

「それはもう、私の方からご休憩を提言しようと思っていたところです。どうぞ、こちらへ」

接客室の椅子に腰を下ろし、運ばれてきた湯で手を洗いながら、地下の平面図を脳裏に描いた。

「ミスター・ワイラー、地下は、階段を下りたスペースと、懲戒、いや、隔離室、それに石炭置き場、三つのスペースに分けられておるのだな」

「そうですが」

「建物の外観に比べて、地下は狭いのだな」

「建物の下すべてに地下室を設けてはありませんから」

「三スペースの配置は、こうだな」

判事は指で宙に描いた。

三個の四角をLの逆の形に並べた配置だ。階段スペースと隔離室が横に並び、石炭置き場が階段スペースから突き出している。

「隔離室と石炭置き場に二つの壁を接する一室があって然るべきだ」

判事は意図して決定的に断じた。相手の反応を知りたかった。

「なるほど。ごもっともです。考えたこともありませんでしたが」

石炭置き場に紙片を結わえつけられた蜘蛛の死骸があった。石炭置き場は、ワイラーが認めたとおり、幽閉するには不向きな場所だ。人の出入りもある。もう一つ部屋がある、という仮説が成り立つ。そこに幽閉された人物は、救いを求める使者である蜘蛛を、鍵穴から外に出した。石炭置き場に向けて。石炭置き場なら誰かの目にとまるだろうと期待した。儚い望みだが、それ以外の手段はなかったのだろう……。

「だが、私が触れてみたところ、隔壁に扉はなかった」

「はい、ありませんでした」アンが言葉を添えた。

「となると、思考の必然的な帰結は、扉が塗り込められたということだ。HELP、そう記したときは、生きていた。生きたまま塗り込められたのか？　扉の部分だけ漆喰などを塗った形跡はなかった。そうであれば、凹凸を感じる。あの壁は、手が触れたかぎりでは、全面、荒くはあるが平坦だった。そうして石炭屑が食い込んでいた。他の壁にはそのような形跡はない。つまり、あの壁だけ後から塗られたのだ。ミスター・ワイラー、貴君が赴任してから、地下の壁の補修が行われたことは」

「壁の補修ですか？」怪訝そうに問い直した声に、判事は虚偽の気配を感じ取れなかった。

「石炭置き場の左側の壁を、取り壊してみる必要がある」

「とんでもない！　如何なる理由ですか。そんな予算は、当方にはありません。壊した後、再築せねばなりませんが、それにも費用がかかります。ウェストミンスター地区治安判事殿が、責任を持って支払ってくださるのですか」

壁の向こうに部屋が存在するというのは想像に過ぎないし、犯罪が行われたかどうかも不明なのだ。HELPと救助を求めた者が、幽閉されていたかどうか。幽閉されたのが事実であっても、ナイジェルの件に関係があるのかどうか。

犯罪が行われた証拠もないのに、壁を壊せと命じる強制力を、ウェストミンスター地区治安判事は持たない。


ケントからロンドンに上ってきた牛の群れは、ロンドン橋を渡りシティのせせこましい道を抜け、スミスフィールドの家畜市場に向かう。ジョン・フィールディング判事を乗せた担ぎ椅子《セダン・チェア》は、牛の群れに巻き込まれるという災難を経て、ワイラー所長の前任者チャールズ・マクレガー氏の住まいにたどり着いた。アンは騎馬だからいいが、ゴードンの靴は牛糞まみれになったことだろう。

接客室で向かい合うや、庶民院議員マクレガーは、「陳情ですかな」尊大な声を投げた。

「ご承知であろうが、私はきわめて多忙だ。予約無しの面会は断るのだが、治安判事フィールディング殿が出向いてこられたとあっては門前払いもしかねる。手短にお願いする」

「ベドラムの所長を務めておられた時のことを伺いたい」

「格別、何の問題もなかったが」

「貴君は、サム・ラッター氏からベドラム所長の職を引き継がれたのですな」

「さよう」

「ラッター氏の住まいを教えていただきたい」

「知らんな」

「まったく？」

「何も」

「入所者の中に、ナイジェル・ハートという者はおりませんでしたか」

「知らん」

「アンドリュー・リドレイという者は」

「知らん。サー・ジョン、貴公は、私が入所者全員の名前と経歴を把握しておると思われるのか」

「そうではないのですか」

「貴公は、ウェストミンスター地区全住人の名前と職業、経歴を把握しておられるか」

「それは、無理です」

「私とて同様だ」

人数と規模がまるで違うと反駁したいところだが、口論になっては、何も聞き出せない。

「所長の責務は、ベドラムの運営、管理だ。個々の入所者にまで、私は責任は持たん。入所者に不届きな振る舞いがあれば、懲罰係が処罰する。入所者どもは、自主的にやっておったよ」

「懲罰係というのは、テレンス・オーマンという男ですか」

「そう……そんな名前であった。オーマンといったな、確か。あの男をご存知か」

「いや、会ったことはない。どんな男でしたか」

「どんなと言われても……。普通の男だ。中肉中背。しいて言えば、うむ、まあ、いい男の部類かな」

「懲罰を与えるところをご覧になったか」

「あれは、見るに堪えん。一度、目にしたが。地下にその男が寝泊まりしている部屋があるというので、以後はそこを懲戒室に兼用せよと命じた」

「どんな器具を用いるのですか」

「箱のようなものだったな。紐状のものが伸びておった。先端を被処刑者のこめかみや躰に当てるのだ」

それ以上正確な描写は得られなかった。

「今、ベドラムに勤務している看護人は、貴君が雇われた者、あるいは現所長が雇用した者なのだそうですが、前任者のときの看護人はおらなかったのですか」

「いや、前からのが三人おった。いずれも次々に辞めたので、私が新たに雇った」

「以前の看護人が今どこにおるか、ご存知か」

「知るわけがない」うんざりしたように議員はさえぎった。「下賤な輩の住まいなど。記録でも調べられたがよかろう。看護人の転任先など記されておれば、だが」

「その記録がおそろしく杜撰でしてな。入所者の名前さえわからん状態だ。貴君が引き継いだとき、すでに出鱈目《でたらめ》だったのですかな」

「記録？ 何のために、私がそんなものに目をとおす必要がある。私はベドラム所長の在任中も、きわめて多忙であった。不要なことに割く時間はなかった。今も多忙だ。話はこのくらいでよろしいかな」

「地下の石炭置き場の隣室は、どういう状態でしたか」

「私が地下などに下りるとでも？」

「地下を点検されたことはない？ 懲戒室も見ておられぬ？」

「当然であろうが」

「貴君の後を引き継いだワィラー氏も政界進出を望んでいるようですな」

「彼はなかなか有望だ。引き立ててやろうと思っておる」

「チャールズ・マクレガー」

判事邸に帰り着くや、アンは吐き捨てた。

判事の帽子を受け取っている従僕フィンチが思わず二、三歩後退ったほどの語気であった。

「あんな男が、議会で何をするんでしょう。無責任で、やる気まるでなし。地位と名誉が欲しいだけの下司」野郎と続けかけて、アンは自制した。

アンはボウ・ストリート・ランナーズの詰め所に行って報告を聞き取り、私室で休んでいる判事に、「ブッチャーとケイロンに関しては、まだ何の連絡もないようです」と報告した。

「エスターの消息も摑めませんし」

腿の上に、アンが顔を埋めるのを感じた。跪いているのだろう。

「伯父様、エスターのことが心配で」

背を撫でてやり、顎に指をかけて顔を上げさせた。

「すみません。取り乱してしまいました。ベイカー氏もあまりに惨めな格好で。……でも、ベイカー氏は、オーマンの懲罰とかいうのをやられたわけではありませんね。器具はオーマンが持って出たと言っていましたから」

「アン、焦らずに捜査を進めよう。進展はしているのだ。エスターの話が、少しずつ裏付けられている。何とかベイカー氏なる人物は実在した。ベイカー氏は、一七六〇年ごろベドラムに入所したにもかかわらず、洞窟事件のあった一七六一年とエスター、アンディの名を、強調して我々に伝えた。我々は、アンディがベドラムに入れられ、ベイカー氏と再会し、洞窟事件を氏に告げた、と推察した。フランクリン博士の弟子で、エスターが不快感を持っていたテレンス・オーマンなる男が、賭場通いをし、盗癖があり、洞窟事件の後、博士に馘首されたことも知った」

「オーマンはその後、電気興行師《エレクトリシャン》をしていたのですね」メモをくりながら、アンは言った。「戦線から帰って、その日の食にも困っていたレイ・ブルースに声をかけ、見世物師のブッチャーに引き渡した、とあります。レイ・ブルースの話では、オーマンはその後、電気興行師から足を洗い、他の仕事に就いた、と」

レイ・ブルースに話を聞いているとき、その部分で、何か濁った嫌なものを感じた……と、判事は思い出していた。

「他の仕事というのが、ベドラムの懲罰係か」

「ナイジェルは、ベドラムで、ベイカーさんともアンディとも、テレンス・オーマンとも接触があったのでしょうか。入所していた時期は重なりますね」

「……アン、夕食の後、ダニエル先生を訪問しよう。午後はまだ病院勤務だろう」

ダニエル・バートン先生は、電気の知識もある。蓄電壜を用いて、心臓が停止した女の子を蘇生させた実績がある。フランクリン博士と面談し、蓄電壜の作り方を学び、実物を買い取りもしたと、聞いたおぼえがある。

夕食までの時間を、ナイジェルの墓に花を供えることに使った。空の柩を囲んでアルたちが歌った解剖ソング、最後のフレーズを歌ったエドとナイジェルを、判事は思い出さざるを得なかった。アンの小さい嗚咽を、判事は聴きとった。

帰宅すると、折よくネイサンが報告にきた。

「ご苦労だったな」判事はねぎらった。

「船は酔わなくてすんだようね」アンが軽くからかう。

「たいした収穫はないんですが。ミセス・ロバート・バートンは、社交界よりマーロウの田園暮らしがお好きだそうで。でも、現ドディントン夫人について、いくらか教えてくださいました。名前はステラ。後妻だそうです。以前はドディントンに囲われた妾でしたが、夫人――名前はレオノーラです――が病没したので、ドディントンが正妻にしたのだそうです」

「妾を正妻にしたというのは、エスターの話にもありましたね」アンが言った。「ベッキーというダッシュウッドの領主館《マナーハウス》の下女が、エスターに語ったと」

「ドディントンに囲われる前は、ステラは娼婦だったということです」ネイサンは新しい情報をつけ加えた。「卑しい出なので、正妻にするのにごたついたそうです。でも、ドディントンはもともと薬屋の出で、貴族ではないし、それにドディントン家を重要な顧客の一つとしている事務弁護士《ソリシター》のホワイト氏がやり手で」

「ちょっと待て。ホワイト。ホワイトというのか？」

「伯父様！」アンの手が、判事の手を握りしめた。「ベイカーさんは、弁護士見習いでしたわね」

イングランドでは、弁護士は事務弁護士《ソリシター》と法廷弁護士《バリスター》に分かれる。法廷での弁論以外の法律事務は、ソリシターがすべて扱う。遺産相続のごたごたなど法廷で裁判になる案件は、ソリシターがバリスターに委任する。

White is a flow'ret
Called the Forget-me-not.

勿忘草は白い花。

「そうか。ドディントンが依頼したソリシターは、ホワイト氏というのか。アン、明日、ロンドン市内のソリシターの名簿で、ホワイト氏の住所を調べてくれ」

「僕、お役に立ちましたか」

「非常に！」

「それから、ミセス・バートンの言われるには、ロバート・バートンは、ドディントン前夫人レオノーラを診察したことがあるそうです。診療記録などの書類は、ロンドンのバートン邸にそのまま置いてあるということでした」

「ちょうど、ダニエル先生を訪ねようとしていたところだ」

「ネイサン、あなた、幸運を運んできてくれたわ」

「それから、雑談の合間に、ロバートが夫人に洩らした話として、とんでもないことを聞いたんです。国王陛下ですが、一時期、錯乱がひどくて、気が狂ったかと思われたことがあったそうです。絶対秘密にしたそうですが、宮廷の人目のあるところで異常な状態をさらしたたのですから、侍女や召使いの口から洩れますよね。下々にまでは広がらなかったけれど、社交界の、ことにご婦人連中の間では、かなり取り沙汰されたそうです」

「いつごろだ。あの洞窟事件のころか」

「いいえ、それよりずっと後です。八、九年前。陛下が三十になられる前ぐらいだとか」

「異常とは、どんなふうに」

「錯乱、という表現を夫人は使っていました。わけのわからないことを喚きながら、部屋から部屋へ突進したり、何時間も支離滅裂なことを演説口調で喋り続けたり。乗馬ズボンをずり落として臀を半分剝き出しにしたまま馬に跨って、教会に乗り込もうとしたり」

それが事実なら、狂人以外の何ものでもない。

「一時的な発作みたいなもので、じきにひどい症状は消えたそうですが」

その後、ネイサンはまたも、判事邸の夕食にありつけた。

「よくお出でくださった」と、判事の手を握るダニエル・バートンの声は、人恋しさを滲ませていた。

アルたちがウェスト・ウィカムから戻ったら、もっと頻繁にダニエル先生を訪れるように言おう。そう判事は思った。

標本の酒精のにおいが漂う書斎に招じ入れられた。蠟燭の熱を仄かに感じる。

飲み物を運んできたチェリーも、「判事閣下様、モア様、またお目にかかれて嬉しいです」と、声を弾ませた。

話題が電気とあって、ダニエルの声から病院勤務の疲労の痕が消えた。

「懲罰器具というのは、おそらく、電気で強い衝撃を与えるのでしょう。箱は蓄電壜をおさめてあるのだと思いますな。起電器も所有しておるのでしょう」

「先生はそれを用いて心臓が停止した女の子を蘇生させたとか。素晴らしいですな」

「いや、一度だけです。博士から蓄電壜は頂戴したのだが、起電器がないので、もはや使えません。電気はまだ、実用にはほど遠い。フランクリン博士も、せいぜい鶏や七面鳥をこれで殺すと肉が軟らかくて美味になるという程度の効用しかないと、苦笑しておられた。懲罰に用いるとは」

「見るに堪えないと、ベドラムの先代所長も言っていました。現所長は、あまりに惨《むご》たらしいので懲罰係を解雇したとか」

「電気を実用にするには、非常に強力な発電装置が必要でしょうな。私がシビレエイを開いて観察したところでは、円盤を積み重ねて柱状にした器官を数多く備えておった。起電器、蓄電壜の参考になると思うのだが、私にはそちらを研究する時間も資金もありませんでな。新大陸には、強力な電気を発する巨大な電気鰻が棲息しており、これはフランクリン博士が国王陛下に拝謁したおり、献上したということです。見たかったですな、実物を。解剖して、どういう構造になっているのか知りたかった。フランクリン博士と会ったのは一度だけですが、話がはずみましたよ。博士が国王陛下への忠誠心を捨て植民地に帰られたのは、残念至極です」

「国王陛下に電気鰻を献上。その話は聞いたおぼえがある。いつごろですかな」

「博士がロンドンにこられた年で。ええ……何年前になりますか。今の陛下が即位される前で……ジョージ二世陛下の治世。ああ、民兵制に反対する暴動が起きた年でしたな」

「あの暴動の年でしたか、博士がロンドンにこられたのは。ピットとニューカースルの連立政権が誕生した年だ。とすると……一七五七年。食糧蜂起も起きて、騒がしい年でした」

「国王陛下が電気鰻を持っておられても、まったく、実に、宝の持ち腐れです。博士も無駄なことをされた。下賜してくだされば、貴重な研究材料となったのに」

「先生、電気鰻の寿命をご存知かな」

「博士から聞いたところでは、十五年ほどとか」

「陛下に献上したのは、生後何年ぐらいのものですか」

「いや、そこまでは、博士もご存知ないでしょう。私も訊かなかったが」

献上されてから十八年も経っている。おそらく、もう死んだだろう、と判事は思った。だが……。

「どのような形態で——鰻に似ているのでしょうな——、どのくらいの大きさでしたか」

「実に、実に残念なのですが、私が博士から話を聞いたのは献上の後なので、実物を見ておらんのですよ。痛恨のかぎりです。テムズにはおりませんからな。献上したのは体長八フィート何インチだったか、最大級の見事なものであったそうです」

「発する電気の衝撃力はどの程度ですかな」

「電気そのものが、まだ研究不十分な分野でしてな。強力な電気に触れると死に至る場合もあるそうですが。博士の言によれば、電気鰻が棲息している水に人間が手を触れたくらいでは、さしたることはないが、刺激を受けるとそいつは強力な電気を発する。小さい魚などは痺れて動けなくなり、奴の餌食になるのだそうです。人間も、踏みつけたりしたら大変な被害をこうむるとか」

「アン、メモを確認してくれ。洞窟事件について語った部分に、〈なまぐさい〉という言葉が使われていたと思うのだが」

「はい、サー・ジョン」

判事の瞼の裏で、弱い明るみが少し移動した。アンが燭台を手元に引き寄せたのだろう。かなりの分量になるエスターの供述から、ただ一つの単語を見つけ出すのは時間がかかる。

「アルモニカを製作するあたりはとばしてよい。洞窟事件の部分だ」

さらに時間をかけたあげく、

「〈なまぐさい〉という言葉はありません」アンは言った。「でも……〈ビリングズゲイトの魚市場みたいな臭い〉という言葉があります。〈ビリングズゲイトみたいな嫌な臭い〉という表現もあります」

「それだ！　その言葉が使われたときの状況は？」

「最初は、ダッシュウッド卿の領主館《マナーハウス》に到着し、エスターがアンディと共に寝室に行くときです。アルモニカの箱を運ぶ男たちの後をついていったのですが、ごった返す中で見失ってしまった。ようやく見つけてほっとしたら、その箱は、アルモニカとは別物でした。粗末な毛織りではなく、金糸銀糸の豪華な縫い取りをした布がかけてあり、その箱から、〈ビリングズゲイトの魚市場みたいな臭い〉がしたと、エスターは言っています。ああ、そうして、箱を運んだ階段に、水の染みが残っていたとも言っています。エスターはそれを、運搬する男たちの誰かが、我慢しきれなくなったのだろうと推察しています。途中で任務放棄はできないから、やむを得なかったのだろうと。二度目に言及したのは、皆でぞろぞろ洞窟に入っていったときです。途中、ビリングズゲイトみたいな嫌な臭いをかすかに感じたと言っています」

「そのときは、豪華な縫い取りの布で覆った箱については言及してないのだな」

「そちらの箱のことは言っていませんが、運び込まれたのではないでしょうか。悪臭が洩れていたのですから」

「アン、変なことを言っていると君が気にかけた〈一人の娘と二度結婚式をあげる〉という言葉。ベッキーがエスターにそう告げたのも、そのときだったな」

「はい、アルモニカを担いだ男のひとりが、その〈二度結婚式をあげる〉ことになっていたようです」

「その件が洞窟の事件に関わりがあるとは思えんが……。先生、失礼した。先生はロバート氏から訊かれたことはないだろうか。我が国王陛下が、八、九年前、錯乱というか、狂気の発作を起こされたことがあるとか」

「ああ、聞いたおぼえはありますな。兄は、陛下の侍医ではないので、患家のご婦人方の噂話を聞いただけですが。ご婦人は、主治医には何かとよく喋るものらしいですな」

ダニエルが語った国王の症状は、ロバート・バートン夫人からネイサンが聞き知ったこととほぼ同じであった。

「陛下の治療に当たった医師団の処置は、古くさい体液説に基づくやり方で、陛下はずいぶんひどい目に遭われたらしいです。足の方の体液が脳に上がったために、錯乱の発作が起きた、というのが医師団の診断で、体液を足に戻すために、陛下を熱湯に浸け、毛布でくるみ奉り、芥子を塗った膏薬を足の裏に貼った。そのために水疱だらけになられたのを、旧弊な医師どもは、体液が足に戻ってきたとみなし、痛がって膏薬を剝がそうとされる陛下を押さえつけ、瀉血のためにヒルを嫌というほどくっつけた……のだそうです。その後、錯乱はおさまったので、医師どもはこの治療法に効果があったと、自信を強めたそうです。困ったものだ」

「洞窟事件が陛下の精神状態になんらかの影響を及ぼしたということは？」

「さあ、洞窟事件からは何年も経っています。私にはわからんです。実際、体の仕組み、精神の動きは、わからんことばかりです。しかし、断言します。昔からの学説はことごとく間違っておる。それを権威ある学者どもは、断じて認めようとせん。解剖も、いまだに」

自説の開陳となると見境なくなるダニエル先生の性癖を知悉《ちしつ》している判事は、話題を変えた。

「先生にお願いしたいことがもう一つある。ロバート氏が残した診療記録にドディントン前夫人レオノーラの記録があるはずなので、それを調べたいのだが」

中庭で隔てられたロバートの住まいの裏口から入った。鍵はダニエルも所持している。女主人がほとんど戻らないので黴くさく埃くさい。標本室だけが例外であった。ダニエルが学生たちに手入れさせているのだ。

手燭をかざしてダニエルが先に立った。

大階段を上る。同行したゴードンが、判事の右側を支えた。左手を手摺りに添え、うっすらとした埃の手触りを感じた。階段にはおそらく靴跡が残るのだろうと判事は思った。

ロバートの書斎は「整然と片づいています」とアンが言ったが、やはり埃くさかった。

しばらく、ダニエルが書類を調べる気配が続いた。

「レオノーラ・ドディントン夫人ですな。記録はそう多くはありません。古いのは処分したのかも。記録を読むかぎりでは、夫人は、持病はなく、壮健とはいえぬまでも、風邪などのほかは、たいした病歴はありませんな。兄は強壮剤を時折処方しています。さしたる効果はないが、気休めにはなる、という程度の薬です。最後の病状は胃腸疾患ですな。腹痛。嘔吐。発熱……」

「毒を摂取した痕跡は」

「これだけではわからんです。死亡直後に解剖せねば。何か不審な点が？　まさか、兄がまた……」

「いや、それは考えられぬ」

「このような症状を呈する毒物は多いです。腐敗したものを食べれば、たいがいこのような症状に悩まされます」

「砒素も？」

「そうですな。砒素なら、血液さえ採取できれば、エドのあの器具で調べられるのだが……。サー・ジョン、エドからその後何か」

「いや、まだわからんのだが、今日あたり、アルたちがウェスト・ウィカムで会っているかもしれません」

「協力してナイジェルの死の事情を突き止めればいいものを、あの子は強情で……」

二十六歳になる青年も、ダニエル先生にとっては〈あの子〉であった。

3

エド、なぜ、僕は君にあてて書いているんだろう。君に読ませるつもりはないのに。君がどこで何をしているか、それすらわからないのに。誰かにすべてを話してしまいたいからか。そして、その〈誰か〉は、君以外にはいないからか。誰にも、話せないさ。ベドラムで生まれ育ったということだって、君にだけ、話した。アルもクラレンスもベンも、みんないい奴だから、僕の素性を知ったって、嫌な顔はしないだろうけれど、でも、知る前のようにはいかない。ことさら、何とも思っていないよ、という顔をつくるから、ぎごちなくなる。

外に出てから、僕は知った。あそこが、どういうふうに思われているか。監獄よりもっと薄気味悪くて危険で、理解不能の場所なんだ。その中の収容者も同様だ。

あそこを出て……どうやって出たかって？　所長が、僕を男色者が集う店に売り飛ばそうとしたから脱走した。そう、僕は君に話したんだったね。まあ、そのように思っていてくれ。それでなくても、君は僕を遠ざけたんだから。君にも話せない。君だから、話せない。

別れよう。君がそう言ったとき、僕は微笑んでいたはずだ。唇が上と下に別れるように、そして、二度と結びつくことがないように、僕自身、二つに裂けた。いったん口にした言葉は、決して消えない。取り消したって無駄なんだ。君はわかっていた。僕の微笑は、死が刻んだ慟哭だ、と。死者として生きる？　違うさ。僕と二人だけで過ごす未来を、忌避したんだ。君は。君は、僕を恐れていた。

あんなに楽しかったのに。僕が教えた。君に。薔薇亭《ローズ》を。本当のキスがどういうものかを。そして、殺す感覚を。奴は悪党だ。生かしておいたら君がもっとも愛する人が——先生が——絶望的な状況になる。そう、君のために言い訳をつくってやった。いったん決意してからの君の行動は迷いがなかったな。楽しんでさえいたんじゃないのか。策をめぐらすのを。強者だった奴が、ただの〈物〉に変わる。まったく無力な物体に。素晴らしい達成感を識《し》っただろう。力が快く漲《みなぎ》る感覚が目覚めただろう。君はそれを押し込め、自覚していないふりを続けるだろう。自分自身をさえ、騙しているだろう。だが、君は識ったんだよ。

やめよう。こんなことを言うつもりで書き始めたんじゃない。

アンディがスピネットを弾き皆が歌い遊んだそのとき、僕はまだ声変わりしていなかった。ディーフェンベイカーさんは僕の声をたいそう褒め、発声の仕方を教えてくれた。教えに従ったら、高い声を楽に出せた。僕は発声練習より絵を描く方が楽しくて、でも、そう言ったらディーフェンベイカーさんが悲しがりそうで、少し困った。たいしたことじゃない。

ディーフェンベイカーさんが三度目のあれをやられて、しばらくの間、皆沈滞していた。三度目の後、ディーフェンベイカーさんは、二度目の時みたいに無気力に沈みこまなかった。苦痛は凄まじいが、そのいっときを耐え抜けばいいのだ、と腹が据わったのかもしれない。

アンディがいくらか元気になって、ディーフェンベイカーさんも力強さを取り戻してきて、ディーフェンベイカーさん、小説家さん、メル、アンディ、そうして僕、の五人は、うまくいっていた……と思う。もう一人、母さんをまぜてもいいな。指も触れはしないけれど、眠ったきりの母さんを見守るメルの眼は、すばらしく優しかった。

どうしてここに入れられたのか、アンディは話さなかった。「エスターは?」とディーフェンベイカーさんが訊いたとき、「死んだ……」と言って、泣きくずれた。「あの可愛い娘《こ》が……」とディーフェンベイカーさんは声をつまらせた。「どうして。病気だったのか」さらに訊ねたら、アンディは拷問にかけられる寸前のように怯えた表情になり、またおかしくなってしまうのではとディーフェンベイカーさんも案じ、問いつめないことにした。

小説家さんは別として、他の三人は、外に洩らせない秘密を抱えている。秘密を保つために、ここに幽閉されている。病人ではないのに——メルは少し病気だけれど、それはロッターの奴が、メルの愛した人が自殺したと知らせたからだ——。

たぶん、それが、特権階級でいられる理由なんだ、と僕は思った。

ロッターとオーマンが暗鬱な影を落としさえしなければ、僕にとって、居心地はそう悪くはない日々が続いた。メルに仕込まれて僕の画技はますます精緻になったし、小説家さんとディーフェンベイカーさんのおかげで知識も増えたし、アンディも僕に優しいし、でも、同じような日の繰り返しで、退屈をおぼえるようになってきた。入所者の中には、何十年もここで過ごしてきた老いぼれもいる。あんなになるまでここにいるなんて。ディーフェンベイカーさんは、前に、言っていた。「君は法的には自由の身なのだ。ここで生まれたから、ここにいるだけで、法律的にも医学的にも、君を束縛することはできないのだ」そうして小説家さんが言ったのだった。「外に出て一人で生活するには、君はまだ、あまりに幼い。独り立ちできるようになるまで、辛抱しろ」

ベドラムの中にいると、時の経過がよくわからない。ディーフェンベイカーさんはノートに日付の数字を何年分も書き込み、克明に、毎日斜線で消していた。

時折、ディーフェンベイカーさんは、こめかみを人差し指と中指で苛立たしそうに叩くようになった。「どうも、ど忘れすることが多い。老人のようだ」と、ディーフェンベイカーさんはぼやいた。

僕は声変わりして、もう、子供じゃなくなった。みんなで外に出られたら……と思った。この五人で。

ディーフェンベイカーさんは、とうとう四度目をやられた。

ロッターの奴が、僕の母さんのベッドに近寄った。その表情が、卑しい目的をあらわにしていた。メルが険しい目を向け、立ち上がった。ちょうど鉛筆を削っていた。小さいナイフの柄を握りしめた拳を、腰のあたりに構えた。飛びかかる寸前、ディーフェンベイカーさんがロッターを突き飛ばした。

ロッターはよろけたが、尻餅をついたりはせず、踏みとどまった。ディーフェンベイカーさんを見つめた。踏みつぶされた海綿みたいに、嫌な笑いをじくじく滲ませた。

ディーフェンベイカーさんの唇が白くなった。次に続くことを予想したのだろう。

そして、予想どおりになった。看護人たちが寄ってたかってディーフェンベイカーさんの自由を奪った。地下室に引きずっていく音が、次第にかすかになった。後を追おうとするメルを、小説家さんが必死に制した。「君までやられる。そうしたら、彼の犠牲的行為が無駄になる」

僕はどうしたらいいのかわからなかったけれど、とりあえず、小説家さんにならって、メルを止めた。地下ではオーマンが待ちかまえているのだ。大部屋でやるようになっていたのだが、このときは懲戒室に連れ込んだ。

なぜ、大部屋でやらなかったのか。ロッターの気まぐれかもしれないけれど、僕は後で思うようになった。どんなことでも、人は慣れる。刺激が弱くなる。怯えながら、懲罰を面白がって見物する入所者まであらわれるようになっていた。見えないほうが、恐怖を増す場合もある。つまり、ロッターの奴はめりはりをつけることにしたんだ。やがてずたぼろになったディーフェンベイカーさんが、大部屋に投げ込まれた。

その間も、母さんは静かだった。

「君は英雄だ」

意識のないディーフェンベイカーさんの手を握って小説家さんは繰り返し、メルは泣いていた。僕も状況は理解できた。メルのナイフは小さい上に刃がなまくらだ。突き刺そうとしても、かすり傷しかつけられない。代償は、オーマンによる惨たらしい懲罰だ。ディーフェンベイカーさんは、とっさに判断し、進んでメルの身代わりになった。僕は、犠牲的行為という言葉の意味と、英雄的という言葉の意味を知った。それは、賞讃されることなのだ。

メルは、石にはならなかった。そのかわり、顔つきが、鋭く研いだナイフの刃先みたいになった。実際、メルはナイフを研いだ。ナイフの所持を許されるのは、絵を描いている間だけだ。その時間を割いて、看護人の目がない時を選び、靴の底を砥石代わりにした。冬の日、床は石のように冷たいけれど、所詮、木の板だ。砥石にはならない。靴の底だって、革砥の代用にもならないけれど、板よりはましだ。

「やめろ」と、小説家さんは何度か止めた。その度に、メルの眼に射すくめられて口をつぐんだ。

冬は、突然、夏になる。前の夜は躰を寄せあって、互いの躰の温もりを肌の間で大切にしなくては過ごせないのに、明けると、陽射しが、焼けた鉄槌だ。

ディーフェンベイカーさんが、僕に入所の事情を打ち明けた。これも、突然だった。「忘れてしまいそうだから」と、ディーフェンベイカーさんは言った。「実は……なるべく周囲に悟られないようにしてはいるが、ますます、惚《ぼ》けがひどくなりつつある」

あれを何度もやられたせいだ。

「君に重荷を負わせることになるが」とディーフェンベイカーさんは少しためらいながら続けた。「誰かが真実を

そこで終わっていた。紙に余白はない。次の紙に続くはずだ。

机の上には、余分な紙はなかった。

アルは、抽斗《ひきだし》を抜いてみた。鉛筆だの消しゴムだの、そうして紙もあった！　白紙だ。

部屋中を角灯で照らしまわり、暖炉に何か燃えかすがあるのに気づいた。暖炉を使う季節ではない。かがみ込んで灯りを近づけた。わずかに数片燃え残った紙の端を、注意深くつま

み上げた。ほろほろくずれた。

紙の束を持ち、宿の部屋に戻った。女将の姿が見あたらないのをいいことに、角灯も部屋に持ち込んだ。

クラレンスがすでに帰ってきていて、ベッドに腰を下ろし、服を脱ごうとしていた。シャツとブリーチズを裏返しのままベッドの裾に放り投げ、「たいした収穫なし」とぼやいた。ついで、ストッキングが宙を舞い、シャツの上に着地した。

「《陽気な酒箒《ジョリー・ブッシュ》》の亭主も女将も、デニス・アボットの名前は知らないけれど、顔は見知っていた。アボットは、ナイジェルの身の回りのことを全部やっていたようだ。下女も下男もおいてないから。学生は、店で乱闘になったって言っていたけれど、実際は少し違うらしい。一人対数人の闘争は道でやっていて、デニス・アボットとおぼしい男が、血まみれで店に逃げ込んできた。喧嘩相手の、よそ者らしいごろつき連中もなだれこんできた。《陽気な酒《ジョリー・ブッ》箒《シュ》》の亭主は、あれでシーフ・テイカーなんだってさ。まあ、シーフ・テイカーなんて、ごろつきと変わらないのが多いけれど。亭主が、コンスタブルを呼ぼうとしてごたごたしている間に、アボットは姿を消し、やくざども逃げた。そんな事情だそうだ」

「喧嘩があったのはいつだったか、確認したか」

「もちろん。何と、おかみの誕生日だったんだって。だから、おかみも亭主も正確に憶えていた。八月二十三日」

ナイジェルが死んだのは、八月二十七日と推定されている。

奇妙だな……。アルは思った。ナイジェルが死んだ。デニス・アボットが、あの奇妙な天使によって、居所のわからないエドに知らせようとした。そう推察したのだけれど、先に怪我をしたのは、アボットだ。血痕の様子から見て、かなりの重傷を負ったと思われる。馬車と馬がない。ナイジェルとアボットもいない。ナイジェルの遺骸がダッシュウッドの領内で発見されたのだから、目的地はあそこだったのか？　重傷のアボットを医者に連れて行くのが先ではないか。ウェスト・ウィカムのような田舎より、オックスフォードの方がよい医者がいるはずだ。

「その紙の束、何だ？」

アルは、一瞬ためらった。ナイジェルの気持ちは、〈誰にも読ませない〉と〈エド、君にだけ〉の間で迷っている。ベドラムで生まれ育ったことを、ナイジェルは、エド以外の者には秘めとおしたかったのだ。だが、彼の死の真相を探るには必要なのだと自分に弁明し、紙の束をクラレンスに渡した。

服を脱ぎ、躰を横たえた。

ベンの寝息は安らかだ。

アルには眠気はなかなか訪れない。等身大の素描が執拗に浮かぶ。

この日の夕刻、判事がダニエル先生宅を訪れ、死亡した日の推定を誤ったようだと告げていることをアルはもちろん知らない。判事が、デニス・アボットが先に死亡したのではないかと推察したことも。もしかしたら……と、アルの思考の経路は判事の推論に近づきつつあった。だが、エドの行動の方に、考えがそれた。

ニックの車輪事故。珍しいね、と車大工夫婦は言っていた。やはり、わざとか。俺たちを《アセンズ》に行かせるための？

エドが、昨日、ウェスト・ウィカムに行っている。オックスフォードからニックの馬車に乗ったか。俺たちがウェスト・ウィカムを目指すのは予想しているだろう。ニックに足止めを頼んだのか。何のために。もちろん、一人で自由に行動する時間を手に入れるためだ。――どうして、協力を拒むのだ。

ニックとエドは、顔見知りではないはずだ。たまたま馬車に乗っただけの客の奇妙な頼みなど、引き受けるだろうか。馬車の修理代、運賃無料など、ずいぶん金銭の負担が大きいのに。

いや、エドが依頼したのなら、金は彼がニックに払っただろう。実費より余分に。監獄船の医者の給料がどのくらいか、エドははっきり言わなかったが、ニューゲイト並みなら年俸五十ポンド。暮らすのに決して楽ではない額だが、独り身だし、家賃や食費が不要だ。身の回りに金を使っている様子もなかった。酒や博打で蕩尽していなければ、いくらか蓄えがあっても不思議ではない。

「何だよ。どうしてこんな思わせぶりなところで終わっているんだよ」

隣に横になって紙束に目をとおしていたクラレンスが、苛立たしげな声をあげた。

「この先が、こっちが知りたい核心の部分じゃないか」

紙は丁寧に裏返して重ねてあった。

あの机の前に腰掛け、読んでいる者。読んだ分を一枚ずつ、傍らに置いていく。順序が逆にならないように裏返して。

「エド……」つぶやいたのを、

「エド？」クラレンスが聞き咎めた。

「あの部屋に、先に入ったんじゃないだろうか」ふと思いついたことをアルは口にした。

「もっと先まで続いているナイジェルの手記を、エドは読んだ。そうして、必ずたどり着くであろう俺たちに読ませたい部分だけを残し、他は焼き捨てた……」

「だが、扉に鍵がかかっていたんだろう」

「そうだ」

「鍵を壊した形跡は？」

「ない。俺は蹴破らなくてはならなかった」

「それじゃ、エドは鍵を持っていたのか？　おかしいな。ナイジェルの居所を、エドは知らなかったはずだ。知っていれば、あんな暗号でエドに知らせようとはしない」

無言の時が続いた。考え込んでいるのかと思ったら、クラレンスの手から紙の束が床に落ちた。寝入ったようだ。アルはベッドを下りて紙を揃え机の上に置き、灯りを吹き消して再び横になった。

「俺もそう思う」

なにしろ、午前四時にロンドンを出立する馬車に乗ったのだ。寝そびれたと思っていたが、やがて頭の芯に霧がかかった。

目ざめたときは、すでに陽が高かった。アルが身動きしたからだろう、隣のクラレンスものびをした。まだ眠っているのはベンだ。たたき起こした。

ニックが待ちくたびれているだろうと、慌しく身仕舞いし、階下におりた。

まだきていない。

朝食とも昼飯ともつかぬ半端な食事──パンと卵、チーズだけだった──をすませても、まだあらわれない。

──エドに、できるだけ到着を遅らせろと頼まれているのか……。

「他の馬車で行こう」アルは、立ち上がった。

そうだな、とクラレンスも同意した。「溜まりに行けば、貸馬車はいくらでも待機しているる」

「でも」とのんびりした声のベンが「ニックの馬車なら、只で行けるんだろ」

「ウェスト・ウィカムまでの料金を払うのは最初から予定に入れている」アルは言った。

「別に損するわけじゃない。損したのは、時間だ」

「発つか」パンくずを払い、ベンも立ち上がろうとしたとき、

「すまねえ」とニックが入ってきた。「修理に恐ろしく時間をくっちまって、ほとんど徹夜

だった。あんまり遅くなったから、車大工ん家《ち》に、そのまま泊まった。寝過ごしちまってよ。俺、飯はすんでるんだ。さ、乗りな。今度は、国王陛下の乗り物みてえに、快適に運んでやるからよ」

馬車の中で読め、とベンにナイジェルの手記を渡し、馭者台についたニックの隣にクラレンスが座ろうとするのを制し、アルはその座を占めた。

ニックが手綱を煽ると、馬は歩み出した。

「エドに頼まれたんだな」アルが投げた言葉に、

「エド？　エドって、誰だ？」ニックは怪訝そうに問い返した。「頼まれたって、何を？」

「時間稼ぎをしろと」

「時間稼ぎ？　ケイトはそうは言わなかったな。……いや、同じ意味かな」

「ケイト？」

アルは思い出した。ニックの姉の名前だ。親父とおふくろ、姉のケイト、下男の……何という名前だったか……その四人で小さい宿屋を切り盛りしていた。

「姉さんに、いつ、何を頼まれた」

「一昨日だ」

「あんたはウェスト・ウィカムに帰っていたのか」

「いや、ケイトがこっちにきた。俺は、こっちで仕事をしていることが多いから、なかなか家に帰れなくてよ。こっちでは、親方んところの厩で寝ることにしている」

そう言って、ニックは人なつっこい微笑を浮かべた。

「姉さんは、どうして俺たちがくることを知っているんだ」

「あのお客が言ったからだよ」

「お客？」

「馬できた男」

「誰だ、それは」

「誰って。知らねえ男だよ。一昨日の午後、俺たちの溜まりにきて、ウェスト・ウィカムへの道を訊いた。だから、俺は言ったんだ。俺の馬車に乗りな、って。あんたの馬は、馬車に繋いで一緒に走らせればいいだろ。そう言ったんだが、承知しなかった。馬を駆る方が早いって。宿を訊かれたから、もちろん、《斧と蠟》《アックス・アンド・ワックス》を勧めたさ。宿屋は一軒しかないしね。俺の親父とおふくろがやっている宿だ。姉貴と下男もいるから、行き届いた待遇をする。ことに、ニックが勧めたって言ってみな、特別扱いにするぜ。そう勧めた」

「その男が、ウェスト・ウィカムまで馬で行ったのか。そうして、ケイトがここにきた。歩いて？」

三マイルは、歩き通せない距離ではない。

「いや、あのお客が馬にケイトを乗せてきた」

「また戻ってきたのか」

「そうだ」

「それで?」

「ケイトが、たぶん明日、あんたたちがくるから、これこれこういうやり方で、ここに足止めしろと、俺に言った」

「その間、男は?」

「ケイトに、待っていろと言って、どこかに消えた。戻ってきてから、《青い龍《ブルー・ドラゴン》》にあんたたちを泊まらせろ、三階で楽しめると伝えろ、と言った。そして、ケイトを乗せて、また馬でウェスト・ウィカムに行った。もう、とっぷり暮れていた。夜道は危ねえんだが、その旦那はピストルを持っていたから」

「《アセンズ》には、君も時々行っているのか」

「いいや、あんなところ、俺が行くわけねえだろ。あれは、金持ちの女が遊ぶところだ。男が行ったら、あんた、公になったら晒し刑だぜ」

「男娼だということは知っていたのか」

「噂だ」

「エドは《斧と蠟《アックス・アンド・ワックス》》に泊まっているのか」

「さっきもエドって言ったが、あの客の名前か」

「そうだ」

「どうだかね。馬だからね。ゆんべは泊まったんだろうが、居続けているかどうか。馬ならどこへだって行ける」

「急いでくれ」

「これで精一杯だ。あまり馬を急《せ》かすと、また事故が起きる」

「ケイトは以前、お屋敷で働いていたと言ったな。何という家だ」

「ロンドンのお屋敷で、ドディントン様の奥方様の侍女をしていた」ニックはあっさり言った。「ドディントン様はウェスト・ウィカムのご領主様と親しくて、時々訪問なさる」

「領主がダッシュウッドだな」

「そうだよ」

「ドディントンの奥方というのは、けつのでかい、肥った女か」

「それは、今の奥さんだ。ケイトが仕えていたのは、前の奥方様だ。亡くなられたので、うちに戻ってきた。俺は前の奥方って知らねえけどよ、品のいい方だったようだよ。だから、ケイトも上品だ」

「前の奥方の死因は？」

“inquire into the cause of her death”という言い回しをニックが理解できないようなので、

「病気で死んだのか。それとも馬車の事故などか」と問い直した。

「知らねえよ」

「ちょっと、止めてくれ。馬車の中に移る」

「急げと言ったり、止めろと言ったり」

ぶつくさ言いながら、ニックは手綱を絞った。

アルはクラレンスの隣に座を移すと、馬車は再び走り出した。

ベンはようやく手記を読み終えたところで、紙の束を散らばらないように押さえていた。受け取って、アルは鞄におさめた。

「これからってところで、終わっている。くそ」ベンは珍しく荒い言葉を吐いた。「ひどいところだな、ベドラムって」

エドが馬でやってきて、馭者の溜まりでウェスト・ウィカムへの道を訊ね、ニックが教えてやったこと、エドがオックスフォードとウェスト・ウィカムを往復したこと、ケイトが、エドに言われ、アルたちの足止めをニックに頼んだこと、《青い龍《ブルー・ドラゴン》》を示唆させたこと、エドはナイジェルの部屋に入り、手記を読んだらしいこと、先の部分を焼き捨てたらしいこと、などを、アルは二人に話した。

「馬か」と、ベンは嘆じた。「エドは馬を持っているのか、豪勢だな」

「監獄船では馬は飼えない。掻っ払ったんだろう」アルは言った。

「馬泥棒は、捕まったら縛り首だぜ」

「決意したら、殺人もやってのけた奴だ」とクラレンスが、「必要となれば馬を掻っ払うくらい、軽いだろう」

「問題は、《アセンズ》の鍵だ」アルは話を重要な点にもっていった。「オックスフォードに着いて馭者たちにウェスト・ウィカムへの道を訊いたとき、エドはまだナイジェルの居所は知らなかったはずだ」

「知っていれば、まっ先に行くな」クラレンスがうなずく。

「いったん、ウェスト・ウィカムに向かい、それからケイトと一緒にオックスフォードに戻ってきて、俺たちを足止めする細工を、ニックに頼んだ。ニックにそう命じたのは姉のケイトだけれど、依頼主はエドだ」

「確かに」

「そうして、エドは《アセンズ》に行った。扉の鍵を開けて入った。となると、《アセンズ》を教え、鍵を渡したのは」

「ケイト……以外にないな」クラレンスが応じた。「すると……ケイトは以前からナイジェルが《アセンズ》にいることを知っていたんだな。ケイトとナイジェル。どこに接点があるんだ」

一度会っただけのケイトの面差しを、アルは思い浮かべようとした。淋しそうな、哀しそうな三十代の女。そんな記憶しかなかった。男娼を買って遊ぶような女とはとても思えない。

「もう一つ、新しい情報だ。ケイトが働いていたお屋敷というのは、ドディントンの家だ。奥方の侍女をしていた」

「けつでかの？」ベンが口を挟んだ。

「その前だ。けつでかは後妻だ」

「エスターも、たしかそう言っていたな」クラレンスが記憶を探る顔でうなずいた。「俺たちは、直接聞いてはいないが、ミス・モアがメモを見ながら伝えてくれた。洞窟事件の日、ベッキーって女がエスターに言ったんだ。前の奥方が亡くなったので、妾を後妻にしたって。前の奥方の死因は？」

「ニックは知らないそうだ」

「妾が正妻を殺して後釜に座るっていうのは、珍しくない」

クラレンスの言葉に、ベンがしゃっくりのような声を上げた。「けつでかが殺したのか？」

「あり得るという話だ」アルが大声を出すなと、身振りで示した。

「早く、サー・ジョンに知らせたいな」クラレンスはじりじりした。「ウェスト・ウィカムの宿屋の娘が、一時期、ドディントンの前夫人の侍女であった。しかも、彼女はナイジェルの居場所を知っていた。重要な情報だ」

「サー・ジョンもミス・モアと一緒にロンドンで、いろいろ調べておられる」アルも同意した。「両方の情報を突きあわせたら、何か浮かび上がるだろう。ナイジェルの手記を読んでいただくことも重要だ」

扉を少し開け、クラレンスが「止めてくれ」とニックに怒鳴った。

「急ぐんじゃないのか」馭者台からニックが怒鳴り返した。

「ちょっとの間だ。ベン、ここで降りてくれ」

クラレンスの言葉に、ベンは「え、え、え」と声がうわずった。

常に、何とはなくこき使われる役回りだ。

「嫌だ」断固として拒絶したが、

「サー・ジョンに報告し、ナイジェルの手記を手渡す、重要な使者だ」

お前しかいないのだ、とまでクラレンスに言われると、誇らしい気分になった。

「オックスフォードからまだ半マイルぐらいしか離れていない」鞄から出した紙の束をベンの手に持たせながら、アルが言葉を添えた。「今なら楽に歩いて戻れる。オックスフォードからロンドンまで、貸馬車を一台借り切って、突っ走らせろ。乗合馬車は、朝の四時に発っても一日がかりだが、客一人に馬二、三頭で、最高速度で走らせたら、五、六時間。今からでも、日暮れまでにロンドンに着ける。馭者にチップをはずめ」

「目ん玉飛び出る料金だぜ」

「俺が親父に借金してでも、金は工面する。あ、今、持ち合わせが足りないな。判事邸に馬車を着けろ。サー・ジョンに事情を話して、料金を馭者に払っていただけ。サー・ジョンに、俺が借金するということでいい。後で俺が返す」

「親父が金持ちだと、気前がいいな」

「めったに脛は齧《かじ》らない。よくよくのことだと親父も納得するだろう。サー・ジョンを親父も敬愛しているしな。そうだ、『ヒュー・アンド・クライ』に出資させるという形でもいい。それがいい」

よし、と気負って馬車を降りるベンに、

「手記を落とすなよ」クラレンスが声をかけた。

4

ダニエル・バートン邸を辞し、担ぎ椅子《セダン・チェア》がボウ・ストリートに着くころ、ビッグ・ベンが夜の九時を告げる音を判事は聴いた。

徒歩で付き従ってきたゴードンに、「ご苦労だった。詰め所で休め」と声をかけ、フィンチに帽子を渡し、居室への階段を上る判事に、アンだけでなく、ネイサンも当然のようについてきた。

「ネイサン、明日、君には事務弁護士《ソリシター》ホワイト氏の住所を調べてもらおう」

「はい」と、気合いの入った声が返った。

メイドに香りのよい紅茶を運ばせた。

アンがメモを捲《めく》りつつ、

「ホワイト氏に質問した後でなくては明言はできませんが」

と、判明したことの整理にかかる。

「現ドディントン夫人ステラが正妻のレオノーラ夫人を砒素で毒殺したということは、あり得ますね」

「大いにあり得る」判事はうなずいた。「私の立場上、証拠がないのに公に口にすることはできんが」

「血液があれば調べられるとダニエル先生はおっしゃいましたが、無理ですね。残念です」

「ベイカー氏は、ホワイト氏のもとで仕事をしていた」

「ベイカーさんがベドラムに放り込まれたのは、そのためです」アンは断言した。「ウィルクス市長も言っていました。愛人を囲うのは当たり前だ、厄介なのは、愛人が正妻の座を欲しがることで、手を焼いた者もいる、と」

「名指しは控えたのだったな」

「ドディントンのことですわ。そうですとも。ベイカーさんは、毒殺の件を知ったんです。公にして糾弾しようとしたから、ぶち込まれたんですわ。何しろ、ドディントンは理事長ですもの。そして、退所を審査する査問委員会の委員。ベドラムに関するかぎり、何だってできます。理事たちはかつてのヘルファイア・クラブのメンバーです。洞窟事件を揉み消したのも彼らです」

判事はアンの手を軽く叩いてなだめた。

アンの言葉は、まさに判事が察したのと同じであった。

反抗すれば、狂人の危険な発作とみなされる。その上ベドラムには、電気を利用した凄惨な懲罰器具まであった。馘首されたオーマンが持ち去り、現在は使われていないというが。

話ができる状態のベイカー氏に、所長ワイラーを同席させずに面談することができれば、ナイジェルのこと、アンディのことなど明瞭になる。

そう判事は思うのだが、明日また訪問すると、ワイラーは今日のようにベイカー氏に阿片チンキを投与し意識不明におとしいれそうだ。連日あのような状態にされては、廃人になる可能性さえ危ぶまれる。死亡しても、所長は何ら責任を取るまい。不可抗力で、などと言い抜けるだろう。告訴しても、勝ち目はない。判事や陪審員の買収など、彼ら――ダッシュウッドやドディントンなど――には容易いことだろうし、有能な法廷弁護士《バリスター》は黒を白と言いくるめる術に長けている。洞窟事件にかかわりがあるとなると、公判に持ち込むことさえできない可能性が高い。

「ワイラーは、ベイカー氏と私が話すのを妨害した。最初訪問したときは、ワイラーは何も知らないようだった。今も、詳細は知るまいが、おそらく、我々の訪問を理事に報告し、ダッシュウッドから指令を受けたのだろう。ベイカー氏と我々を接触させるな、と。我々の今後の介入は、ベイカー氏に危害が及ぶ恐れがある。過度に阿片を投与して死に至らしめることさえ考えられる。ベイカー氏はこれまで、思考力を失った狂人のふりをして、身の安全を保ってきたのだろう」

一言一言、判事は自分の考えを確かめながら言う。

「ワイラーは、権力者の不正横暴に反対する人物かと最初は期待したのだが、権力亡者の一人に過ぎないようだ。腐敗選挙区《ロットン・バラ》を利用してでも、議員になりたがっている。ウィルクスも、〈庶民の味方〉は口先ばかりだ。何も改革しようとはせん」

思わず語気が激しくなり、これではまるで、解剖に理解を！　もっと屍体を！　と叫ぶダニエル先生のようだと判事は苦笑して、冷静さを取り戻そうとした。

格別、過激な反権力志向は持たない。権力を持つ者に、まっとうな施政を望むだけだ。前世紀、イングランドは、国王を処刑し共和制を採ったことがある。十二年しか持続せず、王政復古となった。

「ベイカー氏を、脱出させる手段はないものか」半ば独り言のように口にすると、

「僕がまた忍び込んで、手引きしましょうか」

命令が下り次第どこにでも飛び出そうと控えているネイサンが、意気込んだ。

「また、真っ黒になるの？」からかうアンに、

「一昨日は不用意だったから失敗しましたが、今度は入念に準備を調えます」ネイサンは生真面目に答えた。クラレンスなんかにからかわれたら、馬鹿にするなと腹を立てるのだが、アンにからかわれても気にならない。かまってもらって嬉しいような気分にさえなる。

「ロープを持っていきます。ボウ・ストリート・ランナーズの誰かに手を貸してもらって——ハットンは駄目です——石炭投入口から侵入し、ベイカー氏を見つけだし——僕はベイカー氏と会ったことはありませんが、頭と髪の毛の関係に特徴があるようだから、わかると思います——、投入口から連れ出します」

「口で言うのは簡単だけれど」アンが笑いをこらえて、「そんなに上手くいくかしら」

「アンディが今もベドラムにいるとしたら、ベイカー氏だけ連れ出すと、アンディに危害が及ぶ恐れがある。アンディがベドラムに入れられたのは、洞窟事件を隠蔽するためだろうか

らいだ。

隠蔽している者たちは、アンディ殺害も辞すまい。今まで生かしておいたのが不思議なくらいな」

いや……すでに、抹殺されたかもしれない。

アンディとは会ったことはないが、エスターの話を聞き、見知っているような親しみをおぼえている。消えたエスターを思うと、暗澹《あんたん》とする。

とたり、とたり、と、おぼつかない足音がして、ノックが続き、「ベンジャミン・ビーミス氏が参られたのですが」フィンチが告げた。

改まった呼び名に、判事は一瞬誰だったろうと思い、すぐにうなずいた。

「ベンか。通しなさい」

「それが、ちょっと馭者と揉めておりまして」

「馭者?」

アンが聞き返した。

「オックスフォードからの料金を、判事閣下に立て替えていただきたいと。ビーミスさんはご自分で閣下にお目にかかり事情を申し上げると主張しているのですが、乗り逃げされては困ると、馭者が放さないのです」

「見てきましょうか」

アンが腰を浮かせた気配だ。

「ベン一人か？」

「はい」

「私も一緒に下りよう。オックスフォードから一人で。ただ事ではなさそうだ」

玄関を出ると、馬の臭いを感じた。馬車の角灯だろう、瞼の裏で弱い明るみがちらちらする。

「ほら、閣下だ！」

嬉しそうな歓声。ベンの声はよくとおる。ふっくらした手が判事の手に触れた。

「すみません」ベンの声は必死だ。「お願いがあります。サー・ジョン。オックスフォードから走らせてきたんです。代金を立て替えていただきたいんです。後で、アルが払うって言っています」

「よほど緊急の用件か」

「はい。ご報告がいろいろあります。アルは、一刻も早く閣下にお知らせした方がいいと」

紙の束が判事の手に置かれた。「ナイジェルが書いた物です」

「治安判事閣下様ですか」だみ声が割って入った。「どうも、初めまして。俺は馭者なんですが、オックスフォードから走りづめで。判事閣下様が代金は必ず払ってくださると言われたんで。飯もろくに」

「嘘つけ」とベンが「途中、タヴァーンを見かけるたびに、馬を休ませなくちゃと立ち寄って。食事代も酒代も、僕が払ってやったじゃないか。とっくに着いているはずだったのに」

「君も、たかられるたちなんだな」ネイサンがしみじみと言った。同情がこもっていた。

「とにかく、料金をお貰いしてえんで。こちとら、これからオックスフォードまで空車《からぐるま》で夜道を帰らなくてはなんねえんで。その……帰りの分もいただけたら、ありがてえんですが」

「ナイジェルの住まいがわかったんです。エドが先にその手記を読んでいます。続きがあるらしいんですが、エドが焼いたようです。そして、エドは、僕たちをオックスフォードに足止めし、自由に行動できる時間をたっぷり獲得しました」

「エドが……」

判事は眉をひそめた。アルたちと、なぜ協力しないのだ。

「しかも、エドは馬です」

危険だ、と判事は直感した。エドの身が危険なのか、エドの行動が他に危険を及ぼすのか。突き詰めて考える前に、とにかく、危険だ、阻止せねば。その考えが先に立った。エドワード・ターナーは、必要とあれば殺人を辞さない。不備で不公平な〈法〉を憎んでいる。

「判事閣下様」おずおずと、馭者が口を挟んだ。殊勝なようで、しぶとさを底にこめた声だ。

「代金を……」

「いくらですか」アンが厳しい声を投げた。ぼるのは許さないという声音だ。

「へえ、オックスフォードからロンドンまで六十四マイルですから、十六シリングはお貰いしねえと」

「十六シリングですね」

「へえ。それに、帰りの分も、その、いただきてえもんで」

判事は財布の中を探った。十分に入っている。

「帰りの馬車に、四人乗る」判事は言った。「チップを含めて二ギニー払う。十分過ぎるだろう」

「へ、その……四人となりますと……」

「不服なら、他の馬車を雇う」

「サー・ジョン」アンが声を上げた。「まさか……」

「サー・ジョン、四人といいますと。まさか……」ベンも叫んだ。

「馬車の中で、ベン、ゆっくり話を聞こう。アン、ナイジェルの手記をベンに渡してくれ。彼に音読させる」

「わたしが読みます。馬車の中で」

「夜の旅はこの上なく危険だ。君は家でゆっくり休みなさい、アン」

「いいえ、サー・ジョン。わたしはあなたの眼です」

「ベンとネイサンが、眼になってくれるだろう」

「ご一緒に参ります。伯父様こそ、お休みにならなくてはいけないのです。疲れをおして出ましになるのですから、当然、わたしもお供します」

「ネイサンは、馬車は苦手だったな」思い出して、判事は言った。「では、ネイサンには居残ってもらおう」

「行きます」気負った声が返った。「現場を見た方が、迫力のあるものが書けます」

「あなたは、明日、ホワイト氏の住所を調べる用があるわ」

「そうでした」と言うネイサンの声があまりに落胆しているので、

「ホワイト氏に確かめるまでもない……かもしれん」判事は言った。「もし、殺害隠蔽に一役買っているなら、しらをきりとおすだろう」

その声音によって、真偽がわかるかもしれないのだが。

「近郊の治安判事たちに依頼してある件の返事がきたら、どうしましょう」

「その場合は、ボウ・ストリート・ランナーズの中で乗馬の達者な者に、書状を携えウェスト・ウィカムまで飛ばすよう命じておこう。五人乗れるか？」

質問は、馭者に投げた。

「一人は屋根の上だね」馭者が答えた。六人詰め込む駅馬車より小型だ。

「ゴードン、君は特等席だ」

「はい、閣下」

「少し、馬を休ませねえと、ばてちまいます」馭者は主張した。

「途中の宿屋で馬を替えたじゃないか」ベンが抗議したが、

「それでも、無理なんだよ」馭者は軽くあしらった。「一時間ぐれえ、休ませてやってくだせえ。その間に水を飲ませ、飼い葉をやって、夜中の長旅に備えさせます」

もっともな申し出だと、判事は納得した。

「近くの宿屋で、休ませろ。一時間したら、ここにこい」

「料金はウェスト・ウィカムに着いてから、まとめて払います」アンがきっぱり言った。

「ここまできた分だけでも先に」

「いいえ、ウェスト・ウィカムに着いてからです」

「ずらかると、疑っていなさるんで」

「そうです」にべもなく、アンは言った。

駅者が戻ってきたら告げるようにフィンチに指示し、揃って二階の私室に行った。

ベンの報告を聞き、ナイジェルの手記をアンに音読させるのにちょうどよくもあった。

燭台の明かりを引き寄せ、ベンの話を書き取ってから、アンはナイジェルの手記を、判事のために声に出して読んだ。時折、「何てひどい」「こんなことって」と怒りを滲ませた。

「ベン、居眠りしないで」アンに叱咤され、すみません、とあやまるベンの声に判事は疲労を聴きとった。

「ベン、君は今夜は、ここでゆっくり休め」

「いいえ、大丈夫です」

「君がオックスフォードからロンドンまで、六十数マイルを飛ばしてきたことに、私はうっかりしていた。たった一時間の休憩で、また長旅は辛いだろう。メイドにベッドを用意させる」

「そうでしたね」とアンが、「眠くなるのも当たり前ね」

「ありがとうございます」ほっとしたようなベンの声。

「明日、ベン、君はネイサンの代わりに、事務弁護士《ソリシター》ホワイト氏の住所を調べてくれ」

「わかりました」

「ゴードンも喜ぶ」判事は言った。

屋根の上の座席は、多くの客が使ってはいるけれど、楽ではない。

馬車で遠出することは、判事は最近少なくなっていた。盲目であるがために、長途の旅は、晴眼の者よりよほど気疲れする。

車輪が石に乗り上げるたびに、座席の下から振動が躰に突き刺さる。身の回りに空間があるのは、狭苦しい担ぎ椅子《セダン・チェア》よりましかもしれない。

左隣にアンの体温を感じる。向かい側にはネイサンとゴードンが並んでいるはずだ。ネイサンの呼吸に乱れがないから、酔わずにすんでいるのだろう。「シャーボーンからロンドンに出てきたときの長旅も馬車だったけれど、酔わなかったんです」そう、ネイサンは言っていた。「オックスフォードに行くとき酔ったのは、ドディントン夫人のおかげでたいそう窮屈だったからです。帰りは、往路ほどひどい思いはしませんでした」

揺られながら、判事は思いめぐらす。ナイジェルの手記とベンがもたらした情報を、これまでに得た情報と併せて考えねばならない。

ナイジェルの居場所まで知っていたケイトという女性。彼女がドディントン前夫人の侍女であったということは大きい。

ナイジェルの手記にあった、ベイカー氏——手記によって正確な姓がわかった。ディーフェンベイカー氏だ——が口にした短い一言。〈私がここにいることによって、そうして黙っていることによって、私の愛する人が救われている。〉

「ネイサン、君はこの前ウェスト・ウィカムに行ったとき、馭者の姉ケイトに会っているな。どんな女性であった？」

「ケイトですか」ちょっとどぎまぎしたようだ。「あの……、小母さんだけれど、綺麗な人です。ほっそりした。でも、ほとんど話は交わしてないし、どんなと言われても……」

現夫人ステラが前夫人レオノーラを毒殺し、正妻の座を奪ったという仮説が、補強された。そう判事は思う。

ドディントン家を得意先とする事務弁護士《ソリシター》ホワイトが、毒殺事件の隠蔽に手を貸した。表向き、病死ですんでいる。医師はだれだったのか。追及するには、死亡を確認した医師にもあたらねばなるまい。

——毒殺と隠蔽を知っているディーフェンベイカー氏は、歌詞に託して事務弁護士《ソリシター》の名を私に告げた……。

ホワイトのもとで弁護士見習いをしていたディーフェンベイカー氏が、ケイトと接する機会は多かったであろう。

ディーフェンベイカー氏が愛する人というのは、ケイトである、と仮定しよう。

なぜ、ベドラムで沈黙していることで、ケイトが救われるのか。拷問にひとしい処置さえ甘受して。

二つの場合が考えられる。

一つは、ケイトがステラを手助けした。つまり毒殺の共犯である。それをディーフェンベイカー氏は知っていた。

いや、と、打ち消す。それなら、ディーフェンベイカー氏はひたすら沈黙すればいいのであって、ベドラムに入る必要はない。

もう一つの可能性は、ケイトがステラの所業を知った場合だ。ケイトが、仕えていた正夫人レオノーラに忠実な愛情を持っていたら、そうして、ホワイトは敵であり、ディーフェンベイカー氏こそ味方であると頼りにしていたら、ディーフェンベイカー氏に打ち明け、相談するだろう。

ステラは、緻密な計画を立てるたちではなさそうだ。杜撰なやり方で正夫人を毒殺した後の始末は、ドディントンやホワイトに任せたのではないか。

ディーフェンベイカー氏はどうしたか。公訴しようとした。あるいは、ホワイトとドディントンを、面と向かって糾弾した。

ドディントンもまた、辣腕《らつわん》ではなさそうだが、権力だけは持っている。ダッシュウッドという仲間もいる。お膳立てをしたのは、事務弁護士《ソリシター》ホワイトか。

やり口は想像がつく。逆に、ケイトがレオノーラ夫人を毒殺したと言いがかりをつける。

殺害の動機は、何とでもこじつけられる。夫人の金あるいは高価な装身具を盗んだ。見咎められ、訴えられそうになったので、など。証拠はいくらでもでっちあげられるし、裁判となれば、金で偽証する奴らを利用できる。有罪判決が出たら、死刑だ。

ディーフェンベイカーが口をつぐんでいれば、ケイトを裁判にはかけない。不問に付し、実家に帰らせる。沈黙の保障として、彼をベドラムに入れる。

神うるわしき花を召し、という少女好みの愛らしい歌は、ディーフェンベイカー氏が〈愛する人のために〉作詞作曲したものだ。彼はエスターにそう語ったという。少し恥ずかしそうに。

Forget-me-not!

おそらく、その一言に、シャイなディーフェンベイカー氏は気持ちを託したのだろう。

ケイトは知っているのだろうか、彼の献身を。

アンの頭の重みが、判事の肩にかかっていた。眠ったらしい。ネイサンも車酔いに悩まされることなく、無事に眠ったようだ。――ゴードンは寝入っていない……と息づかいから察した。

判事は黙考を続ける。

ケイトに殺人の冤罪を着せることなく、ディーフェンベイカー氏をベドラムから救出するには、どうしたらよい。自問するが、すぐには答が出ない。

彼らが隠蔽しようとしている洞窟事件を調べ上げ、証拠を突きつけ、それを口外しない代わりに、ディーフェンベイカー氏を出所させろと要求する？

ディーフェンベイカー氏だけではない。ナイジェルの記すところによれば、メルという画家が、病人ではないのに、代作の秘密を保つために入所させられている。メルに代作させて平然と名声をむさぼっている画家は、誰なのか。

アンディがぶち込まれているのも、洞窟事件の秘密を保つためだろう。

ナイジェルは、事実を正確に書いているか？

疑問がちらりと浮かんだ。

虚偽を記す必然性はない、と思い直す。我々が読むこともナイジェルは予想していなかったであろう。

さらに考える。

ナイジェルの手記は、ディーフェンベイカー氏が秘密を打ち明けようとするところで終わっている。もっと書き継いであったのだろうが、エドが焼き捨てたらしい。

ディーフェンベイカー氏の秘密とは、つまり、我々が推測したステラによる前夫人毒殺であろう。

そうであれば、ナイジェルとケイトの関わりも見えてくる。いつ、どのようにしてか、ナイジェルはベドラムを出た。エドと知り合い、ダニエル先生の内弟子となることで、安定していた。五年前の事件でエドと別れた後、ナイジェルは、ケイトに会いにウェスト・ウィカムに行ったのではないか。そうして、オックスフォードで暮らすようになる。かなりゆとりのある暮らしぶりだ。考えられるのは、脅迫で金を得ていたということだ。

だが、ドディントンは脅迫の対象にならない。ドディントンは、ホワイトの協力を得て、いざとなれば、逆にケイトを告発する用意を万端手落ちなく調えている。だからこそ、ディーフェンベイカー氏はケイトを護るために、沈黙を保つ証しとして、生ける死者として墓場のようなベドラムに入っている。

ドディントンの現夫人ステラは、ナイジェルに入れあげていた。ベンが伝えた情報だ。

ステラはかなりの金を貢いでいる。

しかし、嬉々として妖精女王《タイターニア》に逢いに行くステラの態度は、脅迫されている者のそれではない。

ステラは、毒殺を夫には告げていなかった。病死と公表されたことで、万事うまくいったと安心していた。ドディントンは、愚かな妻の肉体を溺愛しているのだろう。妻が利発ではないことを承知しているのだろう。ステラには何も告げず、尻ぬぐいをしてやった。ステラは、自分の犯行が夫にばれているとは知らず、夫の陰の苦労も知らない。

ナイジェルはステラを獲物にしたが、脅迫の実行はデニス・アボットにやらせた。

そう、考えてきて、判事は気が重くなった。そこまで悪辣か、あの少年……いや、もう少年ではない、若者は。

手記に書かれた内容から見ても、彼は、善悪を判断する基準を持たない。異常な環境に産み落とされ育ったのだから、やむを得まいが……と、判事は寛容になろうとするが、アボッナイジェルを殺害したのも、直接手を下したのが、ごろつき、ならず者の輩であったにせよ、ディントンとダッシュウッドが共謀してそれを教唆したことに間違いはないと思われる。判事には理解できないことであった。

すべて憶測なのだ。公判にかけられるような確たる証拠はない。

スが嚙んでいることはあるまいが。

理事長と委員長の役職を分け合っている。それともホワイトがこれも手配したか。ウィルク

ドディントンとダッシュウッドは、ヘルファイア・クラブ以来の仲であり、ベドラムでも

ならず者を雇ったのは、ダッシュウッドではあるまいか。

てしまい、口止め料を払っている。

と、嘆じたことだろう。脅迫に怯えることはないのだ。だが、ステラは脅迫者に犯罪を認め

ディントンは憮然としたことだろう。妻の金遣いが異様に荒いのは、そのためであったのか

たくなったステラは、ついに夫に打ち明けた。男娼に貢いでいることは秘めただろうが。ド

ステラにそんな才覚はあるまい。溺れ込んだ男娼にさらに貢ぐために、脅迫者を断ち切り

ないか。

アボットを襲ったよそ者。ただの喧嘩沙汰ではなく、脅迫者を暗殺する目的だったのでは

惑し、貢がせる。

毒殺の件でアボットに脅迫させ――おそらく一度や二度ではなく――、自分はステラを誘

ナイジェルは、二重にステラからむしり取っていた。

事には理解できないことであった。

トを傀儡《かいらい》に使ったことが許せない。アボットが愚かだったのだ。どうしてそこまで……。判

よ、指示を下した大本は、ドディントンか。デニス・アボットは傀儡にすぎず、脅迫の張本人はナイジェルであると、どのようにして知ったか。

ナイジェルの死因を究めるために行動し始めたのだが、判事は闘志が衰えるのを感じた。脅迫し――しかも自分は陰にひそみ、デニス・アボットを矢面に立て――そのあげくに脅迫した相手に殺されたのなら、自業自得だ。

ダニエル先生にとっては、エドもナイジェルも愛弟子であり、アルたちにとっても親しい仲間だ。真相究明に躍起になるのは当然だが、判事自身は、かつてエドとナイジェルに翻弄されたせいもあって、ナイジェルを冷たく突き放したくなる。

エドの勝手な行動も、判事は許しがたい。……のだが、ふと思った。エドがあくまで別行動を取るのは、自分が殺人者であることを自覚しているからではないか。罪悪感は持っていないだろう。だが、犯罪を摘発する治安判事の表立った協力者となるのは、――私を傷つけると、そう思ったからではないか。陰の協力者たらんとするのか。

躰に響く振動が、ひどく不愉快だ。

洞窟では何があったのか。落雷と火災。エスターはそう言った。

落雷。火災。それだけなら、隠蔽する必要はない。

落雷と口にしたのは、エスターだけなのだ……と、あらためて判事は思った。エスターの語ったことを、判事は何度かアンに音読させたので、思い出せる。

洞窟に落雷があったことを、いつ知ったのか、わからない。そうエスターは言っている。

その瞬間の記憶はないのに、頭の中に言葉が浮かんでいたと。体の中で爆発が起きたような衝撃の感覚も、記憶している、と。

〈その瞬間の記憶はないのに〉どうして落雷という言葉が頭に浮かぶのか。

意識が混沌として入院しているとき、その言葉を耳に吹き込まれたのだ。そう、判事は察した。

子供のころ、似たような経験をした。はるかにチープな経験だが。歯痛をなだめるために、親が阿片チンキ入りのシロップをくれた。眠って目覚めたら、頭の中に〈痛くない、痛くない〉という言葉が、渦巻いていた。耳もとで囁かれたかのように。事実、囁かれたのだった。とろとろしている間に、母親が、呪《まじな》いのようにそう囁いていたと、後で知った。

〈落雷〉は、なかったのだ。

しかし、火災は起きたのだろう。エスターの躰にはひどい火傷の痕がある。

他の者は、火傷は？

国王陛下を始め、ダッシュウッドやドディントン、その後妻、ウィルクスらもいた。フランクリン博士も。彼らは火傷は負わなかったのか。

頭の中で、砂時計のように眠気が一粒ずつ溜まっていく。四肢はすでに眠っていた。指一本動かない。しかし、思考は、肉体に抵抗してなお模索を続ける。こういうとき、思考は飛躍しがちだ。常識の枷がはずれるのだろう。

国王陛下のスキャンダルを隠蔽。

陛下は、電気鰻を持ち込んだ。そうだ。生臭い水を滴らせた箱には、フランクリン博士が献上した電気鰻がおさまっていた。

何のために陛下は。

陛下がまだ若かりしころ。下世話な噂では、陛下はリッチモンド公の令嬢――当時十五歳だった――と愛しあう仲だったが、後見役とでもいうべきビュート伯に反対されて諦めたと言われている。メクレンブルク・シュトレリッツ公の令嬢シャーロット(後のじゃじゃ馬王妃だ)との婚約がととのい、秋にご成婚の式典を控えた夏、洞窟事件は起きた。戴冠されたのがその前年だ。

エスターは語っている。まわりの貴族たちはジョージ三世陛下に敬意を払わず、冗談に紛らせて小馬鹿にしたり皮肉ったりしていた、と。

小娘だったエスターの感想が、どこまで事実に迫っているか。信頼できるか。

先王、先々王と異なり、陛下はイギリスの統治者としての自覚をもち、名目のみになっていた王による大臣の任命権を復活させ、国政に強く関わっておられるが、議会を軽視し、専制政治を行おうとしていると非難する声もある。しかし、他を圧する威厳には欠けておられる。行わんとするところの是非はともかく、政治に目もくれず己の快楽にふける遊蕩児――今の皇太子はこれだ――ではない。

若いころ、周囲から軽く見られることに反撥し、彼らの鼻をあかしてやろう、ぐらいのことは思っても不思議ではない。王妃を持ったら、馬鹿な遊びはできなくなる。悪ガキとして振る舞う最後のチャンス。王位に就く前にやるべきだったろうが、先王——陛下の祖父君——は、ケンジントン宮殿の屋外便所で、突然逝去された。初冬の屋外便所は、老王の血管に苛酷であったようだ。戴冠はまだまだ先の話と思っていたジョージ・ウィリアム・フレデリック皇太子は、これも突然、王位に就かねばならなくなった。本来ならジョージ三世となるべきであった父君は先に没していた。

電気鰻を持ち込んで、若かりし陛下は何をしようとしたのか。悪戯《いたずら》ざかりのガキが考えるようなこと……。二十三歳は悪ガキというには年をくっているが。

フランスの宮廷では、電気興行師《エレクトリシャン》が、近衛兵百八十人に電気を流して一度に飛び上がらせ、ルイ十五世や貴族たちを楽しませたという話が伝わっている。電気鰻が発する電気で、ダッシュウッドやドディントンたちを飛び上がらせようとした？　鰻でそんなことができるか。陛下は、できると思われたのかもしれない。

痛快ではある、と、その情景を思い浮かべて、判事は苦笑した。

八、九年前、狂疾《きょうしつ》の発作を陛下は起こされたという。洞窟の演奏会でも、錯乱されたのか。それが火災の原因となったか。

躰が前のめりになった。腰が座席から浮いた。向かいの座席の背もたれに、うまく両手をつき、躰を支えることができたが、肘ががくりと折れかける。

力強い腕が、判事を抱きとめた。ゴードンだ。

「アン、大丈夫か」

ならず、馬車は再び前進を始めた。

「はい」という声は足もとから聞こえた。床に転がり落ちたらしい。

轍に車輪が落ち込んだのだろうが、全員降りて車体を押し上げろ、というような事態には
「ネイサン？」

「大丈夫です」


ネイサンも座席に座り直した気配だ。

「とろとろしていたら、嫌な夢を見てしまいました」自嘲するように、ネイサンは言った。

「どんな？」アンが訊く。

「ブッチャーに脅されました」そう言ってネイサンはくすくす笑った。「ケンタウロスに仕立てる、と、でかい刃物をかざして。怖かったですよ」

「揺れて座席から落ちなければ、脚を切られていたところなのね」

アンの言葉に、ゴードンが馬鹿でかい声を立てて笑った。この男の笑い声を、判事は初めて聞いた。

「ブッチャーの横に、馬がいるんです。首のない馬が。嫌だったな」

「切り口はどうなっていたんだろう」ゴードンが呟いた。

「穴」と、ネイサンは言った。「それなのに、馬はにやにや笑いをしているんだ」

「首がないのに、どうやって笑うんだね」

「不合理をものともしないのが、夢だ」

「フランクリン博士に馘首された後」と判事はアンに話しかけた。「電気興行師《エレクトリシャン》をしていたオーマンは、両脚を失って困窮していたレイ・ブルースに声をかけ、見世物師のブッチャーに引き渡したのだったな」

前に、アンのメモで確認したときは、オーマンが電気興行師《エレクトリシャン》から足を洗い、ベドラムの懲罰係になったということにのみ、思考が向き、その上、ホワイトという事務弁護士《ソリシター》の存在がわかったりして、レイ・ブルースとブッチャーのことはそのまま失念してしまっていた。

レイ・ブルースがそれを話したとき、彼の声に、何か濁った嫌なものを感じたのだった。ケベック奪取の激戦で、フランス野郎の砲弾に、両脚をぶっ飛ばされた。そう言ったときにも、感じた。〈サー・ジョンは声で真偽を見抜く〉と巷間言われているが、噂は、広まるほどに大袈裟になる。超人的な能力を持っているわけではない。

しかし、レイ・ブルースの言葉は信頼しきれないところがあると感じたのは、間違いない、と判事は思う。

下っ端の水兵が、ロンドンの貧民よりさらにひどい地獄暮らしを強いられる、と告げたときのレイ・ブルースの声は、実に真摯であった。「彼らに与えられる栄光はなく、貧困からの脱出も、ないのです」

虚偽の塊ではない。不条理な境遇にシニカルになったにしても、生来善良な気質を持ち合わせてもいる。そう判事は感じる。

失明する前、版画などで目にしたことのあるケンタウロスの姿を、判事は思い浮かべた。

「テレンス・オーマンは、もしかしたら、《金羊毛》でも興行したことがあるかもしれません」ネイサンの声が耳を打った。「僕が《金羊毛》に入ってみたのは、入口の脇に、〈ケンタウロスが貴方の未来を告げる。〉と記したチラシが貼ってあるのを見たからなんですが」

「そう言っていたな」

「そのチラシの下から、古いチラシの一部がはみ出していました。たいして気にはとめなかったけれど、宙に舞う少女の躰から、炎のように火花が飛び散る絵が描いてあって、〈偉大なる電気興行師《エレクトリシャン》、ドクターOM……〉と文字が続いていました。OMの先は破れていて」

「OHMAN《オーマン》」アンが即座に応じた。

OHMANと綴る姓もある。テレンス・オーマンの綴りは聞いていないが、電気興行師《エレクトリシャン》でOM……なら、彼であろう。

「ワイラー所長に解雇された後、オーマンはどうしているのでしょうね」と、アンが「器具は持っていったというから、また電気興行師《エレクトリシャン》をやっているのかしら」

見世物のケンタウロスを作るには、両脚のない人間と、馬体が必要だ。馬はどうやって調達したのか……と、判事は黙考する。馬の屍体を農家などから手に入れたとしても、その首を切断し、胴体を剝製にするのは、素人にできることではない。剝製師に頼まねばならないが、ずいぶん費用がかかることだろう。

馬の剝製。両脚のない男。二つを合体させて……。

無惨だな、と呟いた。

「アン」

「はい」と答えた声は、眠りかけたのを起こされたというふうであった。

「すまん。ブッチャーというのは、何歳ぐらいの男だったか？」

「そうですね……。三十代の半ばでしょうか」

「ありがとう。聞きたかったのはそれだけだ。お休み」

啓蒙思想家のディドロは、睡《ねむ》りと夢から神秘性を剝ぎ取った。夢が告げる予言も神託も、迷信に過ぎない、とディドロは断ずる。

ジョン・フィールディングもまた、迷信は笑い捨てているが、ネイサンが見た首無し馬の夢は妙に気にかかった。

オーマンが両脚のない物乞いに目をつけ、ブッチャーに引き渡した。

両脚がないだけでは、見世物にはならない。珍奇なものほど客を呼べる。

にもかかわらず、ブッチャーが両脚のない人間を欲しがったのは――そしてオーマンもブッチャーの願いを叶えたということは――、オーマンとブッチャーが以前から知り合いであったこと、ブッチャーが馬の剝製をすでに所持し、それを利用してケンタウロスを作りたがっていたことを意味しないか。あるいは剝製を手に入れる確固たる目途がついていたことを。

高価な剝製を、どのようにして手に入れたのだ。

ケンタウロスで稼ぐようになる前は、どんな見世物をやっていたのか。

考えているつもりで、いつの間にかとろとろしていた。馬車の揺れで目を覚ます。眠りとうつつの間の、朦朧《もうろう》とした頭の中に、飛躍した考えが浮かび、消える。やがて、馬車の振動も気にならぬほどに深く眠った。途中で何度か馭者は馬を休ませたのだが、それも気づかなかった。

眠りが浅くなったころ、判事は戦場を視ていた。夢の中で、彼は、〈誰でもない者〉であった。書物を読むとき、読む者は、内容の外にいる。内部で行動はしない。そのように、彼は、夢の中で、〈行動する者〉ではなく、〈観察する者〉であり、〈思索する者〉であった。彼

失明したのは十九歳のときだから、それ以前に目にしたものは記憶に残っている。戦場に赴いた経験はなかったが、血なまぐさい戦いの光景は、版画や油彩画で見ている。多分に古めかしくはあるが、現状とそうかけ離れてはいまい。累々と重なる屍体。起き上がることができず、喘ぐ馬。……そうだ。馬だ、と、彼は夢の中で考える。戦場なら、馬の死骸はいくらでも手に入る。だが、と、これも夢の中で考えている。剝製にする術はあるまい。イングランドまで運ぶのも難儀だ。戦野に打ち棄てられた馬の死骸に、禿鷹が群がる。夢の中では、全体の光景は浮かばない。人間の屍体は、夢の中から退場した。いや、一人、若い士官の屍体がある。その傍らにいる男。ブッチャーだ。顔が判然としないのは、見たことがないからだ。それなのに、わかる。この男がブッチャーだと。

その先を知りたい。そう思ったとき、夢は薄れた。

夢の尾を、彼は未練がましく探したが、摑み損ねた。何か重要なことが、わかりそうだっ

たのに。

　ブッチャーの年齢をアンに確認したのは、〈戦場〉をふと思いついたからなのだった。それが再び夢にあらわれたのだ。三十代半ば。レイ・ブルースは三十五。強制徴募隊《プレス・ギャング》に捕まったとき、レイ・ブルースは十九歳だった。同じ年頃のブッチャーは、どんな職業に就いていたのか。おそらく自分の土地は持っていまい。見世物興行で稼いでいる現在の状態から類推するに、まともな職業に就いていなかったのではないか。強制徴募隊《プレス・ギャング》の絶好の獲物だ。その考えが、夢にあらわれたのだろう。

　ふと思った。士官以上の貴族なら、家に愛馬を飼ってもいよう。飼い主が戦場にある間に、馬が病死した。家族は、主が帰還したときの哀しみを思い、せめてものことに剥製にした。

　その馬を、ブッチャーがどうやって手に入れる？

　それまで知ることのなかった男たちを結びつける場は、酒場と賭場と、そうして戦場だ。戦場において、激突が何日も続くことはない。対峙したまま長期間過ごしもする。そんなとき、無聊《ぶりょう》を紛らわせるのは、賭けだ。

　あたかも一篇の物語が紡がれるように、ジョン・フィールディングの脳裏に、事の成り行きが浮かんだ。小説家でもあった亡兄ヘンリー・フィールディングの才を、ジョンも幾分持っているのかもしれない。

　ウオーという吠え声に、はっきりと覚醒した。

「痛い！」

その声はネイサンで、

「すまんです」

あやまる声はゴードンだ。

目覚めて伸びをしたはずみに、隣のネイサンに腕でもぶちあてたのだろう。それとも横っ面を殴る羽目になったたか。その後で、ゴードンは、自分のベッドではなく馬車の中だと気がついたらしい。

「ウェスト・ウィカムに着いたのか」

判事の問いに、

「いえ、オックスフォードに入ったところです」判事の〈眼〉が言った。

ロンドンのような悪臭ではないが、田舎のにおいではないと、判事も思った。

「早朝だからでしょう、通行人はいません」

「先に、《アセンズ》に寄ろう。ゴードン、駆者にそう命じよ。《青い龍《ブルー・ドラゴン》》という宿屋の三階だったな」

ほどなく停止した馬車から降りた判事が感じたのは、かすかに馬の体臭がまじった藁のにおいであった。

「厩です。ここにナイジェルは馬車を置いていたようです」アンが説明する。

「血痕はまだ残っているか」

「駆者君、角灯を貸してくれ」ネイサンが気をきかせた。

「見あたりませんが」ゴードンが言う。

「血痕?」

言葉の端を耳にとめたらしく、駅者が口を挟んだ。

「何ですね、血痕とは。ここで何か事件があったのなら、オックスフォードの治安判事様に」

言いかけて語尾を飲み込んだのは、ゴードンがブルドッグ顔で脅しつけたのだろう。がさがさという音が続き、

「藁をひっくり返してみたら、下積みになった部分に残っていました」

駅者の耳をはばかって、ネイサンは小声だ。

誰が血痕を隠したか。エドの他に考えられない。この地区のコンスタブルやシーフ・テイカーが介入してくると面倒だと思ったのだろう。アルたちがここを発見した後、エドは再訪しているのか。

「お前は馬車をここに置いて、休んでおれ。じきに戻る」

判事に命じられた駅者は、「判事閣下様、さきに、おあしを」と、しぶとい。

「判事閣下が乗り逃げすると思っているのですか」アンが叱りつけた。

「ゴードン、駅者の傍にいろ。我々が戻ってくるまで、お前は駅者の人質だ。それならよかろう、駅者」

「へえ」と、うわべは恐縮した声が返った。

「階段の下の方にも血痕が少し。泥をこすりつけて、見えにくくしてあります。それと知らなければ、ただの染みと見間違えますが」アンが言った。「ここに住んでいたんですね、ナイジェルは」

アンとネイサンに助けられて判事は階段を上った。

踊り場で方向を変える。

「ここです。扉は蝶番が壊れています」

アルが蹴破ったと、ベンは言っていた。

裏通りの階段を上った三階である。通行人の目に触れる場所ではない。蹴破られた扉を不審に思う者はいなかったのだろう。

室内の様子を、アンは逐一判事に描写した。

次の間に行く。

「そうか。この部屋でアボットは寝起きしていたのか」

ベッドの枠に判事は手を置いた。アンの息づかいが少し乱れた。

さらに奥の部屋に入った。

「絵は?」判事は訊ねた。エドの肖像画が貼られていた。そう、ベンから聞いている。

「ありません。壁の色が少し変わっている部分があります。絵を貼っていた跡だと思われます」

アンは言い、次の言葉を続けた。同じ事を言うネイサンの声と重なった。

「文字が記されています！」

再び馬車に乗り込んだ。

「急げ！」

判事は馭者に命じ、

「急いでください」

アンも叫んだ。

〈すべて、俺がやった。〉

アンが判事に読み上げたのは、その文言であった。

エドの字です、とネイサンが認めた。

やや滑らかになった道を馬車はウェスト・ウィカムに向かう。

また、何もかも自分で背負い込もうとしている。そう、判事は思う。

「すべて、とは、何でしょう……」

ウェスト・ウィカムに行けば、わかりますよね、とアンは焦る自分を納得させるように言った。

部屋に、もっと何か痕跡は残っていなかったか。アンの眼を信頼してはいるが、自分で視認できないのがもどかしい。

〈すべて、俺がやった。〉の文字は、ネイサンとアンに命じ塗り消させた。

デニス・アボットが、先に死亡した。ナイジェルはエドを呼び寄せるために、天使を演じた。その推測が、確実さを増す。愚直なアボットが一人で思いつくようなことではない。ナイジェルこそ、考えつきそうな手段だ。

アボットの遺体は？

共同墓窖、と判事は思った。行き倒れや身寄りのない者の骸は、無造作にぶちこまれる。中を一々あらためもしないだろう。

……だが、ナイジェルが一人で、そのようなことができるだろうか。馬車を御することは不可能ではあるまいが、馬車で乗りつけ、屍体を墓窖におさめるという行動は、力もいるし、人目につきやすくもある。ロンドンのような大都会なら目立たないことも、人口の少ない村では、よそ者の動向はすぐに目につく。

ナイジェルはケイトと知り合っている。ケイトが手を貸したか。

ケイトは一人住まいではない。両親と下男、時には、ニックの目もある。宿屋とタヴァーンを営んでいるから人の出入りも多かろう。

深夜を選んだか。

馬車をまず《斧《アックス》と蠟《ワックス》》に着けさせた。

外に出ると、早朝の大気が肌に快い。鼻孔がひやりとする。ロンドンの空気の、いかに煤くさいことか。

革袋をアンに渡し、その中からアンが支払った。

割り増しを期待して、駅者はなおぐずぐずしていたが、ゴードンが凄んだらしく、馬車の走り去る音が遠ざかった。

「まだ、宿は閉まっています。戸を叩いて、宿の者に開けさせましょうか」

夜を徹して馬車を走らせ、早暁到着するような客はめったにいないのだろう。

「そうだな」

ノックしろ、とゴードンに命じようとしたとき、走り寄る足音とともに、

「サー・ジョン！　サー・ジョン！」

ひそめた声は、アルだ。

「アル！」と叫びかけて、アンが声をのんだのは、静かに、とアルが仕草で示したのか。

「エドに会ったのか。エドはどこにいる」

「僕らが着いたとき、エドはすでにいませんでした」

「エドは、何をやったのだ」

「エドがやったのかどうか、わかりませんが、ひどい事件はありました。クラレンスは閣下に報告するため、ロンドンに戻りました」

「馬車で？」アンが訊いた。

「いえ、ここの馬を一頭、無断借用しました」

「クラレンスは馬を乗りこなせるの？」

「馬車が事故を起こした場所からオックスフォードまで、一人で乗ったんで自信がついたん

でしょう。僕のほうが慣れているから、僕が行くと言ったんですが、クラレンスは、手綱を操るこつがわかったから大丈夫だと言い張って。僕も、閣下がこちらにこられる可能性のほうが高いと思い、たぶん無駄足になるロンドン行きはクラレンスに任せました」

ネイサンがくくっと忍び笑いをもらした。アルもけっこう悪賢いと思ったのだろう。

「それはよかった。二人ともロンドンに向かったら、行き違いになるところだった。ベンから詳しく聞いた。ナイジェルの手記も読んだ。オックスフォードで《アセンズ》に寄った」

「絵はありませんでした」とアンが「そのかわり、〈すべて、俺がやった。〉と壁に書いてあったわ。何をやったの、彼は」

「何があった」

「いろいろあり過ぎて。一口に話せないんです。ジャガーズなどに嗅ぎつけられて、ここの治安判事が介入してくると厄介だから、痕跡が残らないよう、クラレンスと僕だけで処理しました。そうしてクラレンスはロンドンに。僕は、もし閣下がこられたら、すぐにわかるように厩で寝ました。宿の者に気づかれないよう、こっそりとです。そろそろ宿の夫婦が起き出すでしょうから、僕たちは見られないよう、ここを離れたほうがよいと思います。事件のあった場所に、まず行かれますか。痕跡は残さないように気をつけましたが。ご案内します。少し歩いていただくことになりますが。ニックの馬車はあるんですが、彼を起こすと、宿の亭主夫婦も気がついて、騒ぎになるでしょうから。担ぎ椅子《セダン・チェア》はここにはなくて」

「宿の厩に、ナイジェルの馬車と馬は置いてないか」

「《斧《アックス》と蠟《ワックス》》の厩にですか。いいえ、ありませんでした」

アルの腕が判事を支えた。反対側からゴードンが腰を支える。

初めての場所だ。一歩踏み出すのもためらいがある。二人を信頼するほかはない。日頃、外出時は常にセダン・チェアを使うから、どうも脚が弱くなっている。

「ケイトという女性にも会いたいのだが」

「ケイトは、昨日からいないのです。宿の夫婦の話では、お館――ダッシュウッドの領主館《マナーハウス》のことです――そのお館の人に何か頼まれて、オックスフォードに行ったということです。二、三日オックスフォードに泊まると。何を頼まれたのか、亭主もおかみさんも知らないそうです。娘は強情で、親に何も話さないと、ぼやいていました」

ケイトがいない。エスターもいなくなった。レイ・ブルースとブッチャーもいなくなった。

……不安が増すが、まず、行動せねばならない。

「昨日の午後、ウェスト・ウィカムに着いてから、まず、《斧《アックス》と蠟《ワックス》》に立ち寄りました。亭主もおかみも、この前とは別人のように突っ慳貪《けんどん》でした。ジャガーズから、しつっこくいろいろ訊かれて、閉口したと言っていました。親切にしてやったのに、面倒なことに巻き込んで、と愚痴られました」

「エドがやったらしい事件について、話してくれ」

そのとき、背後に、人の気配を感じた。足音はひそやかだ。

「誰か、つけてきているか」

アルにささやいた。

「いえ……」

「ゴードン」と命じるや、ゴードンの走る足音。

ゴードンが誰かを引きずってくる足音が大きくなるまで、さほど時間はかからなかった。

「ニックです」

アルが声をあげた。

「なぜ、つけてきた」

「馬泥棒！ 返せよ、俺の馬」

「あ！」

努力して、アルはとぼけた顔をつくったが、無駄であった。

「あ、じゃねえよ。馬泥棒は縛り首だぜ。訴えてやる」

「盗んだんじゃない。緊急を要するんで、無断で借りたんだ。必ず返す」

「それはすまなかった」と判事が口を挟んだ。「私が保証する。ロンドン、ウェストミンスター地区治安判事ジョン・フィールディングが、保証人になる」

「へ、あの、盲目判事《ブラインド・ピーク》閣下様で」

なるほど、目をおおっていなさる、と後のほうは独り言だ。

「断ろうにも、君は見あたらなかったし」

「親父とおふくろがいただろうが」

「あまり騒ぎを大きくしたくなかったんだ。馬を無断で使ったのが僕の連れだと、どうしてわかった」

「他に、いねえもの」

「君は、姉さんに言われて、僕たちをオックスフォードに足止めしただろう」アルは言いくるめようとつとめた。「姉さんは、もしかしたら事件に関係があるかもしれない。その事件を、サー・ジョンと僕たちは調べようとしているんだ」

「ケイトさんは、領主館《マナー・ハウス》の人に何か頼まれて、昨日オックスフォードに行ったそうですね。何の用事だったのですか」アンは詰問口調だ。「二、三日泊まると言ったとか」

「俺も、親父たちからそう聞いた。何の用だか、俺も知らねえです」

「オックスフォードまで、徒歩で？」

「俺に言えば、送ってやったのに、俺が知らねえ間に出て行ったから。ビリーも連れて行ったようで、手が足りなくなると、親父たちがこぼしていた」

オックスフォードのどこかのお屋敷で、宴会でもあるのかもしれねえな、とニックは言い継いだ。「ビリーは鶏の殺し方が上手いし、ケイトはお屋敷の作法を心得ているから、手助けに呼ばれたのかも。鶏殺しの道具を持って出たかもしれねえな。確かめてねえけれど」

「これまでにも、そういう仕事でオックスフォードに行ったことがあるの？　人手が足りないからと、手伝いに」

「いや、そんなことはねえですが」

「軟らかくて旨かったな、君のところの鶏は」ネイサンが言った。

ネイサンの何気ない言葉が、判事の記憶を刺激した。

〈電気はまだ、実用にはほど遠い。フランクリン博士も、せいぜい鶏や七面鳥をこれで殺すと肉が軟らかくて美味になるという程度の効用しかないと、苦笑しておられた。〉

「鶏殺しの道具というのは、何だ」判事は訊いた。

それに続けて、

「何か、特別な殺し方をするのですか」アンがきつい口調で訊いた。

アンも、ダニエル先生の言葉を思い出したのだろう。

まさか……と思ったが、「器具は二つ持っていたはずだ。どんな器具だ」念のため確かめた。

〈博士から蓄電壜は頂戴したのだが、起電器がないので、もはや使えません。〉ダニエル先生はそう言っていた、と判事は記憶をたどり返す。

「どうだかね。俺はビリーの部屋に入ったことがねえから。部屋といっても、厩の隅を板壁で仕切っただけだが」

「鶏を殺しているところは見たか」

「ビリーはいつも、自分の部屋でやるから」

「どんな風体の男ですか。ビリーというのは」

「どんなといって……。別に特徴はないですよ。まあ、女《あま》っ子から見たら、いい男の部類かな。俺、ちょっと案じているんです。まさか、駆け落ちなんてことは……」

「そういう仲だったの？」

「仲はよかったですが……。でも、駆け落ちするほどかどうか。ケイトは前に好きな男がいて、結婚するはずだったのに、だめになって」

「相手は、弁護士見習いのディーフェンベイカーさん？」アンが訊いた。

「いえ、とんでもない。弁護士様なんて、そんな立派なお人とは」

「ディーフェンベイカーさんは、片思いなのね」アンのつぶやきに同情がこもった。「あれほどの犠牲を払っているのに」

「馬は、いつ返してもらえるんで」

「私がロンドンに戻ったら、すぐに手配する」

「はあ、治安判事閣下様の言いなさることだから、確かなんだろうが」

声は、まだ疑わしげだ。

「これからどこへ行きなさるんで。ロンドンに戻るなら、俺の馬車でどうです。ウェスト・ウィカムには、他に貸馬車はねえよ」

「帰るときは、お前に頼む。ロンドンまで通しで」

「それは、ありがてえです」

そう言ってから、ニックは少し口ごもっていたが、「どうも、その、気になっているんですが、あの馬に乗った……エドとあんた方が呼びなさる客は、よくねえ人だったんでしょうか。閣下様はそれを調べにきなさったんですか」おそるおそるというふうに訊ねた。

「よくない人物かどうかは、調べた結果による。エドとケイトは前から親しかったのか」

「いえ、そんなことはないと思いますがね。……判事閣下様、閣下様の部下の方々を足止めしたのは、よくねえことだったのでしょうか」

「どうも、あまり、よくないことであったな。しかし、お前が我々に協力すれば、万一、ケイトがお前にさせたことが〈よくない〉ことであったにせよ、お前もケイトも、咎めはせん」

「協力。はい、しますが、どうやって」

「まず、我々が捜査していることを、村の誰にも気づかれぬようにせよ。ウェスト・ウィカムの治安関係者――コンスタブルや、シーフ・テイカー、ダッシュウッド卿の代理人であるジャガーズ氏などの耳に入ると、捜査は彼らの手に移る。有罪か無罪か判決を下すのは、事情を何も知らないこの地の治安判事ダーク・フェイン卿だ。卿は、我々のようにお前の言葉に耳を傾けはしない」

「そのとおりでさ」ニックは納得したようだ。「お館の偉いさんは、俺たちには見向きもしなさらねえ。税の取り立てばかり厳しくて」

どこまで行きなさるんで、と訊いた声から敵意が消えていた。

「お前は知らんでいい」

「協力しますです。ケイトのためになるんなら。遠くまで行きなさるんなら、俺の馬車を」

ちょっと待っていてくだせえ、すぐ、馬車を、と言い残すや、走り去る足音。

「ゴードン、追え」

判事は命じた。

ニックの声音に嘘はないように感じたが、他人に喋ったりしないよう、念のためだ。

「先を急ごう。歩きながら、アル、事件について話してくれ。我々はどこへ行こうとしているのだ」

「教会です」

「あの教会？」訊いたのはネイサンだ。

「ナイジェルが発見されたという場所ですね」アンが確かめる。

「そうです。その窓から、男が吊るされていたのです」

「誰だ？」

「知らない男です。首吊り状態でした。放置すると人目について騒ぎになる恐れがありますから、下ろして、礼拝堂内に備えられている棚に隠しました。柩から出された小さい聖女の遺体も、そこにおさめられていたそうです。発見された聖女は、別の柩に入れて、もとの場所に戻してありました」

「知らぬ男なのにジャガーズらを介入させないというのは、我々の事件とその男の死が、関わりがあるのか」

「もう一人、生き残っている方が、ベッキーという女なのです」

「被害者が二人？」

「ベッキー！　あのいかれた女が、なぜ」ネイサンが声を高くした。

「ダッシュウッドの領主館《マナーハウス》の下女だったな」

「ケイトの友達でしたね」

「ベッキーは、錯乱していて——もともと彼女は頭がおかしいのですが——、気の毒だとは思いましたが、体の自由を奪って小部屋に監禁してあります」

「それは穏やかではないな。監禁……」

「非情ではありますが、彼女を野放しにすると、村中、喚きちらしながら走りまわりそうなので」

「ベッキーが生き残ったというのは、二人とも吊るされていたのか」

「そうです」

特殊な吊るし方で、と、アルは教会の塔の様子を説明した。

長方形の石積みの壁に切妻屋根の簡素な造り。鐘楼の天辺に据えられた、黄金の巨大な球体。内部の差し渡しは十フィートあまり。幅十インチほどの縦に細い窓が一フィートごとに開けられている。

「その球体をした部屋の窓から、男の屍体は吊り下げられていたんです」

「あの窓、幅が細いだろ」ネイサンが言った。「それに、ガラスが嵌まっていた」

「二ヶ所、ガラスが割られていた。男が吊るされていた窓と、その真向かいの窓」ネイサンに言ってから、判事に向かって、説明を続けた。「男を吊るしたロープは、窓から球体の内部を横切り、真向かいの窓から下がり、その先端に、ベッキーが吊るされていました。首にロープの輪がかかった状態でした。クラレンスと僕が発見したとき、ベッキーは、鐘楼の柱にしがみついて、辛うじて、絞首状態にならないでいました。力尽きて手を放したら、男の体重のほうが重いですから」

「それをエドが……？」アンの声に暗澹とした吐息がまじる。

ニックの馬車が到着した。

「ゴードンが馭者台に並んで、睨みをきかせています」アンが告げた。

「教会に」と命じ、乗り込んでから、「到着するまでの間に、アン、我々がロンドンで調べたこと、および推察したことを、すべてアルに話してやってくれ」判事は言った。

アンはメモをくりながら、詳細に語った。

ベドラムを探訪したこと。ネイサンの地下室探索。そこで知った多くのこと。ディーフェンベイカー氏の献身。それらをもとに推察したこと。「でも、ケイトは他の男と結婚しようとしていたのね」アンは同情の言葉をはさみ、続けた。ナイジェルがステラを脅迫し、金を巻き上げていたらしいことや、ロッター、オーマンの件などなど。

アボットを襲ったのは、ダッシュウッドの手の者ではないか。ナイジェルは、重傷の――あるいは絶命した――アボットの躰を、馬車でウェスト・ウィカムまで運んだのではないか。

そう、判事はアルに語り、ダニエル先生がナイジェルの死亡日推定を誤ったようだと告げたことを伝えた。

「そうですか。僕も、アボットさんが重傷を負い、ナイジェルが馬車でここに運んだ……とは考えたのですが。そのとき、なぜ、オックスフォードで医者に診せなかったのかと不審に思ったのでした。アボットさんは死んだ。ナイジェルは、エドを呼ぶために……」

短い沈黙の後、アルは続けた。

「さっき、鶏の殺し方を気にしておられたのは、電気の器具を使ったと思われたのですか」

「まさかとは思うが……」

「電気器具で殺すと肉が軟らかくて旨いそうだと、ダニエル先生から聞いたおぼえがあります」

「私も先生から聞いた。フランクリン博士が先生にそう語ったとか」

「たしかに、《斧と蠟《アックス・アンド・ワックス》》の鶏は、軟らかかったです。ベンなんか、感激していました。でも、普通、手に入らない道具ですね。まさか……」

「オーマンがビリーと名を変えて、ウェスト・ウィカムに？」ネイサンが声をあげた。「そうか。オーマンは、ワイラー所長に馘首されたとき、あの器具を、起電器ともども持ち出したんだった」

「でも、オーマンとウェスト・ウィカムの接点がありませんね」これはアンだ。

「接点はありますよ」アルが言った。「洞窟事件の時、オーマンはフランクリン博士のお供でここにきています」

「わたしが言うのは、《斧と蠟《アックス・アンド・ワックス》》とオーマンの関わりよ」

「事件の時、ケイトと知り合ったかもしれません」

「それなら、なぜ、変名を使ったの。テレンス・オーマンの名前でも、不都合はないのに」

「屍体が、オーマンだという可能性は？」ネイサンが言う。

「この中で、誰も、オーマンの顔を見知っている者はおらんのだな」

下男ビリーがオーマンだという仮説に基づいて、判事は考える。

ナイジェルがエドと別れたのは、一七七〇年だ。

「アン、ワイラー所長がオーマンを馘首したのは、いつだった」

メモを確認する音がし、

「一七七二年です」

ケイトは、テレンス・オーマンなる人物の、ベドラムにおける残忍な懲罰行為を、ナイジェルから聞いているはずだ。ディーフェンベイカー氏の献身的行為も。

だから、名前を変えたのか。ケイトはオーマンの顔を知らない。だが、それなら、なぜ、オーマンがわざわざケイトの実家である《斧と蠟《アックス・アンド・ワックス》》に雇われたのか。電気興行師《エレクトリシャン》に戻る道もあったではないか。

ナイジェルと顔を合わせれば、正体がばれる。

最近になって、ナイジェルがウェスト・ウィカムに行き、ビリーを見、正体を知った。

オーマンは、ケイトたちにばらされる前に、ナイジェルを殺した。

〈すべて、俺がやった。〉

エドは、それを知り、復讐したのか。

ビリーは、ケイトと一緒にオックスフォードに行ったという。

ニックが話したのは、〈ケイトが父親にオックスフォードに行くと言った。ビリーを連れて行ったらしい〉だ。ビリーもいなくなったので、同行したと父親が思ったのか。ケイトがビリーを連れて行くと父親に言ったのか。その点、もう少し正確に問いただされねばならない。

ベッキーはなぜ、酷い目にあわされた？　単に男の躰を吊り上げるための重石に使われた？　そんなことはあるまい。

まず屍体を点検せねば推論は進められないが、ここにいる誰一人として、テレンス・オーマンの顔は知らないのだ。

デニス・アボットが死んだという前提のもとに、考えを進めてきたが、その前提が誤っていたか？　アボットは生存しており、ナイジェルを殺害したオーマンに復讐した？

ならば、ケイトはなぜ消えたのか。

エスターも、行方不明なままだ。

レイ・ブルースとブッチャーの消息もわからない。

犯罪摘発のための、公の組織が欲しい。組織を創らねばならない。一治安判事にできることは限られている。しかも、公判にかけても、判決は金次第、証人も金で買えるとあっては……。

「サー・ジョン、右手にダッシュウッドの領主館《マナーハウス》があります」ネイサンが告げた。「教会は、その先です」

「なかなか豪壮な建物です」アンが告げた。

さらに十数分進んで、馬車は停まった。

「あれが教会？　ほんとに趣味の悪い塔ね」

「ロシアの皇帝《ツァーリ》が聞いたら気を悪くしますよ」

「サンクト・ペテルブルクの建物を真似たのだったわね」

ニックは扉を開け、足台を下ろした。

「ここで待っていますか」

ゴードンに、少し離れたところにニックを連れて行きそこで一緒に待機していろ、と命じた。最悪の場合に備えた。ジャガーズらに密告させないためだ。

扉は施錠されていなかった。

内部に入り、アンが様子を判事に説明する。

腐敗臭を、うっすらと判事は感じた。

「その戸棚に、男の骸を隠しておきました」

扉を開けるかすかな音。腐臭が強くなった。

短い沈黙の後、

「ブッチャーです」

ネイサンが言った。ひっそりした声であった。

「間違いなく、ブッチャーです」

アンが続けた。

5

メルが描く母さんの絵は増えた。ロッターの目から隠すのが難しくなった。ベッドに寝ている母さんより、メルが描いた母さんの方が、活き活きしていた。そして、メルの絵のように、眠っている母さんが少しずつ活き活きしてくるように、僕には感じられた。

メルの絵のようになろうと母さんが意識しているみたいな。

「それは、あり得ない」

そう言ったときのディーフェンベイカーさんの表情を、どう言いあらわしたらいいのだろう。たいそう優しくて、でも困惑していた。否定すると僕を落胆させる。だからといって、虚偽を事実と認めることはできない。ディーフェンベイカーさんは生真面目だから。

「一概に否定はできんだろう」

小説家さんがとりなした。「ここの入所者の中にも、外界にまるで反応を示さないのに、ある時ふと正気になる者がいる。彼らは外界のことを見聞きし、認識している。彼女も、我々が思う以上に、周囲のことを理解しているかもしれん」

……書きながら、僕は悲鳴を上げているんだよ、エド。なぜ、思い返すんだろう。僕には、過去なんてなかった。そう思いたい。君と過ごした時間だけが、僕の生きた時間だ。そう思いたい。でも、君には、そうじゃなか……やめよう。君が一番嫌うことだ。愚痴ったらしいのは。

いや、君に読ませるつもりはない。そう僕は書いたじゃないか。君に読ませないなら、何を書いたっていいんだ。自己憐憫だろうと、甘えだろうと。こんな生を僕に与えた者への怒りと憎しみだろうと。

父親がいなければ、僕は生まれなかった。そのくらいの知識は持つようになった。ディーフェンベイカーさんと小説家さんがいなかったら、僕はこんなことすら知らないままで大人になったかもしれないな。

僕が強烈な生き甲斐をおぼえたのは、いつか、わかるか、エド。五年前、エヴァンズの首に彼自身のクラバットを巻きつけ、引き絞った時だ。無力な者が強者になった瞬間だ。

弱々しいふりをするんだ。そう、僕に教えたのは、小説家さんだった。外に出ることになった時だ。「そうすれば、まわりの者は君を庇ってくれる。いや、実際、君は体力に欠けるが」「擬態だな」ディーフェンベイカーさんが呟いた。ディーフェンベイカーさんはあの時、憔悴しきっていたな。「そう、擬態だ。ナイジェル、君が外で生きていくための、処世の術だ」

たしかに、頼りないふりをすると、暮らしやすかったな。その上、僕にはメルに磨かれた素描の技量があったから、ダニエル先生に愛された。技量だけを。

君が父親を誤審で殺されたという過去を話してくれたとき、嬉しかったな。憎悪。不信。君と僕の共通点だ。

鋼鉄のような絆だと思っていたけれど、そうじゃなかったんだね。

君は〈普通〉なんだ。

僕にはわからない。何が普通で、何が普通じゃないのか。

無邪気で無知なふりをしているのが一番無難なんだけど、疲れる。君には見せた。普通じゃないほうを。それで君に……書きたくない言葉だけれど、嫌われた？

どうして。ああ、僕だって気がついている。一緒にいたら、辛くなる。君は僕のようになりきれない。あそこで生まれ育たなければ、僕のようにはなれない。

6

猿轡《さるぐつわ》に用いた布がベッキー自身の服の端を裂いたものとアルの説明を受け、解くように、判事は命じた。

「その布で、目隠しをせよ」

ベッキーは声を出す気力も失っているようだった。

「ベッキー」重々しく、判事は呼びかけた。「わずかな温情で、お前は生きながらえた。しかし、もし、お前がこのことを他に告げるなら、さらなる報復を受けることになる」

「え？」

アンの、続いてネイサンの、驚いた声。

「ベッキー、聞こえているな。お前が沈黙を続ければ、私もお前の悪行を黙っていてやろう。ベッキー、返事は」

あう、というのに近い、かすかな声が返った。

「ベッキーの手を私の手に」

ベッキーの手は痙攣していた。

「お前は、たいそう愚かなことをした。相手はまだ、お前を許してはいない。お前が喋れば、ただちに、いっそう恐ろしい報復をされる。何も言わぬことだ。誓えるか」

「あう」

「何を誓った」

「されらない。何も」

「そうだ。何も喋らない。それができるなら、手足を縛した縄を解いてやる」

「されらない。何も」

「お前をここに連れてきた者の名前も、喋らないな」

「さべらない」

「私たちのことも、喋らないな」

「さべらない」

「お前はたいそう悪いことをした。わかっているな」

返事はなかった。

「ベッキー、お前がしたことは、私が知っている。お前が喋ると、お前の悪事も公になる」

子供を諭すように、一言一言、ゆっくり判事は語った。

「裁判にかけられる。有罪の判決が出たら、縛り首だ。綱が途中で切れたりはしない。摑まって身を支える柱もない。きわめて苦しい死に方だ。理解したか」

あう、わう、と聞こえるような声を、ベッキーは返した。

「解いてやれ」と、判事は合図した。

「大丈夫でしょうか、自由にして」

「このまま放置したら、餓死する」

「サー・ジョン」と呼びかけようとするアンを、判事は制した。ベッキーにこちらの名を知られぬよう、用心した。

「報復とは……？」アンが訊く。

獣の唸りめいた大きな溜息が、ベッキーの喉から洩れた。啜り泣こうとしてこらえた様子だ。沈黙の誓いに反すると思ったからか。

「ベッキー、お前は数は数えられるか」

「うう」

「五百まで数えられるか」

「あう」

「私たちが出て行ったら、ゆっくり数え始めよ。五百まで数えたら、ここを出てよい。それより早く出ると、また同じ目にあう。お前は見張られている」

溜息が、わうわうという泣き声になった。

判事はアルたちをうながし、教会を出た。

「球体の部屋を調べなくていいのですか」アンが訊いた。

「坑道の上に据えられた踏み車を、先に点検しよう。ニックにそう命じろ」

馬車の中で、判事はずっと無言であった。

アンの声が沈黙を破った。

「あれが踏み車かしら。大きい水車のようなものが、岩山の頂上に、半ば見えます」

そうして、我慢しきれなくなったように続けた。

「エドでしょうか、やったのは。……報復。ベッキーがナイジェルを殺したのですか、サー・ジョン。何の関係もないのに。そして、サー・ジョンが言われた温情とは、どういう意味なのですか」

「温情と言えるかどうか。即座に殺すより、はるかに凄まじい恐怖を与えたのだから」

判事は言い、ついで、言葉をアルに向けた。

「ダニエル先生の愛弟子であった君に、訊きたいことがある」

「何でしょうか」

「後頭部に重傷を受けた場合、即死せず、何日か後に死亡するということはあり得るか」

「それは、あり得ます。おそらく意識は最後まで不明でしょうが」

「天使は、やはりナイジェルだったということですか」ネイサンが訊いた。

そのとき、馬車が止まった。

「あれだがね、この先は、馬車では行かれねえ。歩いてもらわねえと」

「岩場で、足もとが非常に危険です」

馬車から降りようとする判事に、アルが言った。

「アンにも無理か」

「私は登れますが」アンが言った。「でも、わたしはサー・ジョンのお側にいたほうが？」

「いや、ゴードンを残す。アン、ネイサン、君たちはアルと一緒に登って、踏み車のすべてをよく調べてくれ。ことに、ロープを」

わかりました、と答えて三人が去ってから、判事は、ニックを呼び、向かいの席に座らせ、ゴードンをその隣に着かせた。ゴードンはさぞ厳しい目をニックに注いでいるのだろうと想像しながら、ニックの手を自分の手の上に置かせた。

「君の姉——ケイト——は、二度結婚式をあげるところだったのだな」

「そうです。よくよく運が悪いというか」

「相手の男の名前は、レイ・ブルースだな」さりげない口調で、その名前を判事は口にした。

「レイをご存知なので？　いま、どこにいますんですか」

「質問に答えよ。一度目は、これから結婚式という時に、強制徴募隊《プレス・ギャング》に引っぱられた」

「そうです。まったく、ひでえもんで」言いかけて語尾を飲んだのは、判事もお上《かみ》の人だと気づいたからだろう。

「続けよ。お前が何を言おうと、咎めはせん」

「新大陸に送られて……」

「それから、ケイトは、ドディントン家の前夫人に小間使いとして雇われたのか」

事件の時系列を、判事はこれまでに何度もたどりなおし、考えている。

「ドディントン家の奥方様はお優しい方で、前々から、ご領主様に招かれてこっちに見えるたびに、ケイトがお相手して、気に入られ、小間使いにとおっしゃってたんですが、ケイトはあの男のほうがよかったみてえで。で、レイが引っぱられて気落ちしているのを、奥方様が」

「ケイトもドディントン夫人のよき小間使いだったようだな」

「へえ、そりゃあもう」

「ところが、ドディントン夫人が亡くなられた」

「さすが、治安判事閣下様だ。よく知っていなさる。もう、ケイトときたら、神様がおもちゃに」と言いかけて、ニックはうろたえ、「神様の悪口を言ったわけじゃねえんで。へえ、上がったり、下がったり、あんまりひでえんで」

「亡くなられたので、ウェスト・ウィカムに戻ってきたのだな」

「へえ。そうしたら、あんた」言いかけて再びうろたえ、「閣下様」と言いなおした。

「レイ・ブルースが戦場から戻ってきていた」

「そうなんでさ。ちょっと負傷して、除隊になったとか」

「重傷ではなかったのだな」

「てえした傷じゃなかったです」

「洞窟の演奏会が終わったら、あらためて式をあげるはずだったのか」

「へえ。いえ。アルモニカ・ディアボリカの演奏会は、なかったです」

「アルモニカ・ディアボリカ？」

「ああ、それは、口にしてもならねえのです」

「演奏会はあったのだな」

「なかったことにしねえと、いけねえのです」

「では、なかったことにして、それは、どういうものだ」

「俺は、よく知らねえけどね。何か、楽器がね、悪魔を呼び出しちまったんでさ。悪魔が火を噴いて、大変なことになった。だから」

ニックは、どうしたら禁忌を判事に伝えられるかと思いあぐねているのだろう、しきりに判事の手をいじった。

「お願えですから、なかったことに」

「お前は、洞窟の〈なかった演奏会〉に列席したのか」

「いいえ、俺は神様のお恵みで、あんなのに関わらなくてすみました」

アンがメモを頼りに告げたエスターの話を、判事は思い返す。


ベンジャミン・フランクリン博士の姿はよく見えた。アルモニカの箱と並んで、意気揚々と、白亜で舗装された道を歩いていた。

「あら！」

声を上げ、ベッキーはフランクリン博士の方に駆けだした。目的は博士ではなく、箱を担いだ男の一人だった。

傍に寄って、からかい気味な言葉をかけ、小走りに戻ってきた。

「彼、この演奏会が終わったら、結婚するのよ。わたしの仲良しの娘と」

小意地の悪さが感じられる口調だった。

「ねえ、一人の娘と二度結婚式をあげるって、〈数奇な運命〉っていうんじゃないかしら」

「再婚なの？」

「馬鹿ねえ」ベッキーは肩をすくめた。友達が結婚するのが面白くないのだろう。こういうことに気が回ってしまう自分を、ちょっと嫌だなと思った。

「ケイトと二度目の結婚式をあげる予定だったレイ・ブルースは、悪魔の楽器が入った箱を担いで、洞窟に入ったのだな」

「へえ。それっきり、消えちまったんで。悪魔の仕業です。悪魔の楽器の箱などを運んだから、呪われたんでさ。だから、あれは、なかったんです。何もなかったんです」

「レイ・ブルースが一人で運んだのか」わざと訊いた。

「いえ、一人じゃ運べねえです。四人がかりです」

「他の三人も消えたのか」

「俺は知りません。レイの他に誰が運んだのか、その後どうなったか、まったく知りません。判事閣下様、この話は、やめてくだせえ。悪魔が聞き耳を立てているかもしれねえんです。あの後、ロンドンでも、いろんな事件が起きたというじゃないですか。演奏を聴いたために気が狂ったとか、楽器の名前を口にしたために死んだとか。もう俺は一言も喋らねえですよ。主イエス様。お守りくだせえ。アーメン」

「演奏会はなかった。わかった。他のことを訊ねる。ベッキーという女についてだ。あれは、以前は正常だったようだが。いつからおかしくなったのだ。なかった演奏会の後か」

「あれは、フランス病だね」話題が変わったので、ニックはくつろいだ口調になった。

「あれの死んだ母親がフランス病でね。兄貴はそのせいで頭がおかしくなっていた。可哀想に、妹にも、伝染っていた」

俗にコロンブスが新大陸から持ち帰ったと言われる黴毒《ばいどく》を、フランス嫌いが多いイギリス人はフランス病と呼び、フランス人はナポリ病と呼び、イタリア人はスペイン病と呼んでいる。

「以前は発病していなかったのだな」

洞窟事件の時は、普通にエスターと話を交わしている。フランス病は潜伏期間が長い。

「へえ、あの後で」

「洞窟の演奏会の後だな」

「それは、なかったんで……」

「ベッキーの兄というのは、踏み車漕ぎだな」

「こっちにいては仕事がねえんで。口がかかって、よそに行っちまったがね」

「盲人の相棒も一緒に」

「ああ」

「ベッキーの母親は死んだと言ったな。父親は」

「母親より前に死んだです。フランス病はたぶん、父親が母親にうつしたんだね。行商で、あちこちに行っちゃあ、女と遊んでいたというから」

「ベッキーは、誰の保護もなく一人で暮らしているのか？」

「ああいうのは、まあ、村の者がなんとなく養っているから」

「どの程度、周囲のことを理解しておるのだ」

「時によって、いろいろだね。都合の悪い時は、まるで阿呆みたいに振る舞うし。けっこうわかっている時もあるし」

「オックスフォードの《アセンズ》の主だが」と判事は次の質問に移った。「時折、ウェスト・ウィカムにくることがあったのか」

「知らねえです」

「お前は、姉に命じられたことは何でも、理由も聞かず従うのか」

　ニックがケイトをたいそう慕っていることは、これまでの言動の端々にうかがえる。年の離れた姉は、弟に優しかったのだろう。

「ビリーは、いつから《斧と蠟《アックス・アンド・ワックス》》で働くようになったのだ」

「いつからだったかね。そんなに前じゃねえ。三、四年になるかな。いや、四年にはならねえかな」

　アルたちの足音が近づいたので、ニックを馭者台に移らせた。

「ロープをたぐりあげてみたところ」とアンが告げた。「途中で千切れた状態でした」

「アル、ニックに命じろ。馬車をロンドンまで走らせよと」

走り出した馬車の中で、「共同墓窖を調べないでいいのですか」アンが訊いた。「アボットの……」言いかけて、言葉が途切れた。

「アボットさんの遺体が発見されたら、ナイジェルがあの方法でエドを呼ぼうとしたという推論が強化されます」ネイサンが後を補った。

「そのエドが、これからまだ、何かやるのではないかと心配なのだ。行動するなら、ロンドンだろう。急いで帰らねば。ジャガーズらに我々の調査を嗅ぎつけられても面倒だ。戸棚の屍体は遅かれ早かれ、ジャガーズらが気づくだろう。だが、彼らはブッチャーの顔を知らない。素性がわかるのは先のことだ」

「ケイロンは……」とアンが、「どうしているんでしょう。一人では移動もできないのに」

「アン、先に報告の続きを聞こう」

「ロープは半ばまで、刃物で切られたように切り口が揃っており、後はむりやり千切られたというふうでした」

「ええ、そうなっていました」ネイサンが言った。「サー・ジョン、ベッキーがロープに細工したのでしょうか」

「エドがそう告発しておる」

踏み車漕ぎが天使を見たのは、と、判事は続けた。「八月二十八日。最初、硬直状態からナイジェルの死はその前日、八月二十七日と推定された」

「そうでした」

「しかし、ダニエル先生は、腐敗の程度から、死亡はもっと後だと訂正された」

「それで、わたしは、天使は、別の屍体を用いたと思ったのですが」アンが口を挟んだ。

「あるいは、簡単に作った人形などを用いたのかもしれん、と私も思ったが、別の場合を考えた。アボットが不慮の死を遂げたので、ナイジェルがエドを呼ぼうと、あの天使事件を起こした。両腕に棒を括りつけるなりして、死後硬直の死人のように見せかける。知能に欠陥のある踏み車漕ぎが天使と見間違えることを期待したのだろう。だが、驚いた踏み車漕ぎが車から出れば、重みで車が逆回転し、墜落するのは自明だ。自演であれば、その点を考慮し、危険がないように工夫したはずだ。落下しても地面に激突しないようにロープの長さを調節するなど。協力者たちが受け止めるべく、穴の底で待ちかまえてもいただろう。それなのに、墜死した。……実際には、意識不明のまま二、三日経た後、死亡したことになるが」

くわっ、と鼾が聞こえた。ゴードンが寝入ってしまったらしい。

「そうですね。協力者がいなくては、両手首を棒に縛ることもできませんね」とアンが「代わりの屍体は、前もって用意していたでしょうが……〈ベツレヘムの子よ、よみがえれ!〉と記した屍体がみつからなくては、エドの関心をひきませんものね。でも、思いがけず、ナイジェルが墜死した。その遺体を聖女の柩に入れたのは、協力者ですね。柩が遺体を腐敗させない力を持っているという迷信。それを信じているのは、ウェスト・ウィカムの村の者ですね」

「もう一つのメッセージ〈アルモニカ・ディアボリカ〉は、どういうことなんだろう」ネイサンがつぶやいた。

「ベッキーが協力したのでしょうか」アンは自分の考えを語り続ける。「そうして裏切って、ロープに細工した……。なぜ。ドディントンかダッシュウッドの息がかかっているのでしょうか」

「ナイジェルに協力したのは、ケイトとビリーだ。私はそう確信する」判事は言った。

「ビリー。……テレンス・オーマンとですか」ネイサンが信じがたいという声で訊いた。

「ニックに訊いたところでは、ビリーが《斧と蠟《アックス・アンド・ワックス》》で働くようになったのは、三、四年前からだそうだ。四年にはならないと言い足した」

「少しお待ちください」

メモを捲る音。

「ベドラムのワイラー所長が、あまりに残酷なやり方だからとオーマンを馘首したのは、一七七二年。今から三年前です」

「ビリー――オーマン――が、ベッキーを唆したんじゃないですか」ネイサンが言う。「ナイジェルはオーマンを知っている。どんなに残酷なやつか、いやというほど、知っている。ケイトの前では猫をかぶっていた。それが、ばれそうだ。で、ナイジェルを……。いや、それなら、何もベッキーにやらせることはないですね。自分で、ロープに細工すればいい。ナイジェルがオーマンを協力者にするはずもないし……」

「エスターはどうしているのでしょう」アンが言い、

「ケイロン――レイ・ブルース――は……」ネイサンも口にした。

夜を徹してロンドンから馬車を走らせ――多少眠ったとはいえ、振動の激しい馬車では熟睡できない――、休む暇もなく動き回った。そうして再び馬車だ。みな、声に疲労が滲んでいる。

「アル、君は知っているな、レイ・ブルースとケイトの関係を」

判事が投げた言葉は、皆の眠気を吹き飛ばした。

「アル！」アンの声音に複雑な感情が入りまじった。

「ニックにお聞きになったのですか」アルは言った。

「そうだ」

「閣下、僕は沈黙します」

「では、私がアンとネイサンに伝えよう」

二人が身を乗り出す気配を感じながら、判事は続けた。

「ケイトは同じ男と二度結婚式をあげるのだと、ベッキーがエスターに言った。そうだな、アン」

「はい」メモを確認するまでもなく、アンは応じた。「アルモニカの箱を担いだ四人の男の一人を指してそう言ったと、聞きました」

「その男が、レイ・ブルースだ。ニックから裏付けを取った」

「あり得ません。ブルースが除隊になって帰国したのは、一七五九年。彼は戦線で両脚を失っています」

「そこに、嘘があった。レイ・ブルースから話を聞いたとき、声が濁っていると感じた部分があった。一七五九年、ケベック奪取の戦闘で、フランス軍の砲弾に両脚をぶっ飛ばされたと語った時だ。ニックが言うには、ブルースの戦傷は、さしてひどくはなかったそうだ。そうして、もう一つ、電気興行師《エレクトリシャン》のオーマンが、ブルースをブッチャーに引き渡したと言った時。その嘘が、ブルースが結婚式をあげる寸前に引っぱられたことと、ケイトが二度結婚式をあげるという話を結びつけることを妨げていた」

「なぜ、嘘をつく必要があったのでしょう」アンが訊く。

「アル、君はすべて聞いているのだな」

「お答えできません」

「五年前の事件で、エドがしばしばそう言ったな。お答えできません。今度は君か、アル」

「どうして、答えないの、アル」

「アル、私の推測に間違いがあったら指摘してくれ。ブッチャーは、レイ・ブルースと同じ戦線にいた。生死を共にする戦友は、うち解けて身の上話など交わすだろう。ブッチャーは、ブルースの過去を知った。

ブルースは戦傷により除隊、帰国。ウェスト・ウィカムのケイトのもとに行く。ケイトはドディントン夫人の小間使いで、ロンドンだ。すぐには、夫人が手放さない。ブルースは《斧と蠟《アックス・アンド・ワックス》》で働く。しかし、翌年、ドディントン夫人が亡くなり——妾ステラによる毒殺事件だ――、ケイトはウェスト・ウィカムに帰ってくる。ブルースと結婚の話があらためて持ち上がる。そうして翌一七六一年、洞窟の演奏会が終わったら、正式に結婚式をあげようと決める」

判事は一息つき、さらに言葉を継いだ。

「洞窟であの事件が起き、その時に、レイ・ブルースは両脚を失う重傷を負った。アル、ここまでの私の考えは間違っておらんな」

「アル、あなたはどうして……」

声をあげるアンの手をかるく撫でて、判事はなだめた。

「さて、ブッチャーについて考察しよう。彼は馬の剝製を持っていた、あるいは、確実に手に入れるあてがあった」

「ああ、馬がなくては、ケンタウロスを作れませんね」とネイサンが、「でも、金がかかるだろうな、馬の剝製」

「それで、私は想像したのだ。戦場にあって、ブッチャーは賭博で時をつぶした。賭博に加わった将校が、ブッチャーに大敗し、大きい借金を作った。将校といえば貴族だ。領地に馬も飼っていよう。帰国したら、その馬を借金のかたに与えると、証文を書く。将校は戦死した。除隊になり帰国したブッチャーは、将校の家を訪れ、証文を見せる。馬は、将校が戦地にある間に病死した。家族は、将校が帰国したときの慰めになるようにと、馬を剝製にしていた。ブッチャーは、思いがけなくも、馬の剝製を手に入れることになった。生きている馬なら転売して金に替えられるが、剝製では、おいそれと買い手は見つからない」

アルがかすかに相づちを打つのを、判事は耳にとめた。

「ブッチャーは、テレンス・オーマンと知り合う」

「見世物師同士として？」ネイサンが訊いた。

「いや、洞窟事件の前だから、オーマンはまだフランクリン博士の助手だった。だが、オーマンは博士の不興を買っている」

「博士の目を盗んで、賭場通いをしていた。ポリーはそう言っていました」とネイサンが、「勝手に何か持ち出す、とも。〈何か〉というのは、電気器具だったんですね。時々、ベドラムに行って、懲罰の仕事をしていた。小銭稼ぎになったのでしょうね。悪いことばかりするからウェスト・ウィカムの仕事がすんだらクビにすると、博士はオーマンに言い渡しています」

「ブッチャーとオーマンは、賭場で知り合った。ここでも、オーマンがブッチャーに大負けし、負債ができた。洞窟の演奏会の話をオーマンから聞いたブッチャーは、剝製で金を稼ぐ方法を思いついた。電気器具を用いてレイ・ブルースの両脚に、切断せざるを得ないようなダメージを与えろと、命じる。それができたら、賭けの借金は帳消しにしてやる、と」

「許せません！」

アンの声が高くなった。

「洞窟の演奏会の後、馘首すると、オーマンは博士に言い渡されておる。意趣返しに演奏会をめちゃめちゃにしてやろうと思いもしただろう」

「懲罰に使う器具で、脚だけにダメージを与えるということができるんですか」ネイサンが疑問を挟んだ。

「私は電気のことはわからん。電気で脚だけを傷めることができなくとも、脚に強烈なショックを与えることはできるだろう。同時に何か騒ぎを起こし、ブルースを失神させる。意識のないうちに運び出し、ブッチャーが脚を切断する。戦場で、ブッチャーは、切断と切り口縫合のやり方ぐらい、軍医の手術を見ておぼえたかもしれん」

「でも」とアンが「なぜ、フランス軍の砲弾で、などと、不必要な嘘を」

「国王陛下の悪ふざけが重なった」そう口にした時、思わず大きい吐息が洩れた。「ブッチャーがどのような騒ぎを起こそうとしていたのか不明だが、はからずも、陛下がとんでもない騒動を起こされた。洞窟事件は厳重きわまりない箝口令が敷かれた。ブルースが事実を告げ得なかったのは、そのためだ。電気鰻を持ち込んで、何をなさったのか……。刺激を受けると、かなりな電力を発するそうだ。箱をひっくり返して、水ごと鰻を放ったか。八フィートを越える巨大な生き物だそうだ。それが電気を放ちながら荒れ狂った。

軽いお気持ちだったろう。日頃陛下を軽んじる重臣どもがうろたえ騒ぐ様を、笑いのめしてやる。その程度のつもりが、度を超えてしまった。オーマンが持ち込んだ器具の発する電気も加わったため、混乱が倍加しただろう。壁に取り付けた燭台の火が何かに燃え移ったか。エスターは燭台の傍にいたのか。閉ざされた狭い空間で出火したら、狂乱状態になる。しかも何人かは直接電気の衝撃を受けている。名もない従者《フットマン》などの中に、死人すら出たかもしれんな、あれだけ厳重に隠蔽が行われたことから考えると。

対フランス戦の最中だった。翌年にはスペインに宣戦布告している。そのような時期に、国王のスキャンダルが公になったら、外敵につけこまれる。内紛を起こしている余裕はない。当時は陛下はまだお若く、国を掌握する力が弱かった。絶対に秘密にせねばならぬ。

そのどさくさを好機として、オーマンは、自分の仕業とはわからぬよう、ブルースの脚に電気の衝撃を与え、失神させ、運び出した。騒ぎの間に、ブッチャーも紛れ込み、運搬に手を貸したかもしれん。両脚の切断、縫合などがどこで行われたか、私にはわからんが……」

「悪魔です！」ネイサンが吐き捨て、

「糞です！　ダボハゼです！」アンが罵った。

「アン」判事はアンの手を撫でるようにそっと叩き、なだめた。

「糞蠅野郎だ」いつから目を覚まし聞いていたのか、ゴードンが歯ぎしりと共に言った。

「目の前にそいつらがいたら、おれがぶち殺します」

「だから、だからブッチャーは殺されたんですね」とアンが、「エドは、ブルースのための復讐もしたんですね。でも、やるなら、オーマンもやるべきだわ。ビリーと名乗っている……

……」

「アン、君と私は、私的な報復を許さない、法を守る立場におるのだよ」

「法廷はあてになりません。……ああ、伯父様のお裁きは公正です。でも中央刑事裁判所《オールドベイリー》は

らよい」
そうじゃありません」
「アン、わたしを困らせないでくれ。君までが法に反抗するようになったら、私はどうした
「アル、教えて。あなたはエドに会ったの？　まさか、吊るし刑にあなたは加担してはいな
いわね」
「アルを問いつめるのは後にしよう、アン」
「でも……。エドはビリーと名乗るオーマンをも殺したの？　ビリーはケイトと一緒にオッ
クスフォードに行った。嘘ね。エドとブルース——もしかしたらケイトも——共謀してオー
マンを殺したの？」
「いいえ」アルははっきり否定した。
馬車はオックスフォードに入った。馬車宿のタヴァーンで食事を摂った。
食事中も、その後の馬車の中でも、判事は敢えて喋ろうとはしなかった。アルも押し黙っ
ているので、おのずと、アンもネイサンも口が重くなる。お喋りで座を明るくするクラレン
スはいない。
途中、さらに馬車宿で夕食を兼ねた休憩を取り、ロンドンに帰り着いたのは、深夜であっ
た。
「行きも帰りも、酔いませんでした」
こわばった雰囲気を少しでもやわらげようというふうに、ネイサンが、ひどく陽気な声で

言った。「自信がつきました」

「よかったわね」とアンが、これもいささか大袈裟に讃辞を与えた。

ニックに多めの料金を渡すとともに、口止めをした。喋ると、姉さんの〈よくない行為〉が公になるぞと、脅しも含めた。「厩で休み、朝発つがよい」

「それはありがてえですが、判事閣下様、閣下様の手下が盗んだ馬は、いつ返してもらえるんで」

「私が馬の代金を支払おう。小切手を切っておくから、出発前にアンから受け取れ。それをシティのテンプル銀行に持参すれば、窓口で現金に換えてくれる」

「小切手って、名前は聞いたことがありますが、見たことはねえです。紙っ切れですよね。ほんとに、金になるんですか」

「心配なら、主任のヒューム氏にあてた私の署名入りの書状を添えよう。大金を持ち運ぶのが不安とあれば、オックスフォードの銀行で換金したらよい」

「へえ、……馬を返してもらった方が安心なんだが……」

ニックはぼそぼそ言い、「ケイトがどこへ行っちまったか、閣下様ならわかりますか」不安そうに続けた。

「それも調べて、わかったら知らせよう」

玄関ホールでは、従僕のフィンチと共にベンが出迎えた。

「事務弁護士《ソリシター》ホワイト氏の住所がわかりました」

「ご苦労だった。アンに伝えておいてくれ」

アルの肩に手をかけ、判事はフィンチに訊ねた。

「私の留守中に、クラレンスが訪ねてきたか」

「いいえ、どなたも」

フィンチが答えたとき、判事の手の下で、アルの肩がほんの少し動いた。

「アン、ハンナに命じてくれ。客用の寝室に、ベンと一緒にネイサンも休めるようベッドを整えろと。ネイサン、今夜はここに泊まりなさい。これから住まいまで戻るのは大変だ」

「ありがとうございます！」ネイサンが声を弾ませた。

「それから、アルにも一部屋。だが、アル、君は、まず私の部屋にきてくれ。アン、君は休みなさい」

「アルと話をなさる間、お側にいなくてよいのですか。メモを取らなくても」

「かまわん」

「サー・ジョン……」アンの声は不満を滲ませていた。

「ゴードン、お前も、詰め所で休め」

「二人だけなら、すべてを話せるか、アル」

私室の椅子にくつろいだ判事は、アルに問いかけた。

その手の上に、アルが手を置こうとするのを、

「いや、よい」判事はおだやかに言った。

「手に語らせなくとも、君は嘘をつくのが下手だ。声だけでわかる」

「そうですね、閣下。ですから、僕は沈黙する他はありません」

アンが置いていった燭台の灯を、判事は吹き消した。

闇に、判事は慣れている。アルがどのように感じるか。ぎっしり詰まった石の中にいるような不安をおぼえるか。いや、むしろ、仮面をつけたように心を開きやすくなるのではないか。

「沈黙は、嘘より雄弁だ。君が黙する気持ちを、私は理解できるつもりだ。私は犯罪を摘発する者だ」

「そうです」

アルの息づかいに、判事は、感情の動きを感じる。

「犯罪を知れば、私は告発せねばならない。五年前、私は、エドとナイジェルの犯した殺人を、告訴しなかった」

「もう一つの殺人で、確実に告訴できる。そう思われたからですね。でも、閣下はエドの企みを見抜いた上で、あの措置をとられたのではないかと、僕は後に思うようになりました。現在の我が国の裁判制度は、理論的にはととのっているが、たずさわる人間が腐敗しているために正当に機能しないと、閣下も認識しておられる」

「エドは、ブッチャーとベッキーの件を、自分がやったと認めている。であるから、この件について、君が沈黙する必要はなかろう。ロープの件で私が推察したことは、間違っていないな」

「正確です」

「だが、エドはどうして、ロープに細工したのがベッキーだとわかったのだ。その点が私には不可解だ。エドは、ナイジェルの遺体と対面して、初めてウェスト・ウィカムに向かった」

羽根飾りがわずかにゆらぐほどの乱れを、アルの息づかいに感じた。

「ケイトが、知っており、エドに告げたのか。ケイトとビリーが協力者であることを、君は否定しないな」

「閣下は、共犯と言わず、協力者と表現してくださるのですね。ケイトが、気づいていました。直後にはわからなかったようですが、ベッキーの言動から次第に」

「ベッキーを教会に呼び出したのは、ケイトだね。あるいは、ビリーか」

「お答えできません。お許しください」

「ベッキーが、ナイジェルに殺意を持った理由は？　それも答えられないか。私は女の気持ちを察するのは得手ではないのだが、ベッキーはビリーに好意を持ち、ケイトに嫉妬してはいなかったか。あの病気は、よほど進行するまでは、感情のすべてが鈍磨するわけではない。むしろ、理性の抑制がきかぬために本能的な欲望は剝き出しになる。一時的に性欲が高まる場合もあるそうだ。アボットが死亡したのでケイトを頼ったナイジェルは、エドを呼び寄せる計画を思いつき、ケイトとビリーに協力を頼んだ。ビリーは厩の一郭を仕切って自分の部屋にしている。そこにナイジェルは隠れ、人目を避けたのだろう。自分の馬車と馬も、厩に置いた。三人が親密な様子でひっそりと何か計画しているのを、ベッキーは激しく嫉妬した。計画を駄目にしてやろうと、諮《はか》った」

「そうです」

「君に訊問めいた質問を、私はしたくはないのだ。だが、問わねばならん。君はこの件について詳細に知っておるようだ。エドに会って訊いたのか」

「はい」

「昨日会ったのだな」

「はい」

「エドがことを終えてからか」

沈黙。

「ブッチャーに関して、君が話せることは？」

「ケイロン——レイ・ブルース——が、ケイトの結婚相手であることはご推察のとおりなのですから、沈黙する必要はないのですが……」

「ブルースとブッチャーは、どうしてウェスト・ウィカムに行ったのだ」

「洞窟事件の後、ブッチャーはしらじらしく、ダッシュウッドに因縁をつけたのだそうです。

あの件で、親しい者が重傷を負い、両脚を失う羽目になった。どうしてくれる、というふうに」

ダッシュウッドは他言したら殺すと言って、口止め料を払った。その後も、ダッシュウッドは配下に命じてブッチャーを監視していた。治安判事が洞窟事件を追及し始めたのを知って、ブッチャーはダッシュウッドに知らせた。ダッシュウッドは、ブッチャーとブルースをひとまずウェスト・ウィカムの領主館《マナーハウス》で保護することにした。

新大陸での戦争が激化している。閣僚はロンドンを離れられない。

「ブッチャーは領主館に行って、ダッシュウッドの書状を見せましたが、ジャガーズは留守でした。召使い頭が、空き部屋に、三人を」言いかけてアルは言葉を切り、「二人を」と言いなおした。「入れました」

即座に追及するのを、判事は控えた。

「ブルースは、ブッチャーの目を盗んで外に出た」判事は言った。「彼は、自力で移動できた。両手を地につき、腕で躰の重みを支え、進む。彼の手のひらは、彼自身の言葉を借りれば、〈踵のように〉硬かった。下級水兵《ランズマン》として帆綱や索具の扱いをおぼえるために、手のひらは血にまみれ、肉刺ができては潰れ、やがて踵のように硬くなった。彼はそう言ったが、除隊してから十六年も経ち、ケイロンとして暮らし、力仕事はしないにもかかわらず、彼の手のひらは〈踵〉の硬さを保っていた。しかし、腕の力に頼る移動は、長距離は無理だろう。足萎えの物乞いが使う箱車を、彼も所持していたのではないか。車を取り付けた浅い箱に乗り、杖で地面を突いて押し、動かすやつだ。それは、ブッチャーの馬車の中にでも置いてあったか。馬車のある厩まで腕で移動し、箱車で」

「彼は箱車より便利なものを持っているのです」アルは言った、沈鬱な声であった。「小さい車輪を取り付けた金輪を、脚の切断面に嵌めこむのです。金輪には半球形の金属の網がついていて脚の切断面を保護します。閣下が言われたように、腕だけで移動する時もあるそうです。器具は脚に食い込み、長時間用いるのは、かなり苦痛だそうです」

「それに似た器具の話を、聞いたおぼえがある。脚を欠いた者のためではない。靴のように、足に履くのだが。誰とかがパーティで披露したとか。マーキュリーのように敏速に走れるとか。ブルースは自分で工夫したのであろうな。鍛冶屋にでも作らせたか。それにしても、アル、君は詳しいな。彼に会ったのか」

「はい」

「アル、頼む。五年前の再現はしないでくれ。君はあのとき、エドを庇って、私に下手な嘘をついた。私は君をアンと同じように助手として信頼しているのだ」

「今、嘘は言っていません。僕はレイ・ブルースに会いました」

「洞窟事件で両脚を失った後、ブルースはケイトに会ってはいなかったのだな」

「惨めな姿を見られたくなかった。そう、ブルースは言いました。結婚はできない。仮にケイトが結婚を承知しても、厄介な荷物になるばかりだ。そう思って、ブルースは身の成り行きをブッチャーの誘いにまかせ、黙ってケイトの前から消えました」

「だが、今度は、会いに行った」

「閣下に嘘をつきたくはありません。僕は沈黙します」

「ブルースは、ブッチャーに報復した。たかが見世物にするために、健全な脚を切断された。そう知れば、憎悪は人を悪魔に変えるだろう。エドはブルースの報復に手を貸した。その代わり、ブルースはエドがベッキーに報復するのを手伝った。君の沈黙は、肯定だな。ケイトとビリーも、このことには協力している。君はさっきそれを認めたな」

「閣下、エドがすべてを負っています。他の者のことは」

「私はエドを告訴せねばならん。まだ不明なことがある。ブルースは、どうして、ブッチャーの奸計を知ったのだ。私が会ったときは、知らぬ様子であった。知っておれば、ぶちまけただろう。箝口令など無視して、国王陛下の愚行も洗いざらい。陛下の醜聞が表沙汰になることが、対外的に困難な状況にある我が国をいっそう困難たらしめようと、彼のような境遇の者は気にかけまい」

乱れた息づかいのみを、判事は聴いた。

「ケイトに会うことを控えていたブルースだが、心を決めて、《斧と蠟《アックス・アンド・ワックス》》に行った。その奇妙な車輪の器具を用いて移動したのだな。ケイトは驚愕しただろうが、脚を失った恋人を、ケイトは受け入れたのだな。拒んだのであれば、報復に手は貸すまい。しかも、一緒に逃亡したのだから。ビリーも手を貸した」

小さい吐息が、アルの返事であった。

「ケイトが告げたのか、ブッチャーの悪事を。いや、ケイトがそんなことを知るはずはない。ビリーか。ブッチャーがブルースに何をしたか教えたのは」

沈黙の後に、アルは言った。

「サー・ジョン、一週間、待っていただけないでしょうか。一週間あれば、片が付くと思います。エドは自分を罰すると言っています」

「公判を受けると？」

「いえ、他の方法で」

「殺人犯に自殺を許すのは、法の敗北だ」

「エドは自殺はしません」

「法にたずさわる者は、情を殺さねばならぬ場合もある」

「我が国の法にたずさわる者は、私利私欲を最優先します。閣下をのぞいて」

洞窟事件に関わったお偉方は、ダッシュウッドを始め、皆、出世している。大臣職など、政界の要職に就いている。国王陛下の愚行を隠蔽することと引き替えであったのだろう。

「サー・トマス・モアは、徹底的に法に忠実であった」

判事はつぶやいた。独り言に近かった。

およそ二世紀半を遡るヘンリー八世の時代、法に違反するとして王の離婚を認めず、反逆罪の罪名のもとに、大法官トマス・モアは斬首された。その首級は棒に突き刺され、高々と晒された。

「エドを告訴し、公判となれば、洞窟事件も法廷で露わになる。おそらく、事前に圧力がかかり、この件で法廷が開かれることはないだろう」

私は暗殺を恐れねばならなくなるだろう。

そう予測するゆえに告訴しないのであれば、私は恥ずべき卑怯者だ。

「一週間待ったからといって、殺人の罪が消えるわけではない。その間にエドは逃亡するつもりなのか。私は見逃すわけにはいかぬ」

そうして判事は続けた。

「その一週間は、エスターとアンディのために必要なのか」

闇が揺らいだ。そう、判事の皮膚は感じた。アルの心の動揺が、ありありと伝わった。

「どうして……」ようやくアルは言った。「ご存知でしたか」

口にすべきではなかった、と判事は思った。私は何も気がつかぬ方がよかった。

トマス・モアが法の正義を貫き通して失ったのは彼自身の命だが、他の者に命の危険を及ぼすことはなかった。ここで私が法と正義を振りかざせば……。

「おわかりと思いますが、エスターには、いささかの罪もありません」アルは言った。「彼女は、無垢です。悲惨な重荷ばかり背負ってきました」

だが、アンディには？　アンディがどこまで手を出したか。首謀者ではあるまい。傍観していただけかもしれない。

「君はさっき、三人と言いかけ、二人と言いなおした。それで、私の想像は裏付けされた。

ダッシュウッドの命令で、ブッチャーは、エスターをもウェスト・ウィカムに同行させた。ダッシュウッドとしては、我々がこれ以上エスターに接触するのを避けたのだな。エスターの恋人アンディがベドラムにいることを、ブルースはどうして知っていたのか。オーマンとブッチャーが話しているのを耳にしたか。

ダッシュウッドのジャガーズへの指令は、三人を軟禁せよ、だったのだろうが、ジャガーズがいなかったため、監視はされなかった。ブルースは脱出し、ケイトに再会した。ビリーが、ブルースの両脚を奪ったのはブッチャーだと告げる。そのとき、ブルースはエスターのことも口にした。……君は、エスターとビリーにも会ったのだな」

「閣下に、この上ない信頼と敬意を持っています」アルは言った。「僕が沈黙するのは、喋れば、閣下をきわめて困難な立場に置くことになるからです。法には、情はありません。閣下が法そのもののように冷徹であられたら、僕らは敬慕を捧げません」

「そうだ。私は、法に忠実であらねばならん。正しい裁きがなければ、秩序は乱れる」だが……と、判事は続けた。「私は、ベドラムを引っかき回すつもりはない。エスターがようやく得たささやかな幸せを、踏みにじりたくはない。峻厳な法に、私は目隠しをしよう。私の目が黒い布で覆われているように」

法は、お偉方には常に瞼を閉ざしたままだ。

「私は、闇に独り言を流し溶かそう。君の言葉もまた、闇のほかに聴く者はいない。闇は秘密を抱いたまま、朝と共に消える。我々の言葉も消える」

蜘蛛なのだよ、と、判事は呟いた。

え？　小さくアルが聞き返した。「何とおっしゃったのですか」

「救いを求める使者である蜘蛛の死骸が、なぜ、あの石炭置き場にあったのか」

「ネイサンが発見した小さい蜘蛛ですか？」

「ビリーは、三年ほど前、ウェスト・ウィカムにきて、《斧と蠟《アックス・アンド・ワックス》》に雇われた。テレンス・オーマンがワイラー所長に馘首されベドラムを出たのは、ちょうどそのころであった。オーマンは懲戒用の電気器具と発電器具を持って出た。ビリーは、器具を使って鶏を殺した。美味なのは、電気器具を用いたからだと思われる。それゆえ、オーマンがビリーと名乗っているのではないかと、アンやネイサンは思ったようだ。

だが、それは、きわめて不自然だ。ケイトはナイジェルからオーマンの残虐非道を聞いている。そんな男を雇うわけもない。まして、ニックが駆け落ちかと思うほどの親しい仲とはなるまい。

で、ベドラムだ。地下室に、誰か幽閉され、蜘蛛を放って救出を求めた。幽閉されたのは、入所者ではない。病院側の誰かだ。石炭置き場に出入りするのは、病院側の使用人だ。入所者は、使用人に救助を期待できない。幽閉されたのが病院側の者であったからこそ、味方である使用人が石炭置き場に入ったとき蜘蛛を見つけてはくれまいかと、かすかな希望を託した。

私は、入所者たちが病院側に対し、叛乱を起こしたのだと思う。

ワイラー所長のときではない。その前任者マクレガー氏は地下に下りたこともないと言った。事実であろう。すると、ロッターの時だ。

収容者の間に溜まりに溜まった怒りが炸裂して当然の状態だった。きっかけが何であったか、知るよしはないが、人数は収容者の方がはるかに多いのだ。個々では弱いが、結束して歯向かえば、勝利は不可能ではない。危険なのはオーマンの懲罰器具だ。それさえ奪えば……」

「閣下が仰りにくいことを、言います。収容者たちは、ロッターとオーマン、看護人たちを、その……、そうです。殺しました。そうして地下のあの部屋に投じ、施錠しました」

「絶命していない者がおったのだな。その者が、蜘蛛に望みを託した。料理番や下僕がみつけることを。だが、それらの使用人は、むしろ収容者の味方だった。蜘蛛によって生存者がいると知った収容者たちは、幽閉した扉の前に石を積んで塗り込めた。ナイジェルの手記によれば、オーマンは自分の部屋の増築を望んでいた。そのための石材や漆喰が運び込まれていただろう。それを用いた。地下の一室は消えた」

閉じこめられた者の恐怖、そうして絶望を、判事は自分の肌に感じた。いや、経験したことのない者には理解できない。恐怖の深さは。

ディーフェンベイカー氏も、石を積み漆喰を塗る一人だったのか。傍観していたのか。

神うるわしき花を召し、と愛らしい曲を弾き歌っていたディーフェンベイカー氏を、判事は思い浮かべた。

「ナイジェルがエドと知り合い、ダニエル先生のもとに住み込むようになったのは……」

判事が記憶を探っていると、

「一七六五年でした」

アルが答えた。

「そうだ。一七六五年。ベドラムの暴動があったのは、その年だと確信する。暴動を機に、ナイジェルはベドラムを出た。他の者は、なぜ、この好機に脱出しなかったのか。ディーフェンベイカー氏は、ケイトのために、残るつもりであったろうが」

短い沈黙の後に続けた。

「後任の所長マクレガー氏が到着したためではないか。ロッターは、任期を終えたか、委員会に解任されたか、ともあれ、彼がベドラムを去ることも、後任がくることも、既定であった。

ベドラムで権限をふるう最後だと思ったロッターが、オーマンと共に、どのようなことをしたか。具体的にはわからんが、収容者たちの忍耐の限度を超えた。

壁の塗り込めを終えた後、後任所長の赴任に備えて、収容者たちは書類の破棄を行った。いっせいに脱走したら、大事件になる。大半が逮捕され、これまで以上に悲惨な目にあうだろう。ロッターらの殺害も明るみに出る。大騒動になるのをおさえたのは、ディーフェンベイカー氏ではないか。書類の破棄も、ディーフェンベイカー氏が指図したのだろう。でたらめに破りとられてはいなかった。身元のわかるような部分が紛失していたのだ。我々が存在を知る、画家メル、自称小説家氏などが、どのように身を処したか、それも現段階では、私にはわからん。推察できるのが、アンディは残っていたということだ」

そうです、と、小さい声が返った。

「後任所長マクレガー氏が到着したので、ますます安易な脱出はできなくなった。アンディが、オーマンになりすました。ディーフェンベイカー氏か小説家氏か、あるいは詩人氏か、誰かは特定できんが、アンディと組んで、後任所長マクレガー氏の前で、電気器具で処罰するところを見せた。もちろん、相手は苦しむふりをしただけだ。見るに堪えん、とマクレガー氏は言っておった。一度でうんざりし、後は地下の懲罰係が寝泊まりしている部屋を懲戒室にせよと命じた」

マクレガー氏は、オーマンの風貌を、中肉中背、まあ、いい男の部類だと表現している。テレンス・オーマンに直接会っているエスターは、彼に一目で反感を持った。目つきがいやらしい、何だか卑しい、と。

ニックは、ビリーについて、女《あま》っ子から見たらいい男だと言っている。

ケイトはビリーにいささかの嫌悪感も持たず、親しんでいた様子だ。

ビリーがオーマンではなくアンディであるという推察の傍証になる。

「さらに、再び所長が交替した」と判事は続けた。「アンディはもう一度、ワイラー現所長の前で、懲戒するところを見せた。懲罰係オーマンを、ワイラー所長は馘首した。アンディは堂々とベドラムを出ていった。器具を持って。まっ先にエスターに会うべく、ガラス工房に行ったであろうな。そこで、エスターと同様、マレット家はなくなっているのを知った。ガラス器卸商トインビー氏を訪ねても、エスターの消息はわからぬ。ディーフェンベイカー氏から教えられているウェスト・ウィカムの《斧と蠟》《アックス・アンド・ワックス》に行き、ケイトに会った。名を変え下男として住み込んだ。ナイジェルがオックスフォードにいることを、ケイトから聞いただろう。アンディは、ナイジェルと再会しただろう。

アボットが死に、ナイジェルがエドを呼び寄せる計画を立てたとき、ケイトと共にアンディも手を貸した。〈ベツレヘムの子よ、よみがえれ！〉の文面とともに記されていた〈アルモニカ・ディアボリカ〉は、居所のわからないエスターへの、アンディからの呼びかけであった。そうだな、アル」

「はい、エスターはそう言っていました」

「呼びかけは届かなかったが、ブッチャーがエスターをも拉致同然に同行させたおかげで、エスターはアンディと再会できた。アル、私はその場にいたかったよ。犯罪の捜査は、心が重くなることばかりだ。時には喜びを分かちあいたい」

7

エド、僕は今、これを、ケイトの家の厩で書いている。ケイト。ディーフェンベイカーさんが愛し抜いている女性だ。

ディーフェンベイカーさんの献身を、僕は彼女に話した。ケイトは泣き伏していた。ケイトは知らなかったんだ。彼女の安全を保障するためにディーフェンベイカーさんがベドラムにいることを。

アボットが殺された……。

準備はととのった。

呼びかけは、君に届くだろうか。届いてほしい。

「出所の許可が下りた」

突然、ロッターがメルに言い渡したんだ。

メルは、何の反応も示さなかった。理解できなかったのかもしれない。それまで、出所の申請などしたことがなかったからだ。

姦通罪と傷害罪で告訴され裁判にかけられるか——判決は有罪に決まっている。メルには有能な弁護士を雇う金なんてない——、ベドラムで画家の代作をするか、二つに一つしかなかったのだ。メルは代作者となることを選んだ。死ぬまで、ベドラムの囚人であることを。

メルはゆっくり首を振った。出所はしない、ここにいるという意思表示だ。

「どうして拒むのだ、メル」小説家さんが焦れったそうにメルの肩を叩いた。「自由になれるんだぞ、君は」

「何のために出所させる？」疑わしげにディーフェンベイカーさんが口を挟んだ。

「メルに代作をさせていた画家が、死んだ」ロッターは薄笑いとともに言った。「代作者は不要になった。メルの金主もいなくなったというわけだ」

画家は、ロッターにメルの食費と口止め料を渡していた。代作を渡すたびに、さらに幾ばくかの金が、画家からロッターに支払われた。その役得がなくなったから、メルはお払い箱というわけだ。

誰だって、こんな所は出たいだろう。そう僕は思ったのだけれど、そうでもなかった。意外だった。

ベドラムにいれば、とにかく、最低の、いや、最低よりは少しましの、暮らしが保障されている。眠るための屋根のある場所。飢えないだけの食事。外には、自由があるけれど、黙って口を開けていれば食べ物が与えられるわけではないのだ。

いきなり出所しろと言われても、メルは行き場もないし、食べるあてもない。

メルの視線をたどり、寝ている母さんに行き着いて、ロッターは含み笑いした。

傍らに居合わせたオーマンに、「あれに電気でショックを与えたら、どういうことになるかな」ロッターは、目くばせした。

オーマンは大きくうなずいた。「すばらしい実験だ。俺が思いつくべきだった。彼女が何らかの反応を起こしたら、発表しよう。フランクリン博士も瞠目するだろう。博士ときたら、せっかく発電器や蓄電壜を作りながら、使い途をみつけられないんだからな」そうして、オーマンは声を弾ませた。「ラッター、君が出るとき、私も一緒に出るよ。これを持ち出そう」

　これ、と言ったとき、オーマンは母さんを指さしていた。

「ショックを与えると、意識不明な人間でも動く。いい見世物になる。何、動かなければ、細い糸で操ればいい。起き上がらせる。歩かせる。何か予言を言わせるのも手だ」

「ケンタウロスにやらせたようにか」ロッターは疑わしげに言った。「君が前に、見世物師のために作ってやったという。あれは意識のある人間だから喋るだろうが……これも、電気を通したら、喋るようになるか」

「私が喋る。ventriloquism《ヴェントロキズム》で」

「なんだ？　その舌を噛みそうなのは」

「唇を閉じたまま喋る方法だ。これは、見世物として当たるぞ。まず、見物に、これがまったく意識がないことをわからせる。針で突かせたり、抓《つね》らせたりして。それから、私がそれに電気を通す。君は驚いたり、話しかけたりする道化役だ。見物は、これが、目を閉じて眠ったまま起き上がり、喋っていると錯覚する。神秘的な現象だ。『〈眠り女〉があなたの未来を夢に見る。あなたが問えば、告げる』ケンタウロスは、じきに飽きられた。そうだ、見物は飽きっぽい。俺も、電気興行で最初は稼いだんだが、じきに飽きられた。それで、俺はこっちに商売替えだ。ブッチャーは、もっと珍しいものを欲しがっていた」

「そっちにまわすなよ。これは、俺と君でやろう」

オーマンは、あの器具を持つかぎり、ベドラムでは帝王だ。帝王は奴隷にも聴覚があり感情を持つことなど、考慮に入れない。

二人のあたりかまわぬ会話から、僕は、ケンタウロスなる見世物をオーマンがどのようにして作り、誰に渡したか、所有者がどのように利用しているか、知った。

次の所長がくることになり、ロッターがベドラムを去る予定であることも、わかった。

「だが、ダッシュウッド卿が許すかな、これを持ち出すのを」オーマンが言うと、

「何、サー・フランシスは、これのことなんかとっくに忘れているさ」ロッターは応じた。

「ここにぶち込んで、終わりだ。お手当てだけは毎月よこすが、それだって、家令かなんかの仕事だ。新任の所長、マク何とかか、そいつが着任する前に、これを運び出しておこう。収容者のリストに、これが死亡したと書き込んでおけばよい」

メルの表情が、静かに変化していた。青光りする湖——そんなものを僕は見たことはないけれど——に、メルの眼は、なった。傍に寄ったら、見えない刃で切り裂かれそうな気配。ディーフェンベイカーさんの顔も、僕が見たことのないものに変わった。絵で見たことのあるガーゴイルを僕は連想した。

「稼ぎ時は短いぞ」と言いながら、腐れ野郎《ロッター》が母さんの服の裾を捲りあげた。

「婆あを操っても、見物は興味を持たないからな」

メルの全身が、刃になった。

8

「私が案じるのは」判事は話題を変えた。「エドとクラレンスがさらなる過激な行動に出ることだ」

アルの答がないので、続けた。

「君の話では、クラレンスは、私に報告するためにロンドンに戻ったということだった。しかし、クラレンスはきていない。クラレンスも、君と一緒にエドに会っているな。そうしてクラレンスは、エドと行動を共にしているのだな。……〈お答えできません。〉その言葉を、もう聞きたくない。アル、私が君を信用するように、君も私を信用して、すべて話してくれないか」

言葉は返ってこなかった。

「ドディントンの後妻ステラは、先の夫人レオノーラを毒殺しておるにもかかわらず、告訴されることはないだろう。傍証はあっても、直接的な明証はない。逆にケイトが告訴される恐れがある。クラレンスが私刑を企む可能性は？」

「僕はクラレンスに釘を刺しました。サー・ジョンに、しばらく静観していただくようお願いするから、お前は何もするな、と」

「何もしないなら、ここにくればよい。あるいは、アル、君と一緒にウェスト・ウィカムで私の到着を待っていてもよかったのだ。何かしでかすつもりではないか」

「エドが、短慮なことはさせないと思いますが」

「そのエドが」殺人犯と言いかけて、判事は言葉を切った。言いづらい言葉であった。法は、万人に公平であるべきだが、やはり私情が入る。報復を許してはならないのだ、と自戒する。エドワード・ターナーは度重なる殺人を犯している。レイ・ブルースもまた、殺人犯であり、ケイトとビリーは手を貸している。

ブッチャーを殺害した犯人を捜索し訴追するのは、ウェスト・ウィカムの犯罪訴追協会の仕事だ。会長がダッシュウッドであり、ジャガーズが委員だ。ダッシュウッドはすべてを隠蔽するようジャガーズに命じるだろう。そうして、陰で手を回すだろう。

ダッシュウッドは、クラレンスの弟を馬車で轢き殺している。ダッシュウッドにすれば、小石をはね飛ばしたほどのことで、罪の意識など微塵《みじん》も持ち合わせてはいまい。クラレンスは仲間の協力を得て復讐を果たしたが、ささやかな悪戯の域を出なかった。ダッシュウッドは一時神経症となり政務を離れざるを得なかったが、あつかましく復活し、今も権勢をふるっている。この機会に、再度復讐を試みる恐れはないか。ベドラムの実状を知り、ダッシュウッドの権力がベドラムを覆って暗黒にしていると知ったら、激しい復讐心がよみがえりはしないか。クラレンス一人なら、たいしたことはできまいが、エドが参謀についたら……。

だからといって、二人の居場所も知れないのに、ダッシュウッドに貴公は狙われていると警告? そんなことをしたら、ダッシュウッドは、配下を駆使して、二人を見つけだし、どんな処置をとるか。

私にできることは、何なのか。神よ、と祈りたくなるのは、こういう時だ。

「アル、君の手を」

闇の中で、二人の手が触れあった。判事は、強く握った。

「真偽を感じ取るためではない。私の気持ちを感じ取ってほしいのだ。君を信頼したいのだ、アル。エドとクラレンスは、何を企んでいる」

アルの返事がないので、判事は手を緩め、そっと放し、続けた。

「ナイジェルの母親のことだが」

「は?」

「ベドラムで、あのような場所としては厚遇を受けていたように、ナイジェルの手記から感じられるのだが」

「そうですね」

「アンと私がベドラムを訪れた時、大部屋に、ベッドを与えられ昏睡状態にある女性の姿はなかった。すでに召されたか、あるいは覚醒し、個室に隔離されたか……。隔離されておるのであれば、救出したいが」

「彼女は、神に召されました」

アルの声は、罅《ひび》が入っていた。

「エドから聞いたのか。エドは、アンディから聞いたか。彼女が入所した時の理事長がドディントン、理事筆頭がダッシュウッド。査問委員会委員長がダッシュウッド、委員筆頭がドディントンだ。これは証拠のない憶測に過ぎないが、どちらかが、女性を手込めにした。女性は職業売春婦ではない。下女であったろうか。力ずくで犯され、少女は縊死をはかった。……これまでに私が治安判事として関わった件で、縊死をはかり未遂に終わった者が、その後十数年生きたが、最後まで意識が戻らぬままであったという事例がある。洞窟事件に関わった連中は、ベドラムをほとんど私物化しておる。厄介な存在は放り込む。生きながら葬るるにひとしい」

闇に向かって喋りながら、突如、制御しがたい怒りが躰内で炸裂した。思わず、ふだん決して洩らさない悪罵が、口をついた。常に冷静であらねばならぬ立場を忘れた。

アルの手が、判事の手を強く握り、判事も手に力をこめた。

判事は声に真情をこめた。「私は、明日はウェストミンスター地区治安判事としての責務を果たさねばならん。治安判事の法廷をサー・サウンダーズに任せきりにすることは職務怠慢だ。サー・サウンダーズからも苦情が出よう。明日は、私は身動きがとれぬ。君には、私の助手として、エドとクラレンスの犯罪を予防してもらう。ブッチャーとベッキーの件は、ウェスト・ウィカムの治安判事が担当する問題だから、私は傍観することもできる。しかし、ロンドンで新たな犯罪が起きることは阻止せねばならん」

判事は言葉をとぎらせ、吐息をついた。

「アル、君を信じたい。ドディントンの後妻を、私とて糾弾したい。だが、ケイトの安全と引き換えとあっては、手が出せぬ。ダッシュウッドをも難詰したい。一方、ケイトとブルース、エスターとアンディ、彼らを安穏に過ごさせたい。ベドラムで、アンディが直接犯罪を犯したか、傍観していたか、それを私は問わない。ただ、ディーフェンベイカー氏をあの境遇から解放せねば、とは思うのだが」

「エドを信じていただけますか。四人を安穏に。そうしてディーフェンベイカー氏の解放。それを、エドも考えています」

「かなり昔のことだが」ようやく、判事は声を鎮めた。「オランダと交易している商人から聞いたことがある。はるか東方に、私的な報復を義務としている奇妙な小さい島国があるそうだ。父親が殺されたら、子供は必ず、公の力を借りず自力で犯人を見つけ出し、公開の場で決闘し、斬り殺さねばならぬとか。逆に自分が斬り殺されても、それで報復は終了だ。もっとも、封建組織の家臣階級にのみ課せられた義務だというが。報復に成功せねば、家禄を失うという。法のありようも、さまざまだな」

だが、イングランドの法は、東方の島国の法とは違う。

闇に隠された判事の懊悩を、アルも察してはいるだろう。

殺人を犯したと明言している者を、法にたずさわる者が放置していいのか。正しい答は、もちろん、否！　だ。

法に忠実な者であれば、このさい、どういう行動を取る？　ウェスト・ウィカムで起きた犯罪だ。当該地区の治安判事ダーク・フェイン卿に告げるのが責務だろう。私は、犯罪を見逃してよい立場ではないのだ。サー・ダークは、アルを、そうしてジョン・フィールディング自身をも証人として召喚し、知れるすべてを告げることを要求するだろう。当然だ。自分がサー・ダークの立場であれば、そうする。

ジョン・フィールディングは拷問を用いたことはなかった。多くの糾問者は、この荒っぽい手段によって望ましい自白を引き出す。アルをそんな奴の手に渡してなろうか。ブレイ・ブルースが持って当然の憎しみは、犯行の動機としてしか考慮されないだろう。ブルースの惨憺《さんたん》たる歳月を陪審員が理解し、無罪を宣するには、よほど能弁な弁護士、そうして陰での工作を必要とするだろう。

なまじ裁判の不条理を熟知しているゆえに、判事はあっさりと事件を法の手に託せない。情に傾いて犯罪を見逃すことは、私利のために犯罪を見逃すことと同様、許されざることだ。

法が私に求める義務を、私は……無視できるか。それは治安判事である私の存在意義をも踏みにじることではないか。

「ブルースとケイト、エスターとアンディ」、判事は四人の名をあげた。「彼らは、アル、君の家か、あるいはクラレンスの家に匿《かくま》われておるな」

判事は断定した。他に彼らの隠れ家は考えられない。まさか監獄船には乗せられまい。五年前のようにヒューム氏を頼れる件でもない。

「二人ずつに分かれ、双方の家に匿われたか」

返事のないことが、肯定をあらわしていた。

「君はまだ家に戻っていない。家族への伝言をクラレンスに託したのだな」

それにしても、長期間匿うことはできまい。ことに、ブルースは人目につきやすい。

「私は強権を発動して彼らを捕縛することもできるのだ」

そう口にはしたが――事件を公にしたら、無辜《むこ》のエスターはともかく、ブルースとケイト、ビリーと名乗っていたアンディを、あのでたらめな法廷に委《ゆだ》ねることになる。いや、事件を公にしようとしたら、その段階で、ダッシュウッドらが……。証人訊問の過程で王の醜聞が市民に知れ渡るより、すべてを消し去ろうと……如何なる手段で？

ようやく再会を果たした二組の恋人たち。

「アル、私をエドに会わせてくれ。何はともあれ、彼を放任はできん」

エドは、ケイトとブルース、エスターとアンディ、二組の愛する者同士を安穏に、そうしてディーフェンベイカー氏をベドラムから解放すると言ったそうだが、それはつまり、法の敗北、私の義務不履行を意味する。

「エドもまた、君の家、あるいはクラレンスの家、そのどちらかにいるのだな。おそらく、クラレンスの家だ。同じ言葉を繰り返すが、エドに犯罪を重ねさせてはならん。クラレンスにも、違法行為をさせてはならん」

「僕には、エドを信頼する他のことはできないのです」

「私よりもエドを？」

「閣下は法に縛られておられます。閣下が行動しようとなされば、法を断ち切るか、法に従って、これまで苦しめられてきた者をさらに苦しませるか、二者択一を迫られます」

「黙認しておるということ自体が、私を法に背く立場に置くことなのだ」

法は、権力者に対してはか細い蜘蛛の糸であり、無力な者には鋼鉄の鎖だ。

「エドは、またも、自分が危害を引き受ける方法を選んだのか」

どのみち、私は、この先、法の執行者たる資格はない。

「休むとしようか」判事は言った。「アル、燭台に火を灯せ。部屋に戻るのに灯りがいるだろう。持って行け。私は不要だ」

瞼の裏にほのかな明るみを感じた。アルの手が、もう一度判事の手を強く握った。

翌日、サー・サウンダーズが、一週間休みを取ると、使者が伝えてきた。このところ法廷を彼に任せきりにしていた。当然の要求ではある。

ボウ・ストリートの判事邸内法廷に持ち込まれる事件の大半は、掏摸だの掻っ払いだの、喧嘩沙汰による傷害、強請《ゆすり》、やくざ者が無力な女子供を脅しつけて金を巻き上げただの、賭博のいざこざだの、といったものだ。手の込んだ詐欺や複雑な奸計を巡らした殺人事件などは、そうそう起こらない。

小さい事件なら治安判事が処罰を即決し、凶悪犯の場合はニューゲイト監獄に送り中央刑事裁判所《オールド・ベイリー》の法廷に判決を任せ、借金の踏み倒しなど債務関係はフリート監獄へと振り分ける。

判事とアンは邸内の法廷に行き、ネイサンとベンは、『ヒュー・アンド・クライ』編集用にあてられた一室で、アルを問い詰めた。

「昨夜、閣下と何を話し合ったんだ」

「法の理念と、法を実行する者の腐敗についてだ」

「そんなの、とっくにわかってるじゃないか」と、ベンが「だから、エドのお父さんは無実なのに絞首刑になった」

「エドは、裁判を信じていない」

「五年前の事件で、法への恨みは晴らしたんじゃないか」

「不信は変わらない」

「アル、君は裁判の正当性を信じているのか」

「サー・ジョンは、いやでも信じなくてはならない立場だ」

「サー・ジョンの裁判は、いつだって正当だ」

「殺人事件は、サー・ジョンの手を離れる」

「わかりきったことを説教するなよ」ベンがむくれる。

「エドが、すべてやった、って自白しているんだろ」ネイサンは口を挟んだ。「アル、君はエドに会った。そうして事実を聞いたんだね。ミス・モアが言っていたように、エドがビリーと名乗るオーマンを殺したのか？　レイ・ブルースに手を貸したのか？　サー・ジョンに訊かれたとき、答えられないと、君は言った。でも、昨夜二人だけで話したとき、君はエドから聞いたすべてを、閣下に打ち明けたんだろう」

「クラレンスも、一緒にエドに会ったんだな」ベンはそう言いながら、いっそうむくれた。

「どうして、俺だけ仲間はずれ？　バートンズだろ、俺たち」

僕はバートンズの一員じゃないんだな……と思うと、ネイサンは少し淋しい。その気持ちを察したように、アルの手がネイサンの肩に置かれた。

「法を守る立場に立つか。法廷を信頼せず、犯人を庇うか。どちらかに、自分の立場を決めなくてはならない。サー・ジョンにそれを求めるのは酷だ」

「すべて自分がやったと認めているエドを、告発するか否か、という意味か」

「一つを暴くと、他にいろいろ影響が及ぶ。そのすべてをひっくるめて、エドは、自分がやった、ですませようとしている」

短い沈黙の後で、アルは言った。

「サー・ジョンは、俺が言わなくても、ビリーと名乗っているのが、アンディであると見抜いておられた」

「アンディ！　あのエスターの」

「そう。だが、それを暴くと、何人もが悲しい思いをすることになる」

「俺とネイサンには、教えないの？」

ベンの不服そうな声に、アルは昨夜判事と話し合った内容を伝えた。

「まだ、何かやるつもりか、エドは」

「殺人はやらない」アルの口調には、いささかためらいがあった。

「じゃ、何をやるんだ」

「エスターとアンディ、ブルースとケイトが別れないで暮らせることと、自分の身の始末だ」

「俺は、法廷を信頼せず、犯人を庇う立場に立つ」決然と、ベンが言った。「エドの他にも犯人がいるんだろうが、エドは、それを庇うために、すべて自分がやったと言ってるんだろ。俺も庇う」

「僕も」ネイサンは言ったが、「『ヒュー・アンド・クライ』の連載、僕はどうしたらいいんだ。書けないだろ、エドがやったなんて」

「連載は中止だ」

編集長アルのそっけない一言。

「大赤字だな、『ヒュー・アンド・クライ』は」ベンが萎《しお》れた声で、「馬車を借り切って何度も往復したり、すごい出費だ。連載で評判を高めて、部数を上げるはずだったのに」

一号出しただけで廃刊かな……と、ネイサンも沈みこむ。自分が目指すのは、低俗な小説家ではない、詩人だ、と自負していたのは忘れはて、大いなる悲運にまたも襲われた、という気分になる。

「小説というのは、事実を書かなくてもいいんだろ」ネイサンは言った。「嘘と事実を取り混ぜるのが小説だろ。宙吊りになった屍体の胸に、不可解な文字が記されていた、という出だしで、あとは作り話を」

「そうだ」

ベンがうなずくのを、アルが遮った。「この事件をにおわすようなことは、一切だめだ。『ヒュー・アンド・クライ』には、別のものを載せよう」

「エロが売れる」ベンは言い、またも生真面目なアルに遮られた。

「サー・ジョンの名を辱めるようなものを載せられるか」

「サー・ジョンの兄上は、エロ書いたぜ」クラレンスが言いそうなことをベンは言った。

9

「試してみる必要がある」

背後に近寄るメルの表情には気づかず、オーマンは刑具を抱え、母さんのベッドに近づいた。

「もっとも反応する箇所は、どこかな」

そう言いながら、腹が剝き出しになるほど、ロッターは母さんのスカートを上げた。

「腿の内側が一番敏感なのではと思うが」

オーマンが刑具の先端を母さんに近づけたとたん、メルが飛びかかった。首筋に嚙みついた。とっさに、僕も彼に倣《なら》った。標的はロッターだ。狼になった。メルと僕は。

口の中が血と肉で一杯になり喉が詰まりそうなので、いったん吐き出し、再び食らいつくかも意識する余裕はない。何も考えていなかった。相手に反撃させない。ただそれだけだ。まわりで何が起きているかも意識する余裕はない。突然、全身に衝撃が走った。殺される……という恐怖だけが、僕を摑んでいた。それさえ、不意に、消えた。

短い〈死〉だった。でも僕はよみがえってしまった。ディーフェンベイカーさんが部屋の隅で、激しく痙攣する僕を抱きかかえていた。たぶん、あれをやられたのだ。小説家さんとアンディが、隣で身をすくめていた。

昂奮しきった入所者たちが、床を踏み鳴らし、手を振りまわし、喚いていた。踊り狂っているようにも見えた。ディーフェンベイカーさんのまわりには、怯えた者たちが重なり合って、小説家さんのように身を縮めていた。泣く者。笑う者。叫ぶ者。乱舞する脚の群れのあいだに、倒れている幾つかのものを垣間見た。一つはオーマンだ。首筋から喉までざっくり裂けていた。僕は唾を吐いた。血と生肉の感触がまだ舌に残っていた。舌で口の中をまさぐり、歯の間の小さい肉片を吐き出した。嘔吐が続いた。ディーフェンベイカーさんの手が僕の背を撫でた。

僕を小説家さんとアンディの手にあずけ、ディーフェンベイカーさんは立ち上がった。そうして、破壊されていなかったスピネットの蓋を開け、静かな葬送の曲を奏でた。魂の奥深くにひそみ入って、慰めのくちづけを残すような調べであった。狂騒の渦を優しく包み込み、大部屋は湖の底のように鎮まった。

床にくたばったロッターの服の隠しから、ディーフェンベイカーさんは鍵束を取り出した。そのとき、僕は、見た。ロッターが薄く瞼を開いたのだ。

これと、これと……と、床に倒れている者をディーフェンベイカーさんは指し示した。地下へ運べ。そうしてアンディには、スピネットを弾くように言った。

鍵をかざして、ディーフェンベイカーさんは先頭に立った。入所者たちによって担ぎ上げられたのは、三人の看護人と、テレンス・オーマン、そうして、腐れ野郎《ロッター》。

アンディの奏でる〈ロンドン橋落ちた〉が、進軍を鼓舞する行進曲のようだ。人々の群れは大部屋を出て、階段を下りていった。

大勢に踏みにじられたのだろう、看護人たちもオーマンもロッターも、瞼は腫れあがり鼻梁が陥没し、顔は肉塊になっていた。オーマンは手も足も、皮膚の下で骨がぐずぐずに砕けていたのではないか。奇妙な格好にねじ曲がっていた。

けれど、僕は、見た。高々と担がれ、仰向けに垂れたロッターの首が、僕の方を向いた。瞼が細く開いた。どんよりした瞳は、何かを求めるように動いた。視線があった。ロッターの下顎がわずかに動き、唇もそれにつれて動いたが、言葉にはならなかった。

大勢の入所者たちが粛々と地下に降りていき、大部屋は少し見通しがよくなった。メルが、ベッドの傍らに膝をつき、上半身を母さんの上に投げ出していた。

立ち上がる力が無くて、床を這いずり、メルのそばに行った。

そうして知った。メルの躰から命が抜け出して、人形になっていた。母さんはもともと人形だけれど、肌の色は温かかった。メルが覆い被さった母さんの肌は、蠟の色になっていた。

何も理解できなくて、ぼうっとしていたら、アンディが僕に手を貸して立ち上がらせ、スピネットのそばに連れて行った。僕は床に腰を落とし、スピネットに凭れた。弾きながら、How can I leave thee! とアンディは歌った。

後になって、僕は思ったよ。あんなときに歌えるなんて、アンディの気持ちも、おかしくなっていたんだ。普通は、人を何人も殺した——アンディが殺したかどうかわからないけれど——直後に歌ったりはしないんだろうと思う。でも、あのときアンディが歌ってくれたのは、僕にはとてもよかった。

How can I from thee part!
Thou only hast my heart,
Dearest, believe!

アンディの声は、ディーフェンベイカーさんのように深く響きはしないが、雛をくるむ羽毛のようだ。

Thou hast this soul of mine,
So closely bound to thine,
No other can I love,
Save thee alone!

僕は床から立ち上がるだけの力は取り戻した。

Blue is a flow'ret
Called the Forget-me-not.
Wear it upon thy heart,
And think of me!

小さい花は青い花。勿忘草と呼ばれてる。あなたの心にいつもつけ、そうしてわたしを想ってね。エド、僕のことを考えるときがある？

Flow'ret and hope may die,
Yet love with us shall stay,

騒動の最中、僕の目に映ったように思える光景は、事実なんだろうか。幻影か。メルが噛みついたので、オーマンの手から刑具が落ちた。ベッドの上、母さんの手の傍だった。噛みつかれたまま、オーマンは器具を拾おうとした。母さんの手の動きの方が早かった。ほんとに、母さんが手を動かしたのか。そして、刑具を握ったのか。先端をオーマンに向けたのか。オーマンの手が奪い返した。メルは母さんの上に覆い被さった。身の自由を得たオーマンは、器具の先端をメルの項《うなじ》に当てた。メルの絶叫。でも、退かなかった。そのとき、母さんの手がもう一度動いたのだ。器具を奪った。メルも母さんに手を添えた。二人で先端をオーマンに突き刺した。オーマンは後ろに跳ね飛んだ。床に仰向けに倒れたところを、入所者たちが群がり、顔も躰も踏みにじった。詩人がオーマンの腹の上で飛び跳ねていた。オーマンの口から血が溢れた。

あれで母さんは、力を使い果たしたんだろうか。メルも、電気を項に当てられたとき、死んだんだろうか。母さんに手を添えたとき、もう死んでいたんだろうか。

ほんとに、僕はこんな光景を見たんだろうか。

ディーフェンベイカーさんとみんなが戻ってきた。まだ、ロンドン橋落ちた、と歌っている者も何人かいたけれど、大合唱にはならなかった。

入所者たちは、床に寝そべったり壁に凭れたりした。あれだけ昂奮して暴れたのだから、疲労したのだろう。寝ころんだまま、突然奇声をあげたり、うへへ、というような声で笑ったり、じめじめと泣く者もいた。

ディーフェンベイカーさんは僕とアンディの傍にきて、小説家さんを目顔で招いた。

「ええ、今日は、君は何という名前だったかね」

「バーク・ストーンだ」

「ミスター・ストーン、我々は、この事態の後始末を考えねばならない」

「もちろんだ」

「後任の所長が着任したとき、何か異変があったと感づかせてはならない」

「もちろん、私もそう考えている」

「今、所内に我々の敵は一人もいなくなった。料理人も下僕も我々の味方だ。脱走も自由だ」

下僕たちは、もともとは収容者で、病状がよくなっても行き場がないまま、ここで働いている。ほとんど給料無しだ。

「そうだ」歓びを伴った声を小説家さんは上げた。「我々は、自由だ！」

しっ、とディーフェンベイカーさんは唇の前に指を立てた。

「入所者がいっせいに脱走したら、外がどういう騒ぎになると思う。狂人が市内を徘徊している、と通報され、コンスタブルやシーフ・ティカーに追い回され、捕縛され、ここに逆戻りだ。そのころには新所長が着任している。処罰と監視はいっそう厳しくなるだろう」

小説家さんは返答に詰まっていたが、「この絶好の機会を利用しないのか」と反駁《はんばく》した。

「君には、先に脱出してもらう。君には帰る家がある。しかし、頼みがある。帰宅したら、何をおいても、まず、馬車と柩を用意して、もう一度ここにきて欲しい」

「柩に隠れて脱走？　そんなことをせんでも、今のうちに」

「柩は、彼女とメルのためだ。策を講じて、二人を埋葬してほしい」

「難問だ」

「オーマンらの死骸は、地下室に入れ、とりあえず施錠した。新所長が開けろと言い出したら困るから、石壁を築いて塗り込める。石材も漆喰も十分にある」

ディーフェンベイカーさんは視線を中庭に向けた。オーマンの部屋を増築するための石材が積まれていた。

「しかし、彼女とメルの遺体を、奴らと一緒に地下に塗り込めることはできない。二人はきちんと、葬らねば」

「わかった」重々しく小説家さんはうなずき、そわそわした。

「アンディ、君も、すぐさまエスターのところに走りたいだろうが、もう少し、私に手を貸してくれ。帳簿から、入所者すべての名を消す。脱出した者の身許を新所長に知られないためだ。メルと彼女のことも、名簿に名がなければ、消えても問題にならない。ああ、我々が自由に使える時間は限られている。万事ととのったら、新所長がくるまでの間に、ここを出ても大丈夫な者から、少しずつ脱出させよう。目立たぬように」

そうして僕に、「君は逃げろ」と、ほとんど命じるように言った。

「ウェスト・ウィカムに行って、ケイトを頼るといい」

母さんの頬に触れ、メルの頬にくちづけし、ディーフェンベイカーさんと抱擁を交わし、小説家さんと握手した。

アンディは「エスターに会ってくれ、俺がじきに会いに行くと伝えてほしい」と住所を何度も繰り返し、僕の耳にたたき込んだ。

三人がシーツで母さんとメルを別々にくるみ、ベッドの下に隠している間に、僕はそれとなく身支度をととのえた。そうして、さりげなく、ベドラムを出た。

そっと行動したのは、他の入所者たちに気づかれないためだ。自由なのだ、と気づいて、我も我もと脱出したら、ディーフェンベイカーさんが憂慮した事態になる。

ベドラムから、僕は、出た。僕は、出た！

だけど、用意周到で思慮深いディーフェンベイカーさんも、あのとき、かなり気持ちがうわずっていたんだと思う。僕が無一文なのを、ディーフェンベイカーさんも小説家さんもアンディも失念していた。そうして僕も、外では何をするにも金が必要だということを気にとめていなかった。

エスターを、まず訪ねた。ウェスト・ウィカムに行くには金がかかるけれど、エスターのところなら、歩いて行ける。ところが、アンディが教えてくれた家は、エスターの家ではなくなっていた。

僕は自活せねばならなかった。働き口は、あった。薔薇亭《ローズ》のようなところが……。

10

〈査問委員会は、サイモン・ディーフェンベイカー氏の出所を許可することを決定した。所長イアン・ワイラー氏は、速やかに通達に従うべし。〉

ジョン・フィールディング治安判事に代わって、アン＝シャーリー・モアは書状を読み上げ、表をワイラーの方に向けて、委員長フランシス・ダッシュウッド卿の署名を確認させた。

「ディーフェンベイカーというのは、どれなのでしょう。この前ご説明したように、リストが不完全で、入所者の姓名を確認できていないのです」

「スピネットを弾く男性だ」

「ああ、あれですか。しかし、彼は出所希望の請願をしておらんのですよ。家族もいないようです。どうしてサー・フランシスが……」

「疑問があるなら、サー・フランシスに訊ねればよい」

「どうして、ウェストミンスター地区治安判事閣下が、サー・フランシスの使いをされるのですか」

「それも、サー・フランシスに問えばよかろう。だが、あれこれ疑義を差し挟むのは、サー・フランシスの代人である私を、信頼しないのだな」

「決して、そんなことはありません。査問委員会委員長閣下のご意向を尊重します。しかし、サー・フランシスは何を考えておられるのでしょうな。貴方とあの男を会わせてはならぬと厳命されましたのに」

「サー・フランシスに訊ねたまえ」

「いえ、何も言わず、あの方の指示に従います」

「従順であれば、議員選挙に立候補するとき、腐敗選挙区《ロットンバラ》を提供してもらえるのか」

判事の皮肉に、ワイラーは動じたふうはなかった。

「大部屋にご案内します」

「彼と二人だけ、いや、私の眼と彼女の助手は同席するが、君には席をはずしてもらおう」

「わかりました」

異議を申し立てないのは、ダッシュウッドから選挙の協力を取りつけているからか。

「彼――ディーフェンベイカーでしたか――を呼んで参ります」

ワイラーがディーフェンベイカーを連れて戻ってくるまで、さほど時間はかからなかった。

首輪は嵌めていません、とアンがささやいた。ウィルクス市長が少なくとも一つは改善したのですね。でも、首筋に爛《ただ》れた痕が残っています。

ワイラーを去らせてから、判事はゴードンに部屋の外、扉の前に立っているように命じた。

ワイラーの立ち聞きを防ぐためだ。

「ミスター・ディーフェンベイカー」声をかけ、判事は手を差し伸べ、触れた手を強く握った。

「私の名前を……」

「君の献身をすべて知った。ワイラーは君に告げなかったか、出所の許可がおりたことを」

心の動揺をあらわすように、ディーフェンベイカーの手は大きく動いた。

「どうして……どうしてですか。出所……。私の献身……。ケイトにお会いになったのですか」

「ケイト嬢に私は会っていないが、私の部下たちが会っている。私の若い友人が、ダッシュウッドに君の出所許可状を書かせ、署名させ、私に送ってきた」

この日の朝、立ちん坊が判事に分厚い包みを届けにきた。差出人はエドワード・ターナーであった。ダッシュウッドに書かせた許可状のほかに、ナイジェルの手記の後半が同封されていた。

アンに読み上げさせたのだった。

メルが描く母さんの絵は増えた。ロッターの目から隠すのが難しくなった。ベッドに寝ている母さんより、メルが描いた母さんの方が、活き活きしていた。そして、メルの絵のように、眠っている母さんが少しずつ活き活きしてくるように、僕には感じられた。……

……

…………

エド、僕は今、これを、ケイトの家の厩《うまや》で書いている。

…………


「私はここを出るわけにはいかないのです」ディーフェンベイカーは強く言った。

「大丈夫だ。取引は解消だ。君がここを出ても、ケイトが訴えられる恐れはない」

「ドディントンの後妻の所業をご存知なのですね」

「後妻は、正妻の座に就くために、前夫人を毒殺した。公にしたらケイトを犯人として告訴する。そう脅迫した。君に、沈黙の証しとしてここに入ることを命じた」

「弱い立場の者に、正義は通用しないのです」

「すまぬ」

「どうして、閣下が……」

「私は法を執行する立場にある。だが、私は、裁判の正義を保障できぬ」

「閣下が取引判事どもとは明確に異なることを、ロンドン市民は承知しています。で、ケイトは今、どこに」

「私も知らんのだ。ダッシュウッドに書状を書かせた者が、ケイトをどこかに保護しておる。ついでに言おう。アンディとエスターもだ」

「おお、なんという素晴らしいことだ！　ありがとうございます。閣下、最大の感謝を閣下とそのご友人に捧げます」

握り合う手の中が熱くなるほど、力がこもった。

「で、君は、出所した後、身を寄せるあてはあるのかね」

「閣下……。せっかく出所の許可はいただきましたが、私はここを出るわけにはいかないのです」

「ロッターとオーマンの件があるからか」

「ご存知なのですか！」

「ナイジェルが、詳しい手記を残した。それが私の手に入った」

「ああ、ナイジェル……」

「あの件を告発するために書いたのではない。私が読むとは思っていなかっただろう」

「ナイジェル。あの子はどうしています」

「すべてを話すには時間がかかる」

「利発な子だが、なにしろ育った環境がここです。幸せに暮らしていればいいが……」

「とりあえず、ディーフェンベイカー君、ここを出よう」

「できません。あの件を詳細にご存知なら、閣下は私を許してはならないのです。この地下には、七つの骸があります。私は、直接手を下さないまでも、共犯です。骸を隠蔽する指揮を執りさえしました」

「その償いは、長い虜囚の歳月でなされたと、私は思う」

「神は、お許しになりません」

「私もまた、厳正な法に照らせば、許されざることをしておる。職を辞そうと、一時は思った」

「閣下が違法なことをなさるわけがありません」

「しておるのだよ。七つの骸が地下にあることに目をふさぎ口を閉じるのも、その一つだ」

「わたしたちがお止めしたのです」アンの声が割り込んだ。「サー・ジョンの後を誰が引き継ぐのでしょう。サー・サウンダーズは優柔不断です。誤審も多いです。取引判事と呼ばれるほどひどくはないにしても、彼は、しばしば他人の言葉に惑わされます」

つまり、判事として無能なんです、と、アンは容赦なく言った。

「サー・サウンダーズ一人では務まりませんから、さらに一人、就任せねばなりませんが、サー・ジョンより清廉で有能な人材なんていません。ですから、良心の痛みに耐えて、仕事を続けてくださいと、懇願したのです。それが、サー・ジョンの贖罪だと、私は思うのです」

「私たちは、同じ罪を担いあおう。ディーフェンベイカー君、もし、君に落ち着く場所がないなら、ボウ・ストリートで私の仕事を手伝ってくれないか」

「少し時間をください。あまりに突然なことで、考えがまとまらない」

「考えるのは、ここを出てからにしよう。大丈夫だとは思うが、状況がいつどう変化するかわからん」

ゴードンの声が聞こえた。

「誰も通すことはできません」

「私は所長だぞ」

言いかけたワイラーの語尾が消えた。

「あの形相で睨みつけたのですね」アンが、くすっと笑いを漏らした。

「ゴードンに、所長殿を入れるように言ってくれ」

アンはまだくすくす笑いをしながら、扉を開け、判事の言葉を伝えた。

「格別用事ではないのです。ただ、あまり長くなりますので、ご様子をうかがいに」

「話は終わった。ディーフェンベイカー氏は、我々と共にここを出る。異議はないな」

担ぎ椅子《セダン・チェア》は使わず、辻馬車を拾い、判事はディーフェンベイカーと向かい合った。判事の隣に座を占めるのはアンで、アンが乗ってきた馬には、かわってゴードンが乗った。

「ディーフェンベイカーさんは、窓の外を夢中で眺めておられます。ディーフェンベイカーさん、わたしはサー・ジョンの眼として、いろいろお伝えしなくてはなりませんの。ご様子を伝えても、気を悪くはなさいませんわね」

ディーフェンベイカー氏の前では、アンは言葉遣いがやさしくなると、判事はちょっと微笑ましい思いがした。エスターの描写によれば、冴えない容姿らしいが、彼のとった行動は、アンが好意を持って当然だろう。

「どうぞ、どうぞ」と言うディーフェンベイカーの声は、涙を含んでいた。洟をかむ音が続いた。「失礼しました。ああ、外を見るのは……ああ……十五年ぶり。そう、十五年ぶりなのです」

語尾は、嗚咽をこらえた奇妙な声になった。

「騒がしいロンドン。変わっておりませんな。夥しい馬車や担ぎ椅子《セダン・チェア》。雑踏」

そうして、訊いた。

「閣下、ケイトには会えるでしょうか」

「私には、何とも保証しかねるのだよ」

「そうですね」深い吐息が続いた。「会わんほうがいい。会ってはならん。私はケイトに会えるような人間ではない」

「地下のあのことを言っておられるのなら」とアンが深い同情を声にこめた。「お忘れあそばせな」

「そうはいかんのですよ。事実は厳然と存在します。私は潔白ではない。ケイトも、そうしてアンディもエスターも、みな幸せならそれでよい。モアさん、お訊ねするが、エスターは綺麗な女性になったでしょうな。可愛い女の子でした。アンディは音楽の才とガラス職人の技能、どちらにも恵まれていた。才能を十分に生かしてほしいものです。あ、すみません、ちょっと」

「どうなさいまして」

「あそこで、新聞を売っておる。まことに厚かましいが、馬車を止めて、一部買うことをお許しください。外を知りたい」

「ゴードン」アンは、並んで馬を進めるゴードンに声をかけ、立ち売りから新聞を買ってくるように命じた。「二部。わたしもサー・ジョンに読んで差し上げるから」

新聞を受け取ったアンが、一部をディーフェンベイカーに渡し、もう一部をひろげる。

「なんと！」

ディーフェンベイカーが声を上げた。

「新大陸で、戦争が起きておるのですか。植民地の住人が叛乱を？」

「かなり激戦が続いているようですわ」

「植民地軍がボストンを攻撃中……。何ということだ」

そう言ったきり、ディーフェンベイカーの声が途絶えたのは、新聞を読みふけっているのだろう。

「サー・ジョン、小さい記事ですが、第一面に、ダッシュウッドの動静が載っておりましてよ」アンがしとやかに声をかけた。

〈逓信大臣フランシス・ダッシュウッド卿は、暫時休職することを布告する〉

がさがさと紙の音がして、アンの吹き出す声が続いた。

「第三面に、もっと詳しい記事が載っています」

〈ダッシュウッド卿の休職は、悩乱によるものである。さる筋によれば、深夜、ダッシュウッド卿の寝室に、血まみれの亡霊が出現したという。亡霊は卿の枕頭に立ち、その手で火の文字を綴った。《呪われてあれ》《生命にて生命を償え》宙に火花が走り、奇妙に甲高い音楽が室内に渦巻き、黒衣の悪魔がめまぐるしく走りまわり、その走る後に炎が燃え上がり、卿はついに失神した。意識が戻ったときは、すべて消え失せていた。絨毯には悪魔の蹄の跡を思わせる焼け焦げが、点々と残っていた。

また、あいつが……と卿は口走り、何を相手にか、しきりに許しを請うていたという。卿はいまだに狂乱状態にあり、長引く場合は職を辞さねばならぬことが予測される。フランシス・ダッシュウッド卿は、悪魔に取り憑かれる理由に、心当たりはあるのであろうか。小紙はインタビューを申し込んだが、まともに話ができる状態ではないと、側近に断られた〉

「また、あれをやったのか」

判事は苦笑してアンに言った。

クラレンスが判事には秘密にしていた一件を、判事もアンも、アルから聞いていた。ダッシュウッドの馬車に弟を轢き殺されたクラレンスが、復讐を諮り、エドが計略を練って、アルやベン、ナイジェルも加わり、深夜、ダッシュウッドの寝室に血まみれの亡霊を出現させ、火の文字を書き記し、炎を噴き上がらせ、髪を振り乱した異形のものが叫びまくり、ダッシュウッドは狂乱し、一時休職したが、しぶとく復活したのだった。

あれを再現するには、亡霊の絵を描いたナイジェルはおらず、鬘を振り乱して吼えたダニエル先生の愛犬もすでにいないが、

「アンディやブルースが、代わりに協力したのだろうな」

判事は想像した。アルモニカは作れなくとも、水を満たした幾つかのゴブレットの縁をこするだけで、身に覚えのあるダッシュウッドを震えあがらせる音は出せる。アンディが恐ろしげな曲を奏で、足の切断面に車を取り付けた悪魔めいた姿のブルースは、常人ならぬスピードで走りまわったであろう。後ろ手に、無水クロム酸の結晶をまく。亡霊をよそおったクラレンスが酒精をかける。エドが発明し、以前ダッシュウッドを脅しつけたやり口の一つだ。火の高さは二、三十インチにも達すると聞いた。

エドの手紙を、判事は再び思い返す。

〈クラレンスと僕は、志願兵として、新大陸に渡ります。僕は殺人犯です。今、イギリスは兵力を欲しており、殺人犯であっても、戦力になるとみられる若い男は、罪一等を減じて、死刑にせず戦地に送り込んでいます。僕は裁判の手間を省き、自ら志願しました。クラレンスも同行します。エスターとアンディ、ケイトとレイ・ブルースの四人も同じ船で新大陸に渡ります。彼らはベンジャミン・フランクリン博士に保護を頼みます。博士はいまや、敵国人ですが、エスターとアンディの話や、これまでに伝え聞いたことなどから、人情に厚い人柄と確信します。ロンドンには、彼らの安全な住処《すみか》はありません。アンディに再会したら、博士は、彼を支援し、もう一度アルモニカを製作させるだろうと期待します。僕は残念なが

らその楽器の音色を聴いたことはありませんが、「悪魔の《ディアボリカ》」ではなく、「天使の《アンジェリカ》」と名づけたい楽音だろうと想像します。

乗船許可証は、ディーフェンベイカー氏の出所許可証と同じく、ダッシュウッドに書かせました。

脅迫したのです。彼とドディントン夫妻が、ベドラムをどのように利用したか、すべてを暴露する、と。アンディとエスターは、洞窟事件の生き証人です。公判となれば、彼らが証人として法廷に出頭します。新大陸に送り込むのは、ダッシュウッドにしても悪い話ではありません。――ナイジェルの手記やその後アンディから聞いた話から、僕は、ナイジェルの父親はダッシュウッドではないかと、疑っているのです。犯した少女が自殺未遂で意識喪失したのを、ベドラムに放り込んだだろうと、におわせてやりました。奴は、素知らぬ顔をつくりましたが、思い当たるところがある様子を見せました。

ディーフェンベイカー氏の出所許可も、アンディの新大陸行きと引き替えです。ドディントンの後妻の犯罪の証拠を持っていると、脅してやりました。砒素を検出する器具を僕は持っている。ケイトは、毒殺された前夫人の毛髪を、形見としてロケットに入れ、身につけている。それを、陪審員の面前で検出器で調べれば、毒殺は明らかになる。実は、砒素を検出できるのは血液だけで、毛髪は役に立たないのですが――いつの日か、毛髪や皮膚の破片でも、検出できるようになるかもしれませんね――。毒殺を知りながら隠蔽に手を貸したダッシュウッドも、同罪となる、公判で有罪とならなくても、現職大臣には、大きな傷になる。

ウェスト・ウィカムにおける僕自身の犯罪については口を緘《かん》しましたが、軍に志願することにダッシュウッドは大賛成し、四人を同船させるという条件も飲みました。

閣下にも、ダニエル先生にも、背き続けています。許しは請いません。許されるべきことではありませんから。〉

必要な書状を手に入れてから、ロンドンを去る置き土産に、エドとクラレンスはもう一度ダッシュウッドを恐怖におとしいれたのだな。

エドからの手紙はアルに渡し、ダニエル先生に届けるように言ってある。何も知らせない方がよいかと思いもしたのだったが。

「アン、新聞に、ウェスト・ウィカムのことは載っていないか」

「何も。戸棚の屍体をジャガーズが発見してダッシュウッドに報告しても、おそらく、内密におさめることになるでしょう」

クラレンスまで戦場に志願することはありませんのに、と、アンはつぶやいた。

ウェスト・ウィカムでのことを知りながら、隠蔽に手を貸した。私のもとで働く資格がないと思ったのだろう。

だが、判事は言葉に出さなかった。それを言うなら、判事も同罪であり、今ここで口にしたら、ディーフェンベイカー氏の自責を増すことになる。

心が晴れやかにならないのは、殺人犯として裁かれるべきステラ――ドディントンの後妻――が、野放しになっているためだ。経済犯をぶちこむフリート監獄になら投じることは可能かもしれない。あの暮らしぶりでは、おそらく多額の借財があるだろうからだ。それとて、踏み倒された貸し手が訴えなければ、裁判にはならない。

私にできるのは、警察組織と裁判の抜本的な改革にむけて、あたう限りの努力をすることか。

そうして、判事は思った。私は結局、エドワード・ターナーの軌跡を追っただけであった……。

判事は認める。エドワード・ターナーは兵士として武器を取るより、隠れた犯罪の追究に優れた才能を持っている。砒素検出装置を創ったり、酒精と化合して火を発する物質を発見したりする才能もある。

新大陸の戦場で、それらの才能が生かされる機会があるだろうか。

ボウ・ストリートの判事邸で出迎えたのは、アルとベン、ネイサン。ダニエル先生も一緒であった。

「明日の夕方」と、アルは判事に告げた。「ポーツマスから、新兵を運ぶ船は出航します」

それまでに片がつくと、アルを通じてエドが言ったあの夜から、ちょうど一週間目だ。

11

ポーツマス。キリスト生誕の年と同じころ、ブリテン島に侵攻したローマ軍が、この天然の良港を発見した。十五世紀末、ヘンリー七世がここを王室の船の母港とし、後を継いだヘンリー八世がイングランド王室の造船所に指定した。今はイギリス海軍の基地となっている。岸には頑強な石の塁壁が築かれている。塁壁に幾つも穿《うが》たれた四角いトンネルは、出撃門と呼ばれる。

判事の一行——判事とアン、アル、ベン、ネイサン、そうしてダニエル先生——が馬車から降り立ったとき、それぞれの出撃門から、沖に停泊する大帆船を目指す艀の群れが漕ぎ出していくところであった。

見送り人たちが、埠頭を埋めていた。

「遠くて、顔が見分けられませんわ」アンが嘆いた。「どれに、エドとクラレンスは乗っているんでしょう」

軍の楽隊が、勇壮な曲を奏でて、血と死の戦場に赴く者たちを鼓舞していた。葬送の楽とどれほどの違いがあるのか。

見送り人たちは、それぞれの身内や親しい者の名を呼んでいた。若い娘が泣きじゃくりながら恋人であろう男の名を呼び続けていた。

アルたちも叫んだ。

エド、クラレンス、帰ってこい、必ず。

「艀が遠ざかっていきます」アンが言った。「波の煌めきに紛れて……光の点と見分けがつかないほど……」

判事は、ナイジェルの手記の最後のフレーズを思い出していた。

僕は、僕が望むように君を変えた。

でも、エド、君と再会できたら、君が望むように、僕を変える。

主要参考資料

『ヘルファイアー・クラブ 秘密結社と18世紀の英国社会』イーヴリン・ロード／田口孝夫、田中英史訳／東洋書林
『イギリス近代警察の誕生 ヴィクトリア朝ボビーの社会史』林田敏子／昭和堂
『解剖医ジョン・ハンターの数奇な生涯』ウェンディ・ムーア／矢野真千子訳／河出書房新社
『十八世紀ロンドンの日常生活』リチャード・B・シュウォーツ／玉井東助、江藤秀一訳／研究社出版
『18世紀ロンドンの私生活』ライザ・ピカード／田代泰子訳／東京書籍
『ロンドン庶民生活史』R・J・ミッチェル&M・D・R・リーズ／松村赳訳／みすず書房
『諷刺画で読む十八世紀イギリス ホガースとその時代』小林章夫、齊藤貴子／朝日新聞出版
『イン イギリスの宿屋のはなし』臼田昭／講談社
『英国メディア史』小林恭子／中央公論新社

『ヘンリー・フィールディング伝』澤田孝史／春風社
『フランクリンの手紙』ベンジャミン・フランクリン／蕗澤忠枝編訳／岩波書店
『ベンジャミン・フランクリン、アメリカ人になる』ゴードン・S・ウッド／池田年穂、金井光太郎、肥後本芳男訳／慶應義塾大学出版会
DVD『恐怖の精神病院（原題 Bedlam）』

特別付録（作中に登場した「勿忘草」に関する二曲をご紹介します）

勿忘草

神うるわしき花を召し
名を賜りしそのときに
青き眸の小さき花
おずおず戻りきたりしが
声もかぼそくひれ伏して
許したまえよ、我が名をば
哀しや忘れ侍りぬと
神はほほえみ宣いぬ
そなたが名こそ
Forget-me-not

＊勿忘草の歌は、作中では、ディーフェンベイカー氏が作詞作曲したという設定になっていますが、作者不明のイギリスの詩です。女学生だったとき、同級生が、「私の叔父が訳してみたのよ」と言って、教えてくれました。七十年も前なので歌詞はうろおぼえなのですが、心に残っていました。西條八十も、よみ人知らずとして、この詩を訳しています。同級生の叔父様の試訳では、小さい花が、神様が授けてくださった名前を忘れたことになっていますが、西條八十の訳では、神様が、名付けを忘れています。おそらく八十の訳が正確なのではと思いますが、七五調で口調がよいのと、昔の思い出が懐かしくて、前者を用いました。

How Can I Leave Thee

How can I leave thee!
How can I from thee part!
Thou only hast my heart,
Dearest, believe!
Thou hast this soul of mine,
So closely bound to thine,
No other can I love,
Save thee alone!

Blue is a flow'ret
Called the Forget-me-not.
Wear it upon thy heart,
And think of me!
Flow'ret and hope may die,
Yet love with us shall stay,
That cannot pass away,
Dearest, believe.

Would I a bird were!
Soon at thy side to be,
Falcon nor hawk would fear,
Speeding to thee.
When by the fowler slain,
I at thy feet should lie,
Thou sadly shouldst complain,
Joyful I'd die.

＊イギリスの伝統的な民謡です。女学生の時、聞き覚えました。懐かしい歌です。
今でも、ネットで曲を聴くことができるようです。

文庫版特別付録

「皆川博子の本棚」フェア資料公開

＊二〇一五年七月三日から八月十八日まで、紀伊國屋書店新宿本店の文芸コーナーで、皆川博子氏の『トマト・ゲーム』と『双頭のバビロン』の文庫発売を記念した、早川書房・東京創元社合同の「皆川博子の本棚」フェアが行われました。皆川氏の著作に加え、皆川氏がセレクトしたお薦め本と一部の作品への推薦コメントと共に、それらをリスト化したペーパーを配布し、たいへんご好評いただきました。以下は、そのペーパーの再録になります。（編集部）

皆川博子

幻視の力と表現の美しさを備えた物語たちに、魅せられてきました。
展示の機会を与えてくださった方々に感謝を捧げます。
そうして、この棚の前に立ってくださった方。ありがとうございます。

＊皆川博子のお薦め本リスト＊

万葉秀歌（上下）　斎藤茂吉　岩波新書
塚本邦雄の歌集（『塚本邦雄の宇宙』等）　塚本邦雄
葛原妙子の歌集（『現代歌人文庫』等）　葛原妙子
マルドロールの歌　ロートレアモン
「酩酊船」を含む詩集（『ランボオ詩集』等）　アルテュール・ランボー
悪童日記　アゴタ・クリストフ　ハヤカワepi文庫
ふたりの証拠　アゴタ・クリストフ　ハヤカワepi文庫
第三の嘘　アゴタ・クリストフ　ハヤカワepi文庫
ジェゼベルの死　クリスチアナ・ブランド　ハヤカワ・ミステリ文庫
ミステリ・オペラ（上下）　山田正紀　ハヤカワ文庫JA
象られた力　飛浩隆　ハヤカワ文庫JA
パラダイス・モーテル　エリック・マコーマック　創元ライブラリ
世界の果ての庭　ショート・ストーリーズ　西崎憲　創元SF文庫
Q（上下）　ルーサー・ブリセット　東京創元社
両シチリア連隊　アレクサンダー・レルネット＝ホレーニア　東京創元社
別荘　ホセ・ドノソ　現代企画室

氷　アンナ・カヴァン　ちくま文庫
マルセル・シュオッブ全集　マルセル・シュオッブ　国書刊行会
教皇ヒュアキントス　ヴァーノン・リー　国書刊行会
無力な天使たち　アントワーヌ・ヴォロディーヌ　国書刊行会
ブルーノ・シュルツ全集　ブルーノ・シュルツ　新潮社
白痴（上下）　ドストエフスキー　新潮文庫
ミノタウロス　佐藤亜紀　講談社文庫
暖炉　野溝七生子短篇全集　野溝七生子　展望社
シルトの岸辺　ジュリアン・グラック　岩波文庫
夷狄を待ちながら　J・M・クッツェー　集英社文庫
レメディオス・バロ　絵画のエクリチュール・フェミニン　カトリーヌ・ガルシア　水声社
あの薔薇を見てよ　ボウエン・ミステリー短編集　エリザベス・ボウエン　ミネルヴァ書房
ラピスラズリ　山尾悠子　ちくま文庫
カストラチュラ　鳩山郁子　青林工藝社
パルファム・プロテティーク　佳嶋作品集　佳嶋　エディシオン・トレヴィル
幻想の挿絵画家　カイ・ニールセン　海野弘解説・監修　マール社
うろんな客　エドワード・ゴーリー　河出書房新社
西洋の書物工房　ロゼッタ・ストーンからモロッコ革の本まで　貴田庄　朝日選書

人体の物語　解剖学から見たヒトの不思議　ヒュー・オールダシー＝ウィリアムズ　早川書房
解剖医ジョン・ハンターの数奇な生涯　ウェンディ・ムーア　河出文庫

＊お薦めコメント＊

万葉集は（シェイクスピア全集とともに）私の土台です。

塚本邦雄、葛原妙子の歌集によって、玲瓏たる表現を知りました。

ホセ・ドノソは『夜のみだらな鳥』が傑出しているのですが、絶版です。ドノソの名が忘れ去られることのないように、最近邦訳刊行された『別荘』を挙げました。『夜の……』ほど混沌としてはいません。

『無力な天使たち』は美しい断章を幾何学的に構成し、不思議な世界を浮かび上がらせます。ブルーノ・シュルツの『肉桂色の店』（全集に収録されています）と並んで、偏愛の書の双璧です。

『白痴』あのラストに心をつかまれない読者がいるでしょうか。

『ミノタウロス』の作者には、デビュー作以来ずっと、精密な知識と深い洞察力、表現の見事さに、畏敬の念をおぼえています。

『シルトの岸辺』と『夷狄を待ちながら』はともに、〈辺境守備隊と見えざる敵〉というシチュエイションを扱っています。内容はまったく異なり、文体も異なるのですが、どちらも詩的な美しさに包まれています。グラックの文体は常に高雅な詩です。『夷狄……』も、残虐な拷問場面などを描きながらなお、全体の印象は静謐で詩的なのです。クッツェーのような文章を書きたいと思います。

『ラピスラズリ』は壮麗な伽藍の一部です。魅入られた方は、『山尾悠子作品集成』国書刊行会（展示はしてありません）で全容をどうぞ。

『カストラチュラ』は、清王朝の滅亡をかすかに下敷きにしつつ、実世界にはない妖艶哀切な世界を顕現させた、鍾愛の一編です。許されるならノベライズさせて頂きたいと思うほど魅せられています。

カイ・ニールセンは十九世紀末の挿絵画家です。童話や伝説の挿画が主です。極度に装飾的な構図と精緻な筆致。ファンタスティックな色。同時代の挿絵画家にラッカムとデュラックがいて、いずれもすぐれているのですが、私はニールセンにもっとも惹かれます。

絵本『うろんな客』を読んだら、エドワード・ゴーリーの虜にならずにはいられません。柴田元幸氏の訳文の魅力も大きいと思います。原題の doubtful を〈うろんな〉としたセンスがすばらしいです。

『西洋の書物工房 ロゼッタ・ストーンからモロッコ革の本まで』は、ノンフィクションです。カラーの図版が数多く載っており、革装の本の製作過程が詳細に記された、贅沢な楽しみを与えてくれる一冊です。2000年に出版されたB5判の豪華本は絶版ですが、去年、別の版元から再刊されました。新版は簡素な造本なので、手軽に持ち歩いて読めます。

著者がイギリス人であるからでしょう、『解剖医ジョン・ハンターの数奇な生涯』は、ユーモラスで面白いです。拙作『開かせていただき光栄です』のジャガイモ解剖医のモデルです。『人体の物語 解剖学から見たヒトの不思議』も、イギリス人である著者のユーモア感覚がたいそう楽しいです。

＊皆川博子著作リスト＊

海と十字架（一九七二／偕成社／偕成社文庫）
トマト・ゲーム（一九七四／講談社／講談社文庫／ハヤカワ文庫）
ライダーは闇に消えた（一九七五／講談社）
水底の祭り（一九七六／文藝春秋／文春文庫）
夏至祭の果て（一九七六／講談社）
祝婚歌（一九七七／立風書房）
薔薇の血を流して（一九七七／講談社／徳間文庫／講談社文庫）
光の廃墟（一九七八／文藝春秋／文春文庫）
冬の雅歌（一九七八／徳間書店）
花の旅夜の旅（一九七九／講談社／講談社文庫『奪われた死の物語』に改題／原題で扶桑社文庫）
彼方の微笑（一九八〇／集英社／創元推理文庫）
虹の悲劇（一九八二／徳間ノベルス／徳間文庫）
炎のように鳥のように（一九八二／偕成社／偕成社文庫）
霧の悲劇（一九八二／徳間ノベルス／徳間文庫）

巫女の棲む家（一九八三／中央公論社／中公文庫）
知床岬殺人事件 流氷ロケ殺人行（一九八四／講談社ノベルス／講談社文庫）
相馬野馬追い殺人事件（一九八四／徳間ノベルス／徳間文庫）
壁・旅芝居殺人事件（一九八四／白水社／文春文庫／双葉文庫）
愛と髑髏と（一九八五／光風社出版／集英社文庫）
光源氏殺人事件 古典に隠された暗号文（一九八五／講談社ノベルス／講談社文庫）
忠臣蔵殺人事件（一九八六／徳間ノベルス／講談社文庫）
恋紅（一九八六／新潮社／新潮文庫）
世阿弥殺人事件（一九八六／徳間ノベルス／徳間文庫）
妖かし蔵殺人事件（一九八六／中央公論社／中公文庫）
会津恋い鷹（一九八六／講談社／講談社文庫）
殺意の軽井沢・冬（一九八七／祥伝社ノン・ポシェット）
花闇（一九八七／中央公論社／中公文庫／集英社文庫）
変相能楽集（一九八八／中央公論社）
北の椿は死を歌う（一九八八／光文社カッパ・ノベルス／光文社文庫『闇椿』に改題）
聖女の島（一九八八／講談社ノベルス／講談社文庫）
二人阿国（一九八八／新潮社）
みだら英泉（一九八九／新潮社／新潮文庫）

顔師・連太郎と五つの謎（一九八九／中央公論社）
秘め絵燈籠（一九八九／読売新聞社）
散りしきる花 恋紅第二部（一九九〇／新潮文庫）
薔薇忌（一九九〇／実業之日本社／集英社文庫／実業之日本社文庫）
乱世玉響 蓮如と女たち（一九九一／読売新聞社／講談社文庫）
鶴屋南北冥府巡（一九九一／新潮社）
たまご猫（一九九一／中央公論社／ハヤカワ文庫）
朱鱗の家 絵双紙妖綺譚 岡田嘉夫・絵（一九九一／角川書店／角川ホラー文庫『うろこの家』に改題）
幻夏祭（一九九一／読売新聞社）
化蝶記（一九九二／読売新聞社）
妖櫻記（一九九三／文藝春秋／文春文庫）
骨笛（一九九三／集英社／集英社文庫）
瀧夜叉（一九九三／毎日新聞社／文春文庫）
妖笛（一九九三／読売新聞社）
あの紫は わらべ唄幻想（一九九四／実業之日本社）
悦楽園（一九九四／出版芸術社）
巫子 自選少女ホラー集（一九九四／学習研究社／学研M文庫）

写楽（一九九四／角川書店）
みだれ絵双紙金瓶梅（一九九五／講談社）
戦国幻野新・今川記（一九九五／講談社／講談社文庫）
雪女郎（一九九六／読売新聞社）
花櫓（一九九六／毎日新聞社／講談社文庫）
笑い姫（一九九七／朝日新聞社／文春文庫）
妖恋 男と女の不可思議な七章（一九九七／PHP研究所／PHP文芸文庫）
死の泉（一九九七／早川書房／ハヤカワ文庫）
ゆめこ縮緬（一九九八／集英社／集英社文庫）
もだんミステリーワールド9 皆川博子集（一九九八／リブリオ出版）
結ぶ（一九九八／文藝春秋／創元推理文庫）
朱紋様（一九九八／朝日新聞社）
鳥少年（一九九九／徳間書店／創元推理文庫）
溶ける薔薇（二〇〇〇／青谷舎）
摂 美術、舞台そして明日（二〇〇〇／毎日新聞社）
ジャムの真昼（二〇〇〇／集英社）
皆川博子作品精華〈ミステリー編〉迷宮（二〇〇一／白泉社）
皆川博子作品精華〈幻想小説編〉幻妖（二〇〇一／白泉社）

皆川博子作品精華〈時代小説編〉伝奇（二〇〇一／白泉社）
冬の旅人（二〇〇二／講談社／講談社文庫）
総統の子ら（二〇〇三／集英社／集英社文庫）
猫舌男爵（二〇〇四／講談社／ハヤカワ文庫）
薔薇密室（二〇〇四／講談社／ハヤカワ文庫）
蝶（二〇〇五／文藝春秋／文春文庫）
絵小説 宇野亞喜良・絵（二〇〇六／集英社）
伯林蠟人形館（二〇〇六／文藝春秋／文春文庫）
聖餐城（二〇〇七／光文社／光文社文庫）
倒立する塔の殺人（二〇〇七／理論社／PHP文芸文庫）
少女外道（二〇一〇／文藝春秋／文春文庫）
開かせていただき光栄です― DILATED TO MEET YOU ―（二〇一一／早川書房／ハヤカワ文庫）
マイマイとナイナイ（二〇一一／岩崎書店）
双頭のバビロン（二〇一二／東京創元社／創元推理文庫）
ペガサスの挽歌（二〇一二／烏有書林）
皆川博子コレクション1 ライダーは闇に消えた（二〇一三／出版芸術社）
少年十字軍（二〇一三／ポプラ社／ポプラ文庫）

皆川博子コレクション2　夏至祭の果て（二〇一三／出版芸術社）
皆川博子コレクション3　冬の雅歌（二〇一三／出版芸術社）
海賊女王（二〇一三／光文社／光文社文庫）
皆川博子コレクション4　変相能楽集（二〇一三／出版芸術社）
影を買う店（二〇一三／河出書房新社）
皆川博子コレクション5　海と十字架（二〇一三／出版芸術社）
アルモニカ・ディアボリカ（二〇一三／早川書房）
皆川博子コレクション6　鶴屋南北冥府巡（二〇一四／出版芸術社）
皆川博子コレクション7　秘め絵燈籠（二〇一四／出版芸術社）
皆川博子コレクション8　あの紫は　わらべ唄幻想（二〇一五／出版芸術社）

於：二〇一五年七月三日〜八月十八日　紀伊國屋書店新宿本店2F
協力：早川書房／東京創元社

帰ってきていただき光栄です

作家・翻訳家
北原尚彦

盲目の天才治安判事ジョン・フィールディングが、解剖医ダニエル・バートンが帰ってきた！ダニエルの弟子を務めた少年たち――容姿端麗なエド、天才素描画家のナイジェル、骨皮《スキニー》アル、肥満体《ファッティ》ベン、饒舌《チャターボックス》クラレンスらとともに。

本書『アルモニカ・ディアボリカ』は、『開かせていただき光栄です』の続篇である。事件そのものは新たに発生し物語として独立しているけれども、登場人物の多くが重なっているし、前作に関する重大な事実も明かされるため、できれば前作からお読み頂きたい。また少年たちとフランシス・ダッシュウッド卿とのファースト・コンタクトは短篇「チャーリーの受難」に描かれており、それは『開かせていただき光栄です』文庫版に併録されているので、単行本で読んだという方はそちらに目を通しておいた方がよいだろう。

読んだけれども忘れてしまった、という方のために、前作の復習から。ダニエル・バートン医師の解剖教室で、妊娠六ヶ月の女性の屍体が、秘かに解剖されていた。それが、二つの屍体と入れ替わってしまった。ひとつは、両肘から先と両膝から先が切断された、十代の少年の屍体。もうひとつは、顔面を打ち砕かれた、裸の男性の屍体。盲目のジョン・フィールディング治安判事は、姪のアンを目の代わりにして、調査を始める。やがて、事件の背後にあった詩人志望の少年ネイサンの辿った数奇な運命が明かされていく……。

そして『開かせていただき光栄です』の事件から五年後に展開されるのが、本作である。アル、ベン、クラレンスらは、フィールディング治安判事のもとで、犯罪情報の新聞を作っていた。そこへ、坑道で見つかった〝天使のような屍体〟の身元を突き止める広告を載せたい、とひとりの人物がやってきた。その屍体の胸には〈ベツレヘムの子よ、よみがえれ！〉〈アルモニカ・ディアボリカ〉と記されていたという。アルたち、そしてフィールディング治安判事が現場へ赴く……。

本シリーズは、いわゆる「歴史ミステリ」である。歴史ミステリと言えば、ジョセフィン・テイ『時の娘』や、ジョン・ディクスン・カーの『ビロードの悪魔』などが有名だ。我が国では山田風太郎の『警視庁草紙』『明治断頭台』や坂口安吾『明治開化 安吾捕物帖』などがある。もっと古く、江戸時代を舞台にしたものでは、もちろん大量の捕物帳がある。岡本綺堂『半七捕物帳』や野村胡堂『銭形平次捕物控』などなど。そういえば本シリーズの時代設定は十八世紀末なのだから、日本では捕物帳の時代だ。

歴史ミステリは、その当時はどのような器具が存在し、どのような人物が実在したかなど、時代考証をきちんとしなければならない。しかも『開かせていただき光栄です』『アルモニカ・ディアボリカ』の舞台は英国だ。この二重の枷を、作者はものともせずに軽々と物語を展開する。

わたし自身は十九世紀末の英国を舞台にした小説を書いているけれども、背景を描く際の調べものにはいつも苦労する。だが本シリーズは、それより更に百年前の物語。よくぞここまで調べ上げ、生き生きと描き出したものだと舌を巻いた。

登場する人物たちを見てみよう。ジョン・フィールディングは、実在した盲目の治安判事である。彼の作った組織「ボウ・ストリート・ランナーズ」は、後にスコットランド・ヤードの基礎となった。

彼の兄ヘンリー・フィールディングも治安判事として、犯罪対策に尽力した。作家でもあり、『トム・ジョーンズ』が有名だが、実在の大犯罪者に材をとった『大盗ジョナサン・ワイルド伝』もある。このジョナサン・ワイルドこそ、シャーロック・ホームズの宿敵モリアーティのモデルなのだ。

重要な役どころのフランシス・ダッシュウッドや、（チョイ役ながら）国王ジョージ三世はもちろん、後にロンドン市長になるジョン・ウィルクスも歴史上の実在人物である。科学者ベンジャミン・フランクリンについては述べるまでもあるまい。

ダニエル・バートン医師は実在ではないが、モデルが存在する。ジョン・ハンターなる医者で、その評伝『解剖医ジョン・ハンターの数奇な生涯』（ウェンディ・ムーア著）は河出書房新社より邦訳され、いまは文庫も出ているので興味のある方は読んでみるといいだろう。アル、ベン、クラレンスら少年たちは、治安判事ジョン・フィールディングにとっての、シャーロック・ホームズにおけるベイカー・ストリート・イレギュラーズのような役どころだ。但しジョン・フィールディングが盲目であるがために、少年たちの果たす役割は更に重要なものとなっている。

これは完全に余談だが、二百二十ページ、少年たちとアンの会話に名前だけ出てくる「聖バーソロミュー」病院は、この物語から百年ちょっと後、シャーロック・ホームズとワトスン博士が初めて出会う場所である。

「ヘルファイア・クラブ」は、フランシス・ダッシュウッドが主宰していた、実在の秘密結社である。メンバーにはサンドウィッチ伯爵ジョン・モンタギュー、画家ウィリアム・ホガース、英国首相のビュート伯ジョン・ステュアート、ジョン・ウィルクスなどがいた。ベンジャミン・フランクリンや、『オトラント城奇譚』の作者ホレス・ウォルポールらも出入りしていたという。ダッシュウッドはウェスト・ウィカムの邸宅近くにあった修道院の廃墟を改装し、その建物を根城にして仲間たちや娼婦とともに、酒池肉林や悪魔崇拝の儀式に耽った。更には、ウェスト・ウィカムの丘陵の人工洞窟でも、集会を行うようになったのである。

本作のタイトル（の一部）にもなっているアルモニカについて。これは実在の楽器で、ベンジャミン・フランクリンが発明した。催眠術の始祖であるドイツ人医師メスメルは、治療の際にアルモニカの音楽を使っていた。しかしその幻想的な音色ゆえに、神経に悪影響を及ぼすという噂が流れ、ヨーロッパの土地によっては使用禁止令まで出た。やがて結果的に、幻の楽器になってしまったのである。

この楽器は、最近ではミッチ・カリンによる老境のシャーロック・ホームズを描いたパスティーシュ『ミスター・ホームズ　名探偵最後の事件』にも登場している。この小説は二〇一五年にサー・イアン・マッケラン主演で映画化されており、実際にアルモニカが演奏されているシーンもあるので、機会があれば是非ご覧頂きたい（日本では二〇一六年三月より公開予定）。実に妙なる音色である（そちらをご覧になれなくても、インターネットで「アルモニカ」を検索して頂けば、なんらかの演奏動画が見つかるはずだ）。

個人的なことを、少しだけ。わたしが皆川博子さんと初めてお会いしたのは、一九九九年のこと。井上雅彦氏監修の〈異形コレクション〉が日本SF大賞特別賞を受賞したお祝いのパーティでのことだ。皆川博子さんは、怪奇幻想好きな面々に囲まれて、とても楽しそうにしていらした。

その直後ぐらいから、わたしも〈異形コレクション〉に執筆をするようになり、それを中心にしたヴィクトリアン幻想譚短篇集『首吊少女亭』（二〇〇七）を上梓した際には、帯の推薦文を皆川博子さんにお願いした。この帯は、わたしにとって勲章である。

推薦文を頂いたお礼を、皆川さんにお会いする際に直接……と思っているうちに何年も経過してしまった。そこで二〇一五年、早稲田祭においてワセダミステリクラブ主催で本格ミステリ作家クラブイベントが開催された際、皆川さんがいらっしゃると聞いていたので、お邪魔することにした。ご挨拶すると「ああ、シャーロック・ホームズの方ね」と認識下さっていたのには感激した。（そういえばわたしの「ジョン、全裸連盟へ行く」が掲載された号の〈ミステリマガジン〉は、正に『アルモニカ・ディアボリカ』連載中であった。）

その皆川さんから「英国つながりで」と、本書の解説執筆のお声がけを頂いた。これでようやく、推薦文のご恩返しができたという次第である。

皆川博子さんは、二〇一二年に『開かせていただき光栄です』で第十二回本格ミステリ大賞を受賞し、同年に第十六回日本ミステリー文学大賞を受賞。そして二〇一五年には文化功労者に選出された。その著作の多数が〈皆川博子コレクション〉（出版芸術社）でまとめて読むことができる。

絢爛たる「皆川博子ミステリ」。これからもまだまだ新作を読ませて頂きたいと思う。

本書は、二〇一三年十二月に早川書房より単行本として
刊行された作品を文庫化したものです。